KB246089

HUG
HUG
허그
허그

허그허그

초판 1쇄 찍은 날 ｜ 2011년 2월 8일
초판 1쇄 펴낸 날 ｜ 2011년 2월 14일

지은이 ｜ 전혜진
펴낸이 ｜ 서경석

편집책임 ｜ 유경화
편집 ｜ 이수민

펴낸곳 ｜ 도서출판 청어람
등록번호 ｜ 제1081-1-89호
등록일자 ｜ 1999. 5. 31
어람번호 ｜ 제5-0280호

주소 ｜ 경기도 부천시 원미구 심곡2동 163-2 서경B/D 3F (우) 420-822
전화 ｜ 032-656-4452 팩스 ｜ 032-656-4453
http://www.chungeoram.com
E-mail ｜ chungeoram@chungeoram.com

ⓒ 전혜진, 2011

ISBN 978-89-251-2428-5 03810

도서출판
청어람

목차

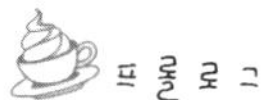

순정은 또 하나의 일회용 설탕봉지를 뜯어 커피잔에 부었다. 스푼으로 휘휘 잘 저은 다음 또다시 설탕봉지 하나를 뜯어 망설임없이 잔에 또 부었다. 벌써 세 개째다.

그러고 나서 익숙한 손놀림으로 또한 일회용 생크림컵 두 개를 오픈해 그것 역시 커피잔 안에 부었다.

아주 행복하다는 표정으로 순정은 그것을 입가로 가지고 갔다. 커피잔에 남는 짙은 립스틱 자국.

남자는 맞은편에 앉아서 아무 말 없이 그것을 지켜보고 있었다. 내색을 안 하려 애쓰고는 있지만 눈썹이 살짝 내려앉은 것이 이미 그녀의 행동을 마음에 들어하지 않는 것으로 보였다.

아마도 그게 무슨 뜻인지 그도 뻔히 알 것이다. 당신한테 예쁘고 고상하고 멋져 보일 마음이 손톱만큼도 없다는 뜻인 것이다.

그런 짓을 하고도 순정은 마치 자신이 언제 그런 행동을 했냐는 듯 커피잔을 내려놓으며 머리카락을 한쪽 귀 뒤로 살포시 넘기는 내숭을 발휘했다.

이 정도면 충분히 가영의 흉내는 잘 낸 것 같다. 딱 가영이 하는 만큼만 했으니 이 말이 회장님의 귀에 전해진다 해도 그리 의심을 받지는 않을 것이다.

아까 처음 만났을 때까지만 해도 점잖은 태도로 허리를 세우고 있던 그는 이미 카우치의 등받이에 몸을 푹 기대고 앉아 있었다. 그 또한 그녀에게 그리 예의를 차리고 싶은 기분이 아닌 듯했다. 그녀가 잘하고 있단 뜻인 것이다. 여기에 쐐기를 박아서,

"결혼을 한다면 우리는 어디서 살게 되나요? 여기, 서울에서 살아야 하나요?"

아직 생각도 안 했는데 김칫국 마신다는 표정으로 남자는 무심하게, 예의상 되물었다.

"가영 씨는 어디서 살고 싶은데요? 전원에서?"

"어머! 호호호! 전원이라니요, 전 그런 데서 못 살아요. 저는요, 호놀룰루에서 살고 싶어요. 얼마나 이국적이에요? 하늘빛 바다에 백사장에, 서핑하는 사람들에, 비키니만 입고 막 돌아다니는 여자들에…… 아, 난 정말 가능하다면 호놀룰루에서 살았으면 좋겠어요."

이 말을 하기 위해서 어제 일부러 괜찮은 곳을 검색했었다.

"하와이도 요새는 한인들이 많이 살아서 막상 가보시면 별로

메리트가 없습니다.”

“어머! 호호호.”

순정은 입술을 가리며 교만한 표정을 지었다. 살짝 상대방을 얕잡아 보는 시선은 양념이다.

“이국적인 백사장과 비키니하면 다 하와이라 생각하시나 봐요. 하와이 말고 호놀룰루라니까요. 하와이는 한국 사람이 많이 가서 나도 별로예요.”

뭔가에 맞은 표정으로 남자는 입을 다물고 잠시 순정을 바라보았다. 이 여자, 장난하고 있는 것인가, 아니면 정말로 호놀룰루와 하와이를 서로 다른 곳으로 알고 있을 정도로 무식한 여자인가, 감을 잡아보려는 것이다.

여기서 중요한 포인트는 절대로 그의 반응에 신경을 쓰는 모습을 보이면 안 된다는 것이다. 그랬다가는 고의성을 들키게 되고 그 순간 회장님의 귀에 그것조차도 들어가게 되는 것이다.

그녀는 무심한 척 자리에서 벌떡 일어섰다.

“잠시만요. 화장 좀 고치고 올게요.”

자리에서 우아하게 일어나 돌아서서 걸어가는 순정은 회심의 미소를 지었다. 지금 분명 그는 자신을 바라보고 있을 것이다. 이 늘씬한 몸매와 값비싼 옷차림. 머리는 좀 나빠 보여도 데리고 살면 최소한 액세서리 노릇은 제대로 할 거다, 계산을 하면서 말이다.

그런 부분을 위해 순정은 아주 세세한 곳까지 디테일하게 신경을 썼다.

그의 시선은 비싼 헤어숍에서 만진, 스타일 좋게 어깨 뒤로 늘어진 머리카락을 지나고 한눈에 봐도 유명 디자이너의 옷으로 보이는 비싼 슈트의 상의를 지나 몸에 붙는 스커트 안에 있을 히프의 윤곽선 아래로 곧고 길게 뻗은 다리를 보게 될 것이다. 엉덩이 아래로 길게 올이 나간 스타킹과 함께.

그 다리로 우아하게 걸어가는 모습까지 보여준다.

화장실 한쪽에 있는 파우더룸의 거울 앞에서 순정은 소정의 목적을 달성한 듯 미소를 지었다. 아마도 남자는 마음속으로 심하게 갈등을 하고 있을 것이었다. 정말로 이 여자랑 결혼을 하고 평생 답답한 가슴을 치면서 살아야 하는지, 아니면 차라리 조금은 재산이 적더라도 그나마 말이 통하는, 최소한 호놀룰루가 하와이에 있다는 정도의 상식은 있는 여자와 살아야 하는 것인지.

조금은, 자신을 민가영이라 믿고 있는 저 남자에게 미안한 마음이 들었다. 솔직히 순정도 이런 것을 하고 싶은 것은 아니었다. 아니, 자신에게 조금만 더 이성적이고 계산적인 면이 강했다면 지금 이 자리에는 자신이 아닌 원래 나왔어야 할 사람, 가영이가 있었을 것이다. 회장님이 이 일을 아시는 날에는 그 즉시 몇 벌 안 되는 옷을 싸들고 무일푼으로 그 집에서 쫓겨날 테니까.

어쨌거나, 지금은 그런 생각을 할 타이밍이 아니다. 가영의 아빠인 민 회장의 편에 섰어야 하는 순정은 어쩌다 보니 가영의 편에 서게 되었다. 눈물이 그렁그렁한 두 눈으로 자신에게 사정하는 가영을 본 순간 이건 내 일이 아냐, 하며 딱 잘라 말할 수가 없었던 것이다.

어쨌건 일은 이미 저질렀고, 이제 다시 나가서 마지막 쐐기를 박는 일만 남았다.

그녀는 화장실에서 질 좋은 휴지 두 칸을 끊어 고이 물을 발랐다. 그리고는 한 발을 들어 그 밑에 찰싹 잘 붙였다. 파우더룸에서 화장을 고치던 다른 여자가 그 행동이 기이해 보였는지 호기심 가득한 눈으로 지켜보고 있었다.

순정은 그녀를 향해 한 번 씨익 미소를 지어 보이고는 바닥에 붙인 휴지가 행여 떨어지기라도 할까 조심스럽게 화장실 밖으로 나왔다.

미소를 지으며 화장실에서 나와보니 남자는 누군가와 통화를 하고 있었다. 미간을 잔뜩 찌푸린 것이 상당히 화가 난 듯 보인다. 상대방이 이 결혼을 강요한 부모라면 좋겠다 생각하며 그녀는 천천히 그에게 다가갔다.

"……어쨌건 전 싫습니다."

그녀가 다가오는 것을 본 남자가 전화를 얼른 끊다가 그녀의 발로 시선을 옮겼다.

오, 완전 추저분함의 극치, 더럽게 화장실 바닥에서 휴지가 발에 붙은 줄도 모르고 그냥 나오는 여사.

그의 눈썹이 살짝 파르르 떨리는 것을 순정은 볼 수 있었다.

"그…….."

그는 휴지가 붙은 그녀의 구두에 대해 한마디 하려다 이내 입을 다물었다. 그런 그의 표정을 보니 앞으로 안 만나면 그뿐이라는 생각을 아주 강력하게 가지고 있는 듯했다.

순정은 모른 척 미소를 지으며 다소곳하게 그의 맞은편에 앉았다.

"자, 그럼 어디까지 얘기했죠? 아직 할 얘기가 많았던 것 같은데. 참, 커피가 다 식었겠다. 다시 시킬까요? 아니면 자리를 옮길까요?"

이제 이 지루해하는 남자를 보내줄 시간이다. 크게 인심 써서 일찍 보내준다.

"아, 그게…… 지금 전화가 왔는데, 회사에서 급한 일이라고 당장 들어오라고 하네요. 미안해서 어떡하죠?"

말보다 먼저 주섬주섬 외투부터 챙기는 것이 조금도 미안해하는 것 같지는 않았지만 순정은 모른 척 따라 백을 집어 들었다.

"알았어요. 그럼 우리, 언제 다시 만나요?"

그녀의 말에 남자의 안색에 살짝 난감한 기색이 스쳤다. 보통 여자라면 이 정도 제스처에 알아들을 법도 한데 이 여자, 멍청한 만큼 눈치조차도 없다, 생각하고 있는 것이다.

"어…… 회사란 곳이 워낙 빡빡해서 시간을 내 맘대로 낼 수가 없네요. 음, 그러니까…… 전화번호를 주시면 제가 연락을 드리겠습니다."

회사에 들어가 봐야 한다는 말에는 못 알아들었다 해도 눈꼽만큼이라도 눈치가 있는 여자라면 이 정도에는 알아들었어야 했다.

"아, 그래요?"

하지만 순정은 조금도 그 말을 의심하지 않는다는 듯 싱긋 웃으며 가방을 열어 명함을 한 장 꺼내 건넸다.

“그쪽 전화번호는 안 주시나요?”

원래는 이런 멘트까지는 하지 않지만 확실해 보이는 상대라 순정은 망설이지 않고 물었다.

“어…… 제, 제가 깜박하고 명함지갑을 놓고 왔네요. 다음에 만나면 드리겠습니다.”

이 남자, 어차피 다시 만날 일 없다고 마구 빈 공약을 남발한다.

“할 수 없죠. 그럼 꼭 전화 주셔야 해요. 꼭이요. 알았죠?”

“네, 알겠습니다.”

남자는 예의 바르게 순정에게 에스코트하듯 문까지 열어주고는 아쉽다는 듯 한마디 더했다.

“댁까지 모셔다 드려야 하는 건데, 회사에서 워낙 급하다고 해서…… 집까지 가실 수 있는 거죠?”

“하는 수 없죠. 집에 전화해서 기사 부르면 돼요.”

“택시는 안 타시나 봐요.”

“어머, 택시를 어떻게 타요? 불결하게 그전에 누가 탔을 줄 알고. 그러다 병이라도 걸리면 어쩌려고요.”

“아, 네.”

더 이상 볼 것도 없다는 듯 남자는 안도의 히죽거림을 보이며 뒤돌아섰다. 그리고는 한 번도 돌아보지 않고 곧장 주차장으로 향하는 것이다.

“저기요!”

그녀는 발걸음에 속도를 더하는 남자를 한 번 더 불렀다. 모른 척 가려다 혹시라도 그런 오해를 사지 않을까 하는 망설임이 들었는지 남자는 어쩔 수 없이 걸음을 멈추고 돌아보았다.

"내가 혹시 전화를 못 받을 수 있거든요? 절대로 일부러 안 받는 거 아니니까 그럴 땐 조금 지나서 꼭 다시 전화를 해주세요."

혹시나 전화를 받지 못하는 상황에 대한 치밀함과 집요함까지. 남자들은 질긴 여자를 기피하는 경향이 있다.

그는 억지로 웃는 표정을 지었다. 그러나 고개를 돌리는 그 순간까지 미소를 유지하기 힘들었는지 이내 떫은 감 씹은 표정이 되는 것을 순정은 포착했다.

이 정도 했으면 충분하다. 아마 저 남자, 자신이 그래도 못 믿고 쫓아갈까, 보이지 않는 순간부터 뛸 것이다.

시원하다는 듯 손을 탁탁 턴 순정은 만족스러운 미소를 지으며 멀리 세워둔 자신의 차를 향해 발걸음도 경쾌하게 걸어가기 시작했다.

민 회장이 자신의 딸을 위해 사준 은회색 렉서스. 그게 순정이 몰고 다니는 차였다. 아무리 스타일 좋은 차종을 딸을 위해 사줬다고는 하나 결국 그 차를 모는 사람은 순정이다. 만약에 순정이 가영을 대신해 면허까지 따줬다 하더라도 결국 가영은 차를 운전할 수 없을 테니까. 한마디로 대신해 줄 수 없는 시험이었기에 결국 민 회상은 순정에게 가영의 차를 사주었던 것이다.

차에 타자마자 순정은 제일 먼저 신고 있던 올이 나간 스타킹을 벗어버리고 콘솔박스에서 새 스타킹을 꺼내 신었다. 룸미러로 거울을 보며 스타일 좋게 풀어 내렸던 머리를 묶고 아까 콘솔박스에 고이 모셔두었던 자신의 두툼한 뿔테안경을 꺼내 쓰는 순정의 행동은 몇 번 해봤다는 듯 자연스럽기 짝이 없었다.

오늘로 벌써 세 번째. 처음엔 그렇게 하기 싫었던 이 노릇, 가영을 가장하고 나가서 상대 남자에게 차이는 것도 이젠 몇 번 해보니 나름 재미가 있어지려고 하고 있다. 특히 오늘처럼 얼굴에 욕심이 덕지덕지 붙은 저런 남자는 차는 것이 아니라 차이는 것이라 해도 왠지 통쾌한 기분이 들 정도다.

하지만 언제까지 들키지 않고 이렇게 할 수 있을지는 모르겠다. 꼬리가 길면 밟히는 법이다. 계속했다가는 여러 곳에 인맥이 닿아 있는 민 회장님에게 들키는 것은 시간문제가 될 것이다. 약속된 퇴직금은 둘째 치고 잘하면 오갈 데 없어 어디 음식점에 딸린 쪽방에 신세지며 식당일을 하게 될지도 모르는 것이다.

그래서 처음엔 하지 않으려 했다. 가영이 사슴 같은 가련한 시선으로 자신을 바라보며 애원했다 하더라도 말이다.

그러나 이미 가영의 편에 발을 들여놓은 이상 그녀가 할 수 있는 일이라고는 기도하는 일뿐이었다. 제발 가영이 별 탈 없이 시집가게 해달라고, 바로 지금 데리러 가는 곳에 사는 그 남자와 말이다.

새하얀 간판에 앞치마를 입은 돼지가 환하게 웃고 있는 그림이 그려진 '돼지가 시집가는 날'은 여느 때와 마찬가지로 손님이 북적북적, 눈코 뜰 새 없다 해도 과언이 아닐 정도로 바빴다.

"아줌마, 여기 김치 좀 더 갖다줘요!"

한 남자가 젓가락을 높이 치켜들며 돈도 안 되는 주문을 하자 어디선가 나타나 재빨리 김치접시를 들고 날쌔게 달려가는 이가 있었다.

입고 있는 값비싼 실크 블라우스와 어울리지 않게 소주병이 그려진 초록색 앞치마, 머리가 헝클어진 줄도 모르고 연신 생글생글 웃고 있는 그녀는 바로 세경금융 민 회장의 무남독녀, 가영이었다.

"여기 있어요, 손님. 많이 드세요."

"아, 난, 정말 여기 이 갈비집이 정말 좋다니까. 이렇게 예쁜 처녀가 예쁘게 생글생글 웃어주니까 말이야. 기분 좋아서라도 계속 오게 된다니까. 안 그런가, 자네?"

"그래, 맞아. 이 아가씨 덕에 자꾸 점심시간부터 여기가 아른거린다니까."

죽을 맞춰 두 남자가 칭찬을 해대자 가영은 기쁜 마음에 눈물까지 글썽일 뻔했다. 그것도 잠시, 다른 쪽에서 물을 요구하자 그녀는 얼른 냉장고로 달려가 새 물병을 꺼내 들고 그쪽으로 달려갔다.

주방에서 일하던 나이도 지긋한 아주머니가 정신없는 와중에도 그런 가영을 보고 빙긋 웃더니, 두툼한 사기그릇에 반찬들을 나눠 담고 있던 트레이닝복 차림의 건장한 남자를 향해 기쁨에 찬 목소리로 말을 걸었다.

"가영이가 아주 복덩이야, 복덩이. 택규 너, 대체 어디서 저런 아가씨를 만난 거니? 가영이 덕에 우리 가게가 아주 환해졌어. 덕분에 손님도 많아졌고."

"그러게요, 어머니. 나도 가영이가 저렇게 일을 잘하는 줄 몰랐어요."

"그런데…… 걱정은 된다. 정말 저렇게 일을 시켜도 되는 거야? 아무리 네 여자친구라지만 집이 부자라며, 저런 일 시키는 거 알면 그 부모님이 찾아와 야단하시는 거 아냐?"

아직 가영이 민 회장의 외동딸임을 모르는 택규의 엄마, 영숙은 좋아하면서도 걱정이 되는 모양인지 이내 가영을 보는 시선이 불안해졌다.

택규는 주방의 음식 나가는 창구 너머로 가영을 흘끔 쳐다보았다. 어느새 한 테이블의 손님이 나갔는지 그쪽으로 달려가 커다란 쟁반에 빈 그릇들을 주워 담고 있었다. 슬그머니 주위를 한 번 둘러보더니 아직 불판에 남은 고기 한 점을 재빨리 주워서 입에 넣는다.

택규는 얼른 시선을 돌려 그것을 보지 못한 척했다. 세경금융 회장의 귀한 딸을 데려다 저런 허드렛일을 시키는 것은 그도 원하지 않는 일이었다. 하지만 일을 하는 가영의 얼굴에 배어 있는 즐거움을 보면 미안한 마음은 싹 사라지고 만다.

"그러게 말이에요. 하지 말라고 해도 저렇게 좋다고 하니 어떻게 말리겠어요?"

사실, 원래 저런 일을 시키려고 이곳에 데리고 온 것은 아니었다. 그저 가영이 고기를 워낙 좋아한다니 이곳에 데리고 오면 부모님께 인사도 시킬 수 있고, 근방에서 맛있다고 소문난 고기도 먹게 하면서 최소한 자신이 어떻게 사는지, 자신한테 시집오면 항상 먹을 수 있는 것이 무엇인지를 알려줄 수 있고, 뭔가 그녀에게 어필되는 것이 있지 않을까 해서 데리고 온 것이었다.

그랬던 것뿐인데…….

어쩌다 보니 20명 단체가 이곳에 회식을 하러 오는 바람에 너무 바빠 부모님께 인사시키는 것을 미루고 가영을 잠시 앉혀두고 팔을 걷고 일을 하게 되었는데 혼자 심심했던 가영이 저도 하겠다며 택규를 따라 돕는다는 것이, 돕다 보니 그녀 자신이 이곳에 너무도 잘 맞는다는 사실을 깨달은 것이다.

그날부터 가영은 시간만 나면 이곳으로 찾아왔다. 두 팔을 걷어붙이고 한 번 찡그림없이 손님들 시중을 들었고 손님들이 주는 칭찬에 기뻐했고 손님들이 먹고 난 테이블도 깨끗하게, 티 하나 없이 닦는 것을 즐겼다. 다만 주문을 받는다든가, 아니면 계산을 한다든가 하는 조금은 복잡한 일은 손도 대지 못했지만.

어쨌거나 그녀가 이곳에 오고 나서 한 달이 지나자 가영은 이제 이곳, 돼지가 시집가는 날의 마스코트나 다름없었다.

손님이 나가는 것을 보고 쪼르르 달려나간 가영은 마루 아래로 내려가 손님들 신발의 방향을 신기 편한 방향으로 바꾸었다. 택규의 아버지 민국이 카운터에 앉아 있다 시간이 날 때마다 한 행동을 그새 보고 배운 것이다.

"정말 여기, 너무 친절하다니까. 고마워요, 아가씨. 내, 다음에 또 올게."

"고맙습니다."

허리를 90도로 구부리며 인사하던 가영은 자신의 시야에 낯익은 하이힐의 구두코가 보이자 얼른 고개를 들었다.

"어? 순정아."

못마땅한 얼굴을 하고 있는 순정을 보고 가영은 마치 무슨 잘못이라도 저지른 양 미안한 표정을 지었다.

순정은 잠자코 그녀를 바라보다가 주방에서 분주히 일하고 있는 택규를 흘끔 쳐다보았다.

"이제 집에 가자. 아마도 오늘 회장님이 그리 좋은 얼굴을 하고 계시진 않을 것 같으니까 일찍 들어가는 것이 좋을 거야. 그런데 그 옷에 묻은 거…… 고춧가루야?"

순정의 말에 가영은 황급히 자신의 소매를 문질렀다. 아마도 아까 테이블을 닦다가 김치그릇에 스친 모양이었다.

순정은 화가 치미는 것을 참으려는 듯 한숨을 내쉬었다.

"일단은 옷부터 바꿔 입어야겠다. 네 온몸에서 갈비 냄새가 난다. 그대로 들어갔다가는 선을 그 모양으로 보고 어디서 고기 사 먹고 오는 줄 알고 회장님께서 말 그대로 펄펄 뛰시겠다. 어서 앞치마 벗어."

그제야 주방 안쪽에서 순정을 발견한 택규가 미안한 표정을 지으며 주방에서 나와 그녀들에게 다가왔다.

"왔어요?"

"네. 오늘도 엄청 바쁜가 봐요."

순정의 말투 속에 들어 있는 그 나무라는 기색을 택규가 모를 리가 없다.

"그러게요. 가영이가 도와줘서 정말 다행이에요. 안 그러면 정신을 쏙 빼놓을 뻔했어요."

택규의 말에 가영의 얼굴에 자랑스러움과 쑥스러움이 교차했다.

"손님들이 나 때문에 고기 먹으러 온대. 내가 너무 예뻐서."

자랑스럽게 말하는 가영을 보며 순정은 속으로 한숨을 내쉬었다. 그래, 참 좋겠다. 너 때문에 갈비집 손님이 늘어서.

하지만 그럼에도 불구하고 가영의 얼굴에 보이는 저 순수한 행복감. 그건 지금까지 순정이 가영의 곁에 머물렀던 기간 동안 한 번도 본 적이 없던, 택규라는 인물을 만나고 난 후 최근에서야 볼 수 있었던 감정의 한 종류였기에 순정은 그녀가 이렇게 몸에 지저분한 것을 묻히고, 머리가 헝클어지는 것도 모를 정도로 일을 하고 있어도 심하게 화를 낼 수 없었다.

"이제 가봐야 해요. 오늘은 회장님 기분이 좋지 않으실 거예요."

그랬기에 그녀는 자신을 향해 미안한 미소를 짓고 있는 택규에게 공손할 수밖에 없는 것이다.

"조금 더 하면 안 돼? 아직 여기 바쁜데……."

가영이 아쉬운 듯 말하자 택규가 얼른 그녀의 앞치마를 벗겼다.

"아니야, 이젠 괜찮으니까 어서 가봐. 그러다 아버지 노발대발하시면 우리 만나는 것이 더 힘들어질지도 모르잖아."

택규의 말에 그제야 가영은 고개를 끄덕이고는 다시 안으로 들어갔다. 주방을 향해 큰 소리로 인사하는 가영에게 영숙이 급히 밖으로 나오며 헝클어진 머리카락을 매만져 주었다.

"그래, 고생했어. 우리 가영이, 잘 가. 다음에 한가할 때 오면 내가 맛난 고기 구워줄게."

카운터에 있는 민국에게도 가영이 공손히 배꼽인사를 했다.

"안녕히 계세요."

"어이구, 우리 복덩이, 이제 가는 거야? 그래, 오늘 고생했다. 다음에 또 와라. 알았지?"

목소리에서 가영에 대한 애정이 철철 넘치는 것을 보며 순정은 어느새 가슴에 가득 차 있던 분노가 사그라지는 것을 느꼈다. 그래, 이래서 가영이 자꾸 이곳에 오고 싶어하는지도 모르겠다. 회장님에게서 받을 수 없던 그런 종류의 애정, 비록 몸은 고달프지만 곁에서 지켜보기만 해도 느낄 수 있는, 가족들만이 나누는, 자신의 부모인 회장님 내외에게서도 받지 못하는 그런 애정을 택규의 부모에게서 받고 있으니 말이다.

그래, 어떤 면으로는 가영이보다 오히려 가영이 사랑하는 남자, 택규의 집안에 순정도 마음이 더 갔다. 가족이 있어도 사랑받지 못하는 가영이 있지만 순정은 그런 가족조차도 없었으니까.

순정도 어렴풋이 기억은 하고 있다. 자신도 여기, 가영이 택규의 가족에게서 받는 그런 종류의 사랑을 받았었다는 사실을. 그녀 나이 일곱 살, 부모님이 교통사고로 함께 돌아가시기 전에는 말이다. 하지만 그게 어떤 것인지 가슴에 아련한 기억조차도 미미할 정도로 너무도 오래전 일이었다.

"가자."

공연히 남이 기뻐하는 곳에서 서글픈 얼굴을 짓고 싶지 않아 순정은 얼른 가영의 손을 잡고 밖으로 이끌었다.

그녀가 나가자 그제야 카운터에 있던 민국이 고개를 갸우뚱거렸다.

"저 아가씨, 우리 가영 양하고 자매 되는 사람 아니야? 자꾸 보니까 얼굴이 똑 닮은 것 같던데. 어쩌면 저렇게 차갑고 인사 한번 하지 않나 몰라."

"아니에요, 아버지."

택규가 고개를 내저으며 말했다.

순정을 처음 봤을 때 닮은 것 같다는 생각을 하긴 했지만 똑 닮은 것 같다고 느낀 것은 순정이 화장을 하고 나왔을 때가 처음이었다. 그때까지는 헤어스타일도 다르고 안경까지 써서 그리 닮은 줄 몰랐었다.

알고 보니 순정은 가영의 집에 살고 있는 고용인일 뿐이었다. 무슨 사연이 있는지는 몰라도 가영과는 달리 웃음기 하나 없는 저 얼굴을 보면 공연히 자신까지도 우울해지는 것이, 화장까지 했음에도 느낌이 아주 다르긴 했다.

그녀가 가영을 많이 아끼고 위한다는 사실을 알기 전까지, 그도 순정을 그리 좋아하지 않았다. 그러나 자칫하면 불이익이 생기는 것을 알면서도 가영을 위해 대신 맞선자리에 나가는 것을 보면서 그녀에 대한 생각이 많이 바뀌었다. 비록 가영과 나이가 같지만 지금은 그녀가 가영의 언니라 여겨질 정도다.

"좋은 사람이에요, 저 여자."

순정이 그의 말을 듣지 못하는 것을 알면서도 그는 나지막하게 중얼거렸다.

차에 타고 집에 돌아오면서 순정은 내내 무거운 마음에 한숨만 풀어놓았다.

차는 또 왜 이리 꽉꽉 막히는 것인지. 맞선이 있는 날은 회장님 내외분이 아예 거실까지 나와서 두 사람의 귀가를 기다린다. 그러니 오늘 같은 날 귀가가 늦어지면 대번에 민 회장님의 불호령이 떨어질 것이다.

그런 그녀의 마음을 아는지 모르는지 가영은 뭐가 그리 기분이 좋은지 내내 콧노래를 부르고 있다.

"가영아."

"응?"

"스타킹, 갈아 신어라. 올 나갔다."

차에 탈 때 또 어디 부딪혔는지 가영의 스타킹에 동전만 한 구멍과 함께 길게 한 줄 올이 나가 있다.

이러니 순정이 맞선에서 폭탄 노릇을 하는 것에 가영이 충분한 롤모델감이 되는 것이다.

하지만 그냥 '폭탄'과 '100퍼센트 걸어차이는 폭탄'은 큰 차이가 있다. 그냥 폭탄은 자칫하면 불발이 될 가능성이 있다. 사람마다 다 취향이라는 것이 있어서 보통은 가영이 정도면 '얼굴만 예쁜 폭탄'으로 분류하지만 때로는 맹하고 순진한 가영을, 아니, 심하게, 많이, 이해할 수 없을 정도로 맹하고 순진한 가영을 '귀엽다'고 분류하는 사람도 있는 것이다.

그래서 100퍼센트 차이는 폭탄은 그냥 폭탄과는 달리 상당한 지능과 스킬이 있어야 가능한 것이다.

사실 가영이 그런 것을 염두에 두고 자신에게 부탁한 것은 아닐 것이다. 그보다는 지금 사귀고 있는 남자, 택규를 두고 절대로 맞선에 나갈 수 없다는 단순한 신념으로 부탁을 했다고 볼 수 있다.

사회적 체면과 지위를 상당히 중시하는 민 회장이 가영이 어렸을 때 잰 IQ를 기밀로 하는 것을 볼 때 보통 나쁜 머리는 아닐 테니까. 오죽하면 가영을 중학교 중퇴시키고 홈스쿨을 시켰을까.

초등학교 다닐 때도 안 되던 머리가 중학교 간다고 나아질 리는 없지만 그래도 혹시나 하는 마음으로 민 회장은 가영에게 각 과목마다 과외교사를 붙여줬었다. 그리고 별다른 소득이 없자 중학교 1학년의 1학기만 마치고 캐나다로 유학까지 보냈었다. 그 덕에 당시에 이 집에 들어오게 된 순정은 가영과 함께 캐나다의 좋은 교육환경에서 3년을 공부할 수 있었다.

아마 그때가 순정에게는 최고의 나날들이었을 것이다. 고아원 생활에서 느닷없이 해외유학이라니. 그녀는 그 기회를 놓치지 않기 위해 최선을 다해 영어를 배웠고 클래스에서 탑이 될 정도로 열심히 공부했다. 그나마도 그렇게 3년을 캐나다에서 보낸 가영이 할 수 있는 말이 겨우 헬로우와 땡큐, 아임 헝그리 정도가 전부란 것을 알게 된 회장님이 둘을 다시 한국으로 불러들이는 바람에 순정의 꿈같은 유학생활은 그렇게 끝이 났지만. 그렇다고 한국에 돌아오고 나서의 생활이 나빠진 것은 아니었다. 그 이후 2년 반 동안 가영이와 함께 각 과목 과외를 듣는 기회까지 얻었다. 그리고 검정고시를 거쳐 일류대학 경영학과 석사학위까지 받을 수 있었던 것이다.

그것에 대한 대가는 충분히 지불했다. 지독하게 서로 닮은 얼굴 덕분에 그녀가 대신 시험을 보러 나가도 아무도 의심하는 사람이 없었기에 그녀는 가영을 대신해서 검정고시, 디지털대학교 졸업장까지 얻어주었다. 만일 가능했다면 민 회장은 일반 대학교까지 욕심을 냈겠지만 대입시험까지는 가능하다 해도 대학생활 자체가 불가능한 가영을 알기에 민 회장은 디지털대학으로 만족해야 했다.

어느새 콘솔박스에서 꺼낸 새 스타킹으로 갈아 신은 가영이 또다시 콧노래를 부르기 시작했다.

"가영아."

"응? 또 올이 나갔나?"

"그게 아니라…… 언제 회장님께 말씀드릴 거니?"

"무얼?"

뭐냐니. 방금까지 택규하고 같이 있었으면서 뭐냐니. 대체 무슨 생각을 하고 사는 것인지.

"약속했잖아. 택규 씨하고 결혼하는 거, 회장님께 말씀드릴 용기가 날 때까지만 나더러 네 땜빵 노릇해 달라고."

그녀의 말에 가영의 커다란 눈에 공포가 서렸다.

"네가 말 못하겠으면 내가 하고. 계속 대신 선보는 게 어려운 건 아니지만 언제까지 이렇게 회장님을 속일 순 없는 거잖아."

"아, 아냐. 내가 해. 내가 할 테니까 제발 우리 아빠한테는 아무 말도 하지 마. 응? 부탁이야."

목소리까지 떨리는 것이, 지금 상황이 심각한 것은 깨달은 모양이다.

"그런데 안 하고 있잖아. 언제 할 건데? 계속 이렇게 내가 대신 선보는 거 들키는 날에는 나, 정말로 그대로 쫓겨날 거야. 그걸 바라는 건 아니지?"

"절대로 아니야, 절대로."

"그럼 말할 거야?"

"응."

"언제?"

"……."

"……오늘 해."

"순정아, 제발."

"그거 미뤄서 좋을 것 하나 없어. 너도 말하는 편이 낫잖아. 어떻게든 허락을 받아야 너도 마음 편하게 택규 씨 만나지."

택규를 언급하고 나서야 가영은 입을 다물었다. 순정의 말이 옳다는 것을 그녀도 알고 있는 것이다. 사실, 누군들 자신의 연인과 마음 편히 만나고 싶지 않겠는가.

"알았어, 오늘 할게."

"정말이지?"

끄덕, 끄덕.

때마침 신호가 바뀌었다. 순정은 조금 전 차가 멈춰 섰을 때와는 달리 조금은 가벼워진 기분으로 차를 출발시켰다.

서초동, 서래마을 중에서도 가장 긴 담장을 가진 집이 바로 민

천석 회장의 집이었다. 사채로 시작해 금융회사를 가지고 있는 그는 처음부터 재벌은 아니었다.

근본으로 거슬러 올라가자면 그의 아버지는 무일푼에 가진 거라고는 열심히 일을 할 수 있는 튼튼한 몸뚱이 하나뿐이었다. 그렇게 그 빈 몸뚱이로 이 집 저 집 다니며 머슴 일을 해서 자식은 천석꾼, 만석꾼이 되었으면 하는 마음에 부지런히 땅을 사 모았다. 그 덕에 아들인 민천석, 그러니까 민 회장은 아버지가 돌아가셨을 때쯤엔 이름 그대로 천석꾼이 되어 있었다.

그러던 것이 어느 날 그의 터전인 충남 당진에 철강회사가 들어서고 옆으로 서해안고속도로가 생긴다는 말이 돌면서 땅값이 천정부지로 치솟자 미련없이 그 땅들을 팔아넘기고 서울로 상경했다.

아버지가 남겨준 돈만으로도 상당했는데 그 돈으로 사채업을 하면서 재산의 몇십, 몇백 배를 불려 이름도 버젓한 금융회사를 차릴 수 있었던 것이다.

집만 봐도 민천석의 성정을 알 수 있었다. 서래마을에서 가장 긴 담장의 집이며, 번듯하고 뾰족뾰족한 지붕이 있는, 유난히 고급스러워 보이는 3층집이며, 조금만 과장하면 비행기도 들어올 수 있을 정도로 큰 대문하며, 다섯 대의 차를 넣을 수 있는 커다란 차고까지. 남들 보기에 그럴싸한 것은 모두 갖춰놓았다.

차를 몰아 차고에 차를 넣는 순정은 차고 안에 이미 들어와 있는 민 회장의 차를 보며 무거운 돌덩이를 얹은 듯한 한숨을 내쉬었다.

　일찍 들어오려고 무던히 노력을 했건만 맞선자리에서 택규의 갈비집까지는 거리가 상당히 먼데다 퇴근시간이라 차까지 꽉꽉 막히는 통에 결국 아홉 시가 다 되어서야 집에 들어오게 된 것이다. 아마도 민 회장은 이미 가영의 맞선 상대에게 전화를 걸어 사태를 다 파악하고 있을 것이다.

　아, 오늘은 또 무슨 말로 늦게 들어온 핑계를 대야 하는 걸까.

　언제나 그렇지만 민 회장에게 거짓말을 해야 하는 순간이 다가오면 다리까지 풀리는 것이, 항상 후회란 놈부터 그녀의 가슴을 차지한다. 대체 왜, 어쩌자고 저 철없는 가영의 행동에 동조를 한 것일까. 대체 뭐가 잘못되어서 가영의 편에 서게 되었냔 말이다. 어찌 보면 민 회장에게 참으로 배은망덕한 짓을 저지르고 있는 셈인 것이다. 비록 어떤 목적을 가지고 그녀를 데려다놓았고 또한 그녀를 돈으로 얽매고는 있다 하나 어린 나이, 고아원이라는 처절하고 치열한 곳의 생활에서 구제해 준 은인과도 다름없는 분이 아니더냔 말이다.

　어쨌거나 오늘까지만이길 바라는 수밖에 없다. 가영이가 제 아버지께 사실을 말하게 되면 이런 거짓말도 오늘이 마지막이 될 것이다.

　역시나 예상했던 대로 민 회장 내외는 거실에서 잔뜩 기분이 좋지 않은 상태로 그녀들을 기다리고 있었다.

　"가영이, 너. 대체 처신을 어떻게 했기에 저쪽 집에서 저리 완강하게 나온 것이여?"

　오, 제발. 순정은 오늘만큼은 정말로 민 회장이 가영에게 심하게 화를 내지 않기만을 빌었다. 그 순간 가영은 또다시 겁을 먹고 말을 못하게 될 테니까.

그러나 역시, 대번에 들리는 민 회장의 노기등등한 목소리에 가영의 표정은 잔뜩 주눅이 들어갔다. 눈치를 보아하니 오늘도 가영의 커밍아웃은 물 건너간 것이다.

"내가 뭐라고 그랬냐. 제발 그 입 좀 다물고 웬만하면 아무 말도 하지 말라고 안 혔어? 호놀룰루는 뭐하러 간다고 한 겨?"

뜨끔, 가영보다 순정이 먼저 움찔거렸지만 그녀는 애써 다시 평정을 되찾았다. 그 남자, 보나마나 호놀룰루가 하와이에 있다는 것도 모를 정도로 무식한 여자하고는 살 수 없다고 말했을 것이다. 사람 그렇게 안 봤더니 그런 것까지 다 쪼잔하게 일러 버린 거야?

"그리고, 끝났으면 일찍일찍 집에 들어올 것이지, 뭣헌다고 싸돌아 댕기다 이제사 들어오는 겨?"

저는 알지도 못하는 호놀룰루 때문에 혼이 났어도 가영은 아무 말도 할 수 없었다. 앞으로 맞선에 대해 회장님께 어떤 혼이 나도 입 다물고 있을 테니, 제발 택규를 두고 다른 사람과 맞선을 보게 하지 말아달라고 순정에게 부탁을 한 순간부터 가영은 그 약속은 꼭 지켰다.

"순정이, 너도 똑같어. 내가 뭐라고 그랬냐? 가영이가 아무리 졸라도 곧장 집으로 태워오라고 신신당부하지 않았어? 가영이야, 머리가 나쁘니 상황판단을 못한다고 치자. 넌 알 만큼 알고 배울 만큼 배운 놈이니 네가 가영이를 챙겨야지, 똑같이 둘이 싸돌아다니다 밤이슬 맞고 들어오면 어쩌자는 겨? 오늘은 왜 늦었냐, 대체?"

드디어 그 순간이 왔다.

"죄송합니다. 가영이 선보고 나서 기분이 너무 착잡하다고 해서 한강에 데리고 갔다 왔습니다."

"아니, 선자리에서는 저가 잘못을 해놓고 대체 기분이 왜 안 좋다는 겨?"

가영이 흘끔 순정을 쳐다보았다. '내가 기분이 안 좋아야 해?' 하고 묻는 표정이었다.

"그게, 제가 보니까 스타킹에 올이 나가 있던 것이, 아마도 그 남자분이 본 것 같습니다. 제가 지적을 해주니까 가영이 그제야 속이 상해서……."

이런 거짓말 착착 만들어내려고 대학 나온 것은 아니건만…….

말문이 막혔는지 민 회장이 잠시 입을 다물었다. 딸이 그런 것은 오래전부터 알고 있었다. 남들에 비해 지능이 좀 떨어지는 것은 일상에서는 그리 드러나지 않았다. 하지만 툭하면 넘어지기 잘하고, 재벌집 딸답지 않게 칠칠치 못해서 걸핏하면 음식을 먹다가 옷에 흘리고, 올 나간 스타킹을 신고 있는 것이 다반사고, 말실수하는 그런 쪽으로 그녀의 평균치를 못 넘기는 지능이 드러났던 것이다. 말실수하는 건 예방차원에서 입 다물고 최대한 말을 아끼라 충고할 수 있지만 자꾸 어딘가에 부딪치고, 그로 인해 올이 나간 스타킹을 신고 있는 것 같은 일들은 그도 손쓸 수 없는 일이었기에 예방할 수 없는 문제였다. 기껏 머리를 쓴다고 바지를 입혀놔도 똑같았다. 어디서 어떻게 하고 다녔는지 걸핏하면 무릎을 뚫어 먹었다.

툭 까놓고 말하자면 민 회장은 선보는 것조차도 순정이 대신해 줬으면 하는 마음이 굴뚝같았다. 아니, 지금까지 순정이 해왔던 그 모든 시험들, 검정고시며, 디지털대학 졸업, 그런 것들보다 더 순정이 대신해 줬으면 하는 일이 바로 선보는 일이었다.

하지만 그럴 수는 없는 노릇이었다. 어찌어찌해서 순정이 잘해 서 가영이 시집갈 수 있다 쳐도, 시집에서 잘못해 쫓겨나면 그게 더 큰 실패고 망신인 것이다.

그래서 선보는 일만큼은 모든 욕심을 버리고 가영이 직접 하게 됐다. 그녀의 바보스러운 면들을 보고도 오케이한다면 시집가서 도 쫓겨날 일은 그리 없을 거라는 계산 때문이었다.

그래서 항상 혼처에도 '착하다, 참하다, 해맑고 순수하다' 등등 을 내세우긴 해도 절대로 '똑똑하다, 영민한 아이다' 하는 씨도 안 먹히는 거짓말은 하지도 않았다. 차라리 처음부터 조금은 모자란 면이 많은 아이라는 것을 보여주면 나중에 시집에 가서도 좀 실수 한다 쳐도 알고 시킨 결혼, 속았다며 쫓아내지는 않을 거라 생각 했다.

그런데 그렇게 마음이 넓은 남자가 나타나지 않는 것이다. 보는 선마다 어찌 그리도 일을 잘 망쳐 놓는 것인지, 어찌 그리 자신을 잘 드러낸 것인지, 맞선 상대들은 모두 치를 떨며, 알고 나온 선자 리였음에도 화를 내기 일쑤였다.

"여보, 그만해요. 지금은 그런 얘기를 할 때가 아니잖아요."

금방이라도 뒷목을 잡을 것 같은 민 회장이 위태롭게 보였는지 얼른 가영의 엄마, 혜주가 그를 달랬다.

"그려, 흠. 지금은 그 얘기보다 더 중요한 일이 있다."

허락이 떨어지면 바로 2층으로 올라가기 위해 자리에 앉지도 않고 서 있던 두 여자는 그 말에 풀 죽은 표정을 지었다.

"아, 뭣들 하는 겨? 싸게 앞에 와 앉지 않고!"

말 떨어지기 무섭게 그녀들이 얼른 민 회장의 앞에 와 앉자 그는 가영의 앞에 사진을 한 장 툭 내려놓았다.

"또야, 아빠?"

오늘 선을 봤으니 당분간은 좀 편하겠다 생각했던 가영의 얼굴이 대번에 실망감으로 어두워졌다.

"그간 선본 남자들은 따지고 보면 별거 아니었으니께 됐다. 허나, 이번에 망치면 2층에 가둬놓고 두고두고 죽만 먹일 겨. 알았냐? 고기 같은 것은 꿈도 못 꾸게 헐 테니께 알아서 혀."

조근조근한 목소리로 협박을 하는 민 회장을 보며 순정은 가만히 사진을 내려다보았다.

"이번 맞선볼 사람은 바로 검사라는 아주 훌륭하고 바람직헌 직업을 가진 사람이여."

조건만으로도 마음에 쏙 드는지 설명하는 민 회장의 목소리에는 자부심마저 깔려 있었다.

그러나 사진을 보는 두 여자, 특히 순정의 얼굴에는 민 회장의 얼굴과는 정반대로 어둠이 깔렸다.

뭐가 그리 못마땅한지 미간에 주름 세 개를 잡고 정면을 보며 굳게 입을 다물고 있는 남자.

참…… 무섭고 고집스럽게도 생겼다. 얼굴에 딱 검사라고 쓰인 것처럼 느껴졌다. 대체 뭐가 불만일까, 이 남자도 선보는 것이 그리 탐탁지 않은가? 왜 저리 인상을 쓰고 있는 거람? 인상만 보면 어떤 범죄자도 이 남자에게 걸리면 뼈도 못 추릴 것 같다.

"아빠, 이 사람, 너무 무섭게 생겼어. 싫어."

가영의 말에 순정은 절대 공감하듯 고개를 끄덕이고 싶은 것을 애써 억눌렀다. 이 무섭게 생긴 남자하고 선봐야 하는 것은 바로 그녀였으니까.

"잔말 많다. 검사란 말이여, 검사. 넌 검사가 뭔지 모르냐? 나쁜 놈들 감옥에 보내려고 재판장한테 부탁하는 사람이 검사 아니냐? 나쁜 놈들 감옥에 보내지 말아달라고 부탁하는 변호사보다 훨씬 낫지, 안 그려?"

사람 마음이란 것이 참 간사한 것이 맞다. 순정의, 아니, 가영의 첫 번째 맞선 상대가 변호사였다. 그때 민 회장은 이렇게 말했다.

'죄 없는 사람을 대신해서 누명을 벗기고 감옥에 보내지 말아 달라고 대변하는 사람이 바로 변호사여. 얼마나 멋있냐? 안 그려?'

검사라니, 그럴 일은 없겠지만 그녀가 가영과 다른 인물이란 걸 들키게 된다면 사기죄로 들어갈 수도 있겠다. 그 죄가 성립이 될지는 모르겠지만 성난 검사라면 충분히 가능할지도 모른다.

순정은 가영을 흘끔 바라보며 눈짓을 했다.

네가 사실을 털어놓아야 하는 순간이 바로 지금이야. 민 회장님이 다음에는 검찰총장 집안하고 엮을지도 몰라.

그런 그녀의 시선이 무엇을 뜻하는지 아는 가영은 그럼에도 불구하고 애써 시선을 돌리고 모른 척했다. 이건 한마디로 약속위반이다. 아까 그렇게 다짐을 했건만.

그러나 그런 가영의 마음을 모르는 바가 아니었다. 민 회장이 순정의 아버지라 해도 그녀 또한 그를 무서워했을 테니까. 공연히 말 한마디 잘못했다가는 뼈도 못 추릴 성정의 민 회장이니까.

민 회장이 눈치채지 못하게 순정은 짧게 한숨을 내쉬었다.

또 그 짓을 해야 한단 말이야? 검사를 상대로?

"사흘 후, 저녁시간대로 예약을 해놨으니께 그땐 잘혀야 헌다. 제발 그 입 좀 다물고 가만히 있어. 그렇게만 해도 네 바보짓이 반으로 줄 테니께. 이젠 할 말 다 했으니께 올라가라."

대꾸도 한 번 못해보고 가영은 순정의 손에 이끌려 2층으로 향했다. 계단 중간쯤에서 순정은 가영이 작은 목소리로 물어오는 것을 들었지만 대꾸하지 않았다.

"그런데 호놀룰루는 어디 붙어 있는 나라야?"

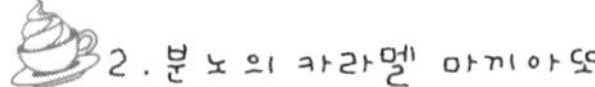

가영이 순정의 방문을 빼꼼히 열고 살짝 머리를 들이밀었다. 아무리 눈치란 것이 없다 해도 순정이 화가 난 것은 기가 막히게 잘 아는 가영이었다. 아까 민 회장에게 둘이 함께 야단맞은 이후부터 순정이 말을 않는 것으로 보아 화가 난 것이 분명하다 여긴 모양이었다.

"순정아."

콘솔 앞에 앉아 가영의 대신으로 했던, 조금은 짙은 화장을 지우던 순정은 가영의 목소리를 확실히 들었건만 아무 대꾸도 하지 않았다.

"화났어?"

"……."

또 대답이 없자 가영은 슬그머니 안으로 들어와 순정의 침대에
걸터앉았다.

"……미안해. 화내지 마. 네가 화내면 우리 아빠보다 더 무섭단
말이야."

가영의 목소리가 점점 기어들어 가자 순정은 그제야 하는 수 없
이 돌아앉았다.

"화난 거 아냐."

화가 난 것이 맞지만 그래서 말을 안 하는 것은 아니었다. 생각
을 할 시간이 필요했던 것이다.

"그럼 왜 말을 안 해?"

"가영아."

순정이 차분하게 자신의 이름을 부르자 가영은 또 주눅이 든 표
정을 지었다. 대화를 하다 순정이 저렇게 차분한 목소리로 이름을
부르면 그다음엔 무슨 이유에선지 항상 자신도 모르게 '알았어'
란 말을 하기 때문이었다.

"나, 그거 이제 안 할 거야."

"무얼 안 해?"

가영의 대답에 순정은 또다시 인내심을 그러모으기 위해 잠시
침묵의 시간을 가졌다. 항상 가영을 상대할 땐 자신의 동갑내기가
아닌 한 열 살쯤 된 어린아이라 생각해야 한다는 것을 한순간 잊
어버렸다.

"너 대신 맞선보러 나가는 거 말이야."

순정의 대답에 가영의 두 눈이 또다시 커졌다. 저러고 나면 항

상 그다음엔 눈물이 흐른다는 것쯤 순정이 모르는 바가 아니었다. 아니나 다를까, 가영의 커다란 두 눈에 눈물이 그렁그렁 맺혔다.

"오늘은 그래도 소용없어. 나도 결심을 했거든."

가슴이 아프더라도 차갑고 모질게 말하는 쪽이 오히려 나았다. 그럼 가영이 일찌감치 포기할 테니까.

"오늘 아빠한테 하기로 한 말, 안 해서 화가 난 거야?"

"……."

아니라고 말하고 싶지만 사실 그런 것도 있긴 했다. 하지만 언제까지 이렇게 겁만 잔뜩 먹고 있는 가영이 민 회장에게 사실을 밝히는 것을 마냥 기다릴 수는 없는 노릇이었다. 그건 가영과 자신, 그리고 가영을 좋은 집에 시집보내기 위해 백방으로 알아보고 있는 민 회장까지 모두에게 좋지 않은 일이기 때문이었다.

"네가 말을 해야 이 모든 게 끝난다는 사실을 모르겠니?"

"알아, 하지만……."

"하지만 뭐?"

"……너도 우리 아빠 성격 알잖아. 내가 말했다가 우리 택규 오빠 다신 못 만나게 하면 어떡해? 내 방에 가둬 버리고 다신 못 나가게 하면 어떡하냐고?"

"네가 말을 한다면 내가 네 편을 들어줄게. 그 사람도 어떤 면에서는 부자이고, 또 이 모습 그대로의 민가영을 사랑하고 있고, 또 너도 그 사람 곁에서 얼마나 행복해하는지, 내가 다 말을 해줄게."

하지만 가영은 고개만 절레절레 흔들 뿐이다.

“그럼 말 안 할 거야?”

“해.”

“언제?”

“…….”

또 대답을 못한다. 언제나 똑같은 이야기, 똑같은 결말이다.

“그래서 나도 안 한다는 얘기야. 어차피 이제는 내가 나가서 그 남자한테 차여도 회장님이 널 가둬 버리실 거고, 그러니 결론은 똑같이 택규 씨를 못 만난다는 것으로 나와. 그래도 괜찮아?”

“그렇게까지 하시진 않을 거야.”

“아니, 하실 거야.”

오늘 민 회장님의 눈빛을 볼 때 이번 맞선 상대만큼은 상당한 욕심을 내고 있었다. 게다가 검사라니, 자칫하면 들킬 위험이 크다. 만일 일이 그리될 경우, 순정은 물론이고 민 회장에게까지 그 피해가 갈 것이다.

“그러니까, 말을 하든, 하지 않든, 그건 네가 알아서 해. 난 그 맞선, 절대 안 갈 테니까. 네가 감당할 수 있으면 회장님을 계속 속이면서 그 맞선자리도 네가 나가고 그게 아니면 회장님께 최대한 빠른 시일 내에 말씀드려. 그게 내가 해줄 수 있는 마지막 충고야.”

“정말로 안 나갈 거야?”

“안 나가.”

딱 잘라 말하는 순정을 보던 가영은 마침내 저도 화가 난 듯 침대에서 벌떡 일어섰다.

"알았어. 그럼 내가 나갈게. 순정이, 너한테 도와달라고 절대 안 해."

단단히 삐친 듯 가영은 문소리도 요란하게 닫으며 순정의 방을 나가 버렸다.

그녀가 나간 곳을 바라보며 순정은 살짝 한숨을 내쉬었다. 화를 낼 사람은 오히려 나라고. 너, 민가영이 아니라.

지석은 어머니, 난희가 챙겨주는 외투에 양팔을 꿰었다. 평소에도 자신을 잘 챙겨주는 어머니지만 오늘은 집요하게 자신의 뒤를 쫓아다니며 뭔가 강하게 호소하는 눈빛을 하고 있었다.

계속 모른 척하던 지석은 마침내 견디지 못하고 난희에게 할 말을 하라는 듯 똑바로 쳐다보았다.

"정말 참한 아가씨라는구나."

그럴 줄 알았다는 듯 지석은 난희가 거실에 꺼내놓은 자신의 서류가방을 집어 들었다.

"어머니, 전 시간이 없다니까요. 당분간 사건이 많아서 여자를 만날 시간도, 여자한테 써줄 마음도 없어요."

"그러지 말고, 한 번만이라도 만나봐. 이 엄마가 이런 부탁을 하는 것 본 적 있어? 현주 엄마가 그러는데 세경금융회사 회장 딸인 것은 둘째 치고, 그렇게 사람이 착하고 참하단다. 자, 여기, 사진을 좀 보렴. 나이도 스물여섯, 다섯 살 차이면 궁합도 안 본다잖니. 너하고 아주 딱이야."

바쁘게 출근하려는 지석의 코앞에 사진을 들이밀기까지 한다.

"궁합 안 보는 나이는 네 살 차이지."

거실의 안쪽 따뜻한 곳에 자리를 차지하고 신문을 편 난희의 남편 명수가 한마디 참견을 하다 이내 매서운 아내의 시선에 얼른 신문 속으로 얼굴을 묻었다.

어쩔 수 없이 지석은 코앞에 들이밀어진 사진을 흘끔 쳐다보았다.

그래, 얼굴이 예쁘게 생긴 것은 인정한다. 어디서 고쳤는지는 몰라도 참 감쪽같이 잘했다.

그는 가뜩이나 마땅찮은 마음에 속으로 비꼬았다.

더군다나 이 모호한 눈빛, 딱 봐도 '나, 머리 엄청 나빠요' 하고 말하는 것처럼 보인다.

"어머니, 그 현주 어머니는 솔직히 믿음이 가지 않아요. 무슨 재미로 그렇게 중매를 서러 다니는지 모르겠는데, 쌀 서 말 받자고 하는 것은 아닐 거 아닙니까. 세경금융 회장 딸이라면 뭘 받아도 큰 걸 받았겠는데 사실대로 말하겠어요? 똑똑하단 말은 전혀 하지 않았잖아요. 참하고 예쁘고 착하고. 내세울 것이 그런 거라면 뻔한 거지. 머리가 나쁘단 뜻입니다."

"그래, 알겠는데, 그래도 한 번만 만나보고 나서 결정하면 안 되겠니? 막상 만나고 나면 또 마음이 바뀔 수도 있잖아."

"어머니, 저, 바쁘다니까요."

"알았다, 유지석. 하는 수 없지. 또 새벽기도에 다니면서 금식해야겠구나."

푸념하듯 내뱉는 난희의 목소리에 그때까지 내내 입을 다물고 있던 명수가 또다시 한마디 거들었다.

"유지석, 그냥 한 번 져줘라. 난 네 엄마 새벽기도 다니다 또 넘어져서 다치는 꼴 보기 싫으니까."

지석은 짧게 한숨을 내쉬며 손목시계를 들여다보았다. 지금 어머니하고 논쟁할 시간이 없었다. 그렇다고 그냥 나가자니 고집쟁이 어머니, 분명 정말로 밥 굶으며 새벽기도에 나갈 것이다.

"다녀와서 얘기하기로 해요."

"지금 대답을 해야 한단 말이다. 이따가 오후에 현주 엄마가 온다고 했어. 그편에 선보는 날짜 보내기로 했단 말야."

그러니까, 자신에게는 물어보지도 않고 이미 다 결정을 했단 뜻이다.

"알았어요. 그럼 한번 만나는 볼게요. 하지만 계속 만나라고 강요하기는 없기입니다."

"그래, 유 검사. 절대 강요하지 않아. 날짜는 어떻게 하지? 내 생각에는 사흘 후가 딱 좋을 것 같은데. 그날 괜찮아?"

"바쁘면 다 바쁘고 한가하게 보이면 다 똑같이 한가한 겁니다. 어떤 날이든 상관없어요."

"오케이, 알았어. 그럼 사흘 후로 잡으라고 할 테니까 잊어버리고 다른 약속 잡으면 안 된다."

난희의 찰떡같은 대답에 지석은 더 이상 지체할 시간이 없는지 더 확인하지 않고 밖으로 나갔다. 집 앞의 차 소리가 멀리 사라지자 난희는 말간 미소를 지었다.

아들이 져줄 거라는 것은 이미 알고 있는 사실이었다. 날짜는 이미 현주 엄마가 그 맞선자리를 가지고 온 날 정해졌다.

"꼭 그렇게 해야 해?"

신문을 읽으면서도 모자의 대화를 다 들었는지 명수가 또다시 참견했다.

"관심도 없어하잖아. 부부장 검사로 승진해서 더 신경 써야 할 것도 많을 텐데, 꼭 그걸 지금 해야 하는 거야?"

"그런 말씀 하지 마세요. 내가 해줄 수 있는 걸 해주는 것뿐이니까. 지금까지는 저 혼자 어떻게든 해왔지만 앞으로도 승진을 하려면 높은 사람들도 자주 만나고, 그러려면 집안도, 돈도 받쳐 줘야 하는데."

여기서 난희는 잠시 숨을 쉬기 위해 말을 멈추었다.

"지금 우리 사는 곳을 봐요. 이 한옥집에서 벌써 20년도 더 살고 있잖아요. 전통을 좋아해서 그러는 것도 아니고 말이야. 지석이 잘되려면 앞으로도 계속 뒷바라지를 해줘야 하는데 당신은 은퇴해서 겨우 주식이나 하면서……."

"어허, 난 위험한 곳에는 손 안 대. 주식해서 돈 벌어다 주잖아."

"고작 한 달에 백오십 간신히 맞춰주면서…… 어쨌건 이런 형편에 우리가 유 검사한테 그걸 해줄 수 없는 거잖아요. 지금 들어온 혼처가 어떤 덴 줄 알아요?"

"세경금융이라며."

하는 수 없이 인정하듯 명수가 말하자 난희는 고개를 끄덕였다.

"하나밖에 없는 아들, 나중에 고등검사장 되고 검찰총장 되고 하려면 그 정도 집안이 뒤에서 받쳐 줘야 한다고요."

"흐음."

더 하고 싶은 말은 많지만 그래 봤자 자신의 부인에게 이길 수 없다는 것을 아는 명수는 거기서 그만두고 신문을 마저 읽기 시작했다.

명수에게서 시선을 돌린 난희는 들고 있던 사진을 다시 들여다봤다.

"홋! 그런데 정말 예쁘게 생겼네. 나도 이런 딸이 하나 있었으면 했는데. 아무리 생각해도 난 운이 좋은 것 같다니까. 안 그래요, 여보? 잘만 된다면 지석이도 앞으로 좀 편안해질 거고, 우린 예쁜 딸이 하나 생기는 거니까요."

"그런 집 딸이 우리 집에서 얌전히 딸 노릇 하겠어? 시부모 무시하지나 않으면 다행인 거지."

"절대 안 그럴 거예요. 현주 엄마가 그러는데, 정말로 착하고 참하대요."

"지석이 말이 옳을지도 몰라. 나도 이상하게 그 수다스러운 여자한테는 믿음이 가질 않아."

"전혀 그렇지 않아요. 현주 엄마가 좀 수다스러울지는 몰라도 그렇게 아닌 집에 소개를 넣을 사람은 아니에요."

"뭐, 당신이 그렇다면 그런 거고."

신문을 한 장 넘기며 명수는 무심하게 대답했다.

"내가 근처에 있을 거니까 너무 떨지 말고, 회장님 말씀대로 말

도 많이 하지 말고, 그냥 예쁘게 웃고 묻는 말에 대답만 해. 공연
히 뭐 물어보거나 하지 말고.”

차를 운전하면서도 순정은 곁에 앉은 가영에게 도움이 될 만한
충고들을 아끼지 않았다.

하지만 아직까지 뾰루퉁하게 삐쳐 있는 가영은 그 말에 아무 대
꾸조차도 하지 않았다.

“혹시라도 그 사람이 너한테 뭐, 모르는 거 물어보면, 대답하지
말고 바로 화장실 좀 갔다 온다고 하고 화장실에서 나한테 전화
해. 내가 가르쳐 줄 테니까. 그리고 자리로 돌아가서는, ‘아까 뭐
라고 하셨죠?’ 하고 자연스럽게 물어보고는 대답하면 되는 거야.
알았지?”

“…….”

“중간에 택규 씨한테 전화 와도 절대 그 앞에서 받지 말고, ‘전
화 왔네요. 이것 좀 받고 올게요’ 하고 말하고 밖으로 나와서 통화
해. 되도록 아예 받지 않으면 더욱 좋고.”

“그렇게 잘해서 뭐하라고? 택규 씨랑 헤어지고 검사님한테 시
집가라고?”

마침내 뾰루퉁한 목소리로 가영이 되받아쳤다.

“그럼 어떡할래? 회장님이 너 2층에 가둬 버리고 죽만 먹이시
겠다는데. 너 좋아하는 고기도 안 주신다는데.”

‘고기’란 말에 잠시 심각한 표정을 짓는 가영이었지만 이내 그
녀의 표정은 조금 전으로 돌아갔다.

“우리 아빠, 아무리 말은 그렇게 해도 절대 나한테 그러지 않으

실 거야. 말로만 그러시는 거야.”

글쎄…… 회장님이 정말 그럴까? 사실 가영의 말도 틀리진 않았다. 가영이라면 그렇게 엄하게 하시다가도 결국 뒤에 가서는 어쩔 수 없이 져주는 것이 다반사였으니까.

하지만 이 문제만큼은 순정의 생각은 가영과 같지 않았다. 아무래도 심하게 노발대발하실 것이 뻔하다.

“그렇게 하시면 어떡할 건데?”

“그럼 뭐, 며칠 고기 끊지.”

고기를 끊는다는 말까지 나오고, 정말 가영의 결심이 단단한 모양이다.

마침내 차가 약속했던 호텔에 도착을 했다. 순정은 일단 정문 앞에 가영을 내려주며 파이팅을 했다.

“그래, 알았어. 어쨌건 간에 잘하고 와라.”

그새 몇 마디의 대화를 했다고 어느새 풀어진 가영은 가련한 눈으로 순정을 바라보면서 떨어지지 않는 걸음으로 차에서 내렸다.

“멀리 가지 말고 있어야 해. 알았지?”

혹시나 절 두고 멀리 가버릴까 끝까지 다짐을 받는 가영이다. 순정이 고개를 두 차례나 끄덕이는 걸 보고서야 그녀는 내키지 않는 걸음으로 호텔 안으로 들어갔다.

지석은 손목시계를 한 번 쳐다보고는 들고 있던 서류를 가방에 담았다. 이제 그녀가 올 시간이었다. 아무리 내키지 않는 자리라고는 하나 이런 곳에서 일하는 모습을 보이는 것은 매너가 아니다.

사실, 그는 오늘 맞선이 있다는 것을 아침에, 난희가 혹시나 잊어버렸을까 확인해 준 덕에 상기할 수 있었다.

안 그래도 바쁜 시기라 이렇게 몇 시간이나마 빼앗기게 되면 또다시 청사에 들어가 잔업을 해야 하는 것이 현실이지만 이미 자신이 한 약속, 지킬 수밖에 없었다.

그는 다시 시계를 흘끔 쳐다보았다. 벌써 약속했던 정시에서 2분이나 지나 있다. 보통 이런 자리는 시간보다 먼저 나와줘야 하는 것이 예의 아닌가? 혹시 안 나오려고 그러는 건가? 그러면 차라리 안 나오길 비는 쪽이 낫겠다. 아까운 시간 버리지 않고 청사로 들어가 일이나 하게 말이다.

그러나 그런 그의 바람은 이내 곧 깨지고 말았다. 저쪽, 사진에서 보았던 여자가 웨이터의 안내를 받아 들어오고 있었다.

그는 일단 예의 바르게 자리에서 일어섰다.

여자는 의외로 잔뜩 주눅이 들었다고 할까, 아니, 겁을 잔뜩 먹은 표정으로 그를 바라보고 있었다.

"유지석입니다."

"아, 네."

어떤 극악스러운 범죄자를 상대할 때조차도 그런 적이 없던 지석의 머릿속이 허를 찔린 듯 하얘졌다. 이건, 정말로 예상치 못했던 반응이다. 자신이 이름을 얘기하면 저쪽에서도 응당, 제 이름을 말해주는 것을 너무도 당연히 생각했기 때문이다.

곤란한데. 사실 어머니가 그녀의 신상명세를 읊어주긴 했다. 세경금융 회장 딸인 건 수차례 강조를 했고 이름이 뭐다, 나이가 뭐다, 아, 나이는 대충 기억이 난다. 자신보다 다섯 살 어린 나이, 스물여섯. 하지만 이름까지는 기억나지 않았다.

"성함이……."

혹시나 기다리면 그녀가 자신의 실수를 깨닫고 이름을 말해주지 않을까 해서 기다렸지만 그대로 카우치에 앉아 두리번거리는 것을 보며, 자신이 이름을 몰라 또 다른 실수를 하기 전까지는 그녀가 스스로 이름을 말해줄 리 없다는 사실을 깨달은 지석은 마침내 자신의 실수를 인정하고 이름을 물었다.

"네?"

"죄송합니다만 그쪽 성함을 들은 게 며칠 전이라 제가 잊었거든요."

"아, 네."

"……."

또 시간이 흘렀지만 그녀는 그래도 이름을 말해주지 않았다. 지석의 머릿속이 바빠지기 시작했다. 이 여자, 머리가 나쁜 건가? 제 이름을 묻고 있는 것조차도 눈치채지 못할 만큼? 아니면 긴장해서 정신이 없는 건가? 몽롱해 보이는 그녀의 눈빛에 그도 제대로 된 생각을 할 수가 없었다.

"그래서 성함이 어떻게 되신다고요?"

마침내 머릿속을 차지하는 온갖 생각으로 인해 밀려드는 짜증을 억누르며 다시 한 번 정중하게 물었다. 그제야 그의 질문을 알아들은 가영이 입을 열었다.

"민가영이요."

또 그 표정이다. 바짝 겁을 집어먹은 표정. 비록 범죄자들을 상대하다 보니 저도 모르게 험상궂은 인상으로 변하긴 했지만 이렇게 여자를 겁먹게 하는 얼굴인 줄 지석은 스스로도 모르고 있었다. 이건 매너가 아니지. 최소한 여자에게는 매너있게 굴어야지. 그는 애써 미간에 들어갔던 힘을 뺐다. 살짝, 가영의 표정이 다시 안도감으로 바뀌었다.

지석의 손짓에 웨이터가 주문을 받기 위해 다가왔다.

"나는 커피로 주세요. 그리고 여기 여자분은……."

지석이 그녀가 대답할 것을 기대하고 쳐다보았지만 가영은 그런 지석의 표정만 빤히 쳐다보고 있었다.

대신 시키라는 건가? 뭘 좋아하는 줄 알고?

"가영 씨도 커피 시킬까요?"

그제야 가영이 얼른 메뉴판을 들여다보았다.

"저는…… 카라멜 마끼아또, 생크림 잔뜩 얹어서요."

웨이터에게 메뉴판을 돌려주는 지석의 미간에는 뭐라 형용할 수 없는 답답함에 저도 모르게 또다시 깊은 '짜증'의 주름이 잡혀 있었다.

마냥 물잔을 앞에 두고 앉아 있자니 시간조차도 더디 흐르는 것 같다.

"가영 씨는 지금 하시는 일이 뭔가요?"

달리 지루함을 없애보기 위해 그는 통상적인 질문을 건넸다.

"커피 기다리고 있어요."

“…….”

그는 속에서 터질 것 같은 무언가가 불쑥 치밀어 오르는 것을 느꼈다. 이건 뭐 말이 통해야 맞선이라는 것을 볼 것이 아닌가. 오늘, 그의 일생에 가장 일순위로 꼽을 지루한 시간을 가질 것 같았다.

아니, 혹시 이것이 의도된 것은 아닐까? 나처럼 저 여자도 억지로 불려 나온 건가? 그래서 이 맞선이 마음에 안 든다는 것을 저런 식으로 표현하는 거? 하지만 저렇게까지 하지 않아도 될 텐데. 굳이 본인 스스로를 망가뜨리면서까지 그럴 필요가 있나? 얼굴은 예쁘장하게 생겨서 말이야.

어쨌건 생각이 그렇다면 맞장구라도 쳐주는 것이 예의지.

“가영 씨가 가장 좋아하는 건 뭔가요?”

그제야 몽롱해 보였던 가영의 눈빛이 빛나기 시작했다. 지석은 그제야 자신이 ‘옳은’ 질문을 했다 생각하고 제대로 된 그녀의 대답을 기대했다.

“고기요. 소고기도 좋아하고 돼지고기도 좋아하고 닭고기도 좋아해요. 그런데 요즘엔 돼지고기에 완전 푹 빠졌어요.”

또다시 지석의 맥이 탁 풀렸다. 이것 역시 예상했던 답이 아니었던 것이다. 게다가 저 반짝이는 눈빛, 정말로 고기가 너무 좋은가 보다. 아님…… 혹시…… 바보?

“그렇게 고기를 좋아하시면 나중에 콜레스테롤 때문에 동맥경화가 올지도 모릅니다.”

“어, 저는 ‘폴레스테롤’은 안 입어요. 실크하고 순면만 입어요.

안 그러면 몸에 두드러기가 나거든요."

"……."

……바보다. 그것도 단 몇 마디만 나눠보면 바로 깨달을 수 있는, 상당히 떨어지는 바보다. 이 현주 어머닌지 현주 아주머닌지, 우리 어머니께 사기를 치고 바보를 만나게 한 것이다. 이건 그야말로 완벽하게 시간 낭비를 하게 만든 것이다.

또다시 지석의 미간이 저도 모르게 잔뜩 찡그려졌다. 그거에 맞춰 가영의 표정도 또다시 바짝 얼어버렸다.

다행히 상황이 더 어색하게 악화되기 전에 웨이터가 주문한 커피를 가지고 왔다.

지석은 커피를 입에 대며 찬찬히 생각을 다시 했다.

그래, 차라리 더 잘된 건지도 몰라. 이 일을 계기로 어머니께 다시는 맞선 얘기는 꺼내지 말라고 할 수도 있는 거고, 어중간하게 잘난 척하고 우둔한 여자 상대하는 것보다는 확실하게 모자란 여자를 상대하는 것이 편할 수도 있지. 나중에 조금 일찍 끝내고 청사로 돌아가기도 좋고.

일찍 돌아갈 마음에 너무도 급히 커피를 마셨기 때문일까, 뜨거운 커피를 너무 많이 목으로 넘겨 버렸다. 그는 또다시 저도 노르게 습관처럼 인상을 쓰고 말았다. 바로 그 순간 그는 맞은편에 앉은 가영과 시선이 마주쳤다. 그녀의 눈에는 이미 공포가 가득했다. 언제 흘렸는지 옷에는 마시고 있던 카라멜 마끼아또가 한 방울 떨어져 얼룩지고 있었다.

그는 그래도 그녀에게 최대한의 예의를 지키고자 물었다.

"지금 내가 무슨……."

바로 그 순간 가영이 백을 들고 자리에서 벌떡 일어섰다.

"화, 화장실 갔다 올게요."

금방이라도 눈물을 뚝뚝 떨어뜨릴 것 같은 표정으로 가영은 도망치다시피 화장실로 내달렸다. 영문도 모르고 그는 가영의 뒷모습만 바라볼 따름이었다.

순정은 차에 앉아 음악을 듣고 있었다. 혹시나 가영이 전화를 걸어오면 음악 소리로 인해 듣지 못할까 최대한 볼륨은 작게 조절해 놓고 그래도 불안한 마음이 가시지 않아 휴대폰을 손에 들고 있었지만 그녀가 진심으로 바라는 것은 제발 전화가 한 번도 오지 않고 무사히 맞선이 끝났으면 하는 것이었다.

그러나 그런 그녀의 바람과는 달리 전화는 가영이 커피숍으로 들어간 지 채 십오 분도 되지 않아 맹렬하게 울려대기 시작했다.

"응, 가영아. 지금 화장실에서 거는 거 맞지?"

그녀의 용건이 급할 것은 분명했지만 그보다 더 중요한 것은 남자가 있는 그 자리에서 거는 바보 같은 행동이다.

[응, 화장실이야.]

울먹이는 가영의 목소리에 순정의 정신이 바짝 들었다.

"너, 왜 우는 거야?"

[순정아, 나, 못하겠어. 네가 와주면 안 돼?]

"그게 무슨 소리야? 대체 왜?"

[내가 카라멜 마끼아또를 마시다 흘렸거든? 그랬더니…… 그랬

더니 그 사람이 무섭게 노려봤어. 그전부터 계속 화를 내는 거 같았는데 겨우 커피 한 방울 흘렸다고 인상을 잔뜩 쓰고 노려보잖아. 순정아, 나 무서워.]

아니, 뭐라고? 대체 어떤 인간이 그렇게 매너없이 구는 거야? 설마 가영이가 바보 같으니까 마음 놓고 무시하겠다 이거야?

검사니까, 많이 배운 사람이니까, 가영이 실수하는 것은 예상했다 쳐도 그쪽에서 그럴 것은 예상도 하지 못했다. 그 정도로 나왔다면 어차피 오늘로 끝날 만남이었을 것이다. 그렇다고 불쌍한 아이한테 잔뜩 겁을 줄 건 또 뭐람.

"거기 화장실에서 기다려. 내가 갈 테니까."

전화를 끊고 차에서 내리는 순정의 입가가 분노로 인해 단단히 닫혀 있었다.

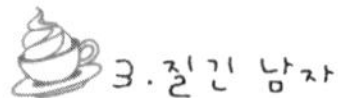

3. 질긴 남자

처음 선봤던 장소가 바로 이 커피숍이었다. 어찌 보면 다행이랄 수 있겠다. 최소한 화장실이 어디인지 물어보거나 두리번거려서 주위의 눈길을 조금이라도 끌고 싶지 않았으니까.

가영은 화장실 안, 그러니까 변기가 있는 그 화장실 안에 들어가 있었다.

"가영아, 나 왔어."

순정의 목소리에 그제야 닫혀 있던 쪽의 문이 열리며 가영이 얼굴을 내밀었다. 그녀의 얼굴을 보는 순간 순정은 그만 한숨을 폭 하고 쉬고 말았다. 그새 얼마나 울었는지 두 눈이 퉁퉁 부어 있었다.

사실, 가영이 맞선을 보러 나온다는 것 자체가 말이 안 되긴 했다. 오래전, 유학에서 돌아와 집에서 선생님들을 맞아 공부했던 그 당시부터 그녀는 아는 얼굴들 외에는 사람을 상대해 본 적이 별로 없으니까. 아니, 그 이전, 유학을 갔을 때조차도 가영은 말이 통하지 않아 사람들을 만나지 않으려 했다.

어떻게 보면 그런 그녀가 택규를 만난 것부터, 아니, 만나서 어찌어찌 잘 통해서 사랑하는 사이가 됐다는 것부터가 행운일지도 모르겠다.

순정의 얼굴을 본 가영은 그제야 안심이 되었는지 또다시 두 눈에 눈물이 그렁그렁 맺혔다.

"시간이 없으니까 일단 옷부터 갈아입어."

가영을 다시 화장실 안으로 밀어 넣고 따라 들어가 안경을 빼서 가방에 집어넣으며 순정은 자신의 블라우스를 벗기 시작했다.

어찌 된 건지는 옷을 갈아입으면서 들으면 되는 것이다. 아까 주차장에서 전화를 받았으니 가영이 화장실에 있던 시간은 10분 남짓, 짧지 않은 시간이다.

옷을 입으면서 가영에게 그간 있던 얘기를 들은 순정은 다시 한 번 분개했다. 사진으로 봤을 때도 험악한 인상이더니 이 마음 약한 가영에게 그 얼굴을 그대로 보였던 것이 아닌가. 원래 눈치라고는 찾아볼 수도 없긴 하지만 인상 쓰는 사람에게만큼은 무지 약한 가영이었다. 아마도 항상 가영에게 못마땅해하고 불쑥불쑥 화를 내는 민 회장 때문에 가영이 그렇게 변했는지는 모르겠으나 어쨌건 가영은 인상 쓰는 사람 앞에서는 엄청 소심해졌다.

옷을 갈아입고 나와서 가영과 같은 화장까지 한 후 나란히 화장실 거울에 얼굴을 비쳐 보니 영락없는 쌍둥이다. 똑같은 화장을 하면 회장님도 속을 정도다. 평소에 절대로 같은 화장을 하지 않는 이유이기도 하다.

"똑같아. 아마 저 사람도 속을 거야."

속없는 가영이 웃으며 말하자 순정도 인정을 하는 듯 고개를 끄덕였다.

그러나 지금 상대해야 하는 사람이 검사님이라니, 조금이라도 잘못되면 쫓겨나는 것이요, 더 잘못되면 쇠고랑이다. 눈앞이 캄캄하다.

그래, 겉모습은 똑같긴 하다. 똑같을 수밖에. 그러기 위해서 순정은 고등학교를 졸업하자마자 성형을 하지 않았던가. 바로 가영과 같아지기 위해서.

처음 민 회장의 집에 올 당시만 해도 많이 닮았던 얼굴은 나이를 먹으면서 차이를 보이기 시작했다.

그녀가 할 수 있는 선택은 두 가지였다. 더 이상 민 회장에게 쓸모가 없어진 이상 그 집을 나와 독립을 하든가, 아니면 가영의 얼굴과 같게 성형을 하고 민 회장의 집에 남아 일류대 입학부터 졸업까지 하고 또한 약속대로 퇴직금을 받아 그 돈으로 사업을 시작하든가.

그러니 그건 두 가지의 선택권이 아닌 하나의 선택권이었을지도 모르겠다. 그리고 그런 선택을 한 것은 지금도 후회하지 않는다. 아니, 요 근래 와서 가영의 눈물에 넘어가 대신 선자리에 '폭탄'으로 둔갑해 나가는 역할을 하면서 조금 후회하긴 했지만.

"가영이 넌 주차장에 있는 차에 가서 기다려. 우리 차 번호는 알지? 기억 안 나면 리모컨을 한 번 눌러봐. 그럼 우리 차가 빵빵거리면서 신호할 테니까."

"그건 알아."

그래도 고마운 것은 알았는지 가영은 순정의 목을 한 번 끌어안고는 얼른 화장실을 나섰다.

순정은 거울을 보며 옷매무새를 만졌다.

자, 검사님, 이제 나하고 붙어보실까?

지석은 손목시계를 또다시 들여다보고는 생각에 잠겼다. 이 여자, 아까 공연히 겁을 잔뜩 집어먹고 화장실로 갔는데 도통 나올 생각을 하지 않고 있다. 서둘러 청사로 돌아가 보려 했는데 이런 식이면 일찍 돌아가는 것조차도 힘들겠다. 사건 보고서나 꺼내 마저 읽을까?

하지만, 아무리 머리가 나쁜 여자다 해도 그걸 이용해서 매너없이 구는 것은 또 어머니가 가르친 '매너'라는 것에 많이 위배되는 일이었다. 여자를 상대할 땐 무조건 매너와 교양, 심지어는 어린 아이에게조차도 매너있게 구는 것이 진정한 신사다, 이 엄마는 아들이 잘나가는 유명인사가 되는 것도 좋지만 진정한 신사이기를 더욱 바란다, 어릴 적부터 가르쳐 왔다.

커피도 아까 한 모금 마신 채로 그대로 두는 바람에 식어버렸다. 그는 지루함의 끝에 마침내 웨이터를 불러 두 사람의 커피를 새로 갖다 달라고 부탁했다.

바로 그 순간 화장실에서 그녀가 돌아오는 것이 보였다. 잘됐다, 어쨌거나 나왔으니까. 한 삼십 분 더 앉아 있다가 돌아가자 해야지.

그녀를 기다리느라 화장실을 쳐다보고 있었다는 것을 들키지 않기 위해 지석은 모른 척 시선을 돌리고 있었다.

바로 그 순간 그의 귀에 아주 유창한 영어가 들렸다.

“I'm sorry, I couldn't see you. Are you okay?”

“How nice of you. Yeah, I'm fine. Thank you.”

분명 화장실 입구에서 들리는 목소리였다. 그는 살짝 고개를 돌려 그쪽을 보았다. 가영이 미국인으로 추정되는 한 노부인의 팔을 부축하고 있었다. 아마도 화장실에서 나오던 그녀와 노부인이 부딪힌 모양이었다.

못 본 척, 얼른 고개를 돌린 지석의 머릿속에 또다시 혼란이 오기 시작했다.

쉬운 영어지만 유창하게 하는지, 어눌하게 하는지는 말투만 들어도 알 수 있다. 조금 전의 가영의 말투는 분명 유창했다. 마치 유학이라도 다녀온 사람처럼 말이다.

하시는 일이 뭐냐는 질문에 커피 기다린다고 대답하는 그녀와는 너무도 상반된 모습이었다.

그렇다면 지금까지 한 것은 다 연기였단 말인가? 나하고 두 번 만나지 않기 위해서?

그렇다면 민가영, 저 여자는 어디 가서 배우 해도 될 것 같다. 몇 년 동안 검사를 하면서, 나쁜 놈들을 많이 상대하면서 어떤 놈이 거짓말을 하는지, 어떤 놈이 사실을 말하고 있는지 한눈에 알아볼 정도로 거짓 연기에는 도통하다 생각했었다. 그리고 분명 그의 판단에 민가영은 정말, 말 그대로 바보였다. 그런 여자가 갑자기 능숙한 영어를 구사하다니, 내 실력이 녹슬기 시작한 건가?

잔뜩 배에 힘주고 화장실에서 나오다 노부인과 부딪히고 놀라 무심결에 영어를 중얼거린 순정은 그 부인이 고마워하며 저쪽으로 가고 있을 때야 자신의 실수를 깨달았다.

어떡하지? 본 거 아냐? 얼른 고개를 돌려 이리저리 유 검사를 찾아보니 그는 창가에 앉아 이쪽으로는 관심도 없는 듯 지루하게 멀리 창밖만 내다보고 있다.

휴, 못 본 모양이다. 하긴, 영어라니, 그건 가영의 캐릭터와 너무도 다르다. 설마 가영이 그랬을 거라고는 생각도 못했을 테니 관심도 없었던 모양이다. 어쨌건 이제 조심해야지, 시작도 하기 전에 끝날 뻔했네.

창밖으로 시선을 돌리고도 머릿속으로는 복잡하게 생각을 굴리고 있는 지석의 앞에 가영이, 아니, 순정이 털썩 앉너니 예의 바보스러운 미소를 지어 보였다.

"아하, 화장실에서 전화를 받는 바람에…… 제가 좀 늦었죠?"

그녀의 모습은 화장실에 가기 전, 그대로였다. 잘 세팅된 머리, 값비싼 옷과 거기에 흘린 한 방울의 커피까지. 그러나 조금 전에 그걸 본 탓인가, 분명히 뭔가가 달라 보였다.

그는 미간을 또 찡그렸다. 대체 뭐가 바뀐 것일까?

그 순간 웨이터가 지석이 새로 주문한 커피를 가지고 다가왔다. 바로 그 순간 그는 보았다. 그녀의 눈빛이 별처럼 반짝이고 있는 것을. 그리고 그 순간, 그녀가 호들갑스럽게 커피잔을 받아 내려놓다가 곁에 있는 물잔을 쓰러뜨리는 것도.

물잔은 정확하게 그의 바지 앞섶을 향해 넘어졌고 그 물이 그대로 그의 허벅지 안쪽으로 쏟아졌다.

웨이터가 쟁반을 놓고 행주를 가지러 간 사이 순정이 얼른 그의 앞에 무릎까지 꿇고 앉아 냅킨으로 다리를 닦아주기 시작했다.

"괜찮……."

하지만 이미 순정의 손길은 그의 허벅지를 마구 주무르다가 그 안쪽까지 깊이 닿고 말았다.

"괜찮다니까요."

마침내 그의 목소리가 인내심을 터뜨리고 말았다.

모든 일이 계획대로 되어갔다. 그냥 가영의 흉내만으로도 끝낼 수 있지만 이 남자, 우리 가영이를 울게 만들었겠다. 그대로 보내주는 것은 너무도 친절한 것이다. 그래서 어디, 망신 한번 당해봐라 하는 심정이었다.

일부러 그의 앞에 무릎 꿇고 앉아 사람들의 이목을 받게 하고 손가락질당하게 하는 것은 기본. 거기에 앞서서 닦아주는 척하며 더듬어대는 여자라면 더욱 창피할 것이다. 마지막, 오줌 싼 바지 입은 것 같은 꼴은 서비스다.

그래서 냅킨으로 허벅지 안쪽을 꾹꾹 눌러대다 에라 모르겠다, 모르는 척, 더욱 안쪽으로 들어갔다. 그런데, 대체 이건…… 잘못 건드렸다. 뭉클한 무언가가 손끝에 만져지자 그녀는 치를 떨 만큼 놀랐지만 지금은 놀라도 되는 상황이 아니었다.

모른 척, 순정이 냅킨으로 그의 바지를 꾹꾹 눌러대고 있을 때 다행히 그가 살짝 그녀를 밀어냈다.

"괜찮다니까요."

"네."

순정은 살포시 자리에 앉아 언제 그랬냐는 듯 얌전히 머리카락을 귀 뒤로 넘기며 테이블에 놓인 카라멜 마끼아또를 스푼으로 떠먹었다.

성공이다. 그의 이마에 솟은 저 힘줄, 몇 번의 심호흡 끝에야 살짝 들어갔다.

그는 정해진 듯 손목시계를 들여다보더니 자리에서 일어섰다.

"죄송한데, 실은 일을 하다 말고 나왔습니다. 이제 청사에 들어가 봐야 하는데 괜찮겠습니까?"

일 핑계는 모든 남자의 대표적인 맞선 퇴짜 방식이다. 볼장 다 봤단 표정을 보니 성공이 확실하다.

순정은 애써 서운한 표정을 지었다.

"정말이요? 우리 아버지가 꼭 저녁까지 얻어먹고 들어와야 한다고 했는데……."

"죄송합니다. 다음에 사드리겠습니다."

"다음에 언제요?"

“음…… 제가 돌아가서 스케줄을 확인하고 시간을 만들어보겠습니다.”

이렇게 나오면 다신 안 보고 싶다는 소리가 맞을 것이다. 다른 때보다 오늘은 더욱 큰 소리로 쾌재를 부르고픈 마음이지만 애써 그 마음을 억눌렀다. 마지막까지 실수해서는 안 되는 것이다.

“알았어요. 하지만 정말로 꼭 연락을 주셔야 해요?”

그가 고개를 끄덕인다.

보통 그렇게 말하면서 전화번호도 물어보지 않는 케이스는 딱 하나지. 다신 전화할 일이 없다는 것. 그렇다고 이대로 끝내줄 줄 알아?

“참, 전화번호를 안 드렸네요. 그럼 전화할 수 없잖아요.”

가영의 가방에서 지갑을 열고 굳이 명함을 한 장 꺼내 내밀기까지하는 이 집요함.

“그렇군요.”

떨떠름한 표정으로 지석이 명함을 받아 들었다.

“검사님 명함도 주세요. 혹시 검사님이 바빠서 전화하는 것을 잊을 수도 있잖아요.”

그가 주머니를 뒤지는 척하는 것 같았다.

“죄송합니다. 급하게 나오는 바람에 명함케이스를 놓고 나왔네요.”

그럼 그렇지, 이 남자도 역시나 독창적이지가 못하구나.

“다음에 주실 거죠?”

“네, 다음에는 꼭 챙겨서 나오겠습니다.”

행여나, 잘도 챙겨서 나오겠다. 챙겨도 안 나올 것이 뻔하다. 비웃고 싶었지만 조금만 더 참았다 차 안에서 비웃어야지.

"그럼 이만 나서죠. 차는 가지고 오셨나요?"

그가 주춤 몸을 일으키며 한 말에 순정은 쑥스러운 미소를 지어 보였다.

"우리 아빠가 운전면허를 못 따게 해요. 위험하다고. 그래도 기사 부르면 돼요."

"그럼 어떡하죠? 기사 올 때까지 함께 기다려 드릴까요?"

"괜찮아요. 저는 호텔에서 쇼핑하면서 기다릴 거예요. 아까 괜찮은 백 하나 봐뒀는데 그거 사려고요. 신상이라서 오늘 안 사면 또 못 살지도 몰라요."

그의 입가에 살며시 서리는 저 비웃음. 저것이야말로 확실한 쐐기가 맞다. 오늘도 간단히 성공이다.

"알겠습니다. 그럼 이만 가보겠습니다."

그가 자리에서 일어서며 안타깝게도 한 팔에 건 외투로 다리를 가렸다. 저 오줌을 지린 것처럼 보이는 바지를 그대로 보이고 갔더라면 더욱 통쾌했을 텐데.

그녀는 그제야 느긋하게 카우치에 등을 기댔다. 그가 주차장으로 갔으니 조금 더 기다렸다가 내려가야지, 지금 내려갔다가는 마주칠 것이다.

가영이 시켜놓은 카라멜 마끼아또의 맛은 평소의 치가 떨릴 정도의 단맛보다는 달콤함으로 다가왔다. 그렇게 느긋하게 십여 분을 기다린 그녀는 여유있게 주차장으로 향했다.

그래, 통쾌하긴 하다. 평소보다 더욱더.

그런데 이제 어떡하지? 집에 돌아갈 일이 캄캄하다.

추운 한강 둔치에 두 여인이 궁상맞게 앉아 담요를 쓰고 있었다.

"어떡하지?"

순정이 승전보를 들고 호텔 주차장으로 내려올 때까지만 해도 마냥 좋아만 하던 가영은 차를 출발시키자마자 집이 아닌 한강 둔치를 택했다.

아마도 이제 산 하나를 넘고 나니 또 다른 산을 마주하기가 겁이 났던 것이 분명했다. 그러다 보니 며칠 전에 민 회장에게 한강 둔치에 갔었다고 했던 말이 떠올랐던 것이고. 집에 가고 싶지는 않고 그렇다고 달리 갈 곳이 있는 것도 아니었을 때 겨울의 강변은 꽤 괜찮은 곳이기도 했다.

추욱 늘어진 가영을 보니 순정의 마음도 함께 어두워졌다.

집에 들어갈 일이 고민인 것은 마찬가지였다. 남자를 떨궈내 버릴 땐 앞뒤 안 재고 했으니 신도 났지만 이제 남은 것은 그 후폭풍이었으니까.

"어떡하긴 뭘 어떡해? 각오한 일이었잖아."

순정의 말에 가영은 무릎에 얼굴을 파묻었다.

"이젠 택규 오빠, 보고 싶어도 못 보는 거야?"

"회장님이 그렇게 모진 분이 아니니까 그리 오래가진 않을 거야. 그러게 내가 뭐라고 했어? 차라리 사실을 밝히는 것이 낫다고 했잖아. 오늘이라도 가서 사실대로 말해. 그게 최선이야.”

“…….”

생각이 많을 것이다. 가영의 얼굴에 근래 보기 힘든 심각함이 서렸다.

“……배고프다. 고기나 잔뜩 먹고 들어갈까? 앞으로 한동안 못 먹을 텐데.”

“…….”

그래, 그게 고민이었던 거겠지. 그게 민가영이다.

“그러자. 앞으로 한 달치 고기를 오늘 다 먹는 거야. 그럼 질려서 당분간 쥐도 먹고 싶지 않을걸.”

가영에게 고기란 절대 질린다는 말과 동급이 될 수 없는 단어였지만 순정은 그렇게라도 위로를 해주고 싶었다.

“가자, 고기, 토할 때까지 먹으러!”

추운 강변에서 의기투합한 두 여자는 곧 차를 몰고 가장 가까운 갈비집으로 향했다.

세 시간 후.

차고에 차를 세우는 순정의 머릿속은 온갖 후회로 가득 차 있었다. 아무리 이젠 당분간 이런 일—가영이 선을 보거나 혹은 그 대타로 나가는 일—은 없을 거라 생각이 들긴 했지만, 아무리 가영이 불쌍하고 안쓰러워 그랬다고는 하지만 가영이 혼자 3인분의 고기를 먹어치우는 그 시간 동안 순정의 마음은 오늘 돌아가서 노발대발하고 있을 민 회장을 맞닥뜨릴 일에 대한 걱정만 가득했다. 회장님 한번 화나시면 사모님까지 곁에서 말려도 아무 소용이 없다.

안 하겠다 하고도 또 도와준 것을 후회하지는 않는다. 다만 또 거짓말을 해야 하는 것에 죄책감을 느낄 뿐이지. 얘기를 들었을 때 가영을 대하는 그 남자의 태도에 울컥 분노까지 느꼈다.

어쩌다 이렇게 되었는지는 모르겠다. 하지만 오랫동안 가영의 대역을 해서 그런가, 어디서 가영이 그런 취급을 당하고 있는 것을 보면 분노가 치밀어 견딜 수 없는 것이다. 결국 그 뒷감당은 자신이 다 하게 되건만 말이다.

이제 올라가서 무슨 말을 해야 하나. 걱정만 한가득 하고 있는 순정과는 달리 가영은 배불리 고기를 먹고 잠까지 들어 있었다.

"가영아, 집이야. 이제 올라가야 해."

"응?"

잠에서 깬 가영도 이제 제 방에 갇혀 있어야 한다는 현실이 눈앞에 닥친 것을 알고 있는지 또다시 두 눈에 공포가 서렸다.

"넌 가만히 있어. 공연히 한마디 대꾸했다가 회장님 더 화나게 만들지 말고. 알았지?"

"응."

대답은 잘하면서도 그 처진 어깨가 안쓰럽기 짝이 없다.

마치 두 사람을 기다리기라도 하듯 번듯한 민 회장의 집 1층 거실의 불이 환하게 켜져 있었다.

둘은 조용히 현관문을 열고 안으로 들어갔다.

그리고 그녀들은 놀라운 광경을 목격했다. 민 회장이 오랜만에 처음으로 환하게 두 사람을 향해 웃고 있었던 것이다. 양팔은 활짝 펼치기까지 하고서.

"우리 가영이! 오늘 정말 잘혔다!"

뭐, 뭐시라고라?

"네?"

가영이 이해하지 못하고 입을 열었다.

"네가 워떻게 혔는지는 모르겄는디, 아주 잘혔어. 중매를 선 이 씨헌티 물어봤는디, 그 검사가 오늘 괜찮았다고, 다음에 다시 만나고 싶어한다고 혔단다. 아, 이제 우리 집안에도 검사가 나오는 것이여. 검사 사위란다, 검사 사위!"

얼마나 신이 났는지 덩실덩실 어깨춤까지 추며 아직 한 번밖에 안 만난 사람을 벌써 사위라 부르기까지 하고 있다.

털썩, 순정은 그만 다리에 힘이 풀려서 소파에 주저앉고 말았다.

아, 대체 이 남자, 뭐가 잘못된 거야? 뭘 잘못 먹었나? 그 정도 해준 것이 부족했단 말인가?

"조만간에 전화를 걸어올 테니께 이다음에도 잘혀라, 가영아. 아니, 그냥 딱 오늘처럼만 혀. 알았제? 우리 이쁜 딸."

방으로 올라온 순정은 아무 말 없이 조용히 제 방으로 들어가려는 가영을 따라 가영의 방으로 들어갔다.

"어떡할 거야?"

"뭘 어떡해?"

아쭈, 이젠 모른 척하시겠다?

“민가영, 내가 무슨 말을 하는지 알고 있지?”

이글거리는 순정의 눈빛을 살짝 피하는 가영. 분명 알고 있다는 뜻이다.

“그 검사님, 너 때문에 만나자 한 걸 거야. 분명해. 분명 날 싫어했었단 말이야.”

그새 많이 늘었다. 순정에게 살포시 그 공을 양보해 주는 것을 보니 말이다.

“그럴 리가 없잖아. 이건 너나 내 잘못이 아니야. 우리 둘 중 그 누구도 그 남자를 치떨지 않게 한 사람은 없어.”

이건 뭔가 이상한 말이긴 하다.

“그래도 이젠 우리가, 아니, 네가 여기서 뭔가를 해야 할 타이밍이라고 봐. 언제까지 회장님을 속일 수 있을 것 같아? 또 회장님이 속은 걸 아시면 누가 그 피해를 볼 거라고 생각해? 아니, 검사라는 사람을 언제까지 속일 수 있을 것 같아? 더 이상은 나갈 길이 없어. 막다른 골목이라고. 민가영, 이젠 정말로 방법이 없단 말이야.”

“순정아, 우린 친구잖아!”

또다시 눈에 눈물이 글썽인다. 오, 제발 그것 좀 하지 마!

“너 곤란할 때만 친구 찾을래? 나 곤란해지는 건 어쩌고? 이거 들키면 난 회장님이 약속하신 퇴직금도 못 받고 쫓겨나. 너도 그건 알고 있잖아.”

“약속할게. 정말로 약속해.”

“무슨 약속?”

"네가 그 검사까지만 쫓아내 버리면 내가 아빠한테 다 고백할게."

순정이 미심쩍은 눈으로 가영을 쳐다보았다.

"너, 처음 맞선자리가 들어왔을 때 그 소리 했잖아. 이것만 대신 나가주면 내가 다 아빠한테 고백할게, 하고."

죄지은 건 알고 있는지 할 말 없다는 표정으로 고개를 끄덕이는 가영을 향해 순정은 말을 끊지 않고 계속 이었다.

"그다음 맞선 때도 그 소리 했지?"

"알았어, 이번엔 정말이야."

그다음 맞선 얘기도 나올까 이번에는 가영이 자진해서 대답했다.

"내가 검사를 쫓아내도 네가 약속을 어기면?"

"그땐……. 정말 내가 할 거란 말이야. 그래도 못 믿겠으면 그때 가서 네가 아빠한테 다 얘기해 버리면 되잖아."

"그럴 바엔 지금 말씀드리란 말이야. 공연히 엄한 사람 마음 상하게 한 후에 그러지 말고."

"아직, 아직은 마음의 준비가 안 됐단 말이야. 이번 일만 지나가면 택규 오빠하고 같이 와서 말씀드릴 거야."

순정은 마침내 한숨을 내쉬며 또다시 두 손을 들었다.

"알았어. 하지만 이번이 마지막이야. 약속, 지켜야 해. 알았지? 그때가 돼서도 약속을 안 지키면 정말로 내가 네 말대로 얘기해 버릴 테니까."

순정의 단단한 각오를 읽고, 정말로 이번이 마지막이라는 것을 알았는지 가영은 고개를 끄덕이면서도 전처럼 기쁜 얼굴이 아니었다. 하지만 지금 상황은 그런 가영의 마음까지 살펴 또 양보를 할 때가 아니었기에 순정은 달랠 생각도 없이 그대로 제 방으로 돌아왔다.

마음 같아서는 이대로 정말 민 회장에게 가서 말씀을 드리고 싶었다. 하지만 그래서는 안 된다는 것을 순정은 알고 있었다. 지금 이대로 자신의 입에서 '밀고'의 형태로 그 얘기가 나갔다가는 분명 가영과 택규는 잘될 일이 없을 것이다. 가영이 확실히 제 소신을 밝히고 고집을 부려야 그나마 한 번도 그런 적이 없던 착한 딸이 부리는 고집에 민 회장의 마음이 흔들릴 것이다.

저 자신을 위해서 하는 말인데, 가영은 그런 순정의 마음도 모르고 야속해하기만 하고 있고 그렇게 시간이 흘러갈 때마다 순정의 마음은 타들어갔다.

그녀는 침대 옆 협탁에서 파일을 하나 꺼내 들었다.

매시간 가영을 돌보느라 혼자 있을 틈이 별로 없었지만 그래도 틈틈이 시간이 날 때마다 모은 자료들이다. 작은 커피숍에서부터 비누숍, 혹은 플라워숍까지 혼자 운영할 수 있는 가게에 대한 정보로 인테리어 비용부터 상권, 그리고 권리금까지 꼼꼼하게 조사해 적어놓았다.

가영이 시집가게 되면 순정은 더 이상 이 집에 있을 이유가 없었다. 그녀가 이곳에 있는 이유는 오직 가영을 대신하는 것이었으니까.

그래서 대학도 경영학과로, 어떻게든 일하는 것에 가장 큰 도움이 될 학과로 정했었다. 민 회장의 집을 나간다면 어떤 일이던 해야 했고, 경영학과의 석사학위는 거기에 큰 도움이 될 테니까.

나갈 생각을 하면 마냥 좋은 것은 아니다. 딱히 잘하는 일도 없었다. 다만 머리로 어렴풋이 느낄 수 있는 것은 사람들 많은 곳에서 함께 어울려 일하는 것은 하고 싶지 않다는 것뿐이다. 사람들로부터 차별과 놀림을 당한 것은 어린 시절에 이미 충분했으니까.

그랬기에 만일 이곳을 나가게 된다면 혼자 할 수 있는 일을 찾아야 했다.

가영이 택규를 만나기 얼마 전부터 이것을 준비하기 시작했다. 가영이, 그리고 그녀의 나이 스물여섯. 그녀 생각에 이제 회장님이 가영이를 시집보낼 준비를 시작할 때라 여겼던 그때부터 하나씩, 차근차근 모아오고 계획하고 있는 것이다.

그러니 가영이 시집을 가는 것은 그녀가 정말로 원하는 일은 아니었다. 하지만 만일 가영이 사랑하는 남자, 택규와 결혼을 하겠다고 용기를 내서 나선다면 그녀는 절대적으로 지원할 것이다. 가영이 그렇게 행복해진다면 그 이상 순정을 행복하게 하는 일은 없을 테니까.

그날 밤, 검사 사위를 둘 생각에 설레어 잠을 못 이루는 민 회장의 곁에서 혜주 또한 잠을 쉽게 이루지 못하고 있었다.

"회장님."

"응?"

"가영이 말이에요."

"가영이가 왜?"

"……시집보내지 말고 우리가 데리고 살면 안 돼요?"

혜주가 생각도 안 했던 얘기를 꺼내자 민 회장은 무슨 말을 하냐는 표정으로 혜주를 쳐다보았다.

"쓸데없는 소리 하고 있어. 왜 다 큰 딸을 데리고 살아? 데리고 살겠다는 남자도 있는디."

"아직 데리고 살겠다고 한 건 아니잖아요."

"그건 모르는 일이여. 그 검사가 가영이 정도면 충분하다 생각할지 어찌 알어?"

"충분한 정도로는 제가 충분하지 않으니까 그러죠. 저 모자란 것이 정도 없는 집안에 시집가서 사랑받기는커녕 구박이라도 받으면……."

"시끄러. 쓸데없는 소리 하지 말고 잠이나 자. 당신이 그렇게 자꾸 모자라다, 모자라다 하면서 감싸주니께 저것이 버릇만 더 나빠지는 거 아니여? 사람이란 자고로, 제 가정을 꾸리고 애 낳고 사는 것만큼 좋은 것은 없는 것이여. 더군다나 그냥 멀쩡한 사람도 아니고 검사라는디, 고맙습니다, 어서 오셔요, 하고 맞아도 부족한 판에, 무슨 사랑타령이여? 또 그딴 소리 할 거면 딴 방에서 자."

한마디 했다가 타박까지 듣자 혜주는 길게 한숨을 내쉬며 입을 다물었다.

지석에게서 전화를 받은 것은 그로부터 며칠이 지나지 않아서였다.

다행히 순정은 그 순간 가영의 액세서리 케이스를 정리해 주기 위해 가영의 방에 함께 있었다. 누군지 모르는 사람에게서 전화를 받던 가영이 고개를 갸우뚱거리자 의혹에 찬 눈으로 가영을 지켜봤다.

"네, 제가 가영인데요……. 네? 누구요? 유지석?"

바로 그 순간 순정은 더 망설일 겨를도 없이 얼른 가영에게서 전화를 뺏었다. 두어 번 기침하는 소리를 내서 목소리가 바뀐 것에 의심이 가지 않게 한 다음 가영의 말을 이었다.

"아, 검사님."

[네, 기억을 못하시는 줄 알고 당황했습니다.]

"아니에요. 기억해요."

[일전에 전화드린다고 약속을 했잖습니까. 약속도 약속이고, 또 그날은 별로 얘기를 나누지 못한 것 같아서요.]

그런 약속은 안 지켜도 되는데. 다시는 '꼭' 전화해 달라는 말은 하지 말아야지. 검사란 사람은 그런 약속까지도 잘 지키는 모양이다.

[그래서 이번 일요일에 시간이 되시면 다시 한 번 만나뵙고 싶습니다.]

일요일에 만나지 않을 핑계는 천 개라도 댈 수 있지만 그랬다가는 민 회장이 노발대발할 것이 분명했기에 순정은 어쩔 수 없이 고개를 끄덕였다.

"네, 시간 있어요. 약속이 있지만 취소하면 돼요."

이 정도에서 '그럼 다음으로 미룰까요?' 하고 매너있게 나와줬으면 좋겠지만 그는 그런 눈치까지는 없는 듯했다.

[그럼 이번 일요일은 점심을 함께합시다.]

"네, 알겠어요."

[댁으로 모시러 가겠습니다.]

이어진 그의 말에 순정은 그만 펄쩍 뛸 뻔했다. 그건 안 될 말이다. 가영으로의 변신은 일단 이 집을 빠져나가고 나서야 가능하단 말이다.

"아니에요, 약속 장소를 가르쳐 주시면 제가 나갈게요."

[아, 그러시겠습니까? 그럼 아직 장소는 생각을 못했는데 곧 구해지는 대로 전화를 다시 드리겠습니다.]

"네, 바쁘시면 그냥 문자로 보내주셔도 상관없어요."

[알겠습니다.]

전화를 끊고 나서 순정은 후회했다. 사람이란 자고로 자나 깨나 입조심이다. 검사를 상대로 약속을 강요하다니, 머리가 그때 덜 돌아갔었나 보다. 전화번호도 가영의 것이 아닌 자신의 것을 주는 것이 나았을 것이다. 이번에 나갈 때 확실히 하지 않으면 휴대폰뿐만이 아니라 여러 가지로 일이 불편하게 될 것이다. 그래, 이번에는 확실히 보내 버려야겠다.

전화를 끊은 지석은 휴대폰을 내려다보며 싱긋 웃었다. 분명 허둥대는 목소리였다. 다신 전화를 하지 않을 거라 생각하고 마음 놓고 있다가 이쪽에서 마음에 들어한다 했으니 분명 놀랐을 것이다. 그래도 설마 진심은 아니겠지 생각하고 있다가 정말로 전화를 받았으니 많이 당황했을 것이다.

그날, 그곳에서 말똥말똥, 천진난만한 눈으로 날 골탕 먹이고 모른 척했지.

처음엔 정말로 바보라 생각했다. 그 모호한 눈빛하며, 그 말귀를 못 알아먹는 태도하며, 동문서답까지. 짜증이 나서 자리를 박차고 나가고픈 마음을 몇 번이나 다독였는지 모르겠다.

아마 그렇게 영어를 잘하는 것을 보지 못했다면 깜박 속아 넘어갔을 것이다. 게다가 고의로 물잔을 엎지를 때 그는 이미 그녀의 그 영리하게 빛나는 눈빛을 보고 말았다.

그 사건으로 화가 나서 생각했던 것보다 일찍 자리에서 일어서긴 했다.

그리고 청사로 돌아가면서 이상한 의문이 생긴 것이다. 아무리 생각해도 어딘가 찜찜한 것이, 그저 그녀가 연기를 했다고 생각하기엔 너무도 비포 애프터가 달랐다. 그러니까 화장실 들어가기 전의 그녀와 화장실 나온 후의 그녀가 말이다.

처음엔 자신을 차버리기 위해서 연기했다 생각했는데 아무리 생각해도 뭔지는 확실치 않지만 이상했다. 같은 사람이라고 생각하기엔 비포 애프터가 니무도 달랐고 또 다른 사람이라고 히기엔 또 비포 애프터가 너무도 닮았다. 그래서 집에 전화를 걸어 혹시 쌍둥이 자매가 있는 것이 아닌지 물어보기까지 했었다. 아니란 대답까지 듣고 나니 더욱 의문이 들었다.

뭔가 있다. 뭔가, 매우 궁금하게 만드는 것이.

게다가 모호했던 표정과는 달리 자신을 골탕 먹일 때의 그 빛나는 눈, 그 눈빛이 계속 뇌리에 남아 있었다.

분명 무언가, 자신을 자극하는 것이 그녀에게 있었다. 그게 호기심인지, 아니면 또 다른 어떤 것인지 확인하고 싶었다. 그때까지는 그녀가 아무리 자신을 밀어내려 해도 뜻대로 되지는 않을 것이다. 그런 페이크에 걸리는 것은 한 번으로 족하니까.

검사님을 만나기로 한 일요일, 아침을 먹고 올라가려던 가영은 혜주가 부르는 소리에 우뚝 멈춰 섰다. 오늘 순정이 검사님과 데이트를 하는 동안 그녀는 택규를 만나기로 되어 있었기에 나름 들떠 있으면서도 혹시라도 아빠가 '가영이, 너, 이놈!' 하고 뒷목이라도 챌 것 같은 기분에 살짝 긴장을 하고 있던 터였다.

"기다렸다가 약 먹고 올라가."

"무슨 약?"

"머리 좋아지는 약이지 뭐겠어? 오늘 약을 먹고 가야 조금이라도 실수를 덜 하지. 처음 만나는 것보다 더 중요한 것이 두 번째 만나는 거야. 처음엔 잘 모르지만 두 번째는 못 봤던 것까지 볼 수 있거든."

먼저 계단 아래쪽에서 가영을 기다리고 있던 순정은 그 말에 먼저 2층으로 올라갔다.

벌써 26년이 거의 지나고 있건만 사모님이 아직 포기하지 못한 것이 있으니 바로 약을 먹으면 가영의 머리가 명석해질 거란 희망이다.

한약이라는 것이 그렇게 단기간 효과가 나타나는 것도 아닌데

다, 특히 머리 나쁜 것에는 약이 없다고 순정은 알고 있었다. 지금까지 순정이 보아온 바로는 가영이 장기간 저 약을 먹어왔지만 역시 효과가 나타난 적은 한 번도 없었다.

2층으로 올라간 순정은 일단 침대에 앉아 가영이 입을 옷들을 골라 꺼내놓았다.

며칠 동안 오늘 어떻게 할 것인지를 생각해 봤다. 이럴 줄 알았다면 가영이를 먼저 내보내지 않는 것이었는데 가영이를 먼저 검사님과 대면시키는 바람에 일이 더 어려워졌다. 가영이 보여준 것이 있으니 그 틀에서 많이 벗어날 수가 없기 때문이다. 남자가 치떨게 만드는 방법은 머리를 짜내면 백 가지라도 만들어낼 수 있지만 가영이라는 인물로 할 수 있는 방법은 그리 많지 않았다.

그렇게 며칠 밤을 꼬박 고민해서 얻은 해결 방법이 바로 이것이었다.

우선은 가영의 옷장에서 가장 값비싼 옷들을 꺼내 늘어놓은 후 그중에서도 더욱 비싸 보이는 옷과 최고급 밍크코트와 악어가죽으로 만든 명품백을 꺼내 들었다.

비싼 옷들도 그 옷을 입는 모델에 따라 가치가 달라 보이는 법이다. 그 누구도 두뇌를 생각지 못할 만큼 모델 뺨치는 가영의 몸매는 옷을 더욱 빛나게 만들었다. 어찌 보면 참 신은 공평하단 생각이 들었다. 이 옷을 입고 여신처럼 눈부시게 웃고 있는 가영이 설마 아이큐 미달이라는 것을 누가 예상하겠는가. 더군다나 그렇게 먹어대는 것을 보면 그 몸매가 무척이나 의문스러울 것이다. 아무리 먹어대도 절대 살이 찌지 않는, 그야말로 신이 내린 몸매라 할 수 있으니까. 그런 가영의 대역을 하기 위해 순정은 기를 쓰고 다이어트를 해야 했다.

어쨌거나 이 정도면 남자라면 눈앞이 캄캄할 것이다. 한눈에 보아도 감당키 어려울 정도로 사치가 몸에 밴 여자로 보일 테니까.

약을 먹고 올라온 가영이 순정이 꺼내놓은 옷들을 보며 고개를 갸우뚱거렸다.

"이거 입고 갈비집에 가라고?"

"이건 내가 입을 옷이야."

"왜?"

일일이 설명해 주다간 시간이 다 가버릴 것이다.

"그냥, 이렇게 입고 가면 검사님이 아주 싫어할 것이거든."

"제일 예쁜 옷을 입는데 왜?"

"그건…… 하여튼 그래. 일단 입고 나가. 밖에서 갈아입을 거야."

순정의 말에 가영이 두말 않고 옷을 입었다. 밍크까지 걸친 가영을 보며 순정은 만족의 미소를 지었다.

그래, 이 정도라면 분명 눈앞이 캄캄할 것이다. 제아무리 검사라 해도 수입은 정해져 있을 테니까.

그렇게 해서 비싼 티가 팍팍 나는 옷에 천여백만 원짜리 윤기가 좔좔 흐르는 밍크코트까지 걸친 순정은 지석을 보는 순간 자신의 작전이 맞아떨어졌음을 깨달았다. 연신 험상궂은 얼굴의 포커페이스가 순정을 보며 더욱 굳어버렸던 것이다. 아마도 순정이 계산한 대로 자신의 연봉과 가영의 밍크코트를 비교하고 있을 것이었다.

"아, 날씨가 춥다고 해서 밍크 입고 왔더니 참 덥네요."

모른 척 순정은 코트를 벗어 안에 입은 옷 또한 만만치 않은 유명 디자이너의 '작품'임을 보여주었다.

지석의 입가에 경련이 이는 것 같았다.

자리에 앉으며 그녀는 이미 그것만으로도 더 이상 지석이 자신을, 아니, 가영을 귀찮게 하는 일은 없을 것이라 자신했다.

"고기 좋아한다고 해서 스테이크 잘하는 집으로 왔습니다. 괜찮겠습니까?"

그래도 최소한 매너는 아주 잘 지키는군. 이 상황쯤 되면 목소리가 덜덜 떨려야 정상이건만 그의 목소리는 얼굴만큼이나 태연을 가장하고 있다.

"네, 좋아요. 정말 좋아요."

순정도 지석의 눈썹이 떨리는 것은 보지 못했다는 듯 가영처럼 아주 화사하게 미소를 지어주었다.

흥, 이 정도에서 끝날 거라 생각했다면 오산이지. 오늘 불러낸 것을 부적이나 후회하게 해수겠어.

택규는 적당한 크기로 자른 갈비를 구워 입에 쏙 집어넣는 가영을 바라보며 연신 싱글거리고 있었다.

아무리 생각해도 부잣집 아가씨 같지 않게 먹는 모습조차도 소탈하다.

“맛있어?”

입맛까지 다셔가며 맛있게도 먹는 그녀의 모습에 택규는 제 배가 고픈 것도 잊고 있을 정도였다. 고개를 끄덕이는 가영의 앞쪽으로 잘 익은 고기를 골라놓으니 또다시 가영의 젓가락질이 바빴다.

만난 지 벌써 어언 넉 달이 다 되어가건만 택규는 아직도 가영을 만난 것이 꿈만 같았다. 그건 정말 우연이 아닌 인연 같았다.

그날은 아는 친구와 함께 어머니의 생신선물을 사기 위해 실로 오랜만에 백화점에 갔었다.

어디서 뭘 고를까 한참 돌아다니고 있을 때 그는 막 에스컬레이터를 타고 올라가는 가영을 먼발치에서 보게 되었다.

마치 망치로 한 대 얻어맞은 기분이었다. 숨조차 제대로 쉴 수가 없었다. 그의 일생에 이렇게 아름다운 여자를 실제로 본 것은 정말로 처음이나 다름없었다. 예쁜 여자들은 전부 가수나 배우를 해서 방송국에만 있는 줄 알고 있었던 것이다. 그만큼이나 그에게 가영은 눈부시게 아름다운 여자였다.

그래서 그랬는지 하루 종일 넋을 빼놓고 있다가 그만 휴대폰을 잃어버렸던 것이다.

집으로 돌아오려다 그제야 휴대폰을 잃어버린 것을 알고 친구의 전화를 빌려 자신의 휴대폰에 전화를 걸어보았다.

한참 신호가 울리는가 싶더니 이내 어떤 여자가 전화를 받았다.

[여보세요?]

“아, 여보세요? 그 휴대폰 주인인데요.”

[네.]

"죄송한데 지금 찾으러 가고 있거든요. 어디 계신지 말씀해 주시면 제가 그쪽으로 가겠습니다."

[집인데요.]

그 대답에 그는 황당해했다. 집이라니, 왜 그걸 들고 집으로 갔을까.

"집이 어디신데요? 제가 그리로 가겠습니다."

[서초동이요.]

서초동이면 백화점에서 그리 멀지는 않았다.

"서초동 어디신가요? 주소를 불러주시면 바로 가겠습니다."

[여기 오시면 우리 아빠한테 많이 혼나는데.]

그 대답에 그는 잠시 할 말을 잃을 수밖에 없었다. 온갖 생각이 머릿속을 스쳤다. 지금 안 돌려주겠다는 소린가? 아니면 밖으로 나오겠다는 뜻? 그것도 아니면 놀리는 건가?

"그럼 나올래요?"

인내심을 가지고 그는 물었다.

[어디로요?]

"아까 그 백화점으로요. 그 휴대폰, S백화점에서 주운 거 맞죠?"

[네.]

"그럼 가지고 나오실래요? 제가 그 휴대폰 산 지 얼마 안 된 거라 아직 할부금도 잔뜩 남아 있거든요. 그러니까 돌려주실래요?"

[할부금이 뭔데요?]

저가 영국 공주가 아닌 이상은 할부금이 뭔지 모를 리가 없다. 아니, 영국 공주라 해도 할부금이 뭔지는 알 것이다. 그는 그녀가 자신을 놀리는 거라 생각했다. 그래서 짜증까지 내고 말았다.

"할부금이 할부금이지 뭐예요? 빨리 나와요, 경찰 데리고 찾아가기 전에."

[알았어요, 갈 테니까 경찰 부르지 마세요.]

그의 으름장에 잔뜩 놀랐는지 여자는 겁먹은 목소리로 대답했다.

그리고 그는 마침내 백화점, 약속했던 분수대 앞에서 자신의 휴대폰을 들고 서 있는 여자를 발견한 것이다.

그녀였다. 아까 에스컬레이터를 타고 올라가던 그 아름다운 여인.

겁을 잔뜩 집어먹은 얼굴로 혹시라도 자신이 휴대폰을 찾아가지 않을까 봐 그녀는 휴대폰을 손에 번쩍 치켜들고 서 있기까지 하고 있었다.

그날, 그녀에게 휴대폰을 찾아준 대가라며 커피를 샀다.

그녀와 나눈 대화 몇 마디에 그는 왜 가영이 전화를 그렇게 받았는지 대번에 알아챌 수 있었지만 그녀를 무시할 수 없었다.

가영이처럼 예쁜 여자들이라면 으레 그의 커다란 덩치에 그리 잘생기지 못한 겉모습만으로도 무시하기 일쑤인 것에 반해 그녀는 사심없이 그를 대했기 때문이다. 여자란 존재에게 그렇게 인간적인 대우를 받아본 적이 처음인 그는 가영의 문제를 파악하고 있음에도 기쁨을 느꼈고 고맙게 생각했다.

많이 망설였지만 그래도 처음으로 자신을 '미련한 곰' 처럼 느끼지 않게 해준 여자를 다시 한 번 만나고 싶었던 마음에 다음을 기약했다. 그래도 안 나올지도 모른다 생각했는데 그다음에도 어김없이 나온 그녀는 그를 만나 환하게, 반갑게 웃어주었다.

그리고 이제 그녀는 그의 인생에 있어 실수조차도 귀여운, 순수하고 사랑스러운 존재였다.

남들은 그녀를 머리가 나쁘다, 지능이 떨어진다 생각하겠지만 그랬기에 그녀는 계산되지 않은 마음으로 그의 순수한 사랑을 알아봤을지도 모른다. 오히려 그렇지 않다면 가영은 자신의 차지가 되지 못했을 것이다.

"아, 배부르다. 택규 오빠도 고기 먹어."

가영이 제 배가 부르자 그제야 정신이 드는지 택규에게 남은 고기를 과감하게 양보했다.

택규는 말없이 냅킨으로 가영의 입술에 묻은 소스를 닦아주었다.

"오늘도 순정 씨는 너 대신 선보러 나간 거야?"

"아니, 오늘은 데이트한다고 했어."

"데이트? 누구랑?"

"저번에 선본 검사님이랑."

가영의 말에 택규의 두 눈이 휘둥그레졌다. 그 말은 그때 검사란 사람이 그대로 떨어져 나간 것이 아니라 다시 만나자는 연락을 해왔단 뜻이란 것을 알기 때문이다.

"오늘은 반드시 떼어낸다고 했는데 순정이는 머리가 좋으니까 잘할 거야."

"검사님이라고 했지?"

고개를 끄덕이는 가영을 보는 택규의 눈에는 아까와는 달리 걱정이 스치고 있었다. 검사라……. 잘할 수 있을까? 공연히 잘못되었다가 된통 걸리면 어쩌려고.

그는 아무것도 모른다는 듯 자신을 보며 포만감에 만족스러운 미소를 짓고 있는 가영을 보며 살짝 한숨을 내쉬었다.

이대로 죄인처럼 가영을 몰래 만나는 것이 성격에 맞지 않아 몇 번이고 회장님을 직접 찾아뵙고 인사를 하려 했었다.

절대 안 된다며 말린 것이 가영이었다면 고집스레 밀고 나갔을 것이다. 하지만 말린 사람이 똑똑한 순정인 것이다. 회장님 성격에, 아무 예고도 없이 찾아가 그렇게 인사를 하면 큰 봉변을 당하는 것은 너무도 자명한 일이고, 회장님은 무슨 수를 써서라도 가영이를 만나지 못하게 할 거라는 것이다.

이도 저도 할 수 없는 지금의 현실이 참 갑갑하기만 하다.

"택규 오빠, 고기 안 먹어?"

택규가 갑자기 드는 걱정에 잠시 머뭇거리자 불판의 고기가 아까웠는지 가영이 재촉을 해왔다.

"안 먹으면 나 먹어?"

택규는 가영을 향해 웃어 보였다.

"다 먹어도 돼."

배가 부른 김에 양보했던 것이지, 절대 못 먹어서 양보한 것이 아닌 가영은 택규가 먹지 않는 이유를 모르는지 또다시 고기를 싸서 입안으로 넣고 있었다. 저리 먹어도 살 하나 안 찌고 예쁜 여자가 또 어디 있을까.

난 정말 복받은 남자다. 택규는 그새 걱정도 잊고 고기를 입에 불룩하게 넣고 씹는 가영을 넋을 잃고 바라보고 있었다.

지석은 양손에 가득 들고 있는 쇼핑백을, 마음만 같아서는 어딘가 쓰레기통에 마구 구겨 넣고 싶은 충동을 애써 억눌렀다.

점심을 먹고 나서 느닷없이 가고 싶은 곳이 있다 하더니 고작 찾아온 곳은 바로 백화점이었다.

원래 단골인지 꼭대기 층부터 아래로 쓸어 내려오다시피 하고 있는데 가는 곳마다 VIP급 환대를 받고 있다. 거기다 물건을 들고 자신을 보며 한껏 애교를 부리는 것이 사달라는 것 같아 지갑을 열었는데…… 이걸 뭐라고 말해야 하나, 그러니까 지금까지 한 번도 이렇게 한 번에 큰돈을, 뭔가 물건을 사기 위해 써본 적이 없다고 해야 하나. 보통 어머니가 그에게 필요한 것들을 미리 알아서 준비하는 쪽이라서 이렇게 뭔가를 사러 다닌 적이 한 번도 없었다. 더군다나 이렇게 많이는 더더욱 아니다.

백화점에 오지고 할 때까지만 해도 그를 벗겨먹을 삭성인 것은 눈치채지 못했다. 하지만 제일 꼭대기 층에서 원피스 한 벌을 들고 그에게 한껏 애교스러운 눈빛을 보냈을 때 그는 눈치를 챘다. 그래, 중간에 인상을 쓰고 더는 못 사주겠다며 포기하고 돌아가든가, 아니면 지갑을 거덜 내든가, 둘 중 하나는 보겠다, 작정한 것이다.

호기심의 대가로는 너무도 큰 출혈이었지만 거기서 그만두고 돌아가는 것은 자존심이 허락하지 않았다. 그녀가 이렇게 할 것을 미리 알았더라면 무슨 핑계를 대서라도 이곳에 오지 않았을 것이다. 하지만 막상 온 이상 그는 지갑이 거덜나더라도 자존심을 지켜야 했다.

저 여자, 남의 돈을 물 쓰듯 하면서도 어쩜 저리도 태연할까?

바보스러우리만치 어눌한 말투로 '이거, 신상이에요?' 하고 물어보면 끝이다. 그다음 그것은 쇼핑백에 고이 담기고 그가 카드를 내밀고 직원이 카드를 결제하고 올 때까지 기다리고 서 있으면 이미 이 여자는 다른 매장으로 먼저 휙 가버리는 것이다.

아무리 대인배라 해도 재벌 2세가 아닌 이상 점점 카드 사용금액이 늘어날수록 초조해지는 것은 어쩔 수 없을 것이다. 그 초조함이 극에 달했을 때, 마지막, 1층 잡화 코너에서 80만 원짜리 팔찌를 고르고서 곁다리로 선심 쓰듯 골라준 것이 작은 넥타이핀 하나였다. 물론 그것 또한 그의 지갑에서 나온 돈으로 산 것이긴 하지만. 그 순간 그는 그녀에 대한 호기심이고 뭐고 양팔에 한 아름 들고 있던 쇼핑백과 함께 다 집어던지고 싶은 충동을 강하게 느꼈다.

"이제 다리 아프다. 그만 커피나 마시러 가요."

천만다행으로 그녀는 거기서 멈추었다.

그렇게 커피숍에 마주 앉아 있으면서 그제야 지석은 뭔가 생각할 시간이 있었다.

그러나 그녀를 다시 만나고 싶게 만들었던 그 무엇인가는 오늘

한 가지도 찾아볼 수 없었다. 다만 원래 알고 있던 대로 이 여자, 자신을 떼어내기 위해 무척이나 애쓰고 있다는 사실만 큰돈을 들여 새삼 통감했을 뿐이다.

그는 커피에 설탕과 크림을 들이붓다시피 하고는 잔에 짙은 립스틱 자국을 남기며 커피를 마시는 순정과 손목시계를 번갈아 바라보고 있을 뿐이었다.

커피를 한 모금 마시며 순정은 웃고 싶은 마음을 다스렸다.

자신을 따라다니느라 피곤했는지 다크서클이 광대뼈를 가렸고 입술이 까칠해지기까지 한 이 남자, 분명 오늘 만나자 한 것을 무척이나 후회하고 있을 것이다. 그러게, 처음 아니다 싶었을 때 거기서 그만둘 것이지.

솔직히 말하면 조금 미안한 마음은 들었다. 가영이 만일 택규 씨하고 사귀지만 않았다면 자신도 이렇게 밀어내는 쪽이 아닌, 어떻게든 도움을 주는 쪽으로 행동하고 싶었지만 사람 인연이라는 것이 참 어려워서 이렇게 비호감을 연기하면서 이 조건 좋은 남자를 차려고 하고 있는 것이다.

그는 많이 지쳤는지 짙은 에스프레소 한 산을 마시며 생각에 잠겨 있었다.

이제 보니 속눈썹이 꽤 기네.

게다가 이렇게 옆에서 보니 그렇게 무섭게 생기지 않은 것 같다. 처음 사진으로 봤을 때까지만 해도 정말 인상 더럽다 생각했었는데.

평소에 얼마나 인상을 쓰는지 미간에 새겨진 주름은 보톡스를 맞는다 해도 안 없어질 것 같았고 눈썹의 중간을 살짝 가르는 저 흉터로 인해 더욱 험악해 보인다. 하지만 그것만 빼면 저 다정하게 빛나는 눈빛이나, 조금은 큰 듯 보이지만 잘생긴 코나, 고집스럽게 생긴 입매나, 그리 나쁜 비주얼은 아니다. 멀쩡하게 생긴데다 검사씩이나 하는 사람이 대체 뭐가 아쉬워서 가영의 집안을 등에 업으려 하는 것인지 이해가 가지 않을 정도다.

하긴, 그것도 오늘까지만이겠지. 아마도 여기서는 검사로서의 체면치레를 하느라 최대한 매너를 지키는 것이지만 집으로 돌아가면서는 어쩌면 육두문자를 날려댈지도 모르겠다. 민가영, 오늘 너, 좀 귀가 가려울 거다.

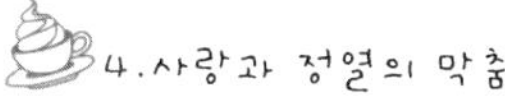

　대문을 열고 지석이 안으로 들어오자 거실에 앉아 명수에게 과일을 깎아주던 난희가 반색을 하며 맞았다.
　"우리 검사님, 오늘 어땠어?"
　"그냥 그렇죠 뭐."
　"그냥 그런 게 어딨어. 좋으면 좋다, 싫으면 싫다 말하면 되는 거지. 왜, 데이트까지 해보니까 별로아?"
　일요일인데도 나갈 준비를 하니 일하러 가는 것이냐고 집요하게 물어오는 난희에게 지석은 어쩔 수 없이 먼저 선본 여자와 데이트한다고 털어놓을 수밖에 없었는데, 지금 이 순간은 그것조차도 후회가 될 정도로 그 여자의 얘기는 하고 싶지가 않았다.
　"옷부터 갈아입고 나올게요."

지석은 대답을 보류하며 자신의 방으로 들어갔다.

방에 들어가 자신의 침대를 보니 그제야 몸이 풀리면서 쉬고 싶은 기분이 든다.

아, 정말 지독한 여자였다. 무슨 기운이 그리도 남아돌아서 그 넓은 백화점을 구석구석 다 뒤지고 다니는 것인지. 이래서 남자들이 백화점이라면 치를 떠는 것이구나. 부장 검사님이 부인 얘기를 하면서 어쩌다 하루 쉬는 날, 백화점 간다고 하면 그게 가기 싫어서 없던 사건을 만들어서까지 빠져나온다더니 다 이유가 있는 것이었다.

분명 날 물 먹이려고 그곳에 끌고 간 것이 분명해. 그 맞선보는 날 나에 대해 어떻게 생각하고 있는지 행동으로 다 보여줬는데 못 알아먹은 것이라고 생각한 것이 분명해.

거짓말하는 놈들, 사기 치는 놈들, 짱구 굴리는 놈들의 머릿속에 들어가야 하는 것이 바로 검사라는 직업이다. 그런 자신이 그 얄팍한 속을 읽지 못했을까.

어쨌거나 혹시라도 며칠 전 맞선 때 보여줬던 그 메시지를 이해하지 못했을까 봐 오늘 상당한 강도로 그것을 보여줬다. 거금을 쓰게 만들면서 말이다.

재벌 2세가 아닌 월급쟁이인 이상 오늘 하루 지출된 돈을 생각하면 앞으로 1년 정도는 돈을 쓸 때마다 상당히 신경을 써야 할 것이다. 더 화나게 만드는 것은 그런 지출을 하고도 얻은 것이 없다는 사실이다.

그런데도 이상하게 호기심이 가시지 않는단 말이지. 그날, 화장

실 이전의 그녀와 화장실 이후의 그녀는 분명히 달랐다는 것. 쌍
둥이가 아니면 이중인격인가 생각도 해봤는데 그건 또 아닌 것 같
고. 게다가 아까 봤을 땐 또 그리 바보스럽지도 않았다. 말투에서
백치미가 철철 넘치긴 했지만 지갑을 열게 만드는 그 수법은 확실
히 지능적이었다.

그 여자, 뭔가 많이 앞뒤가 안 맞는다.

아니야. 궁금하긴 한데, 출혈이 너무 컸다. 그렇게까지 나오는
데, 굳이 다시 만날 이유야 없지.

옷을 갈아입고 나온다는 아들이 나오지 않자 궁금해진 난희가
살짝 지석의 방문을 열었다.

"어머, 얘 좀 봐. 많이 피곤했나 보네. 씻지도 않고, 옷도 안 갈
아입고……."

살짝 쉬려 했던 지석은 어느새 침대에서 곤히 잠에 빠져 있었
다.

용의주도하게 공중화장실에서 옷을 갈아입은 순정과 가영은 집
으로 돌아오는 내내 걱정으로 한마디 말이 없었다. 아니, 석성으
로 입을 다물고 있는 것은 순정뿐이지만 말이다.

그러게, 일을 저지를 땐 반드시 떨쳐 낸다는 사명감 외에 다른
생각이 끼어들 틈이 없지만 이렇게 집으로 갈 땐 언제나 하는 걱
정. 회장님이 노발대발하시면 어쩌나, 이러다 가영이가 저 대신
옴팡 혼나는 것은 아닌가, 혹은 회장님이 마침내 자신의 길게 늘

어진 꼬리를 마침내 밟고서 짐을 다 싸서 거실에 내놓고 기다리는 것은 아닌가, 온갖 걱정을 다 하게 되는 것이다.

그래서 마침내 집에 도착해서 현관문을 열고 들어갔을 때, 팔짱을 끼고 앉아 기다리고 있던 민 회장과 그 옆에서 걱정스러운 표정을 하고 있는 혜주를 보는 순간 올 것이 왔구나 하는 생각이 들지 않을 수 없었다.

"가영이 너. 이리 와서 앉아봐."

고갯짓만 까딱 하시는 폼이, 아무래도 굉장히 노한 듯했다. 오늘은 고함 좀 나올 분위기다.

당연하다는 듯 순정은 가영의 곁에 가서 함께 앉았다. 이럴 때 그녀의 똑 부러지는 한마디가 도움이 될 수도 있기 때문이다.

"너, 오늘 데이트, 어디로 간 겨?"

다짜고짜 물어오는 민 회장의 말에 가영의 눈이 재빨리 순정에게로 향했다.

"아, 순정이는 왜 쳐다보고 그러는 겨? 순정이가 네 대신 데이트 간 겨?!"

"아, 아냐, 아빠!"

화들짝 놀란 가영이 얼른 고개를 내저었다.

"이것아, 내가 뭐라고 그랬냐? 가만히만 있으면 중간은 간다고 혔지? 뭣헌다고 백화점에 가, 백화점에 가길! 어휴, 내가 망신살 뻗쳐서……."

설마 그 사람, 그렇게 안 봤는데 그걸 말했단 말이야? 정말 상종 못할 사람이네!

"백화점에 아는 사람이 전화를 걸어와서 알았으니께 망정이지, 그게 무슨 짓거리여, 짓거리가! 내가 너무 미안해서 그 댁으로 한우 꽃등심으로다 보내줬다. 조신허게 있어도 될까 말까 한 자리를 뭣헌다고 나 돈 펑펑 잘 쓰는 여자요, 하고 보여주느냔 말이여! 그것도 그 검사님 카드로 다 샀다며? 아주 골고루 혀라, 골고루 혀! 넝쿨째 굴러들어 온 호박을 걷어차도 유분수제! 너, 일부러 그런 겨, 모르고 그런 겨?"

"회장님, 가영이가 설마 알고 그랬겠어요? 진정하세요."

대기하고 있던 혜주가 얼른 회장님의 팔을 잡으며 제동을 걸어 보려 노력했다.

"아, 임자는 가만히 있어!"

그 손을 매몰차게 뿌리치는 회장님을 보니 아무래도 진정시키기는 불가능해 보인다.

이번만큼은 순정도 가영을 도울 명분이 떠오르지 않았다. 할 수 있는 거라고는 쥐 죽은 듯 입 다물고 가만히 있는 것뿐.

가영이 눈물이 가득한 눈으로 도움을 청하듯 또다시 순정을 흘끔거리다 민 회장의 역정만 더 들었다.

"순정이 쳐다보지 말라니께! 넌 지갑도 안 가지고 다닌 겨? 왜 평소엔 잘만 쓰고 다니던 카드를 안 쓰고 검사님 지갑을 쓰게 만들어! 얘기 듣자니께 아주 양팔 가득 샀다던디. 대체 왜 그런 겨?"

"가영이가 약속에 안 늦으려고 서두르다가 그만 지갑을 차에 두고 내렸어요, 회장님."

가영에 대한 측은지심이 강해질수록 느는 것은 거짓말이다.

"지갑을 안 가지고 갔으면 사질 말아야지! 이젠 어떡할 겨? 모처럼 만에 저 모자란 놈을 좋다는 사람이 나타났는디, 분위기 파악 못하고 나가떨어지게 만들었으니 어떡할 겨? 어디서 그런 좋은 사람 만나겠냔 말이여."

순정은 그 순간 얼른 가영을 쳐다보았다. 지금이야! 지금이 절호의 찬스야. 회장님이 멍석까지 깔아주고 계시잖아. 어디서 그런 좋은 남자 만났다고 어서 말씀드려!

하지만 잔뜩 주눅이 든 가영은 그새 눈물을 찔끔거리며 고개를 푹 숙이고 감히 뭐라 말할 용기조차도 내지 못하고 있다.

아, 아무래도 오늘은 D—Day가 아닌 것이다.

"에잉! 보기 싫다! 보기 싫으니께 어서 네 방으로 올라가! 올라가서 당분간 내려올 생각도 말어! 밥도 위로 올려다 보낼 테니께 앞으로 방에서 나왔다가는 나헌티 아주 혼쭐이 날 겨!"

가영의 시선이 차마 순정에게까지 가지도 못하고 엄마에게 향했다. 그러나 혜주 역시 지금 가영의 편을 들었다가는 민 회장의 분만 더 키울 뿐이라는 것을 알기에 조용히 입을 다물고 있다 더 보지도 못하고 방으로 들어가 버렸다.

민 회장이 내린 금족령을 막아줄 사람이 아무도 없단 것을 깨달은 가영은 마침내 큰 소리로 울음을 터뜨렸다. 순정은 꼭 저 때문에 일이 그렇게 된 것 같아 미안한 마음에 그런 가영을 옆에서 감싸 안아 일으켰다.

이 불쌍한 아이에게 그렇게까지 해야 하냐는, 원망이 가득 담긴 시선으로 회장을 한 번 쳐다보고는 위로 올라가 버렸다.

제풀에 혈압까지 올라 뒷목을 잡고 있던 민 회장은 가영과 순정이 2층으로 올라가는 것을 보고 소파에 털썩 주저앉아 버렸다.

저렇게 보면 동갑인데도 불구하고 순정이 언니 같고 가영이 동생 같다.

의젓하고 영민하고 사리분별이 바른 아이, 순정이. 차라리 순정이가 내 딸이었으면 싶은 때가 한두 번이 아니다. 바로 지금처럼.

만일 그랬다면 유 검사처럼 괜찮은 사윗감을 놓치고 아까워하는 일은 없을 텐데.

그랬다면 맞선자리에서 호놀룰루라는 나라에 가고 싶다는 말을 하지도 않을 것이고, 처음 데이트에서 백화점에 가서 쇼핑중독에 걸린 여자마냥 마구잡이로 질러대는 꼴을 보여 도망치게도 안 했을 테니까.

최근 그는 참 행복했었다. 저 부족한 놈이 마침내 사람 노릇을 해서 이 집안에도 검사가 나오겠구나, 생각했었다. 상상만으로도 그는 그 어떤 것을 가졌을 때보다 더 만족했다. 그런 것을, 그랬던 것을 저 모자란 놈이 다 차버린 것이다. 제가 무슨 짓을 하는지도 모르는 채.

나라의 녹을 먹는 사람이 집안 식구의 일원이 된다는 것이 얼마나 큰 염원인지 저 녀석은 죽었다 깨도 모를 것이다. 그게 바로 아버지의 아버지로부터 들어왔던 집안의 오랜 염원이라는 것을.

피곤했던 탓인지 잠깐 잠이 들었다.

얌전히 옷장에 걸린 외투를 보니 어머니가 들어왔다가 곤히 자는 모양을 보고 안 깨우고 그냥 나가신 모양이다.

이왕 깼으니 샤워를 하고, 보고서를 검토하기 위해 책상에 앉아 시계를 보니 생각보다는 시간이 그리 많이 지나지 않았다.

지석은 보고서를 꺼내놓고 읽기 시작했다.

하지만 그것도 잠시, 지석의 시선은 이내 아까 책상 위에 꺼내놓았던 작은 상자로 향했다. 민가영, 그 여자가 골라주었던 넥타이핀. 선심 쓰듯 골라주었지만 오히려 그의 성질만 돋우었던 행동이었다.

넥타이핀을 집어 들고 만지작거리다 보니 아무리 생각해도 괘씸하기 짝이 없다는 생각이 들었다. 싫으면 싫다고 말로 할 것이지, 그렇게 골탕을 먹여야 직성이 풀리나? 모양새를 보니 부모님한테 등 떠밀려 억지로 나오긴 했고, 싫다고 말하면 그 말이 그대로 부모님 귀에 들어갈 것 같으니 그런 식으로 행동한 것 같은데. 그렇다고 해도 그런 식으로 해서는 안 되지. 사람이란 자고로 정정당당해야지, 그런 식으로 자존심을 자극해 물 먹이는 짓은 비겁한 것이다.

그런데도 참으로 희한한 것이, 그 눈빛, 시시때때로 빛나는 그 눈빛이 이상하게 즐겁단 말이지.

같은 방법에 두 번 당할 자신도 아니고, 자신을 두 번이나 골탕 먹일 정도로 영리한 여자라 그런 것을 모르지도 않을 것이니 더 이상의 출혈은 없을 것이다.

그렇다면 다시 한 번 만나보는 것도 나쁘진 않을 것이다.

또 만나자고 연락하면 틀림없이 놀랄 것이다. 그리고 자신에게 타격을 주기 위해 또다시 필사적으로 머리를 굴리겠지.

그는 피식 웃고 말았다.

기대감에 가슴이 설레기까지 하는 것을 보니 아직 덜 당한 것이 틀림없다.

2층에 올라간 순정은 가영을 달래느라 정신이 없었다.

"그만 울어. 바보같이."

"나, 바보인 거 이제 알았어? 아버지도 날 바보라 부르는데 뭐."

"누가 바보래? 바보같이 울지 말랬지. 그리고 아까 좋은 기회가 있었을 때 말씀드렸으면 좋았잖아."

"무슨 말?"

"너도 들었지? '어디서 그런 좋은 사람 만나겠냐고?' 하고 말씀하셨을 때 말이야. 그때 '좋은 사람 있어요. 날 있는 그대로 좋아해 주는 좋은 사람이요' 하고 말씀드렸으면 좋았잖아."

"그랬어?"

무서워서 주눅이 든 판에 아빠의 말이 귀에 들어올 리가 없던 가영이라 순정이 그대로 읊조린 말을 생판 처음 들어본다는 얼굴을 하고 있다.

"너, 택규 씨하고 결혼하고 싶지?"

끄덕.

"그럼 이제 말씀드려. 아까 회장님 반응을 보니까 정말로 그 검사님과의 혼사는 물 건너간 것 같잖아."

"안 그래도 화가 나셔서 내가 방에 갇혀 지내게 생겼는데 그런 말을 하면 더 화내시지 않을까?"

"오히려 지금이 낫지. 두 번 갇혀 지내는 것보다 한 번에 몰아서 갇히는 것도 나쁘진 않잖아?"

반농담조로 얘기했는데 가영은 그 말을 진지하게 받아들이고 고개를 끄덕인다.

"그런데 순정아."

"왜?"

"정말로 검사님한테서 전화가 안 올까?"

"내가 장담하는데, 절대로 오지 않을 거야."

그럼 어딘가 심하게 고장난 사람이지. 제정신이면 또 전화를 하겠어?

그러나 말이 끝나기 무섭게 제정신 아닌 사람이 보내는 것으로 추정되는 전화가 맹렬하게 울리기 시작했다. 제 전화를 들여다본 가영이 사색이 되어 휴대폰을 바로 순정에게 넘겼다.

액정을 들여다본 순정은 기가 막혀서 할 말을 잃고 말았다. 그 사람이다. 어딘가 심하게 고장나고 제정신이 아닌 사람. 아까까지 절대, 다시는 안 볼 것처럼 굳은 얼굴로 떠났던 그 남자, 유지석 검사가 또다시 전화를 걸어온 것이다. 이 남자, 아직 쓴맛을 덜 본 모양이다.

"여보세요."

가영을 흉내 낸 어눌 띤 대답에도 지석은 조금도 막힘없이 자신의 용건을 얘기했다.

[유지석입니다.]

알고 있거든요.

"네, 검사님."

[이번 주 수요일, 시간이 되십니까?]

수요일? 이젠 평일에도 만나자고? 검사가 참 한가한 모양이네. 대체 뭐가 문제야? 그렇게 절박해? 그런 걸 보고도 또 만나자고 하게. 아무래도 그 정도도 많이 약했던 모양이다.

"네, 시간 있어요."

[그럼 수요일 저녁에 저녁식사를 함께하고 싶습니다.]

"알겠어요. 수요일 저녁이요. 기다리고 있을게요."

전화를 끊는 순정은 이를 악물었다. 이 정도로는 멀었다 이거지? 그렇다면 이번에야말로 진정, 치가 떨리는 것이 무엇인지 내가 보여주마.

이젠 가영을 위해서도, 다른 그 누구를 위해서도 아니다. 이건 순전히 오기의 문제고 실력의 문제다. 그런 순정을 보는 가영의 눈빛에는 살짝 의도적인 무시가 들어 있었다. 이 집에 들어와 12년 동안 살면서 가영에게 저런 눈빛을 받아보기는 처음이었다. 이건…… 굴욕이야! 내 연기가 부족한 것이 아니라 저 남자가 이상한 거라고!

다시 전화가 왔으니 외출금지를 받지 않아도 될 가영은 그새 먹구름이 깔렸던 얼굴이 화창하게 개어 있었다.

그런 가영을 보며 순정은 분연히 자리를 박차고 일어나 가영의 옷장을 열어젖혔다.

어디 보자……. 분명 그런 옷이 있을 것인데. 가영이, 백화점 의

류매장의 아가씨가 무조건 예쁘단 말에 무턱대고 질러 버린 그 옷
이…… 그 옷이라면 한 방에 나가떨어질 것이다.

약속했던 호텔 레스토랑으로 나가면서 순정은 저도 모르게 슬
그머니 얼굴에 배는 미소를 참기 위해 입을 굳게 다물었다.

그래, 이 짓까지 한다면 저 남자, '해도 해도 참 너무한다. 웬만
해야 참지' 하고 돌아서 버릴 것이다. 그래도 달라붙는다면 분명
많이 궁색한 남자다. 그리고 그런 궁색한 남자는 가영을 무척이나
아끼고 사랑하는 자신으로서, 오히려 용납할 수 없다.

지석은 호텔 로비의 카우치에 앉아 신문을 읽고 있었다. 데리러
가겠다는 것을 극구 사양하고 굳이 약속 장소에서 만나겠다는 것
이 조금은 이상하게 여겨졌지만 따지고 보면 이상한 것이 한두 군
데가 있는 것이 아니라 그는 그것도 이 여자의 비밀 중 한 가지라
생각했다.

간간이 고개를 들어 그녀가 왔나 확인을 하던 차에 막 회전문에
서 나오는 그녀를 발견했다.

일단 전처럼 치렁치렁한 밍크코트는 아니다. 다행히도 작전을
바꾼 모양이다. 따스해 보이는 재킷의 안쪽에서는 고급스러운 스
카프 아래 실크 블라우스가, 그 아래 조금은 짧지만 그래도 점잖
게 보이는 검은 모직 스커트와 부츠를 신고 있다. 전에 비하면 오
늘은 상당히 정상적인 차림이다.

그녀의 차림을 점검하고 난 후에야 지석의 입가에 만족의 미소
가 살짝 스쳤다.

“오래 기다렸어요?”

그녀의 질문에 지석은 살짝 미소를 지으며 예의 바른 대답을 했다.

“가영 씨가 시간을 잘 맞춰와서 몇 분 안 기다렸습니다.”

“다행이네요. 어서 가요. 배가 많이 고파요.”

너무 당연하다는 듯 그녀가 지석의 팔에 팔짱을 끼는 바람에 그는 살짝 속으로 당황했다. 대체 오늘은 무슨 바람이 불어서 이렇게 살갑게 구는 것일까? 그녀의 이 산들바람 같은 태도가 태풍이 불기 전의 고요함처럼 그에게는 오히려 불안하게 느껴지고만 있다.

호텔 레스토랑은 따로 예약을 하지 않아도 됐을 정도로 자리가 한산했다. 평일 저녁이니만큼 외식을 하는 사람들이 오늘따라 많지 않은 모양이었다.

웨이터가 전망 좋은 창가 쪽으로 자리를 안내하자 지석은 예의 바르게 순정이 자리에 앉는 것을 보고 자신도 자리에 앉았다.

주문을 하고 나서 아직은 아무런 조짐이 없이 얌전해 보이는 그녀의 태도에 조금은 마음이 놓여 느긋하게 창밖을 내다보았다. 12월, 크리스마스의 계절답게 창밖에 온통 형형색색의 전구들이 가로수에, 혹은 커다란 크리스마스트리에 달려 눈을 즐겁게 만들어주고 있었다.

창가 쪽이라 그리 덥지도 않은데 그녀가 갑자기 연신 손으로 부채질을 하기 시작했다. 의아한 눈으로 쳐다보자 그녀는 그를 향해 생긋 웃어 보이면서도 손부채질을 멈추지 않았다.

"덥네요. 안 더워요, 검사님?"

"네? 별로…… 저는 그리 덥지 않네요."

"저는 왜 이리 덥죠?"

"그럼…… 외투를 벗어요."

그는 예의 바르게, 외투를 벗겨주기 위해 일어서서 그녀의 뒤로 돌아갔다.

"고마워요."

아무 생각 없이 외투를 벗겨주던 지석은 그러나 그 순간 저도 모르게 손을 파들 떨고 말았다.

오…… 이런, 이걸 어떡해야 하나. 재킷 안쪽에 그녀의 등이, 속옷 하나 걸치지 않은 것을 여실히 보여주는 그녀의 매끈한 등이 그대로 드러나 있는 것이다.

그러니까 이 여자, 앞만 멀쩡하지 등은 노골적으로 드러난 이상 야릇한 옷을 입고 온 것이다.

앞에서 봤을 땐 전혀 예상하지 못했다. 목에 맨 스카프 아래 이 가는 실…… 아니, 끈과 허리를 묶은 또 다른 끈의 바로 위까지 그녀의 등은 말 그대로 '누드'였다.

옷을 들고 서 있던 그는 저도 모르게 침을 꼴깍 삼키며 아주 잠시 망설였다. 다시 입히고 싶었다. 남들이 이 섹시한 등, 아니, 훤히 드러난 등을 본다는 것이 정말로 마음에 들지 않았다. 하지만 다시 입힐 명분이 없었다. 저리 덥다고 유난스럽게 손부채질을 하고 있는데 실은 더워서 그런 것이 아니라는 것을 안다고 해서 다시 입힐 수는 없는 노릇이 아닌가.

하는 수 없이 그는 그 옷을 순정이 앉은 의자 등받이에 걸어놓을 수밖에 없었다. 그대로 서서 그녀의 병풍 노릇을 하고 싶지만 그럴 수 없는 현실이 안타깝기만 할 뿐이었다.

떨어지지 않는 걸음으로 간신히 제자리로 돌아온 그는 저도 모르게 오는 갈증에 물을 한 모금 마셨다.

그리고 그는 물을 뿜어버릴 뻔했다.

"정말 여기 너무 덥지 않아요?"

스카프마저 풀어버린 그녀의 가슴, 반쯤 드러난 가슴의 섹시한 계곡이 그의 눈에 가득 차고 있었다.

식사를 하는 내내 지석은 음식의 맛을 느낄 수 없었다.

어떻게 저런 옷을 입고 이런 레스토랑에 식사를 하러 올 수가 있단 말인가. 여기가 자유분방한 미국 같은 나라라서 저녁 약속에 야한 옷을 입을 수 있는 문화도 아니고 말이다.

더 화가 나는 것은 일부러 그런 옷을 입고 왔다는 것을 알고 있음에도 자신이 평정을 찾지 못하고 아까 본 그녀의 등만을 그리며, 앞으로 보이는 저 절반쯤 드러난 가슴을 흘깃거리며 그녀의 몸 전체를 상상하고 있단 사실이다. 자신을 낭황하게 만드는 것이 그녀의 작전이라면 분명 성공이다. 하지만 그가 그녀의 나신을 상상하는 그 부작용은 알고 있는 것일까?

식사를 먹는 둥 마는 둥 하고 있는 지석에 비해 그녀는 아주 맛나게 스테이크를 썰어 입가에 묻히기까지 하며 먹고 있었다. 덜떨어진 컨셉으로 가려나 본데, 그건 실패다. 그는 그 순간 그녀의 입가에 묻은 소스가 되고픈 자신을 새삼 발견하고 있었으니까.

그럼에도 불구하고 그는 모른 척 음식을 먹고 있는 이 여자의 눈에 피어난 그 장난기와, 그를 골탕 먹이는 것을 즐기고 있는 그 마음을 다 느끼고 있었다. 그래, 그녀의 눈빛이 생기를 띠는 때는 오직 그 순간뿐이다. 자신을 골탕 먹일 때.

마침내 지석은 음식에 집중하기 위해 애쓰는 것을 포기했다.

"왜…… 더 안 먹어요?"

그가 포크를 내려놓자 짐짓 의아한 눈으로 쳐다보는 순정을 향해 지석은 미안한 표정을 지어 보였다.

"그러게, 오늘은 이상하게 별로 입맛이 없네요. 미안합니다. 식사를 하자고 말해놓고서."

또다시 순정의 눈빛이 반짝였다. 자신의 옷차림이 먹혀들었다는 것을 기뻐하는 기색이 아주 잠깐 스쳤다.

"그래도 조금만이라도 더 먹어두시는 게 좋을 텐데……."

순정이 말끝을 흐리자 지석의 미간에 또다시 험악스러운 주름이 살짝 자리를 잡았다.

저건 무슨 뜻이지?

그녀가 무엇을 뜻했는지는 얼마 가지 않아 바로 알 수 있었다.

먼저 백화점에 가서 그를 놀라게 했던 그때처럼 그녀는 이번에도 가고 싶은 곳이 있다고 했다. 설마 또 백화점에 가자는 것은 아닐 거라 생각했다. 시간도 늦었고, 또한 같은 것으로 그를 놀라게 하지는 않을 거라 생각했던 것이다.

하지만 그녀는 역시 그를 또 한 번, 아니, 오늘 들어 두 번 놀라게 만들었다. 격조 높은 저녁식사에 맞춰 편안한 정장을 입고 왔던 그를 데리고 간 곳은 바로 인근에 있는 나이트클럽이었다.

나이트클럽에 한 번도 가본 적이 없는 것은 아니지만 그건 어린 신참검사 시절, 동료들과 함께 힘든 사건을 끝내고 기분이나 풀러 간다고 따라갔던 몇 번이 전부였다.

이렇게 서른 줄을 먹고 나서 가보긴 처음이다. 더군다나 저녁을 먹고 난 후라고는 하지만 이렇게 이른 시간에 나이트라니.

이게 다 자신을 골탕 먹이기 위해서라는 것은 이미 간파했기에 그는 모른 척 그녀를 따라 안으로 들어갔다.

역시 생각했던 대로 안은 한산하기 짝이 없었다. 하긴, 아직 채 여덟 시가 안 된 시각이다. 음악을 즐기고 몸을 흔들어대며 유흥을 즐기기엔 조금은 이른 시간인 것이다. 그래도 그녀와 같이 개념이 조금은 덜된 사람들이 아주 없지는 않아 그나마 다행이었다. 군데군데 사람들이 앉아 있는 것을 보면.

이런 곳에는 VIP들을 위한 룸들이 충분히 있을 텐데 그녀는 그럼에도 불구하고 굳이 스테이지 가까운 곳에 자리를 잡고 앉았다.

마치 이곳을 위해 그렇게 차려입고 왔나는 듯 그녀는 들어오자마자 걸치고 있던 재킷을 벗고, 등을 훤히 드러냈다. 그리고 그 예의, 장난기 가득한 눈으로 지석을 쳐다보았다.

순정은 나이트 안으로 들어오면서 솔직히 조금은 떨고 있다는 것을 인정했다.

나이트라니, 이젠 정말 이 남자를 떼어놓기 위해 막 나가는구나.

나이트라는 곳은 가영이 스물세 살이나 먹었을 때, 꼭 가보고 싶다고 졸라대서 몇 번 가본 것이 전부였다. 그것도 혹시나 이상한 놈하고 잘못 엮일까 봐 굳이 룸을 잡아서 이상한 잡상인들을 다 걸러내고, 여자 둘이서 룸 안에서 광란의 막춤을 춘 것이 그녀의 나이트클럽 경험이었다.

하지만 날이 날이니만큼 오늘은 굳이 룸으로 들어가지 않았다. 룸으로 들어간다면 오늘의 목적이 흐지부지되어 버리기 때문이었다.

최종의 목적은 망신살이다. 이 남자에게 함께 온 여자가 얼마나 창피한 여자인지, 같이 있으면 어떤 망신을 당하는지 알게 해주는 것이 바로 오늘의 주된 목적이자 임무였다.

그러기 위해서는 지금 저기 텅텅 비어 있는 스테이지, 아직은 너무 이른 시간이라 감히 아무도 올라갈 엄두도 못 내고 있는 스테이지로 올라가 모두의 관심을 한눈에 받아야 한다. 질타와 욕설이 섞인 관심을 말이다.

재킷을 벗은 그녀는 처음엔 곧바로 스테이지로 올라가려고 마음먹었었다.

하지만 막상 올라가려고 하니 발길이 떨어지지 않았다. 아무리 이 남자를 창피하게 하는 것이 목적이라고는 하지만 그러기 위해서는 본인 스스로 많이, 아주 많이 창피해져야 하기 때문이었다.

한마디로 맨 정신으로는 불가능했다.

아무 말도 않고 순정은 웨이터가 가지고 온 맥주 한 잔을 벌컥

벌컥 들이켰다. 어차피 망가질 거, 술 퍼마시고 광란의 춤을 추는 거나, 술 안 마시고 광란의 춤을 추는 거나, 거기서 거기였다.

그 어떤 행동에도 놀랄 것 같지 않던 지석이 그런 그녀의 모습을 보고 눈이 살짝 커졌다.

한 잔을 다 비웠지만 아직은 정신이 말짱했다. 이럴 줄 알았으면 집에서 회장님이 아끼는 술을 자주 홀짝거리면서 주량을 늘리지 말 걸 그랬다.

그가 다시 채워준 잔을 들고 또다시 벌컥거리며 마시자 이번엔 조금은 얼굴에 온기가 올라왔다. 그러나 아직 조금 부족했다. 그녀는 세 번째 잔을 한 번에 들이켰다.

그제야 조금 알딸딸한 것이 이젠 올라가서 미친 짓을 해도 많이 부끄럽지는 않을 것 같은 느낌이 들었다.

순정은 벌떡 일어서서 스테이지로 올라갔다.

DJ가 분위기를 띄우기 위해 경쾌하기 짝이 없는 빠른 비트의 음악을 귀가 쩡쩡 울릴 정도로 틀어놓았다.

누구에게나 아주 잘 보일 스테이지 정중앙에 그녀는 서 있었다.

그리고 그에게, 자신의 라인 잘 빠진 등이 살짝 보이는 각도로 서서 한 손을 높이 치켜들었나.

그리고 그대로 미친 듯 흔들어대기 시작했다.

한마디로 그건 막춤이었다. 그녀가 어디서 몸 좀 흔들며 껌 좀 씹던 여자도 아니었고, 건수 하나 없나, 괜찮은 놈 없나, 주말마다 나이트 들락거리던 여자도 아니었고, 제대로 된 리듬을 타본 적도 없으니 그녀가 흔들어대는 것은 어디까지나 막춤이라 정의할 수 있었다.

잘 빠진 몸매에, 그럴싸하게 분위기 만드는 옷에, 그 누구도 그녀가 그런 춤을 출 거라 예상치 못했던 터라 그녀의 그 막춤은 제법 효과를 보며 사람들의 시선을 끌기 시작했다. 시선뿐만 아니라 원했던 비웃음과 함께 질타와 욕설까지 조금씩 터져 나오기 시작했다.

그래, 나 이런 여자야! 나하고 있으면 창피해서 몸이 오글거릴 것이다. 그러니까 최대한 빨리, 멀리, 높이 달아나란 말이다!

과하게 몸을 흔들었기 때문일까 뻔뻔해지기 위해 들이켰던 술기운이 너무도 빨리 떨어지기 시작하면서 순정의 얼굴이 발그레 물들기 시작했다. 아, 조금 더 마실 걸, 창피하다! 여기서 그만두고 싶다! 하지만 여기서 그만둔다면 그건 아니 시작한 것만 못했다.

있는 대로 얼굴이 새빨개진 그녀는 다시 사람들이 안 보이는 쪽으로 완전히 돌아서서 몸을 흔들었다. 매끈한 등은 막춤과 너무도 상반되었다. 등이 노출되고 나자 그녀의 춤이 아닌, 그녀의 잘 빠진 몸매가 마음에 든 남자 두 명이 슬그머니 자리에서 일어서며 속으로 계산을 하기 시작했다. 저 여자와 춤을 춰서 같이 망신을 당하면서 꼬실 것인가, 아니면 그 망신살이 창피하니 그냥 다시 앉아버릴 것인가.

결심한 듯 남자 둘이 그녀를 향해 걸음을 옮기기 시작했다.

바로 그 순간, 그녀의 앞에 그가 있었다. 어느새 그도 재킷을 벗고 와이셔츠 차림으로 그녀의 앞에 서서 춤을 추고 있었다. 그녀가 한 것처럼 그의 춤도 볼 것 없이 막춤이었다.

그녀를 보고 걷던 남자 둘은 선수를 빼앗긴 아쉬움에 싱거운 표정을 지으며 다시 자리로 돌아갔다.

두 남녀가 막춤을 추고 있으니 꼴사납다는 눈으로 보고 있던 시선들이 이젠 재미있다는 듯 웃음 섞인 야유로 변했다. 그녀에게 쏠리던 모두의 시선이 이젠 그녀의 앞에서 똑같이 막춤을 추는 지석에게로 옮겨졌다. 그리고 얼마 가지 않아 그들은 두 사람에게서 시선을 돌려 제각기 관심을 끊고 술을 마시기 시작했다.

순정은 좌절하고 말았다.

아, 창피한 것을 얼마나 참으면서 한 행동인데, 아무것도 이루지 못하고 얻은 것은 개망신뿐이로구나!

만만치 않다. 친절하게 날 위해주는 척하면서 사실은 내가 받은 이 모든 '쪽팔림'을 수포로 돌아가게 하려는 수작이야. 이젠 어떡하지? 이대로 자리로 돌아갔다가는 대놓고 고의로 망신살을 얻었다는 말만 듣게 생겼으니.

그 순간 고맙게도 갑자기 음악이 바뀌었다. 미친 듯했던 음악의 템포가 갑자기 아주 느릿하게, 서로 부둥켜안고 춤을 출 만큼 노골적으로 느리게 바뀌었다.

순정이 저도 모르게 흘끔 DJ가 있는 부스 쪽을 보니 DJ가 대놓고 그녀를 향해 엄지를 치켜들며 'You win!' 하고 말하는 듯했다. 한마디로 상대 남자의 관심을 얻었으니 이젠 즐겨라 하고 말하는 것이다.

잘못 짚었거든!

그녀는 그것을 기회로 돌아섰다. 볼일이 끝났다는 듯 스테이지를 걸어내려 가기 시작했다.

그러나 이내 그녀의 손은 지석에 의해 잡히고 말았다.

놀라 돌아보니 지석의 그 험악한 무표정 속에 살짝 미소가 스치고 있었다.

"누구 맘대로 내려가요. 이제 시작인데."

그가 그녀를 품 안으로 끌어당겼다. 어쩔 수 없이 순정은 DJ가 의도한 그림대로 그의 품에 고스란히 안겨 춤을 추기 시작했다.

이건 아니다. 그에게 안기려는 의도는 절대 없었다. 그에게서 물씬 풍겨 나오는 이 남성의 체취를 맡을 기분이 아니란 말이다! 내가 이대로 있을 것 같아?

그녀는 일부러 그의 목에 팔을 둘렀다. 이내 그녀의 눈빛에 예의 그, 지석을 골탕 먹일 때마다 반짝이는 장난기가 스쳤다.

일부러 신고 나온 부츠의 날카로운 굽이 그의 발가락을 살짝 밟았다.

"어머, 죄송해요. 내가 이런 춤은 잘 못 춰요."

그렇게 돌아 나오면 그만이었다.

하지만 바로 그 순간 그의 양손이 그녀의 허리에 닿는다 싶더니 이내 그녀의 몸이 공중으로 살짝 들렸다. 그리고는 그녀의 발이 그의 발 위에 사뿐히 올려졌다.

"그럼 내가 춤을 제대로 가르쳐 줄게요."

어느새 그녀의 얼굴이 그의 어깨에 닿아 있었다. 그새 그걸 보았는지 사람들의 환호성이 섞인 야유가 그녀의 귀에까지 들렸다.

그에게 얹어진 발이 그의 리드에 맞춰 조금씩 움직이면서 살짝 비틀거리던 그녀는 저도 모르게 그의 목을 꽉 끌어안고 말았다.

느닷없이 자신의 몸에서 일어나는 화학작용을 무시하기에는 음악이 너무도 감미로웠다. 그가 쓰는 스킨의 향이 너무도 남성적이었다. 그녀가 떨어질까 허리를 꽉 붙잡고 있는 그의 손은 너무도 뜨거웠다.

어디선가 미친 듯 뛰는 북소리가 났다. 그녀는 이내 그것이 자신의 가슴에서 나는 소리라는 것을 알았다.

모든 것이 그녀를 바람처럼 휘감아오는 기분에 순정은 더 이상 그대로 있을 수 없었다.

뭐라고 항의라도 하기 위해 고개를 드는 순간 그녀는 그의 굳게 다물어진 턱을 보고야 말았다. 그리고 자신을 내려다보고 있는 깊은 그의 시선, 그리고 그 안에 서린 욕망까지도.

숨이 막혔다. 어지러웠다. 그리고…… 가슴속 깊은 곳에서, 미친 듯 뛰는 가슴 그 언저리 어딘가에서 그녀는 뭔가 마구 파장을 일으키고 있는 것을 느꼈다.

순정은 허리에 닿아 있는 그의 손을 뿌리쳤다.

그리고 그대로 자신의 백과 재킷을 낚아채듯 들고 밖으로 내달려 버렸다.

5. 실연

전혀 예상하지 못했던 부분이었다. 대체 그것은 무엇이었을까.

그의 발등을 밟고 춤을 췄을 때 순정은 그 어떤 때보다도 감각이 곤두서 있었다. 그의 향취, 그의 손이 닿아 있는 허리의 그 뜨거운 느낌, 그리고 낯선 설렘까지.

그렇게 누군가가 의식되기는 처음인 것이다.

내내 말을 걸어오는 가영을 무시하기까지 하고 집에 돌아와 홀로 침대에 드러누워 이불을 뒤집어쓰고 잠을 청해보지만 잠이 올 리가 없었다.

지금까지 세 번을 만났지만 한 번도 그에게 그런 마음을 가져본 적이 없었다. 그는 순정에게 조금은 우스운 존재였다. 그렇게까지 했는데도 불구하고 끊임없이 만나자고 연락을 해오는 뭔가 상당히 궁핍한 남자.

그랬기에 아까 그 나이트클럽에서의 그 느낌은 그녀에게 새로운 감각을 넘어 쇼크였던 것이었다.

"순정아, 자?"

불까지 껐음에도 문을 빼꼼히 연 가영이 공연히 한번 말을 걸어왔다. 그녀는 늘 그랬다. 순정이 화가 난 것 같으면 항상 저렇게 혼자 조바심을 내며 그제야 신경을 썼다.

"자는구나. 난 또 안 자는 줄 알고."

"……."

"……그럼 잘 자."

순정이 끝까지 미동도 하지 않자 가영은 마침내 포기하고 다시 문을 닫았다. 그제야 순정은 이불을 밀쳐 냈다.

머릿속이 너무도 복잡했다. 이렇게 복잡하기는 민 회장이 성형을 제안한 이후로 처음이었다.

대체 그건 무엇이었을까? 아니, 그게 무엇이었는지는 그녀도 잘 알고 있었다. 밉살스러워야 할 그 남자가, 치가 떨리도록 질기게 달라붙는 그 남자가 갑자기 다르게 보이기 시작한 이유. 그의 체취가 향기롭고, 가슴 떨리게 하고 그의 뜨거운 시선 하나로 몸에 전류가 흐르는 것 같은 기분.

절대 아니야!

방심해서 그런 거야. 그 남자가 그렇게 반격을 해올 거라고는 예상도 못했기에 그런 일이 생긴 거야.

아까 그런 식으로 뛰쳐나왔으니 이 남자, 무슨 일인가 궁금해서라도 다시 연락을 해올 것이다. 그땐 무슨 일이 있어도 이 사태를 해결해야 한다. 그가 스스로 질려서 떨어져 나갈 만한 그 무언가를 해야 했다.

그리고 그 무언가, 최후의 방법, 아무에게도 써먹어본 적 없는 그 방법이 이번에 먹히기만을 기대해야 한다.

며칠 후, 순정은 또다시 지석이 말한 레스토랑으로 향했다.

그녀가 그렇게 달아나 버렸던 다음날 순정의 예상대로 지석에게서 연락이 왔다. 그가 그렇게 할 거라 미리 예상했기에 그녀는 아예 가영의 휴대폰을 자신이 들고 있었다. 언제나 그랬듯 그의 용건은 또 만나자는 것이었다. 이번에는 차를 가지고 집 앞으로 와서 태우고 가고 싶다는 그의 말에 순정은 극구 반대를 했다. 그것만큼은 절대로 안 되는 일이었으니까. 지석이 한 치 양보 없이 이번만큼은 정말 남들 데이트하는 것처럼 자신을 태우러 오겠다 했지만 결국 결사반대를 외치는 순정에게 밀려 이번에도 그것만큼은 양보하고 말았다.

이번에 그를 떼어놓지 못하면 정말로 곤란해질 것이다. 네 번째 만남이라니, 이러다 정말로 관계가 깊어지는 수가 있다. 자신이 원하지 않는다 하더라도 남자의 생각은 뻔할 것이다. 네 번쯤 만났으니 이젠 서로 연인이 될 수 있겠구나 하는 기대감.

그랬기에 순정은 이번에 모든 걸 걸어야만 했다.

그는 레스토랑 입구에서 그녀를 기다리고 있었다. 혹시나 그가 그렇게 할까 봐 택시를 타고 온 것이 천만다행이었다.

순정을 보는 지석의 얼굴은 전처럼 딱딱하지가 않았고 옅은 미소까지 띠고 있었다. 그렇게 보니 그리 험상궂은 얼굴은 아니었다.

그녀는 모질게 마음먹고 나왔지만 어느새 그의 얼굴을 보며 가슴 떨림을 느끼는 자신을 채찍질했다.

아니야, 정신 차려! 이 남자는 절대 내 남자가 될 수 없는 사람이야. 그러니 마음 주지 말고 최대한 그를 밀어내야 해.

순정도 그에 답례하듯 일부러 가식적인 미소를 보였다.

"자, 그럼 들어가실까요?"

지석의 밝은 목소리. 아마도 이전의 만남 이후에 그도 뭔가 가까워졌단 느낌을 가졌던 모양이었다. 오늘 그게 착각이란 것을 알게 해주지. 차라리 서로 서먹한 상태가 좋았다는 것을 뼈저리게 느끼게 해주겠어.

순정은 그가 내민 팔에 살짝 한 손을 얹고 안으로 향했다.

그가 예약해 놓은 자리는 전과 마찬가지로 분위기 좋은 창가 쪽이었다.

메뉴를 고르고 나서 손을 살짝 들자 기다리고 있던 웨이터가 가까이 다가왔다. 지석이 먼저 순정에게 말하라는 눈짓을 보냈다.

"난 검사님이 드시는 걸로 할래요."

항상 스테이크를 시켰던 순정이 먼저 그렇게 말하자 지석은 하는 수 없이 순정을 위해 스테이크를 시키는 수밖에 없었다. 그녀가 의도했던 바였다.

주문을 받은 웨이터가 테이블을 떠나자 순정은 기다렸다는 듯 살짝 휴대폰을 열고 시간을 확인하는 시늉을 했다. 그의 시선이 자연히 그녀의 그런 행동을 지켜보게 될 거라는 것은 계산에 있었다.

"며칠 전에는 왜 그렇게 가버린 겁니까?"

마침내 지석은 그간 궁금했던 것을 물었다. 그런 것은 전화로 물을 것이 아니란 생각에 다시 만날 날을 기다렸다.

그날, 그녀의 몸매를 보고 덤벼드는 것이 분명한 놈들을 막기 위해 창피함을 무릅쓰고 함께 춤을 추었다. 그게 그의 원래 목적이었다. 그러나 중간에 음악이 바뀌었을 때, 그렇게 내려가려는 그녀를 보며 최소한 이렇게까지 망신당해 가면서까지 막아줬으니 자신도 포상을 받아야 한다는 얄팍한 생각 20퍼센트와 그녀의 뜻대로 모든 것이 흘러가는 것이 아니라는 것을 보여야 한다는 80퍼센트의 생각으로 그녀를 잡아 춤을 추었다.

그리고 그다음 순간, 모든 것이 뜻대로 흘러가지 않는 것은 자신 또한 마찬가지라는 것을 그도 여실히 느꼈다.

자신의 발등에서 춤추는 그녀, 목을 꽉 끌어안고 난감해하면서 춤을 추던 그녀와 눈이 마주치는 순간 그는 그녀의 눈에서 방금 전까지와는 전혀 다른, 상처받기를 두려워하는 가련한 여인의 모습을 읽었다. 아이러니하게도 그는 그 순간, 그대로 그녀에게 난폭하리 만큼 거친 키스를 하는 자신의 모습을 상상하고 말았다.

그리고 그녀는 그대로 달아났다.

그러나 그녀에게는 그것이 그리 중요한 문제가 아니었던 모양이었다. 그가 질문을 하고 있는 동안에도 그녀는 무성의하게 창밖만 내다보고 있었다.

"알고 싶어요?"

"궁금하지 않겠습니까? 그렇게 말 한마디 없이 가버렸는데."

"그게…… 음식을 시켜놓고 할 말은 못 되네요. 그냥 그럴 수밖에 없었어요."

짧게, 함축적인 의미가 담긴 대답을 하며 순정은 예상했다.

이로써 환상은 깨질 것이다. 그 상황에 대한 온갖 추측은 결국 갑자기 배가 너무 아파서 화장실 간단 말도 못하고 사라졌다는 뜻의 여운이 담긴 그녀의 그 말에 확실하게 정리가 되었을 것이다.

"아……."

더 이상 말도 잇지 못하고 살짝 표정이 굳어버리는 지석을 보며 순정은 속으로 살짝 안도했다. 좀 지저분하긴 하지만 제대로 먹힌 것 같았다.

이제 또 한 번 휴대폰으로 시간을 체크할 타이밍. 순정이 시간을 보는 것을 무표정한 얼굴로 보면서 지석 또한 한참 생각 중에 있었다.

대체 이 여자, 오늘은 무슨 수를 쓰려고 그러는 것일까.

게다가 화장실이 급해서 도망치듯 나갔다는 핑계를 대다니, 무슨 기대를 하고 물었던 것인지 모르겠다. 그녀가 곧이곧대로 당황해서, 그 상황이 예상했던 것과는 달리 흘러간 것에 당황해서 딜 아난 것이라고 대답하진 않을 거라 뻔히 알고 있었으면서.

아무리 그렇게 말해도 그는 알 수 있었다. 그 순간 자신이 느꼈던 것을 순정도 느꼈다는 것을. 사람은 눈을 통해 마음을 전한다고, 그 순간 지석은 자신의 마음이 눈을 통해 그녀에게 내비쳐졌다는 것을 알 수 있었다. 그녀의 눈을 통해 그녀의 마음을 알았던 것처럼.

그녀가 아무리 그 상황을 아무것도 아닌 것처럼 몰고 간다 해도 그는 이미 그때 일어났던 일에 대해서는 그렇게 나름의 결론을 내렸다.

"오늘은 어디……."

그가 다른 말을 꺼내려는 순간 순정이 느닷없이 코앞에서 입이 찢어지게 하품을 하다 한 템포 늦게 손으로 입을 가렸다. 그러고도 하품으로 말 자른 것에 대한 사과 한마디 없었다.

그는 한순간 저절로 어이없어하는 표정을 짓는 자신을 필사적으로 막았다. 대체 오늘은 왜 저러는 것일까? 아까부터 계속 시간이나 확인하고 있고, 주문도 별로 먹고 싶지 않다는 듯 무성의하게 대답하고, 하품이나 해대고 창밖이나 내다보고…… 그래도 며칠 전 그 일이 있어 오늘의 만남은 이전과는 다를 것이라 생각했는데 이건 웬걸, 이전보다 더 재미가 없다. 그땐 그녀가 자신을 떼어내기 위해 술수를 쓰는 걸 빤히 들여다보는 재미라도 있었는데.

정말 자신을 가지고 놀았던 것일까? 그것도 이젠 지겨워져서 끝내려는 것인가?

살짝 자존심도 상했다. 감히 자신을 앞에 두고 하품이나 하다니. 대체 오늘 무엇을 기대하고 나왔단 말인가.

그러다 불현듯 지석은 이상하단 생각이 들었다.

그래, 이것도 이상하긴 했다. 처음엔 완벽한 바보가 되었다가 두 번째는 허영심이 극에 달한 골빈 여자처럼 굴다가 세 번째는 미친 사람처럼 마구잡이로 행동을 해대서 자신에게 창피를 주려 하더니 오늘은 지루하다는 듯 행동을 해서 자신까지 지루하게 만들고 있다. 아주 작정을 하고 나온 것처럼 예의까지 벗어나서 말이다.

순정이 또다시 창밖을 내다보는 사이 지석의 입가에 아주 옅은 미소가 배었다. 그래, 이것 또한 작전인 것이다. 이렇게 해도 안 되고 저렇게 해도 안 되니 그녀 자신과 있는 것을 아주 지루하게 만들겠다는 생각인 것이다. 그리 생각되자 조금 전까지 이상하게 짜증날 정도로 불성실한 순정의 태도가 그를 유쾌하게 만들기 시작했다.

그래, 그렇다면 내가 지루하지 않게 도와줘야지.

식사가 끝나고 순정은 지석에게 '오늘은 바빠서 이만하고 돌아가 봐야 할 것 같습니다' 하는 예의바른 멘트를 예상했다. 며칠 전까지의 자신의 행동이 그에게서 어떤 흥미를 유발했다면 오늘만큼은 정말로 그 어떤 즐거움도 찾지 못하게 만들었다 생각했다.

하지만 그것은 오산이었다.

"지금까지는 가영 씨가 가고 싶은 곳으로 갔으니 오늘은 제가 가고 싶은 곳으로 모시겠습니다."

어리둥절해 있는 순정을 차에 태우고 그가 간 곳은 인근에 있는 야간개장을 한 테마파크였다.

자신이 그렇게 신호를 보냈음에도 불구하고 막무가내로 끌고 간다 싶었는데 결국 테마파크라니, 이 남자, 머리가 어떻게 된 것이 아닌지 모르겠다. 그렇게 지루하게 만드는 여자라면 생각을 다시 해봐야 정상이 아닌가? 지루해하니 즐겁게 해주겠다는 의도인 것 같은데 이해는 가지 않는다. 어찌 그리 단순한 것인지.

"전 테마파크를 좋아하지 않아요."

하고 공연히 튕겨도 보았지만 그는 말 그대로 막무가내였다. 아예 손까지 잡아끌고 가서 티켓을 산 다음 무작정 안으로 입장을 하는 것이다.

"놀이기구 타면 멀미한단 말이에요."

"놀이기구 안 타면 됩니다."

"테마파크에서 놀이기구 안 타고 뭐하게요?"

"여긴 놀이기구만 있는 것이 아니거든요."

아악! 이 남자, 대체 왜 이렇게 끈질긴 거야! 애도 아니고 이런 곳에서 뭘 어쩌려고! 설마 관람차 같은 걸 타려는 엉큼한 생각을 하고 있는 것은 아니겠지? 그걸 타잔다고 탈 거라 생각하고 있는 것은 더더욱 아니겠지?

그러나 안으로 들어가는 순간 순정은 자신이 조금은 앞서 갔다는 것을 깨달았다.

테마파크의 밤은 어린아이들의 것이 아니었다.

모든 놀이기구와 모형건물들은 네온을 붙여 화려하게 빛나고 있었고 유쾌한 음악과 축제 분위기를 연상시키는 흥겨움이 이곳에 녹아 있었다. 그러고 보니, 지금보다 어렸을 때, 가영과 자주 놀이공원에 놀러 가긴 했지만 이 시간에 와본 적은 처음이었다. 한밤의 테마파크에서는 낮과는 달리 오히려 더 화려하고 아름다운 축제를 벌이고 있었다.

맙소사, 아름답다 생각한 것은 자신만의 생각이 아닌가 보다.

잘못 왔다. 늦은 시간 때문에 그런가 어린아이를 포함한 가족 단위로 놀러 온 사람들은 거의 보이지 않고 대다수가 서로 몸을 바짝 붙이고 걷는 연인들이었다.

잘못하면 그의 페이스에 말려들어 갈 것 같다.

더 계산할 것도 없이 고집스레 돌아가려 돌아서는 순간 멀리서 요란한 음악 소리가 나는 듯싶더니 사람들이 양 갈래로 갈라졌다. 몰려든 사람들에게 갇혀 순정도 얼떨결에 돌아서지도 못하고 비켜서고 말았다.

퍼레이드가 다가오기 시작했다.

어떻게든 사람들을 밀치고 돌아가려 해보았지만 등 뒤에는 지석이 떡 버티고 있고, 옆으로는 바짝 붙어선 연인들이 막고 있어, 돌아가려면 저 퍼레이드가 지나가고 나서나 가능할 듯싶었다. 그녀는 하는 수 없이 그대로 서서 퍼레이드를 구경했다.

퍼레이드는 처음 등장부터 화려했다. 눈의 여왕 컨셉을 표방한 듯 은백색으로 반짝이는 재질의 마차와 그 위에 눈을 연상시키는 새하얗고 보송보송한 옷을 입은 젊은 여자가 그 모습도 위풍당당히게 지팡이를 들고 사람들에게 키스를 보내고 있었고, 카이로 추정되는 남자는 얼어붙은 듯 그녀의 옆에 그대로 앉아 있었다. 겨울에 딱 맞는 퍼포먼스였다.

눈의 요정 같은 사람들이 앞에서 화려한 춤을 추고 제비 넘기를 하며 주위에 몰려 있는 구경꾼들에게 반짝이는 색종이를 눈처럼 뿌려댔다.

방금까지 억지로 끌려온 것처럼 애써 흥미없어하던 순정은 어느새 그들의 화려한 춤에 반해 흥미진진한 눈으로 그들을 지켜보고 있었다.

그다음 테마는 누가 굳이 가르쳐 주지 않아도 '봄'인 것을 알 수 있을 것 같았다.

형광색 옷을 입은 나비와 꽃들, 그리고 꽃의 여왕과 왕이 한눈에도 화려한 형형색색의 옷을 입고는 춤을 춘다. 여왕의 지휘봉에 맞춰 마차에 달린 장치에서 꽃들이 하나씩 피어나는 모습이 너무도 장관이었기에 순정은 저도 모르게 '와' 하는 감탄사까지 내뱉고 말았다.

꽃의 요정들이 뿌리는 꽃잎들은 봄에 지는 벚꽃을 연상하게 했다.

다음에 이어진 '여름'은 하와이언들의 무대였다.

남자들이 불 대신 환한 전구가 켜진 스틱을 들고 손안에서 빙글빙글 돌려댔고 여자들은 화려한 화관을 머리와 목에 두르고 몽환적인 음악에 맞춰 춤을 췄다.

마지막, 가을의 테마는 목신이었다. 갈색과 초록색의 옷을 입은 사람들의 춤은 군무처럼 조금은 딱딱했지만 또한 그 일사불란함으로 나름의 매력이 있었고, 특이하게 여왕이 아닌 하얀 긴 수염에 머리에는 정체를 알 수 없는 붉은 열매가 달린 목관을 쓴 왕이 마차의 위를 차지하고 긴 지팡이까지 짚고 있었다.

마치 피터팬 같은 옷을 입은 갈색 옷의 요정들이 양옆으로 따라다니며 구경꾼들에게 들고 있는 바구니를 내밀었다. 바구니 안에는 작은 과일이나 군밤, 혹은 사탕 같은 것이 들어 있었다.

가까이서 구경하던 순정의 앞에도 바구니가 바짝 들이밀어졌다.

얼떨결에 순정도 바구니에서 손에 잡히는 대로 사탕 두 개를 꺼냈다.

하나만 잡지 못할 바에는 차라리 집지 말 걸. 두 개를 들고 나니 하나를 지석에게 줘야만 할 것 같았다. 그러나 그렇게 된다면 또 그와 뭔가 친밀감 같은 것이 아주 조금이라도 생길 것이 아니냔 말이다.

그 순간 그녀의 등에 따스한 코트가 걸쳐졌다. 놀라 돌아보니 지석이 그녀를 보며 싱긋 웃고 있었다.

"그거, 나 하나 줄 거죠?"

그가 눈짓으로 사탕을 가리키자 순정은 말없이 두 개를 모두 지석에게 건네 버렸다.

"일부러 두 개 집은 거 아니에요."

"단 거 좋아하지 않던가요?"

"당분간 끊었어요."

일부러 무뚝뚝하게 잘라 버리는 그녀의 대답이 재미있다는 듯 미소 지으며 지석은 사탕을 주머니에 집어넣었다.

어쨌거나, 길이 뚫렸으니 이젠 돌아가면 되는 것이다. 따라오지 않으면 혼자라도 나갈 것이다.

뒤돌아 나가려는 순간 그가 그녀의 손목을 잡았다. 전혀 예상하지 못했던 일이라 순정은 놀라 돌아볼 수밖에 없었다.

그의 얼굴에 다정한 미소가 피어 있다. 대체 뭐하려는 걸까. 그가 자신의 얼굴을 향해 가만히 손을 뻗고 있다.

어떡하지? 지금 저 손을 내 뺨에 대려는 것일까? 피해야 하나? 아니면 손을 들어 만지지 말라는 제스처를 해야 하나?

그러나 채 생각을 결정하기도 전에 그의 손이 가만히 머리카락에 닿았다. 바짝 굳은 얼굴로 그녀는 그를 쳐다보았다.

그가 다시 손을 떼었을 때 그 손에 반짝이는 색종이가 붙어 있었다. 아까 겨울 여왕이 지나갔을 때 뿌려졌던 것이 머리에 붙었던 모양이었다. 그런 줄도 모르고 그가 만지려 한다 생각하다니. 너무 앞서 갔다.

순정의 얼굴이 귀뿌리까지 빨개졌지만 그는 아무렇지도 않은 척 그녀의 손을 잡더니 어디론가로 걸어가기 시작했다.

이게 아닌데, 그냥 무작정 돌아가려 했는데. 이 남자, 생각했던 것보다 강적이다. 이리도 시끄러운 곳에서 이렇게도 자신의 마음을 흔들리게 만드는 것을 보면.

"저기요."

"네."

"어디 가요? 집에 안 가요? 날노 추운데."

지석이 그녀를 바라보더니 어깨를 으쓱해 보였다.

"그 말을 할 것 같아서 내 코트를 빌려줬잖습니까."

"그럼 검사님이 춥잖아요. 안 추워요?"

"춥습니다."

그녀가 멈춰 서서 그의 옷을 어깨에서 벗어내려 하자 그가 다가와 코트의 양쪽 깃을 꽉 잡고 벗지 못하게 만들었다.

"그래도 돌아가는 것보다는 추워도 더 노는 것이 좋습니다."

그가 또 가까이에 있다. 또 깊은 눈으로 자신을 내려다보고 있다. 또 어지러울 정도로 강렬한 남성적 체취가 코를 자극하고 있다.

그녀는 저도 모르게 얼른 시선을 피하고 말았다.

"갑시다."

마치 아무 일도 없었다는 듯 앞장서서 걷기 시작했다. 아, 싫다고 말해야 하는데 지금 당장은 목소리조차도 나지 않는다. 심술이라도 부리며 돌아서야 하는데 발이 떨어지지를 않는다. 대체 난 지금 뭐하는 것일까? 지금 이렇게 망설이는 이유가 뭘까?

결국 그가 다시 돌아와서 그녀의 손을 잡아끌자 순정은 그의 손에서 자신의 손을 슬그머니 빼면서도 그를 따라 걸음을 옮기고 말았다.

발길이 닿는 대로 걸었던 것 같은데 두 사람이 도착한 곳은 '별의 마을' 이라는 이름의 테마공원이었다. 이름처럼 아름다운 전구들이 아까 입구에서 보았던 것의 수백 배는 되는 아름다운 전구들이 전부 제각각의 모습으로 장식된, 한마디로 별의 마을이었다.

커다란 아치형으로 된 입구부터 그 안을 짐작할 수 있도록 별모양을 만든 전구가 장식되어 다가오는 크리스마스를 더욱 기대하게 만들고 있었다.

아, 그 안으로 들어가지 말았어야 했다.

별천지같이 아름답고 낭만적인 그곳에 절대 발을 들여놓지 말았어야 했다.

그곳은 연인들을 위해 만들어진 곳이나 다름없었다. 어둠 속에서 빛을 발하는 수억 개의 전구들은 순정의 마음에 뽀얀 뭉게구름을 만들었고 한없이 날아오를 수 있는 날개를 만들었다.

말이 필요없으니 서먹할 것도 없었고 곁에 있다는 것만으로도 그를 사랑할 수 있을 것만 같았다. 최음제를 뿌려놓은 듯 그녀의 정신은 몽롱해져만 갔다.

그의 은은한 코롱 향이 또다시 그녀의 가슴을 잔뜩 흔들어놓기 시작했다.

"이곳에 오길 잘한 것 같네요."

그의 나지막한 저음이 이렇게 듣기 좋은 줄 미처 몰랐었다. 마치 어디선가 불어와 밀밭 사이를 스치는 바람 소리와도 같이 부드럽고 시원한 목소리였다.

그러나 분위기에 잔뜩 취해 한 걸음 더 내딛던 그녀는 그다음 순간 그대로 멈추고 말았다.

"가영 씨가 날 밀어내려 하고 있다는 것쯤, 진작부터 알고 있었습니다."

그때까지 낭만으로 가득 찼던 순정의 가슴속에, 이곳에 와서 뭉게뭉게 피어오르던 그 낭만과 몽환적인 기분이, 누구라도 사랑할 수 있을 것 같은 뿌듯한 충만감이 일순간에 사라져 버렸다.

"이상하게도 난…… 그럴수록 가영 씨에 대해 더 알고 싶어요. 왜 그렇게 날 밀어내려 했는지는 예상하고 있습니다. 아마도…… 결혼하고 싶지 않아서겠지요."

아무 대답도 할 수가 없었다. 그가 눈치채고 있을 거라는 예상은 하고 있었지만 그가 그런 마음을 가지고 있는 줄은 몰랐었다.

"진짜 가영 씨의 모습이 궁금합니다. 바보 같고 눈치없거나, 허영심에 가득 찼거나, 마구잡이로 놀러 다니는 그런 가식적인 모습이 아닌 진짜 가영 씨의 모습. 가영 씨의 눈 안에서 빛나는 것이 실제로 무엇인지 알고 싶습니다."

순정의 가슴이 마구잡이로 뛰기 시작했다. 숨을 쉬는 것을 잊었던 것처럼 심하게 가슴을 들썩이며 동요하기 시작했다.

그가 다가와 그런 순정의 팔을 잡고 몸을 돌려세웠다. 그의 깊은 눈이, 전과는 달리 다정하게 빛나는 그의 두 눈이 그녀를 가만히 내려다보고 있다.

마치 누군가 보고 일부러 그런 것처럼 멀리서 갑자기 화려한 폭죽이 터지기 시작했다.

그리고 그는 가만히 얼굴을 내려 그녀의 입술을 덮었다.

눈빛만큼이나 따스하고 달콤한 입술이 그녀의 입술에 그 온기를 나눠주기 시작했다. 너무도 부드러워 한없이 미안하게 만드는 그 입술이.

바보처럼 이유없는 눈물이 그녀의 뺨을 타고 흐르기 시작했다.

순정은 그 순간 또다시 그를 밀쳐 낼 수밖에 없었다. 그는 그녀가 상대할 수 없는 사람이었다. 상대하기엔 너무도 버겁다. 그를 마음에 담지 않는 것은 결코 쉬운 일이 아니었다.

그녀는 돌아서서 달아나기 시작했다. 이젠 할 수 있는 것은 그것밖에 없었다. 달아나는 것. 그에게서, 그리고 그를 가지고 싶은 자신의 마음으로부터.

그러나 채 몇 미터도 가지 못하고 그녀는 그에게 다시 손목을 잡히고 말았다.

"왜 그러는 거죠? 대체 당신은 왜 항상 달아나는 겁니까?"

그가 물었다.

이렇게 하고 싶지 않았다. 절대로 그를 상처 주고 싶지 않았다.

그러나 그 순간, 그것만이 방법이라는 것을 알고 있었기에 그녀는 마침내 최후의 방법을 쓰고야 말았다.

"저…… 사랑하는 남자가 있어요. 그러니까, 그러니까 제발 저를 그만 만나주세요."

그는 말없이 그녀를 내려다보고 있었다. 무표정했지만 그녀는 느낄 수 있었다. 그가 지금까지의 이해할 수 없던 그녀의 태도를 모두 납득했다는 것을. 그리고 그로 인해 상처를 받았다는 것을.

그는 끝까지 아무 말도 하지 않았다. 그대로 잡고 있던 그녀의 손을 놓았을 뿐이었다. 그리고 그대로 돌아서서 그는 떠나 버렸다.

"왜 이렇게 늦게 들어왔어?"

순정이 들어가자마자 가영이 2층에서 뛰어내려 오며 물었다. 나갈 땐 늘 가영과 함께 나가 택규에게 데려다 주고 오는 길에 데리고 들어왔었다. 하지만 오늘은 단칼에 자르고 들어올 심산으로 유 검사와의 약속을 숨기고 볼일을 핑계로 혼자 나갔더니 가영이 꽤나 심심했었나 보다.

"그냥…… 일이 좀 있었어."

오늘은 정말 말하고 싶은 기분이 아니었다. 가영이 아니라 회장님이 물어온다 해도.

"무슨 일인데?"

하지만 눈치없는 가영은 그런 그녀의 기분을 모르고 끊임없이
물어왔다.

"잘됐어?"

순정은 고개를 내저었다.

"미안한데 가영아, 오늘은 정말 말하고 싶지 않거든. 피곤하고,
정신도 없고. 내일 얘기하면 안 될까?"

그대로 있으면 끊임없이 물어올 가영이기에 마침내 순정이 먼
저 대화를 끊고 문을 닫아버렸다.

옷을 갈아입고 씻고 나와 방으로 들어온 순정은 잠시 멍하니 그
대로 서 있었다. 그녀의 시선이 공허하게 자신의 침대로 향했다.

침대에 앉는 순간 그제야 그녀는 자신이 무언가 억누르고 있다
는 것을 깨달았다. 그리고 그 순간 그것이 가슴속에서 터져 흐르
기 시작했다.

"흐으응…… 흐윽, 흐으윽!"

애써 눌러만 왔던 그 무엇인가가 억지로 누르려고 하면 할수록
목을 타넘어 입으로 새어 나왔다. 몇 년이나 참았던 눈물이었다.
고아원에서 남자아이들에게 아끼는 인형을 빼앗겨 인형이 산산조
각이 났을 때조차 보이지 않으려 이를 악물었던 실움이었다.

"흐으으윽, 흐윽, 흐윽!"

그조차도 목 놓아 울 수 없어 순정은 시트로 입을 틀어막았다.

낯선 민 회장이 찾아왔을 때 양아버지라 생각했다가 아니란 걸
깨달았을 때도 울지 않았다. 가영의 대역으로 살아야 한다는 것을
알았을 때도 울지 않았다. 어린 가영과 말씨름을 하다 화가 난 가

영이 자신의 손등을 깨물었을 때도, 너무 아파서 펄펄 뛰었을지언정 울지는 않았다.

그러나 지금, 자신이 가질 수 없는 것을 탐내고 있다는 것을 처음으로 깨달은 지금, 그녀는 참을 수 없는 설움이, 그간 그렇게도 억눌렀던 울분이 터져 나오는 것을 막을 수 없었다.

가영과 똑같이 생겼고 가영과 똑같은 집에 살면서 가영이 누리는 것을 모두 누리고 살지만 결국 가영은 가질 수 있는 남자를 그녀는 가질 수 없는 것이다.

아무리 닮았어도 고아 출신인 자신은 회장님의 딸인 가영과 같아질 수 없는 것이다.

그랬기에 자신을 가영으로 아는 그를, 그렇게 깊은 눈으로 자신을 바라보는 남자를 마음껏 사랑할 수 없는 것이다.

모질게 마음을 잘라내야 하는 것이다.

그렇게 해야만 하는 것이다.

"흐흐흑! 엄마…… 엄마…… 왜 나만 두고 갔어. 왜 나만 두고 아빠랑 단둘이 가버린 거야? 왜 나만 두고 가서 이렇게 힘들게 살게 만들어!"

가슴을 저미는 참을 수 없는 아픔에 그녀는 어느새 한 번도 원망한 적이 없는 엄마를 부르며 반 시간 가까이 울음소리가 밖으로 새어나갈까 시트로 입을 틀어막은 채로 목 놓아 울었다.

"울지 않으려고 했는데, 엄마, 오늘만 울게. 나 너무 힘들어서 그러니까 오늘만 울게. 허어엉, 허어어엉……."

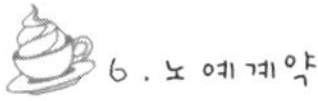# 6. 노예계약

마치 축제와도 같았던 12월도, 누구나 행복했던 크리스마스도, 떠들썩한 연말연시와 함께 언제나처럼 아쉬울 정도로 빨리 지나갔다.

지석과 결국 헤어졌단 것을 안 민 회장의 분노는 예상했던 것이었다.

결국 가영은 높은 탑에 갇힌 라푼젤처럼 제 방에 갇혀 일주일, 고기를 끊고 눈물로 시간을 보내다 크리스마스 직전에야 금족령이 해제되었다.

덕분에 순정과 놀러 간다 하며 나왔던 가영은 모든 연인들의 날인 크리스마스도, 올해의 마지막 날도 사랑하는 남자와 함께 있을 수 있었다.

순정은 가영이 택규를 만날 때마다 자신의 시간을 가졌다. 특별한 것은 그리 없다. 늘 하던 대로 인테리어 좋은 숍에 들어가 어떤 것이 자신에게 맞을까, 어떤 것이 소자본을 이용해 혼자 창업할 수 있을까, 구상하는 것이다.

마치 처음부터 아무 일도 일어나지 않았던 것처럼 그렇게 일상으로 돌아간 것처럼 보였지만 순정의 마음은 이전과는 많이 달랐다. 누군가에게 상처를 준 일은 쉽게 아물지 않는 것이다. 자신이 상처를 입은 것만큼이나. 애써 아무렇지도 않은 척, 그렇게 지석을 머릿속에서 몰아내려 했지만 그의 그 상처받은 두 눈은 그녀의 가슴 깊은 곳에 아로새겨져 있었다.

예상했던 대로 지석에게서는 더 이상 전화가 오지 않았다.

그날, 그 테마파크에서의 지석의 표정을 생각하면 그게 당연한 것이다. 검사님답게 미세한 얼굴 표정 하나 바뀌지 않았지만 그 눈, 상처받은 그 눈을 생각하면 그가 앞으로는 절대로 전화하지 않으리라는 것쯤은 예상 가능했다.

혹시나 그로 인해 회장님께 가영에게 남자가 있단 말이 전해지지 않을까, 살짝 걱정을 하기는 했다. 그 말이 회장님 귀로 전해지는 순간 집안엔 태풍이 몰아닥칠 것이고 가영도, 순정도, 예전처럼 지낼 수는 없을 것이다. 그것이 지금까지 그 극단적인 방법을 쓰지 않았던 이유였다.

다행히 순정의 예상대로 그는 그 얘기를 입 밖으로 꺼내지 않는 정도의 예의는 지켰다.

덕분에 일주일 금족령으로 끝날 수 있었던 것이다.

운 좋게 찾아낸 한 분위기 좋은 커피숍에서 아메리카노 한 잔을 마시며 그녀는 그 순간 자신이 상처 준 남자를 생각하며 쓸쓸함을 느끼고 있었다.

1년 가까이를 끌어오던 아파트 분양사기 사건의 용의자 중 하나가 마침내 나타나자 사건을 담당했던 유지석 검사의 팀은 며칠 야근까지 하며 피의자 공형석을 신문했다.

며칠이나 자물쇠를 채워놓은 양 입을 꾹 다물고 있던 공형석은 시간이 지날수록 더욱 집요해지는 지석 팀의 신문조사에, 마침내 버티지 못하고 자신의 공범을 넘겼다.

"공형석 입건시키기로 했습니다. 여기 이건 보고서고 이건 결재하실 서류입니다. 사인하시는 대로 공판검사에게 넘기겠습니다."

지난밤 밤새 보고서를 작성하고도 퇴근하지 못하고 또 하루를 일해 까칠해진 얼굴로 최민철 검사가 그의 책상에 파일 두 개를 내려놓으며 보고를 올렸다.

"공범은 어떻게 된 거야?"

"네, 안 그래도 박 검이 아까 현장을 함께한다며 오 팀장 따라갔습니다……. 거, 여자가 참, 일도 좋지만 남사링 똑같이 대충 씻고 얼굴 덧그리고 일만 쫓아다니는 거 보면…… 그러니까 애인도 안 생기는 거겠지만."

그들과 함께 며칠 밤을 샌 박수경 검사가 오늘은 늘 갔다 오는 사우나조차도 않고 그냥 세수만 한 채로 급히 서로 쫓아갔던 모양이었다. 최 검사가 저리 투덜거리는 것을 보면.

“여자라고 다르게 행동하면 검사 노릇 못하지. 여기 들어오면 여자가 아니라 검사가 돼야 하는 거 몰라? 연애도 좋지만 일 열심히 하는 모습은 보기 좋기만 한데 뭘 그래.”

“연애 좋죠. 박 검은 일이 애인인가 봅니다. 유 검사님처럼.”

지석이 고개를 들고 찌릿 노려보자 민철은 바짝 언 얼굴로 얼른 뒤돌아 그의 방을 나갔다.

민철이 놓고 간 보고서를 집어 들고 훑어보던 지석의 머릿속에 방금 전 민철이 한 말이 메아리처럼 울린다.

일이 애인인가 봅니다. 유 검사님처럼.

그렇게 티가 났나?

한동안 정신없이 일만 했다.

장난처럼 만났던 여자가 어느 순간 눈에 들어왔고, 그 여자에게 마음을 보이던 날 그녀는 그에게 떠나달라고 부탁했다.

몇 번 만나지도 않았고, 그랬기에 그녀가 그런 큰 충격을 줄 줄은 꿈에도 몰랐다.

그녀도 나에게 마음이 있다 생각했는데…… 울면서 말했다. 사랑하는 남자가 있다고. 배신당한 기분이었다. 그토록 자신을 떨쳐 내려고 했던 그녀였건만 그 순간 배신이라 느껴지다니, 대체 난 혼자 무슨 꿈을 꿨던 것일까.

그냥 한순간 악몽을 꿨다 생각하고 잊기로 했다. 못 잊을 것도 없다. 몇 번 만나지도 않은 여자였으니까.

언젠가 또 그런 여자가 나타날 것이다. 내 여자라 여겨지는 그런 여자.

다시 보고서로 눈을 돌린 그는 잡념을 없애려는 듯 집중해서 죽 훑어보고 하단에 자신의 사인을 했다.

이제, 일도 어느 정도 마무리되었고, 집에 일찍 들어가 본 기억이 가물가물하니 오늘은 일찍 들어가 봐야겠다.

가영은 신림동의 한 멀티플렉스에서 멀리 떨어지지 않은 곳에서 손에 아이스크림 두 개를 들고 택규를 기다리고 있었다.

금족령이 풀린 이후 민 회장이 한동안 맞선 얘기를 하지 않고 있어, 가영에게는 요즘 세상 사는 맛이 정말 달콤하기 짝이 없었다. 이 아이스크림처럼.

오늘도 택규와 영화를 보고 나온 참이다.

19세 미만 관람불가 영화는 택규와 만나기 전에는 한 번도 볼 수 없었던 영화였다. 영화야 순정과 함께 극장에서도 보고 집에서도 보지만 순정은 한 번도 그런 영화를 보게 허락해 준 적이 없었다.

영화에서 보면 길에서도 버젓이 키스를 하고 그러는데, 택규는 그녀가 혹시라도 길에서 목을 끌어안고 입이라도 맞출라 치면 얼른 그녀를 떼어놓기 일쑤다. 영화처럼 낭만적이지가 못해 큰일이다. 자신도 그런 것을 할 나이가 충분히 되는데.

영화를 보고 나와 순정이를 기다리며 아이스크림까지 사들고 있는데 느닷없이 택규는 급한 볼일이 생겼다며 옆 건물 화장실로 들어가 버렸다.

그 덕에 가영은 아이스크림 두 개나 들고, 택규가 나올 때까지 기다리며 알록달록, 톡톡 터지는 아이스크림을 행복한 얼굴로 핥고 있었다.

비니를 쓴 남자 둘이 그런 그녀의 얼굴을 신기한 듯 위아래로 훑어보며 지나갔다.

남들이 쳐다보는 것은 일상인 가영은 그리 관심없다는 듯 연신 자신의 손에 들린 아이스크림을 핥으며, 맛나 보이는 택규의 아이스크림도 조금만 맛볼까 생각하고 있었다.

"이봐, 아가씨. 혼자 뭐가 그렇게 재밌어?"

방금 전 지나쳤던 그 남자들, 비니를 쓴 두 남자가 돌아와 갑자기 그녀를 양옆에서 막아서며 말을 걸어왔다.

안 그래도 건수 하나 없나 생각하고 있는데 그녀가 눈에 들어온 것이다.

한눈에 봐도 비싼 옷과 가방을 매고 있으니 분명 백을 털면 돈도 꽤 있을 것이고, 몸매도 근사하니 데리고 노는 맛이 상당히 좋을 것 같은데 고맙게도 혼자 서 있기까지 하니 이보다 더 좋은 기회는 없다 생각한 것이다.

"네? 안 재밌는데요."

"그래? 우리가 재밌는 거 알고 있는데."

"아, 네."

겁도 없이 또 아이스크림을 핥는 것을 본 두 양아치는 서로 눈빛을 교환했다. 이 여자, 정말로 아무 생각 없다. 보통은 소리부터 지를 텐데.

"거기로 데려다 줄게. 아주 재밌는 데가 있거든."

"우리 택규 오빠 기다려야 하는데요."

"금방이면 돼."

"안 되는데. 우리 택규 오빠 기다려야 해요."

아무리 세상물정 모르고 머리가 나빠도 지금 이 상황이 상당히 위험한 상황이라는 것은 감지할 수 있었는지 가영은 고개를 도리질하며 살짝 몸을 뒤로 빼려 하다 아이스크림까지 떨어뜨렸다.

그러나 다음 순간 그녀는 두 남자의 손에 양팔을 잡혀 무시무시한 힘으로 골목 안쪽으로 끌려가고 있었다. 소리를 질러댔지만 우연히 사람들이 길가에 없는 틈을 타서 그리 끌고 가는 것이었기에 그녀를 돕는 사람은 없었다.

"싫어! 놔요, 놔! 싫어요!"

소리 지르는 그녀의 입을 한 손으로 막으며 두 남자는 징그럽게 웃었다.

퇴근 시간대라 그런지 차는 어느새 도로 정체의 한끝에 멈춰 섰다. 평소라면 이 상황이 짜증도 나겠지만 지석은 짜증을 내는 대신 두 팔을 뒤로 스트레칭해 몰려오는 피로를 몰아냈다.

며칠의 야근으로 몸은 피곤했지만 그래도 사건 하나가 해결되어 가니 머리는 오히려 맑았다. 이 시간에 퇴근하는 것이 얼마 만이던가.

집에 가면 샤워 대신 뜨거운 욕조에서 몸 좀 풀고서 잠이나 푹 자야지.

신호가 바뀌었음에도 차는 몇 미터 가지 못하고 다시 멈춰 서버렸다. 아무래도 이 교차로를 지나려면 상당히 시간이 필요할 것 같았다.

그는 영원히 움직이지 않을 것 같은 차의 홍수 속에서 음악을 켜서 밀려오는 피로를 밀어내며 주의를 창밖으로 돌렸다.

해가 바뀌었지만 아직도 많은 숍들이 크리스마스 장식을 떼지 않고 그대로 두고 있다. 그러고 보니 크리스마스를 지난 것이 아니라 이제 12월에 들어서 막 크리스마스 시즌이 시작하는 것 같다.

날씨가 오늘따라 그리 춥지 않아서 그런가 거리에는 오가는 사람들도 참 많았다. 무표정한 사람들, 불행해 보이는 사람들, 행복해 보이는 사람들, 그리고 자신이 아는 누군가를 닮은 사람까지도. 닮은 사람만 봐도 가슴이 저릿해 오는 것을 지석은 애써 고개를 돌리며 억누르려 했다.

가만.

그의 시선이 조금 전 그곳으로 되돌아갔다. 닮은 사람이 아니라 그 사람이다. 그녀, 민가영. 양손에 아이스크림을 들고 누군가를 기다리는지 좁은 골목길 앞에 홀로 서 있으면서 뭐가 그리도 좋은지 순수해 보이는 얼굴 가득 행복한 미소를 띠고 있다.

기묘한 분노 같은 것이 그의 가슴에서 뭉글 솟아올랐다. 한 번도 자신의 앞에서는 지어 보인 적이 없던 표정이었기 때문이었다.

그 순간 차가 다시 앞으로 나아가는 바람에 그는 액셀을 밟았다. 몇 미터 더 나가고 나서 그는 자신도 모르게 몇 미터 전 그곳, 그녀가 서 있던 곳으로 시선을 돌렸다.

그녀는 이미 그곳에 없었다. 대체 어떤 놈이었는지 한 번 보고 싶었었는데 그새 만나서 가버린 모양이다.

그러나 고개를 돌리던 그의 시야에 골목 안쪽으로 들어가는 가영의 모습이 스치듯 들어왔다. 어딜 가는 거지?

차를 출발시키기 위해 앞으로 고개를 돌리던 그는 이내 다시 그녀가 들어간 그 골목 쪽을 쳐다보았다.

뭔가 이상했다. 그녀를 데리고 가는 것은 남자 하나가 아니라 둘이었다. 더군다나 가영은 그들의 팔에 끌려가지 않으려는 것처럼 뒤로 몸을 빼려 하고 있고, 다시 자세히 보니 한 남자는 그녀가 비명을 지르지 못하게 입까지 막고 있는 것이 아닌가. 한마디로 그녀가 남자들에게 끌려가고 있는 것이다. 훤한 대로변에서 말이다.

우회전을 하기 위해 제일 바깥 차선에 있던 것이 다행이었다. 그는 그대로 차에서 내려 아까 그녀가 들어간 그 골목으로 달려갔다. 다행히 그들은 아직 버둥거리는 가영을 데리고 멀리 가지 못했다.

"거기 서!"

가영을 끌고 가던 두 양아치가 돌아보더니 피식 웃었다.

"거, 신경 끄고 가던 길 마저 가라, 공연히 남의 일에 참견하다 다친다. 이 여자, 우리가 아는 여자야. 아는 여잔데 볼일이 좀 있어서 그러니까……."

"가영 씨, 아는 사람들이에요?"

그녀가 그를 알아보고 마지막 희망이라도 되는 듯 그를 향해 울부짖었다.

"검사님, 나 이 사람들 몰라요! 모르는 사람들이에요!"

그저 치기 어린 행인인 줄 알았던 남자가 자신들이 좀 데리고 놀려던 여자와 아는 사이라는 것과, 더군다나 그가 검사라는 말에 양아치들의 표정이 굳어지더니 서로 시선을 교환했다.

더 이상 생각할 것도 없는 것을 아는지 두 남자는 소리 내어 울고 있는 가영을 바닥에 밀쳐 버리고는 이내 눈 깜짝할 사이에 골목 안쪽으로 사라져 버렸다.

"가영 씨, 괜찮아요?"

지석은 재빨리 달려가 그녀를 부축해 일으켰다. 가영은 떨리는 손으로 그의 한 팔을 붙들고 놓을 생각을 하지 않는다. 바보스러울 정도로 엉엉, 소리 내면서 울기까지 하는 것을 보니 정말로 많이 무서웠던 모양이다. 그러고 보니 오늘의 민가영은 처음 봤던 그 순간의 민가영과 좀 닮은 것 같다.

"집에 태워다 줄게, 이리 나와요."

그는 재빨리 그녀의 한 팔을 잡고 골목 밖으로 데리고 나왔다. 바로 그 순간이었다.

"너 이 자식!"

누군가 저쪽 길에서 오던 남자 하나가 느닷없이 그에게 달려들었다. 아까 그 남자와 한 패거리라고 생각한 지석은 몸을 살짝 피하며 남자의 주먹을 잡고 비틀었다. 곁에서 보고 있던 가영이 겁을 먹고 날카롭게 소리 질렀다.

"살려줘요! 살려주세요!"

순정은 상가 주차장에 차를 대놓고 나오면서 먼저 휴대폰으로 전화를 걸었다. 대체 어딜 그렇게 돌아다니기에, 이젠 태우러 다니는 것도 지칠 만큼 안 다닌 곳이 없다.

처음엔 언제나 가는 곳이 일정한 것 같더니, 택규 씨가 이젠 그간 갇혀 있던 가영에게 세상 구경시켜 주기로 마음먹었나, 전에는 용산, 또 그전에는 강변, 그리고 이젠 신림동이다.

금족령이 일주일이었으니 이 정도지 만약 한 달이었으면 미국까지 태우러 갔을지도 모르겠다.

가영은 순정의 전화를 받지 않았다. 이곳에 도착하면 전화할 테니 꼭 받아라 신신당부를 했건만 또 어디 길거리를 쏘다니고 있어 전화벨 소리를 듣지 못하는 모양이었다.

택규 또한 그녀의 전화를 받지 않는 것이, 어디 시끄러운 곳에 있는 건가?

순정은 한숨을 내쉬며 일단 주차장 밖으로 나왔다. 일단 나가서 전화를 더 하다 보면 언젠가는 받을 것이다. 요즘 회장님 심기가 다 풀어지지 않은 상태라 최대한 시간 안에 들어가려 하는데 이러다 늦으면 그 불똥이 상당히 크게 튈 것이다.

건물 밖으로 나간 바로 그 순간, 그녀는 어디선가 외치는 귀에 익은 비명 소리를 들었다.

그것은 바로 가영이었다.

순간적으로 순정은 정신이 나가 버렸다. 가영에게 일이 생긴 것이다. 맙소사, 택규 씨와 같이 있다고 생각하고 안심했는데 그새 무슨 일이 생긴 것이다.

그녀는 정신없이 소리가 난 방향을 향해 내달렸다.

가영의 비명 소리에 용감한 시민들이 이내 지석을 에워싸자 지석은 황당한 표정을 지었다.

살려달라고 비명을 지르다니, 대체 이 여자, 어디가 어떻게 된 거 아냐? 마치 자신이 나쁜 악한이 된 것처럼 상황이 변해 버렸다.

"택규 오빠! 검사님! 택규 오빠 놓아주세요! 잘못했어요! 그러니까 우리 택규 오빠 놓아주세요!"

택규의 한 팔을 비틀고 있던 지석의 미간이 또다시 일그러졌다.

택규 오빠? 게다가 왜 또 바보 흉내를 내는 것일까. 대체 이 상황이 어찌 되어가는 것인지, 자신이 그녀를 돕고 있음에도 불구하고 그는 판단을 할 수가 없었다.

"가영 씨, 아는 사람입니까?"

"우리 택규 오빠예요! 우리 애인이에요!"

애인이라고? 이 남자가?

일단 그는 택규의 팔을 놓아주었다. 택규는 아픈 팔을 주무르며 얼른 가영에게 붙어 섰다.

그제야 행인들도 지금의 상황이 어떤 오해에서 시작했다는 것을 알아차렸는지 하나둘씩 그곳을 떴다.

"가영아, 검사님이라고? 그 검사님?"

택규가 낮은 목소리로 물었지만 지석도 그 소리를 들을 수 있었다.

"응. 순정이가 만난 검사님."

저도 모르게 순순히 대답하던 가영은 그제야 실수를 깨달았는지 화들짝 놀라며 손으로 제 입을 틀어막았다.

지석의 미간이 경련을 일으켰다. 머릿속에 혼란이 오기 시작했다. 대체 그게 무슨 말인지 묻기 위해 가영을 똑바로 보는 순간 저쪽에서 한 여자가 달려와 두 사람의 등 뒤에 섰다.

머리를 하나로 묶고, 두꺼운 뿔테안경을 쓴 여인이 놀란 표정으로 자신을 쳐다보고 있었다.

그녀, 장난기 있는 눈동자를 가지고 있는 그 여자, 민가영인 줄로만 알고 있던 그 여자가 민가영의 뒤에 서서 유령이라도 만난 표정으로 서 있었다.

그녀가 입술을 달싹였다. 소리는 나지 않았지만 지석은 그녀가 한 말을 알 수 있었다.

검사님.

자신을 매섭게 노려보는 지석을 다시 만난 그 순간 순정은 모든 것이 들통났다는 사실을 깨달았다. 그게 두려워 그렇게 피했건만, 역시 진실은 숨기기 어려운 법인가 보다.

"누구, 지금의 상황에 대해 제대로 설명을 해줄 사람 없습니까?"

그렇게 묻고는 있지만 사실 시석이 변명이라도 해주길 바라는 사람은 순정이었다. 저, 한눈에 봐도 많이 떨어지는 여자가 자신의 성질에 기름을 붓지 않고 설명해 주는 것은 바라지도 않았고 또한 그녀의 곁에 찰싹 달라붙어 미안한 눈으로 쳐다보고 있는 그 남자는 그럴 자격도 되지 않았으니까.

"순정아!"

찍소리만 해도 주먹을 날릴 것 같은 지석의 표정에 가영은 택규와 있는 것도 못 미더웠는지 곧바로 순정의 뒤에 숨어버렸다.

어서 빨리 뭐라고 말을 해!

그녀의 머릿속의 외침과는 달리 순정은 시선이 지석에게 고정이 된 채 입만 달싹일 뿐 아무 말도 나오지 않았다. 할 수 있는 말이 아무것도 없었다. 또 다른 거짓말로 이 상황을 모면할 수도 없었고 그렇다고 진실을 말하기에는 그도 이미 다 아는 것처럼 보였다. 무슨 말을 한다 해도 지금은 그야말로 불에 기름을 붓는 것처럼 더욱 그의 화만 돋울 뿐일 것이다.

"아무 말도 못해요? 지금까지 그랬던 것처럼 쇼라도 좀 해보지. 최소한 웃기라도 하게."

그가 비틀린 미소를 지었지만 그렇다고 해서 그의 분노가 다 감춰지지는 않았다.

"미……."

순정이 간신히 목소리를 이끌어냈다.

"미안해요. 그런데 지금은 이런 사과를 할 시간도 없네요. 지금 돌아가지 않으면 큰일 나서……."

그의 인상이 더욱 험악해졌다. 그래도 나름 변명이라도 바랐던 모양이었다.

"그러니까…… 그러니까, 다음에 만나서 다 설명드리고 사과드릴게요. 정말 미안한데 우린 지금 진짜 돌아가야 하거든요."

그의 얼굴 표정, 그의 얼굴 근육의 미세한 움직임조차도 순정의 신경을 바짝바짝 곤두세웠지만 그래도 그녀는 마지막 용기까지 짜내어 간신히 말을 끝냈다. 시간이 촉박한 것은 아니었지만 그를 납득시킬 만큼의 시간은 남아 있지 않았다. 간단하고 쿨하게 사과할 일이 아니었으니까. 그리고 그 또한 그것을 쿨하게 받아들일 것 같지 않았으니까.

화를 억누르려는 듯 그의 가슴이 몇 번이나 들썩이는 것을 보며 순정은 금세라도 그의 불벼락같은 언성이 들릴까 신경을 곤두세웠다.

그러나 잠시 후, 그는 한층 누그러진 목소리로 입을 열었다.

"좋아요. 그럼 그렇게 하죠. 무슨 사정인지는 모르겠지만 사람 하나 바보 만들어놓고 사과할 시간도 없다니 그렇다 칩시다. 언제 다시 만나서 설명을 해줄 겁니까?"

"내일이라도 좋아요. 검사님 시간만 되신다면."

"그럼 내일 만납시다."

스케줄 따위는 생각해 보지도 않고 지석이 곧바로 대답하자 채순정이 말리기도 전에 가영이 기어들어 가는 목소리로 또다시 염장을 질렀다.

"그럼 나도 나와야 해요?"

주먹이라도 날아올까, 택규가 이번에는 가영을 막아섰다.

지석은 그런 두 사람을 보며 한숨을 내쉬었다.

"나오면 내가 알아듣게 설명을 해줄 수 있습니까?"

더 말할 것도 없다는 듯 지석은 그대로 돌아서서 길가에 깜박이조차도 켜지 못하고 방치된 자신의 차에 올라타고는 그대로 떠나버렸다.

정신이 나가 버린 것처럼 순정은 아무 말도 못하고, 미동도 하지 못한 채 지석의 차가 그 도로 정체 속에서도 용케 우회전을 해서 보이지 않게 될 때까지 그대로 서 있었다.

아니, 숨도 못 쉬고 있었는지도 모르겠다. 그의 차가 마침내 보이지 않게 되자 그제야 그녀는 길게 숨을 내쉬었다.

절대 꿈에서조차도 예상하지 못했다. 지석을 다시 만나게 될 줄은.

"순정 씨."

택규가 그런 그녀를 부르고 나서야 그녀는 제정신이 돌아온 듯 멍하니 택규와 가영을 쳐다보았다.

"집에 가야지."

그제야 정신이 든 듯 몸을 움직이던 순정은 저도 모르게 다리가 풀려 비틀거리고 말았다. 지금까지 떨고 있었던 모양이었다.

"내일 제가 같이 나갈까요?"

걱정스러운 표정으로 택규가 물어오자 순정은 고개를 내저었다. 그가 함께 가봤자 이 상황을 설명하는 일에는 도움을 주지 못할 것이다.

마치 자신의 잘못인 양 미안해하는 택규를 남겨두고 가영을 태우고 오면서도 순정은 계속 멍한 상태로 있었다.

생각을 해야 하는데 생각을 할 능력조차도 그 무엇인가가 가져가 버린 듯 머릿속이 텅 빈 느낌이었다.

다행히도 오늘따라 민 회장은 일이 있어 회사에서 아직 돌아오지 않은 상태였다. 머리가 멍한 상태에서 민 회장을 대면했다면 무슨 실수를 했을지도 모른다.

미안한 듯 눈치를 보는 가영을 방으로 보내고 잘 준비까지 마치고 눕자 그제야 생각이라는 것이 들기 시작했다.

이제 어떡하나.

마침내 생각이 이어지기 시작했다.

그가 화를 낼까? 화가 나서 민 회장님께 자신의 불쾌감을 말해 버릴까? 두 여자가 감히 검사인 자신을 농락했다고 화를 낼까? 아까 보니 그런 얼굴은 처음 봤다 싶을 정도로 잔뜩 화가 나 있던데 이대로 넘어가진 않겠지?

내일 무릎까지 꿇고서 빌어야 하나? 잘못했으니까, 제발 회장님께는 말하지 말아달라고 해야 하나? 그런다고 그의 화가 풀릴까?

그는 내 사정을 모르니까 아마 모른 척할지도 몰라. 회장님께 말하는 순간 난 무일푼으로 쫓겨난다는 그 사정을 그가 알 턱이 없지.

그렇게 하면 내 모든 꿈을 접고 밑바닥부터 다시 시작해야 한다는 것을, 내 의지가 아닌 타의로 그리된다는 것이 얼마나 끔찍한 일인지 그는 겪어보지 않았으니 모르겠지.

회장님에게 쫓겨나면 이떡하지? 당장 일할 곳도 없는데. 일자리 알아본다고 바로 취직이 될까? 아니면 차라리 정말로 어디 식당 같은 곳에서 일하면서 숙식을 해결해야 하나? 아니면…… 사실은 마음이 너무도 흔들려서, 그가 너무도 가지고 싶어서, 도망칠 수밖에 없었다고 사실대로 털어놓을까?

모르겠다. 지금으로서는 아무 생각도 하지 않는 편이 좋겠다.

오히려 머리만 복잡해지니까.

그리고 그녀는 잠이 들었다.

오후 한 시.

순정은 그가 아침에 가영의 휴대폰으로 보낸 문자메시지대로 그를 처음 만났던 그 호텔의 커피숍에 들어섰다.

바로 그 순간까지도 순정은 자신이 어찌해야 하는지 감을 잡을 수 없었다. 고민은 많았지만 어디 세상이 생각한 대로만 흘러간다면 자신이 이곳에 지석을 만나기 위해 다시 오는 일도 없었을 것이다.

누가 검사님 아니랄까 봐 그는 언제나처럼 주도권을 잡기 위해 미리 와 있었다. 그녀가 나올 거라는 것을 너무도 당연히 알고 있었는지 카우치에 푹 기대고 앉아 뭔가 서류를 들여다보고 있는 모습은 느긋하기 짝이 없었다.

일이 바빴던 탓일까, 그는 전보다 조금 야위어 보였다. 그럼에도 불구하고 그의 여유있는 태두에서 발 안에 생쥐를 잡고 있는 사자처럼 더 무섭고 강한 존재감이 느껴졌다.

순정이 그의 앞에 조용히 앉자 그제야 그가 시선을 들어 그녀를 바라보았다.

"뭘 마실 겁니까?"

처음 그의 질문에 그녀는 그의 의중을 알기 위해 그를 쳐다보았다. 대체 속을 알 수가 없는 눈이다.

"……녹차 주세요."

결국 순정은 그의 앞에서 처음으로 자신의 모습을 내보였다. 사람 미치게 만들 정도로 단 음식을 좋아하는 가영과는 달리 그녀는 단 것을 원래 그리 좋아하지 않았다.

그가 손짓을 해서 웨이터를 부르더니 그녀를 대신해 주문을 했다. 그러고도 한참, 그는 말없이 또다시 손에 들고 있던 서류를 바라만 봤다.

순정은 물끄러미 그런 그의 모습을 바라보았다.

초조하게 만들려는 걸까? 듣고픈 말이 있을 텐데 그는 오히려 아무 말도 하고 싶어하지 않는 순정보다 더 입을 굳게 다물고 있다. 그럼에도 불구하고 그녀를 압도하는 카리스마에 순정은 입안이 바짝 말라 버리는 것 같다. 아마도 그녀 스스로가 지은 죄가 있다 생각해서 그런지도 모르겠다.

그러나 강한 사람에게 페이스를 내주면 끌려 다니게 되고 그건 더 나쁜 결말을 초래할 뿐이다. 최대한 기죽지는 말고, 그렇다고 그를 화나게도 말고, 차분히 말로 얘기하자.

"할 말이 없나?"

갑자기 그가 서류에서 시선을 떼지 않은 채로 물어왔다.

"무슨 말이 듣고 싶은데요? 미안하다는 말이 듣고 싶은 건가요?"

예상외의 대답에 그가 시선을 들어 그녀를 바라보았다. 지금까지 자신이 만났던 그녀와는 또 다른 반응에 그도 놀란 모양이었다.

"그건 너무 당연한 거고. 난 다른 걸 기대했지. 지금까지 당신이 매번 변한 모습을 보였던 것과 마찬가지로 이번에도 내 뒤통수를 때릴 만큼 쇼킹한 것을."

그 말에는 대꾸도 하지 않고 순정은 지석을 똑바로 바라보았다. 그 표정에 지석은 들고 있던 서류를 내려놓을 수밖에 없었다. 묻고 싶은 것이 있다면 물어라, 실수한 것은 인정하지만 당신한테 기죽을 만큼 큰 잘못은 한 적이 없다, 하는 표정이었다.

"대체 당신은 어떤 여자지?"

지석이 우선 허를 찌르는 질문으로 먼저 기선을 제압하려 했다.

순정은 그 말에 대답을 않고 그를 가만히 바라보았다.

아니, 대답을 하고자 했어도 달리 할 말이 없었다. 지금까지 그 문제에 대해 생각해 본 적이 없었으니까.

그녀가 예상한 그의 질문은 '당신은 대체 누구야?' 내지는 '당신은 대체 가영 씨하고 어떤 관계지?' 정도였다. 아마도 그게 가장 궁금하리라 생각했다.

그에게 기죽지 않기 위해 생각을 표정으로 옮기지는 않았지만 지석의 질문은 그녀의 머릿속을 복잡하게 만들었다.

난 어떤 여자일까?

순정은 그 순간 처음으로 자신에 대해 진지하게 생각을 하게 되었다.

어떤 여자…… 가영의 분신. 가영의 또 다른 보호자. 가영의 친구. 가영의…… 난 대체 어떤 여자인 거지? 한 번도 가영을 벗어나서 생각을 해본 적이 없다. 그 모든 생각은 가영이 시집을 가고 나서 해도 늦지 않다고 생각했었다. 그만큼 자신은 가영을 벗어나 본 적이 없단 뜻인 것이다.

“…….”

“대답을 못하시는군. 그럼 내가 대답을 할까? 여순정, 현재 나이 만 25세, 만 6세 때 부모님을 교통사고로 잃고 ‘희망 고아원’에 입소. 이후 만 13세 때 민천석 회장이 대리인으로 보호하게 되고 곧바로 캐나다 밴쿠버로 3년간 유학, 이후 검정고시를 거치고 경인대 경영학과 입학, 석사학위 취득과 졸업. 그 이후로도 주소지는 여전히 민천석 회장의 집으로, 변경사항이 없으며 수입 발생도 없음.”

순정은 할 말을 잃고 지석을 쳐다보았다. 어쩐지 안 물어본다 했더니 자신에 대해 다 알고 나온 것이었다.

“얼굴은 원래 닮은 건가, 아니면 성형수술을 한 건가? 내 생각에는 수술이 아니면 남이 그렇게까지 닮을 수는 없을 것 같은데.”

서류를 내려놓으며 그는 마침내 요점을 물어보았다.

“미안하단 말이 듣고 싶으면 사과하라고 하면 되는 거 아닌가요? 알고 싶은 것은 이미 그 서류에 다 나와 있는 것 같은데요. 나로 인해서 받은 금전적 피해에 대해서는 정말 미안하게 생각하고 있고, 원하신다면 나중에 돈으로 다 갚아드리겠어요. 못 믿으시겠디면 시류싱으로 각서를 쓸 수노 있구요. 그러니 나와 가영에 대해 꼬치꼬치 묻는 것은 그만뒀으면 좋겠네요.”

그는 검사다. 그에게 잘못 사실을 알렸다가는 오히려 민 회장에게 해가 될 수 있었다. 아무리 지금 자신이 원하지 않게 가영의 보모처럼 되어 있는 상황이라 하지만 자신을 거둬주고 키워준 민 회장에게 위해가 가는 일은 하고 싶지 않았다.

"검사님이 바라는 대로 전말은 다 알고 있잖아요. 가영이는 애인이 있고 가영이 부모님은 훌륭한 집안과 가영이를 결혼시키고 싶어하고. 그러다 보니 서민층인 애인이 있단 말은 꺼내지도 못하고 그렇다고 애인을 두고 선보러 나갈 수도 없어서 대신 사람을 내보낸 거고. 그 과정에서 피치 못하고 우리가 검사님을 속이게 되었고…… 그것에 대해서는 지금 사과를 드리기 위해 제가 나온 겁니다. 죄송하지만 더 이상은 말하고 싶지 않은 얘기예요. 어쨌건 피해는 보상하겠습니다. 가능한 최대한 빠른 시간 안에……."

그 순간 그의 한쪽 눈썹이 꿈틀거리는 것을 순정은 보았다.

"미안하지만 더 이상 묻지 마라? 금전적 피해는 나중에 보상하겠다?"

그가 비아냥거리듯 되묻자 순정은 입을 다물었다.

"내가 지금 그따위 돈 때문에 억울해서 나온 거라 생각하나?"

"그럼 무엇 때문이죠?"

"난 누군가에게 농락을 당해본 적이 없어. 그래서 몰랐는데 농락당하는 것이 생각했던 것보다 더 많이 불쾌하단 말이야."

순정은 그의 눈을 바라보았다. 그의 말이 맞는다는 것을, 지금 그가 아주 불쾌해하고 있다는 사실을 그 눈만 보아도 알 수 있었다.

"몇 번이나 사과를 하면 받아주실 건가요? 그 문제에 대해서는…… 가영을 대신해 나가던 그 순간에도 미안하게 생각하고 있었어요."

"……어디까지가 거짓말이었던 거지?"

느닷없는 그의 질문에 순정은 허를 찔린 듯 잠시 입을 다물 수밖에 없었다. 모든 것이 다 거짓말이었다. 그에게 했던 모든 말은 다 거짓이었다.

유일하게 그에게 말하지 않았던 것, 그게 진심이었을 뿐이다.

"……미안해요. 검사님이 본 모든 것은 전부 가영의 이야기예요. 속인 건 정말…… 미안하게 생각하고 있어요."

차갑게 경직되었던 지석의 표정이 그 순간 살짝 풀렸다.

"그 사과, 받아주지."

"감사합니다. 우리 일은 잊고 앞으로 정말 괜찮은 여자 만나시길 기원할게요."

순정이 고개를 꾸벅 인사하고 자리에서 일어섰다. 이제 다 끝난 것 같다. 검사라는 직책답게 신문하듯 자신을 힘들게 만들 거라는 예상과는 달리 그래도 조금은 쉽게 끝난 것 같다. 이 남자, 생각보다 쿨한 면이 있다.

"내 말은 아직 다 끝나지 않았어."

그러나 그는 생각보다 쿨하지 않았다.

"자리에 다시 앉지."

순정은 지금 이 순간 최대한 그에게서 멀어지고 싶은 마음을 억누르며 그의 앞에 다시 앉았다.

"지금 검사인 날 실컷 가지고 농락하고, 미안하단 말 한마디로 아무런 책임도 떠안지 않고 돌아가겠다는 건데……."

의아한 표정으로 그를 바라보자 그가, 지금까지 시종일관 차가운 얼굴로 있던 유지석 검사가 갑자기 씨익 미소를 지었다.

"그렇게는 안 되지. 미안하지만 난 뒤끝이 길어서 말이야. 미안하단 말은 받아들이겠지만 그걸로 끝낸다고는 하지 않았어.”

“그럼 무얼 원해요?”

“당신.”

그의 말이 너무도 얼토당토않아 순정은 할 말을 잃고 그를 쳐다보았다.

“검사님, 그런 농담은 지나치시네요.”

그녀는 굳이 ‘검사님’이란 말로 말을 시작했다. 당신은 검사다, 검사의 본분을 지키라는 뜻인 것이다.

“당신의 몸으로 갚으라는 뜻은 아니야. 대한민국 검사가 그런 말도 안 되는 협박을 해서는 안 되는 것이지.”

“그럼…….”

“앞으로 내가 전화할 때마다 냉큼 달려오란 얘기야.”

순정의 머릿속에 혼란이 오기 시작했다. 지금 그가 바라는 것은 현대판 ‘노예’인가?

“난 아직도 그게 무슨 뜻인지 모르겠어요. 왜 그런 얘기를 하시는 것인지.”

“난 민가영이 아닌 여순정, 당신이 알고 싶어.”

그가 단도직입적으로 얘기했다.

“거기 나온 대로가 저의 모습의 전부예요.”

“여기에 여순정이 어떤 사람인지는 나와 있지 않은걸?”

“내가 어떤 사람인지 왜 알고픈 거죠? 그런다고 해서 나아질 건 하나도 없을 텐데요.”

그는 어깨를 으쓱해 보였다.

“글쎄, 굳이 이유를 대자면 아, 내가 민가영이 아닌 민가영의 대
타를 만났었구나, 알았다, 하고 끝내기엔 농락당한 것이 너무 억
울해서라고나 할까. 버린 시간이 있던 만큼 얻는 시간도 있어야
할 것 같아서.”

“시간낭비예요.”

“최소한 내가 버린 시간과 돈에 대한 충족이니 그리 낭비라고
는 생각하지 않아.”

차라리 어제 그에게 다 해명하고 돌아가는 것이 나았을 것을.
그는 집에 가서 곰곰이 생각하고 앞으로의 처분을 어찌할 것인지
다 계획하고 나온 듯했다.

“미안하지만…… 그건 할 수 없어요. 내가 유 검사님을 만났던
이유는 데이트가 목적이 아니었으니까요. 지금 말씀하신 거는 먼
저의 목적과 반대되는 이유인데……. 난 회장님께 그렇게 할 수
없어요.”

마치 뜸이라도 들이는 것처럼 그는 커피를 한 모금 마시며 순정
의 속내를 태웠다.

“미안하지만 그건 당신의 선택사항이 아니야. 내 선택사항이
지. 그리고 난 당신을 계속 만나보기로 선택했어.”

그녀를 코너로 몰아붙이면서도 그는 시종일관 미소를 잃지 않
고 있었다. 그 미소는 그를 편하게 느끼게 만드는 것이 아니라 오
히려 악마처럼 보이게 했다.

“내가 거절한다면요?”

마지막 지푸라기라도 잡는 심정으로 순정이 물었다.

"아마도 당신과 민가영 씨가 많이 힘들어지겠지. 난 당신들을 사기죄로 집어넣을 생각이거든."

"사기라니, 누가……."

"나한테 영수증이 있는 것 모르나? 당신이 그 돈을 갚아준다 했어도 그건 형사법에 저촉이 되거든. 민사법에서는 갚으면 끝날 문제라 해도 형사법은 반드시 법의 처분을 받도록 되어 있지. 못 믿겠으면 한번 시험해 봐. 내가 공갈을 치는 것인지, 정말로 수갑을 채울 것인지."

"그건…… 협박이 아닌가요?"

"맞아. 그리고 진심이기도 하고."

검사라는 사람이 협박을 해도 되는 거야?

하지만 순정은 그의 눈빛만 보고도 그가 사실을 말하고 있다는 것을 알 수 있었다.

"……언제까지요?"

마침내 포기하고 순정이 차가운 목소리로 물었다.

"오래가지는 않을 거야. 당신에 대한 호기심이 끝나는 날이 우리가 마지막 만나는 날이야."

"그땐 깨끗이 없던 일로 하는 건가요?"

"그래."

순정은 한숨을 내쉬었다.

"각서 써줘요."

그녀의 말에 그의 눈빛에 웃음이 깃들었지만 순정은 보지 못했다.

“그러지.”

그는 가방에서 종이 하나를 꺼내어 펜으로 무언가를 쓰기 시작했다. 순정은 그가 쓴 각서를 받아 읽고 꼼꼼히 체크한 후 사인과 지장까지 찍게 했다.

그래, 잘만 한다면 회장님께서 모르고 지나갈 수도 있을 것이다. 부디 그렇게 되었으면 좋겠다. 그때까지만 조심하면 되는 것이다. 다시 그를 마음에 담지 않도록.

“한 가지만 묻지.”

오늘은 이것으로 끝난 줄 알고 막 백을 챙기던 순정에게 그가 물었다.

“대체 언제 민가영이 여순정으로 바뀌었던 거야?”

“…….”

“내가 맞혀보지. 처음 본 그날, 그때였지? 화장실에서 나오다 외국인하고 부딪혔던 때.”

“그게 무슨 상관인가요?”

“내 눈이 얼마나 정확한지 알고 싶어서. 처음 봤을 땐 분명히 머리가 나빠 보였거든. 쇼를 한다는 생각이 들지 않을 정도로.”

내가 이런 남자를 상대로 속일 생각을 했던 것인가?

“그렇다고 해두죠.”

기어이 인정하지 않고 그렇게 순정은 자리에서 일어섰다.

아마 며칠은 궁금해서 죽겠지. 나름의 소심한 복수다.

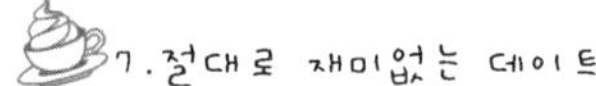

문득 민 회장은 잠에서 깨어났다. 시계를 보니 열두 시 반. 화장실을 가기 위해 자리에서 일어나던 그는 문틈으로 들어오는 희미한 빛에 의아한 마음이 들었다. 이 시간에 누가 불을 켜놓은 것일까?

살짝 문을 열어보니 넓은 응접실 너머 주방에 불이 켜져 있었다.

이 시간에 가정부가 무얼 하고 있나? 가정부 박 씨의 목소리가 낮고 조용하게 들려오고 있다.

그는 조용히 밖으로 나와 무슨 일인가 확인을 했다.

주방에는 대체 이 시간에 무엇을 하는지 가영이 가스레인지 주변에서 뭔가를 하고 있었고 박 씨는 졸린 듯 눈을 비비며 가영에게 뭔가를 말하고 있었다. 가만히 냄새를 맡아보니 가영이 그녀의 조언을 들으며 만들고 있는 것은 수프인 듯했다.

쯧. 민 회장은 혀를 찼다. 또 순정에게 무슨 잘못을 했구먼. 어쩐지 순정이 저녁을 안 먹는다 했다. 가영이 사과의 뜻으로 뭔가 음식을 만들어준다는 것이 아마도 수프인 모양이다.

처음 있는 일도 아니었기에 그는 고개를 절레절레 흔들며 다시 방 안으로 조용히 들어갔다.

수프가 다 만들어지자 박 씨는 가영이 가스 불을 모두 끄고 밸브를 잠갔는지 확인하고는 다시 커다랗게 하품을 하며 방으로 들어갔다. 가영은 행여나 자신이 만든 수프를 엎지를까, 조심해서 들고 2층으로 올라갔다.

오늘 집에 들어온 순정은 너무도 기운이 없어 보였다. 순정이 저런 표정을 지은 것은 오래전, 순정과 아버지가 대학 진학을 앞두고 무슨 말인지 오갔을 때를 제외하고는 요 근래가 처음이었다.

그리고 가영은 오늘 순정이 기운없는 것이 자신 때문임을 알고 있었기에 더욱 속이 상했다. 그렇게 길에서 검사님을 딱 맞닥뜨릴 줄 누가 예상이나 했겠냔 말이다. 아마 오늘 나가서 검사님한데 많이 혼났을 것이다. 나쁜 짓을 하는 사람을 감옥에 보내라고 재판장한테 말하는 사람이라 했으니 싹싹 빌지 않으면 정말 감옥에 보내 버릴지도 모른다. 그래서 순정이가 나가서 많이 빌었을 것이다. 많이 속상했을 것이다.

자신이 해줄 수 있는 것은 없었기에 이렇게나마 순정의 마음을 조금이라도 풀어주고 싶었다.

"순정아."

방문을 조금 열고 안을 들여다보니 순정은 이미 자는 것처럼 벽 쪽을 향해 침대에 드러누워 있다.

"자니?"

자고 있는 것이 뻔하건만 그녀는 혹시나 하는 마음으로 다시 불러보았다. 아까 수프를 끓이기 전까지는 옆방에 들릴 만큼 커다란 한숨을 내쉬는 바람에 안 자는 줄 알았는데. 기분 탓이었나?

가영은 조용히 들어와 순정의 탁자 위에 자신이 만들어놓은 수프를 내려놓고 잠시 순정을 내려다보았다. 순정은 미동도 하지 않고 있다.

"미안해."

순정이 듣지 않을 거라는 것을 알고 있으면서도 가영은 기어이 한마디 해놓고 방을 나갔다.

그녀가 나가고 얼마 지나지 않아 순정은 침대에서 일어나 불을 켰다.

지금 기분으로는 아무하고도 말을 하고 싶지 않아서 자는 척만 하고 있었다. 특히, 가영과는 더욱 말하고 싶은 기분이 아니었다.

그녀는 물끄러미 가영이 놓고 간 수프 그릇을 쳐다보다가 침대에서 내려왔다.

수프가 그릇에 덕지덕지 묻어 있긴 하지만 통깨와 파슬리가루까지 뿌린 말간 수프 한 그릇.

가스레인지조차 켜지 못하는 가영이 이것을 만들기 위해 또 얼마나 투덜거리는 박 씨 아주머니를 깨워서 졸라댔을까.

지금 이렇게까지 된 상황에 대해 가영에게 화는 무척이나 나고, 또한 금방 풀릴 것 같지는 않지만 그래도 이건 모두 가영의 잘못만은 아니었다. 가영은 본능대로 행동했을 뿐이고, 거기에 제동을 걸지 못하고 하잔 대로 한 자신의 잘못도 있는 것이니까.

그녀는 스푼을 들어 가영의 특제수프를 한입 맛보았다.

어딘지 모르게 상당히 싱거운 느낌은 들지만, 우울해서 죽고만 싶었던 기분을 날려 버릴 만큼은 맛이 있었다.

그래, 가영아. 어떻게든 이 일을 마무리 짓고서 네 일도 해결하자. 지금은 화를 내는 것보다 그게 우선인 것 같다.

일요일 오전, 순정은 마침내 지석과의 첫 데이트, 그러니까 자신의 이름으로 하는 처음 데이트를 하게 되었다.

초조하게 기다리던(?) 전화가 마침내 토요일 오후에 걸려왔고 그는 짧게 용건만 간단히, 장소와 시간만 가르쳐 주고는 끊었던 것이다.

그렇지 않아도 이 데이트가 내켜서 하는 것이 아닌 판국에 그런 식의 전화는 더욱 내켜하지 않는 순정의 미움을 부추겼다.

그래도 어쩔 수 없었다. 감히 검사님을 속였으니 응당 그 벌은 받아야 한다고 생각할 수밖에.

가영이 좋아하는 스커트가 아닌 자신이 좋아하는 블랙진과 롱부츠, 풍성한 니트와 어디나 잘 어울리는 실용적인 검은 코트가 오늘 입고 나온 차림이었다. 사실, 그렇게 차려입고 거울 앞에 나

섰을 땐 예뻐 보이기보다는 편안해 보이는 것이 지석이 안 좋아하
지는 않을까 생각은 들었다. 하지만 굳이 그에게 예뻐 보이고 싶
은 마음도 없고, 더군다나 그가 한 말은 민가영이 아닌 여순정을
만나고 싶다는 것이었다. 최대한 있는 그대로 자신을 보여주는 것
이 오히려 그를 만나는 시간을 줄이는 방법 중 하나일 것이기에
걱정을 접고 그대로 나왔다.

그가 말한 잠실역 부근 한 백화점 내 커피숍에 찾아가니 역시
지석이 먼저 나와 순정을 기다리고 있었다.

"당신은 가고 싶은 곳이 있어?"

그의 질문에 순정은 멍하니 그를 쳐다보았다. 나오는 것도 내키
지 않았는데 그와 가고 싶은 곳이 어디 있기나 할까. 참 당치 않은
질문을 하기도 한다.

"진짜 당신이 좋아하는 그런 장소 말이야."

좋아하는 장소…… 제주도. 혹은 속초, 삼척. 파란 바닷물이 출
렁이는 곳이라면 어디든 가고 싶었다. 하지만 이 남자한테 그런
말을 하고 싶지는 않았다. 검사라는 바쁜 직업을 가진 사람에게
당일 코스도 아닌 곳에 데려다 달라고 해봤자 시간도 안 될뿐더러
이상한 오해를 받을 수도 있으니까.

"생각을 안 해봤어요."

"스테이크는 좋아해?"

대체 그건 왜 묻는 걸까?

"육류는 그다지 좋아하지 않아요."

"쇼핑은?"

쇼핑은 가영이 다닐 때 따라다니는 것만으로도 충분히 힘들었다. 정말 필요한 물건이 있어서 살 때 빼고는 절대로 혼자 쇼핑을 다닌 적이 없었다.

"안 좋아해요."

"나이트클럽은?"

"……"

그제야 순정은 그의 질문의 의도를 알았다.

"전에도 말했잖아요. 그 모습은 전부 가영의 것이었다고."

"테마파크는?"

그건…… 말하고 싶지 않았다. 그날, 밤의 테마파크를 생각하면 가슴이 설레는 흥분과 또한 아픔이 함께 공존했다.

"가고 싶지 않아요."

그녀의 대답에 그는 잠시 생각하는 듯하다 이내 짧게 대꾸했다.

"그럼 다음부터는 생각을 해보고 나와."

굳은 표정으로, 길게 이어지는 문장 없이 어찌 보면 다툰 사람들처럼 짤막하게 이어지는 대화들. 처음부터 다를 거라는 기대는 하지도 않았지만 데이트라는 명목으로 만난 남녀의 대화가 참으로 썰렁하기 짝이 없다. 이건 데이트라는 이름하에 벌이지는 아주 잔인한 고문이나 마찬가지다.

심플하게 생긴 에스프레소 잔을 내려놓으며 지석이 일찌감치 자리에서 일어섰다.

"벌써 일어나게요?"

"난 앉아서 마냥 시간을 보내는 것을 그리 좋아하지 않아."

하긴, 그는 어딜 봐서도 바쁜 사람이다. 이렇게 한가히 커피나 마실 성격이 아닌 것이다. 그런데도 그를 골려주기 위해 그가 싫어할 만한 짓을 골라 했을 때 그리도 아무 말도 없이 따라다닌 것을 보면 참 대단하단 생각이 든다.

"어딜 가게요?"

주섬주섬 옷을 챙겨 입으며 순정이 물었지만 그는 아무 말도 없이 계산을 마치고 커피숍을 나갔다.

지석이 데리고 간 곳은 백화점에 연결된 놀이공원 입구의 아이스링크였다.

스케이트의 계절인 겨울답게 많은 사람들이 그곳에서 스케이트를 타고 있었다.

"스케이트 탈 줄 아나?"

"조금요."

"그 정도면 충분해."

겨울 스포츠를 좋아하는 가영이 덕에 스키장이다 아이스링크다, 많이도 찾아다녔다.

말했던 것과는 달리 미끄럽게 아이스링크로 미끄러져 들어가는 순정을 보며 그는 의외였는지 눈썹을 치켜 올렸다.

오히려 타자고 말한 장본인은 몇 번이나 엉덩방아를 찧었지만 그녀는 그런 그를 놀리듯 몇 번이나 지나쳐 가면서도 한 번 도와주지 않았다.

결국 지석은 스케이트를 포기하고 링크 밖으로 나왔다.

못 탈 줄 알았는데. 그녀가 스케이트를 잘 타지 못하면 자신이 그녀를 붙잡아주고 또한 농담도 좀 하면서 이 서먹한 분위기에서 탈피하는 것이 목적이었건만 결국 먼저 항복을 해버리고 말았다.

그녀가 워낙 즐겁게 스케이트를 지치니 같이 나오잔 말도 못하고 혼자 나온 지석은 가만히 펜스에 기대어 그녀가 스케이트 타는 모습을 바라보았다.

오랜만에 타는 듯 아주 생기가 넘치는 얼굴로 순정은 링크를 종횡무진 다 차지한 것처럼 스케이트를 타다가 그제야 생각이 난 듯 그를 찾아 두리번거린다.

당황한 얼굴이 되어서는 이리저리 얼음까지 지치며 찾다 그제야 펜스 밖에 서서 구경하고 있는 자신을 발견하고 안심한 표정을 지었다.

"왜 타다가 나가 버려요? 한참 찾았네."

금세 지석의 앞으로 다가온 순정이 펜스 안쪽에서 묻자 지석은 어깨를 으쓱해 보였다.

"나름 폼나게 타려고 했는데 엉덩이가 말을 잘 안 듣네. 당신은 재미있어하는 것 같으니까 더 타."

"그런 게 어디 있어요. 먼저 타자고 해놓고서."

펜스 밖으로 나오려는 순정을 지석이 만류했다.

"괜찮아. 나름 즐기는 것 같은데. 난 여기서 사람들 구경하는 것도 재미있군."

그의 말에 정말 그래도 되는 것이냐는 듯 그녀가 멀뚱히 지석을 바라보았다. 지석은 다시 한 번 고개를 끄덕여 그녀를 안심시켰다.

순정은 미련없이 그의 앞을 떠나 얼음을 지치며 멀어져 갔다.

저렇게 잘 타면서 조금이라니, 사람 놀리는 것도 아니고. 그는 속으로 중얼거리다 피식 웃었다. 자신도 모르게 은근히 바라고 있었던 모양이다. 그녀의 손을 잡고 스케이트를 가르치는 그림을. 이럴 줄 알았으면 학교 다닐 때 공부만 하지 말고 스케이트도 좀 많이 배워둘걸.

그런데 여순정 씨, 정말로 스케이트를 좋아하는 모양이네. 오늘 들어 처음으로 잔뜩 굳었던 얼굴이 펴져 있는 것을 보니 말이야.

활동적인 것을 좋아하는 여자라, 얌전히 집에서 책만 보는 스타일보다는 낫지.

한참이나 홀로 얼음을 지치던 순정은 마침내 피곤했는지 아이스링크를 나와 스케이트를 벗었다.

"억지로 끌려 나온 사람치고는 참 즐겁게 스케이트를 타는군."

그녀의 앞에 선 지석이 한마디 하자 순정은 스케이트를 벗다 말고 내가 언제 그랬냐는 표정을 지었다.

"억지로 끌려 나온 건 맞지만, 즐겁게 스케이트를 타진 않았거든요."

"흠, 억지를 부리는 타입이라. 오늘 여순정에 대해 놀라는 일이 많네."

"정말 재미없었다고요."

그녀가 고집스럽게 우기며 자신의 부츠에 발을 밀어 넣었다.

"그래? 난 또 파트너도 없이 혼자서 타기에 즐기는 줄 알았지."

"아깝잖아요. 스케이트 대여비용도 있고……."

하지만 그건 거짓이다. 가영과 다니며 돈에 대한 개념은 일찌감치 없어지긴 했다. 필요하다 싶은 것은 언제나 회장님이 주신 카드로 가영이 결제를 했으니까. 자신이 마음만 먹었다면 가영에게서 원하는 것을 얼마든지 얻을 수 있었을 것이다.

그러고 보니 스케이트를 신어본 지가 벌써 4년이 된 것 같다. 대학 다닐 때 집에 혼자 있는 가영이 안쓰러워 기운을 북돋아주기 위해 데려 나온 곳이 바로 이 아이스링크였는데.

그땐 지금처럼 힘들지는 않았다. 꿈도 못 꿨던 대학을 다닌다는 것 하나만으로도 모든 것이 행복했었다.

"점심을 먹어야지. 당신은 어떤 음식을 좋아해?"

어떤 음식…….

순정은 또다시 곧바로 대답을 하지 못하고 기억을 더듬었다. 어떤 음식을 좋아했었지?

늘 민 회장의 집에서 박 씨 아주머니가 해주는 음식을 먹었고 가영과 하는 외식이라고는 늘 육류였기에 뭔가 자신이 좋아하는 음식을 먹은 기억은 없었다.

어떤 것이 좋았을까?

"또 대답을 못하네. 그럼 점심도 내가 좋아하는 것으로 하지."

그가 그럴 줄 알았다는 듯 중얼거리며 그녀를 이끌고 주차장으로 향했다.

순정은 눈앞에서 꿈틀거리는 것을 혐오스러운 눈으로 쳐다보았다.

대체 저것의 정체는…….

"난 검사님은 고상하게 스테이크만 써는 줄 알았어요."

"미안하지만 스테이크를 좋아했던 것은 민가영 씨지. 난 신사답게 그걸 맞춰준 것이고. 당신 먹는 것도 웬만하면 맞춰주고 싶은데 당신은 스스로가 뭘 좋아하는지도 모르잖아."

그것이 불판 위가 뜨거웠는지 몸을 뒤집어가며 고통스럽게 꿈틀거린다. 그것을 보며 순정은 저도 모르게 움찔 몸을 놀래켰다.

"이제 알았어요. 뭘 좋아하는지는 몰라도 뭘 싫어하는지는요."

"흠. 그나마 다행이군."

그가 막 반쯤 익은 그것을 아주 맛있겠다는 표정을 한 채 젓가락으로 뒤집기 시작했다.

"난…… 뱀은 야만인들이나 먹는 음식이라고 주장하고 싶어요."

"이봐, 여순정 씨. 뱀하고 뱀장어는 분명 다른 종이거든. 뱀은 파충류, 뱀장어는 어류. 그리고 이건 꼼장어. 정확하게는 갯장어가 맞지만 보통은 꼼장어라고들 부르지."

"내가 그걸 먹을 거라고 생각해요?"

"먹고 나서 더 시켜달라고 조르지나 마시지."

"그럴 일 없어요."

꼼장어라니, 살면서 저런 징그러운 음식은 정말 처음 보았다. 저건 가영이와 태국 여행을 갔을 때 구경만 했던 그 바퀴벌레 튀김보다 더 징그럽다.

마침내 다 익었는지 그가 상추 하나를 들어 거기에 꼼장어를 하나 싸서 순정의 코앞에 디밀었다.

"죽어도 안 먹어요."

"정말?"

끄덕끄덕.

지석은 미련없이 꼼장어를 도로 가져가 자신의 입에 쏙 집어넣고는 아주 맛있어 죽겠다는 표정을 짓는다.

"후회할 거야."

"안 한다니까요."

"배 안 고파?"

"배도 안 고프고 입맛도 없네요."

그 순간 그녀의 뱃속에서 우렁차게 울리는 요란한 천둥소리. '꼬르르르륵, 쪼르르르'. 아, 길게도 울린다. 이 배는 대체 왜 이 순간 주인을 배신하느냔 말이다. 게다가 이 물 흐르는 소리는 또 왜 배 속에서 나는 거야?

다행히 그는 못 들은 것인지 또다시 상추에 꼼장어를 올리고 이번에는 마늘과 양념장과 양파까지 올려 잘 오므리고 있었다.

이번엔 먹어보란 말도 없이 그 상추쌈을 제 입으로 곧장 밀어넣는 지석을 보며 순정은 그가 보지 않는 새에 몰래 입안에 고인 침을 꿀꺽 삼켰다.

생긴 것과는 달리 아주 맛있게 풍겨나는 저 숯불에 익은 꼼장어의 양념 냄새가 그간 몇 년간 먹었던 음식보다 더 그녀의 식욕을 자극하고 있다.

참아, 저건 징그러운 뱀 같은 거야.

아무리 자신을 다독이려 해도 눈앞에 있는 것은 더 이상 꿈틀거리지 않는, 먹음직스러운 새빨간 양념이 아주 잘 밴 한 덩이 고기로 보일 뿐이었다. 그리고 스케이트를 한 시간이나 지친 그녀의 몸은 본인의 의지와는 상관없이 단백질을 매우 필요로 하고 있었다.

정신을 집중해. 난 지금 다이어트를 위해 수련원에 들어와 있는 거야. 아니, 한 번만 더 먹어보라 하면 못 이기는 척 먹을까? 아니야, 집중해, 지금은 자존심을 지킬 때야.

도까지 닦는 기분으로 애써 후각세포를 자극하는 유혹적인 냄새를 무시했다.

바로 그 순간 그녀의 코앞에 주어진 두 번째 기회.

지석이 싱글싱글 웃으며 또 그것을 들이밀고 있었다. 순정은 아주 짧은 시간 그 상추쌈과 지석을 번갈아 쳐다보았다. 놀리는 건가, 아니면 다시 권하는 것이 맞나 재보는 것이다. 하지만 그녀는 이내 그 손을 밀어냈다.

저 눈빛에 들어 있는 웃음, 놀리는 것이 맞다.

"한 번만 먹어보시지. 만약 이걸 먹어보고도 입에 안 맞는다 하면 다음엔 절대로 꼼장어를 먹자고 데리고 오지 않을 거야."

"진짜죠?"

"진짜라니까."

그 핑계로 순정은 그제야 그가 내민 상추쌈을 미련없이 받아 입 안으로 밀어 넣었다.

바로 그 순간, 입안에 퍼지는 그 꼼장어의 향긋한 바다내음이 가득 밴 육즙, 매콤달콤한 양념과, 참숯의 탄내와 어우러지는 뭐라 형용할 수 없는 맛의 혁명. 그 순간 그녀는 서울 도심의 한복판에 앉아 있는 것이 아니었다. 그녀는 순간적으로 자신이 새파란 바닷물이 찰방거리는 바닷가에 와 있는 거라고 착각했다.

여길 어떻게 왔더라? 나중에 위치를 잘 기억해 뒀다가 가영이랑 같이 와서 또 먹어야지.

"뭐, 생각했던 것만큼 이상한 맛은 아니네요."

그냥 저절로 목으로 넘어가려는 꼼장어를 애써 여러 번 곱씹어 마침내 가루가 된 그것을 삼킨 그녀는 자신이 생각했던 것을 그대로 다 표현하지 않았다.

"그럼 하나 더 싸줄까?"

"괜찮아요. 저도 손은 있어요."

순정이 상추를 냉큼 집는 것을 보며 지석은 그녀가 보고 기분이 상할까 웃고 싶은 것을 애써 참았다.

어느새 불판 위의 꼼장어는 아주 작은 잔해만 남기고 싹 사라졌다.

하지만 부족한지 순정은 저도 모르게 그 조마만 한 잔해에까지 체면 불구하고 손을 뻗쳤다.

"더 시킬까?"

"뭐, 검사님이 그러고 싶으면 그러시던지요."

별 미련이 없다는 듯 순정이 대답했다.

"아줌마! 여기 꼼장어 1인분 더 주세요!"

“검사님.”

순정의 날카로운 눈빛에 지석은 자신의 말을 정정했다.

“아니, 1인분 말고 2인분이요!”

식당을 나서는 순정은 그간 배고픔에 잊었던 창피함에 얼굴이 붉어지려는 것을 애써 태연한 얼굴로 커버했다.

창피하면 지는 것이야. 배고파서 그런 것이야.

아마도 검사님은 자신을 변덕스럽다 생각하지 않을지도 모른다. 그래, 생각했던 것보다 참 소탈하고 검소하고 서민적이구나 생각할 것이다.

지석은 애써 무뚝뚝한 얼굴로 ‘난 꼼장어가 맛있어서 먹은 게 아니라 그냥 먹을 게 없어서 먹었습니다’ 하는 표정을 짓고 있는 순정을 보며 다른 생각을 하고 있었다.

이 여자, 참 억지를 잘 부린다. 그리고 꼼장어를 참 좋아한다.

“자, 이제⋯⋯.”

그는 손목시계를 흘끔 내려다보고는 순정을 향해 말을 이었다.

“앞으로 일곱 시간 정도 남았군. 우리 데이트. 식사시간 빼고 여섯 시간, 뭐할까?”

혼자 여섯 시간을 보내라면 잘도 보내겠지만 그와 데이트의 명목으로 있는 여섯 시간을 뭘 해야 하는지 순정은 딱히 떠오르는 것이 없었다.

“당신이 모르면 내가 가고 싶은 곳으로 가지.”

결국 순정은 그의 손에 이끌려 차가 세워진 주차장으로 갔다.

"저, 멀리 가면 따로 가죠. 저도 제 차를 가지고 왔는데."

의외라는 듯 그가 눈썹을 치켜떴다.

"차, 운전할 줄 알아?"

"운전 못하는 건 가영이었어요. 전 운전할 줄 알아요."

대학에 다니기 시작하자 학교에서 최대한 빨리 돌아올 수 있도록, 또 가영을 태우고 다닐 수 있도록 민 회장이 차를 사줬다.

"알았어. 하지만 다음부터는 차를 놓고 와. 내가 집까지 태워다 줄 수 있게."

"그러지 말아요. 번거롭기도 하고, 그러다 회장님 보실까 걱정도 되니까."

"토 달지 말고 내가 시키는 대로 하시지. 회장님께 들키지 않도록 멀리 주차하면 되는 거니까."

네, 황제 폐하. 노예라면 시키는 대로 해야지요.

공연히 뒤틀려 속으로 한껏 비꼬았다.

남은 일곱 시간.

그는 대학로의 한 작은 소극장으로 그녀를 데리고 갔다. 아니, 데리고 갔다기보다는 길가에서 나눠 주는 팸플릿들 중 하나를 골라 찾아간 것이다.

가영이 영화를 좋아하기에 늘상 영화관만 찾아다녀서 순정은 연극이 처음이었다.

극장처럼 화려하게 잘 꾸며놓지도 않았고, 적은 객석에 작은 무대. 극장 안으로 들어가는 순간 순정은 거부감부터 들었다.

더군다나 객석의 불이 꺼지고 연극을 하는 몇 사람들이 나와 미리 연극을 설명할 땐, 이 이색적인 방식조차도 마음에 안 들었다. 옆에 앉아 잠자코 연극이 시작되길 기다리고 있는 지석만 아니었다면 순정은 일어나 나왔을 것이다.

그리고 얼마의 인내의 시간이 지나고 마침내 연극이 시작되었다.

훌쩍.

지석은 눈물을 닦는 순정을 바라보며 함께 울컥했던 마음을 달랠 수 있었다.

연인들이 나오는 이야기도 있었고 한 동네 사람들이 나와 따스하게 인간적인 사랑을 나누는 얘기도 있었지만 그의 눈을 끌었던 것은 이 연극이었다.

한 해의 마지막 날, 한 엄마와 두 아들이 우동 한 그릇을 놓고 나눠 먹는 장면에서 시작한 연극은 처음엔 그리 몰입이 되지 않아 건성으로 보고 있었는데, 우동 한 그릇에 아무도 몰래 우동을 많이 넣고, 다음 해 찾아올 그 가족을 위해 그 가족이 앉았던 자리를 예약석으로 만들고 기다리는 우동집 주인의 이야기에서 순정이 발동이 걸리는가 싶더니, 중반에 들어서면서 작은 아들이 작문을 읽는 장면에서 눈물을 흘리는 우동집 주인과 함께 눈물을 펑펑 쏟아내고 말았다.

그녀가 그리 울지 않았다면 어쩌면 지석도 몰입했기에 눈물을 흘렸을 정도로 이야기는 전반에 걸쳐 감동을 주고 있었다.

그렇게 연극은 막바지로 가고 마침내 행복한 가족이 되어 찾아온 세 사람의 이야기로 더 큰 감동과 희열을 주었다.

연극이 끝나고 나서도 일어날 생각을 않던 순정은 가방을 뒤적여 보았다.

아, 얼마나 울었는지 가방에 들어 있던 여행용 티슈를 모두 다 쓰고 말았다. 아직 눈물은 마르지 않았는데.

울지 않으려고 했는데 왜 울린 거야! 창피하게. 남들 앞에서 눈이 퉁퉁 붓도록 울어본 것도 처음이다.

창피해서 고개도 못 들고 있는데 불쑥 그녀의 코앞에 깨끗하게 접힌 손수건이 들이밀어졌다.

슬쩍 쳐다보니 지석이 싱긋 웃으며 손수건을 내밀고 있다. 자신은 이렇게 울어서 눈이 퉁퉁 부었는데 이 남자는 너무도 말끔한 얼굴인 것이 왠지 얄밉다.

"눈물만 닦아. 코는 닦지 말고."

장난스레 말하는 지석을 한 번 더 흘깃 노려보고 순정은 손수건으로 눈물을 닦다 대담하게 코까지 풀어버렸다.

피식 웃으며 그는 그녀의 손을 잡아 일으켰다.

"서둘러야 저녁 먹고 헤어시시."

"저녁은 안 먹어도 돼요."

"배고파서 내가 싫어. 뭐 먹을까?"

그의 질문에 순정은 당연하다는 듯 대답했다.

"우동이요."

　　그녀의 차가 있는 곳까지 태우고 가는 동안 순정은 아직 연극의 감동적인 여운이 남아 있는지, 옆에 조용히 앉아 있다 그만 잠이 들어버렸다.

　　신호대기로 차가 서자 지석은 그런 그녀를 가만히 쳐다보았다.

　　얼굴 반을 가린 뿔테안경을 썼음에도 불구하고 그녀의 예쁜 코나 앙증맞은 입이 너무도 사랑스럽다.

　　오늘 데이트한 순정은 확실히 이전의 그녀와는 많이 달랐다. 딱히 좋아하는 것이 없어 보이던 그녀는 즐거운 얼굴로 스케이트를 지쳤고 징그럽다던 꼼장어를 함께 4인분이나 먹었으며 못마땅한 얼굴로 들어간 연극을 보며 눈이 붓고 코가 빨개질 때까지 펑펑 울어댔다.

　　그간 비싼 음식에 비싼 옷, 비싼 취향에, 부잣집 딸들이 으레 그렇듯 유흥에 미친 그런 여자로 보이려 노력했지만 결국 그녀는 가장 바람직한 것에—꼼장어는 그다지 바람직하다 할 수 없지만—즐거움을 느끼는 것처럼 보였다.

　　그런 자신의 모습이 사랑스럽다는 것을 알기나 할까? 계속 심술 맞은 표정으로 못마땅하게 있다가도 결국엔 그 본심을 들켜 버리는 그녀는 오히려 귀엽기만 하다.

　　그렇게 밀어내지만 않았어도 이 즐거움은 진작 시작되었을 것을.

　　왜 그렇게 밀어내려고만 했는지는 이해하고 있다. 애인이 있는 가영과, 그 집에서 가영을 돌보도록 고용되다시피 한 그녀. 그랬기에 자신을 만나선 안 된다고 생각했을 것이다. 그건 명백한 배신 행위니까.

하지만 사람 마음이라는 것이 어디 뜻대로만 되는 것은 아니지 않은가. 회장님도 처음엔 화를 낼지 몰라도 나쁜 사람만 아니라면 오래가지는 않을 텐데. 그리 무서운 분이던가?

자신의 마음을 꽁꽁 감춰 버리고 남의 기분에 맞춰 살아야 하는 것이 어떤 기분인지는 모르지만 그리 좋지 않을 거라는 것쯤은 굳이 당사자가 되어보지 않아도 충분히 알 수 있었다.

왜 그렇게 치열하게 살아야 하는지를 모를 뿐이다. 좋은 대학, 좋은 과 석사학위면 충분히 독립해서 살 수 있을 텐데.

신호가 바뀌고 그는 다시 차를 출발시켰다.

그 반동을 느꼈는지 금세 순정이 다시 눈을 떴다.

"다 와가요?"

"거의 다 왔어."

다 와간다는 말에 그녀는 몸을 바로 하며 앉았다.

그렇게 졸고도 아직 연극의 여운이 남았는지 순정은 한 톤 가라앉은 표정이었다.

"연극이란 거, 오늘 처음 봤어요."

"그런 것 같아."

소극장이 다 그렇건만 들어가면서부터 못마땅한 얼굴로 둘러보는 것이, 처음 와보는구나 생각했다. 그도 대학 다니던 시절에 와보고는 공부한다, 일한다, 너무도 오랜만에 찾은 곳이었다.

"고마워요. 연극 보여줘서."

"그렇게 좋았다면 다음에 또 다른 연극 보러 가자."

“……그때…….”

갑자기 순정의 목소리가 조금 가라앉았다.

“고마웠어요. 회장님께 입 다물어주신 거.”

“…….”

아마도 가영 대신 나온 것을 말하는 것이리라.

“그땐…… 내가 아니었거든요. 그건 민가영의 진심이었으니까 너무 마음에 담지 말아요.”

“……여순정의 진심은 어땠는데?”

그의 조용한 질문에 순정은 입을 다물었다.

그때의 진심…… 다시 느끼고 싶지 않다. 그 아픔을 또다시 겪고 싶지 않다.

“다 왔어요. 제 차는 저기에 주차했어요.”

그의 말에 대답을 않고 순정은 얼른 주차장으로 들어가는 입구를 가리켰다.

“여기서 내릴게요. 번거롭게 안으로 들어갈 필요 없어요.”

그는 말없이 주차장 안으로 차를 진입시켰다.

“오늘은…… 생각했던 것보다 더 즐거웠어요. 감사해요, 검사님.”

차에서 내린 그녀는 그렇게 정중한 인사로 그와의 거리를 유지하며 자신의 차로 돌아갔다.

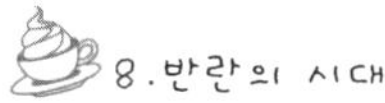 8. 반란의 시대

지석이 막 대문으로 들어섰을 때 그는 주방에서 밑반찬을 만들고 있는 난희의 흥얼거리는 콧노래 소리를 들었다. 자연히 그의 발걸음이 멈칫해졌다.

뭔가 그녀를 매우 즐겁게 만든 일이 있는 것이다. 그리고 지금까지의 경험으로 볼 때 지석은 자신의 어머니가 즐거워할 때마다 이상하게도 상당히 피곤한 일들을 겪곤 했다.

"어? 유 검사, 일은 잘 끝났어? 약속 있다더니. 일요일까지 사람 출근시키고, 특근수당 톡톡히 받아야겠어."

"청사 일이 아니라, 개인적인 약속이었습니다. 아버지는요?"

"그 양반, 친구 만난다고 나갔어. 아마 술 드시고 늦게 들어오실 거야."

난희는 반찬을 통에 나눠 담고는 행주로 손을 닦으며 주방 밖으로 나왔다.

"씻고 나와서 나하고 잠깐 얘기 좀 할까?"

되도록 피하고 싶은 대화가 될 것이 분명했지만 그는 난희가 한번 마음먹으면 기필코, 무슨 짓을 해서라도, 예를 들면 머릿속이 터질 때까지 졸라대거나 혹은 아파서 드러눕거나, 혹은 자신의 목적이 이루어질 때까지 큰 소리로 계속 불평을 할 것을 알고 있었기에 조용히 고개를 끄덕이고 방으로 들어갔다.

얼마 후, 샤워를 끝내고 나온 지석은 난희가 기다리고 있는 거실의 작은 탁자 앞에 앉았다.

"자, 여기서 골라보렴."

난희가 가지고 온 세 장의 사진. 예상하고 있었다. 가영과는 그저 그렇게 끝났다고 말했을 때 너무도 흔쾌히 알았다 말하며 두말 않고 넘어갈 때부터 곧 이렇게 하실 거라는 것쯤은 쉽게 예상할 수 있었다.

"한마디로 양가집 규수들이야. 네가 오케이하면 누구라도 좋다고 할 집들이야. 차례차례 만나볼래, 아니면 가장 마음에 드는 아가씨부터 만나볼래?"

"어머니, 저, 만나는 여자가 있습니다."

이런 기대는 싹부터 잘라 버리는 것이 옳다.

"뭐?"

그녀는 아들의 반응이 예상 밖인 듯 두 눈을 깜박였다. 싫다, 재미없다, 별로 내키지 않는다, 등등 아들이 할 말들을 미리 예상하고 거기에 대해 대처할 말들까지 다 구상하고 있었지만 이건 정말 미리 예상하지 못했다.

"여자가 있다고?"

난희는 정신을 수습하려는 듯 다시 두 눈을 깜박였다. 여기서 정신을 놓으면 안 된다. 검사를 상대하려면 최대한 정신을 차려야지.

"그래, 생각도 못했네. 어느 집안 여식이니?"

지석은 더 묻지 말라는 듯 고개를 내저었다.

"아니, 최소한 여자를 만나고 있으면 이 엄마가 알게는 해줘야지. 동료 중 하나야? 검사나 변호사 같은 걸 하는 여자라면…… 그래도 비전이 있구나."

"동료 아니에요, 어머니."

"그래? 그럼…… 동료가 소개시켜 준 여자?"

그는 고개를 내저으며 더 이상 말하는 것을 완강히 부인했다.

"난 네 엄마잖아, 괜찮으니까 말해봐. 최소한 나도 며느릿감이 어떤 사람인지는 알아야 하잖아."

"아직 어머니 며느릿감이라 생각하고 만나는 건 아니에요."

오늘 처음 데이트다운 데이트를 했는데 결혼을 생각하기엔 너무 이르다.

"그럼 심심풀이로 만나는 거야, 여자를? 너, 이 엄마가 그렇게 가르쳤니?"

"그런 것도 아니에요. 그냥…… 아직은 그 여자에 대해 잘 몰라요. 그러니까 더 이상은 말할 것도 없어요."

"흐음…… 그래?"

"어쨌건, 저는 더 이상 맞선은 보지 않겠습니다. 만나는 여자가 없다 해도 맞선은 싫어요. 물건 사기 위해서 고르는 기분이 들어서. 아시겠죠?"

"……."

"맞선은 절대 사절이라고요. 어머니, 들으셨죠?"

"그래, 알아들었다. 굳이 두 번 얘기하지 않아도 그 정도는 알아들어."

그제야 지석은 자리에서 일어섰다.

"저는 검토해서 가지고 가야 할 보고서들이 있어서 이만 방으로 들어갑니다."

"아니, 넌, 이 시간에 무슨 일을 하겠다는 거니, 그것도 남들 다 쉬는 일요일에."

"검사가 쉬는 날이 어디 있어요? 오늘 쉬는 바람에 더 바빠요."

보고서도 보고서지만 더 이상 거실에 남아 있다가는 어머니가 어떻게든 그 궁금증을 풀기 위해 자신을 괴롭힐 것이 분명했기에 지석은 얼른 방으로 들어가 버렸다.

지석이 방으로 들어가자 난희는 세 장의 사진을 다시 곱게 편지 봉투 안에 집어넣었다.

흠, 어떤 여잔지 지석의 호기심을 건드린 모양이군. 대단한 비밀을 가지고 있는 여자가 아닌 이상은 만남이 오래가지 않겠지. 그때를 대비해서 이 사진들은 보관하는 편이 낫겠어.

집에 들어간 순정은 주방에서 주스를 마시고 있던 가영을 보는 둥 마는 둥 얼른 2층의 욕실로 향했다. 하루 종일 쏘다녔더니 몸이 물먹은 솜 같았다.

욕실에서 나오던 그녀는 어느새 욕실 문 앞에까지 와서 기다리고 있던 가영과 마주쳤다.

"순정아, 괜찮아?"

많이 걱정했던 모양이다. 씻고 나오는 새도 못 참고 기다리고 있던 것을 보면.

"많이 혼났어?"

아무래도 순정이 지석에게 혼나러 간 것으로 생각되었던 것이다. 하긴, 화가 난 남자가 불러냈으니 가영의 사고로 보면 그건 혼나는 것이라고 바로 연결이 되었을 것이다. 더군다나 오전에 나가서 통금시간 다 되어서 들어오다니. 비록 그 통금이 가영에게만 빡빡하게 적용된다 해도 순정 또한 늦으면 잔소리를 면치 못했다.

순정은 짐짓 시무룩한 표정을 지으며 고개를 끄덕였다.

"설마, 막 책 같은 걸로 머리를 치고 그러진 않았지?"

얼마 전에 함께 본 코미디 영화에서 검사가 조폭들을 죽 데려다 앉혀놓고 남들 몰래 책으로 머리를 한 대씩 때리던 것을 심각하게 보더니 결국 그걸 진짜로 받아들였나 보다.

순정은 애써 표정을 유지하며 고개를 내저었다. 한 번쯤 가영도 저로 인해서 남들이 본의 아니게 피해를 본다는 사실을 사무치게 깨달아야 한다. 그렇기에 오늘의 데이트, 아니, 만남이 나름 즐거웠다는 사실도 굳이 말하고 싶지 않았다.

그러고 보니 정말이네. 오늘 만남이 나쁘지 않았다. 나갈 때만 해도 억지로 도살장에 끌려가는 소처럼 나갔었는데, 그런 것치고는, 아니, 데이트로서도 이만하면 성공이라고 말할 수 있지 않을까? 비록 헤어질 땐 조금 썰렁했다 쳐도 말이다.

"밥은 먹었어? 내가 또 수프 끓여줄까? 아줌마한테 배워서 잘하는데."

"먹고 왔어."

"혼자?"

"검사님이랑 같이."

가영의 눈에 미안함을 넘어선 어떤 감정의 빛이 서렸다. 아마도 순정이 검사님과 억지로, 혹은 강제로 밥을 먹었다 생각하고 불쌍하단 생각까지 한 모양이었다.

"미안해, 나 때문에."

"민가영, 네가 미안해하는 것은 알겠어. 그런데 난 화가 이제 안나. 다 풀렸거든. 그러니까 사소한 것까지 미안해하지 마. 일단 이 문제부터 해결한 다음에 다시 얘기하자. 진지하게."

괜찮긴 하지만 괜찮다 하면 가영은 또다시 안심하게 될 것이다. 더 이상은 그냥 넘어갈 수 없는 문제가 순정과 가영, 두 사람의 앞에 놓였기에 순정은 꿋꿋하게 힘든 기색을 만들었다.

그때 아래층에서 신호음이 울렸다. 차고에 외출하고 돌아온 회장님의 차가 들어온 것을 알리는 신호음이다.

순정은 재빨리 방으로 들어가 옷을 입고 1층으로 내려갔다.

"오셨어요?"

순정과 가영이 언제나 그랬듯 문 앞에서 모처럼 만에 함께 외출

한 민 회장 내외를 맞이하자 민 회장은 헛기침을 하면서 오늘따라 유난히 엄한 표정으로 기선을 잡았다. 사모님이 애써 다른 곳을 보며 모른 척하는 모습을 보며 순정은 뭔가 감이 오는 것을 느꼈다. 민 회장이 저럴 땐 분명 무슨 일이 있는 것이다.

"가영이, 순정이, 잠깐 나 좀 보고 들어가라."

역시, 그녀의 예감은 틀리지 않았다. 가영이 무슨 일이냐는 표정으로 순정을 보았지만 무슨 일이 일어날지 말하기에는 때와 장소가 맞지 않았다. 둘은 그대로 거실의 소파에 앉아 옷을 갈아입으러 들어간 민 회장 내외를 기다렸다.

잠시 후 방에서 나온 민 회장은 또다시 헛기침을 하며 두 사람의 앞에 자리를 잡았다.

순정은 얼른 민 회장의 곁에 있는 혜주의 표정을 먼저 살폈다. 걱정하는 표정이 가득한 것이, 자신이 생각한 그것이 맞는 것 같다.

"가영이, 너. 이제 쉴 만큼 쉬었제?"

가영은 영문을 모르는 듯 눈을 동그랗게 뜬 채 민 회장을 쳐다보았다.

"응."

하는 일이 딱히 없는 가영에게 언제나 휴가고 언제나 휴식인 것을 굳이 물어보는 폼이 예사롭지가 않다.

"그럼 이 사진을 한번 봐라."

역시나, 민 회장은 순정이 '혹시……' 하고 예상했던 바로 그 행동을 했다. 이마가 반쯤 드러난 한 남자가 정면을 보며 넉살좋게 웃고 있다.

"그기 누구냐 허면, 강남 효성병원 있잖여, 거기 원장 아들인
디, 그 사람도 의사랴."

"아빠……."

"전에 검사는 좀 인상이 그랬잖여. 이 사람은 사람이 워낙 좋아
서 환자들도 다들 오 의사, 오 의사, 하면서 늘상 찾아 쌌는댄다.
니가 그 검사를 무서워하는 거 같아서 이번엔 인간성 아주 좋은
사람으로 골라봤다. 의사, 얼마나 좋으냐. 어디 아파도 병원까지
갈 필요 없이 남편이 의사면 다 알아서 해줄 거 아니여?"

"무슨 의사인데요?"

순정의 질문에 민 회장이 마치 정곡을 찔린 것처럼 머뭇거렸다.

"사, 산부인과……."

산부인과 의사를 환자들이 찾아 쌌는다고? 그건 뭔가 잘못된
거네.

가영이 또다시 순정을 흘끔 쳐다보았다. 어떻게 해야 해? 하는
질문임을 모르는 것이 아니나 순정은 애써 외면을 했다. 지금까지
가영으로 인해 당면하고 있는 문제만으로도 머리가 아플 지경인
데 또 다른 문제까지 떠안을 수는 없었다.

순정이 매몰차게 외면하는 것을 본 가영은 이번만큼은 무슨 일
이 있어도 순정의 도움을 받을 수 없다는 것을 깨달았는지 작게
한숨만 내쉬며 사진을 바라보았다.

적은 머리숱 때문인가 남자는 어떻게 보면 한 40쯤 먹은 것처
럼 보였다. 더군다나 저 통통한 얼굴에 반들반들한 것은 분명 광
택이 아니라 기름기처럼 보인다. 그래서 그런지 남자가 가식적으

로 짓고 있는 미소마저도 느끼하게 보였다.

순정도 그 사진을 보면서 정말 아니라는 생각은 하고 있었다. 하지만 지금까지 그 어떤 경우가 옳았던 적이 있던가, 아니라 생각했기 때문에 돕기 시작했던 것이다. 잘해야 본전이요, 잘못되면 쫓겨날 것이 뻔한데도 말이다. 지금의 최우선은 택규의 존재를 밝히는 것이다.

"날짜는 이번 주 토요일로 잡았으니께, 이번에는 나가서 잘 좀 혀봐라. 하긴, 네 사진만 보고도 좋다고 웃었다니께 특별하게 천재지변이 없는 한은 순조롭게 될 것이여."

그 말에 가영의 눈동자가 커졌다. 천재지변이 없는 한 순조롭게 된다는 말은, 자신뿐만이 아니라 순정까지 나서서 무슨 짓을 하건 간에 결과는 무조건 결혼한다는 뜻이라는 것을 알아들었기 때문이다.

"아빠!"

민 회장은 갑자기 목소리가 커진 딸을 의아한 시선으로 쳐다보았다.

"나……."

순정이 가영의 옆구리를 민 회장이 보지 못하게 국 찔렀다. 기어들어 가는 목소리 말고 크게 얘기하란 뜻인 것이다.

그 순간 정말로 기적 같은 일이 일어났다.

"시, 싫…… 어."

목소리는 작았지만 그래도 간신히 가영은 마침내 제 생각을 얘기한 것이다.

“시방, 뭐라고 한 겨?”

자신의 귀를 의심한 듯 민 회장이 다시 물었다.

“나, 싫…… 다고.”

“시방 싫다고 한 겨?”

끄덕끄덕.

민 회장은 말문이 막혔는지 잠시 입을 다물었다.

“지금, 시방, 네가 이 아비 말에 싫다고 대든 겨?!”

하지만 침묵은 잠시, 민 회장이 분에 못 이겨 자리에서 벌떡 일어서면서 큰소리를 내자 가영은 그만 몸을 움츠리고 말았다. 순정은 탁자 밑으로 가영의 손을 잡았다.

잘하는 거야, 지금 굽히면 안 하느니만 못해. 그러니까 절대 굽히지 말고 네 생각을 말해. 너한테 애인이 있다고 지금 당장 말하란 말이야.

“회장님, 일단 진정 좀 해요. 혈압 올라요.”

사모님이 옆에서 민 회장을 말리느라 붙잡았지만 저 모자란 딸이 딴에는 생각이 있다며 자신의 말에 거역을 하는 것을 처음 보는 민 회장은 이미 뒷목을 붙잡고 있었다.

“잔말 말고 나가라면 나가!”

“안 나가. 안 나갈 거야. 나 그 사람, 싫어!”

마침내 순정의 손에서 작은 용기라도 얻은 듯 가영이 자신의 목소리를 키웠다.

“네가 고를 입장이라도 되는 줄 알어?! 이 아비 없으면 누가 너같은 것 안중에나 뒀을 것 같낭 말이여!”

“아빠한테 신랑감 골라달라고 안 해!”

이왕 말을 꺼낸 김에, 용기까지 얻은 가영의 목소리도 점점 커지기 시작했다. 순정도 뭐라고 한마디라도 돕고 싶었지만 이런 때 돕는 것은 오히려 불에 기름을 붓는 것처럼 더 민 회장을 화나게 만들 것이 분명하기에 애써 입을 다물고 있었다. 하지만 내심 속으로는 열심히 가영을 응원했다.

그래, 잘하고 있어. 네가 그래야 택규 씨하고의 관계에 가능성이 생기는 거야.

“뭐가 어째?! ……어이구, 뒷골이야!”

민 회장은 혈압보다는 딸이 그런 식으로 반기를 드는 것을 처음 본 충격으로 마침내 소파에 풀썩 주저앉고 말았다.

“잔말 말고 나갈 준비나 조신허게 하고 있어라. 네가 무슨 말을 해도 넌 그날 내보내고 말 테니께.”

“그렇게 억지로 잡아끌어서 내보내면 그 사람 얼굴에 물을 끼얹어 버릴 거야! 막 욕해 버릴 거야! 돼지같이 생긴 대머리라고, 생각난 대로 말해 버릴 거야!”

가영의 말에 민 회장은 말문이 막힌 모양이었다. 그러던 것이 가만히 가영의 손을 잡고 있는 순정에게도 시선이 옮겨갔다.

그 눈빛이 묻고 있다. 네가 가르쳐 준 말이냐고.

순정은 순간적으로 살짝 찔리긴 했지만 얼른 고개를 절레절레 흔들었다. 가영에게 자신의 의견을 말하라고 한 적은 있어도 저런 말들을 가르쳐 준 적은 없었다. 그러니까 엄밀히 따지면 자신이 가르친 것이 아니다.

“그런 말버릇을 어디서 배워먹은 겨?! 순정이가 그렇게 하라고 가르친 것이여?”

“순정이 잘못없어! 순정이한테 뭐라고 하지 마!”

얼마나 무서웠는지 목소리까지 덜덜 떨면서도 가영은 그 상황에서 순정을 감쌌다.

맙소사. 순정은 마음속으로 어느 정도 포기했다. 고래 싸움에 새우 등 터진다더니 그 짝이다. 둘이 싸우다 그 화살이 전부 자신에게로 돌려졌다. 가영은 모를 것이다. 본인은 위한다고 감싸는 말들이 지금 상황에서는 오해받기 딱 좋다는 것을. 자신이 지금 ‘거드는 시누’ 노릇을 하고 있다는 것을.

“순정이, 너, 가영이헌티 뭐라고 했기에 가영이 저리 대드는 것이냐?”

역시, 순정의 예상대로 민 회장은 가영의 말을 믿지 않는 것 같았다. 순정이 뭐라고 변명거리라도 만들려는 순간 가영이 대답을 가로챘다.

“순정이 가르쳐 준 게 아니라니까. 영화 보고 배웠어. ‘네 번째 첫사랑’ 에서 여자가 싫은 남자한테 그랬단 말이야.”

순정은 놀란 표정으로 가영을 쳐다보았다. 택규 씨하고 그 영화를 본 거야? 그거 19세 미만 관람불가 영화인데.

다행히 민 회장은 그 영화의 관람등급까지는 모르는지 가영의 말에 순정을 향했던 의심의 눈빛을 거두었다.

“좋아, 그럼 나가기 싫으면 나가지 말어. 그런 마음으로 나가봤자 잘될 리도 없고 돌아오는 건 나쁜 소문밖에 없을 테니께.”

마침내 민 회장이 순순히 허락을 했다. 아니, 하는 듯싶은 것이 순정에게는 조금 의심스럽게 느껴졌다.

그리고 다음 순간 민 회장은 역시나 순정의 예상을 벗어나지 못했다.

"그러나, 너 역시 이 집 밖으로 나가지 못하는 겨. 오는 것이 있으면 가는 것도 있는 법이니께."

순정은 처음 가영이 대드는 순간부터 이 상황을 예견했지만 가영은 그러지 못한 듯 보였다. 호전적으로 변했던 가영의 눈빛이 충격을 받은 듯하더니 이내 비 맞은 강아지마냥 측은한 빛을 띠었다.

"아빠, 그건……."

"전처럼 일주일, 열흘, 그런 게 아니라 이건 무기한인 겨. 네가 마음을 돌릴 때까지는 내 마음을 돌릴 생각은 하덜 말어!"

"여보, 그건 좀……."

"임자는 가만있어!"

어쩔 줄 모르고 보고만 있던 혜주가 마침내 어떻게든 상황을 가라앉혀 보려 했으나 이내 그녀의 말은 민 회장에게 그대로 잘려 버리고 말았다.

엄마의 만류에 살짝 기대를 걸었던 가영은 말도 다 꺼내지 못하는 혜주를 보고 이내 포기한 얼굴로 물었다.

"언제까지?"

"지금 말했잖여. 네가 마음 돌릴 때까지라고. 왜, 마음이 변했냐?"

슬쩍 누그러뜨리는 민 회장의 말투에 가영은 마음이 흔들린 것처럼 잠시 망설이는 듯 보였다. 하지만 이번이 마지막 기회라는 것을 본인도 느꼈는지 가영은 다시 단호히 고개를 빳빳이 세웠다.

"아니, 안 변했어. 나, 그 대머리랑은, 아니, 앞으로 아빠가 소개시키는 사람하고는 절대 결혼 안 할 거야."

순정은 마음속으로 가영에게 기립박수를 보냈다. 이왕이면 이 자리에서 택규의 존재도 밝힌다면 금상첨화겠거니만, 뒷목 잡고 일어선 민 회장에게 당장은 말할 용기가 나지 않는 모양이었다. 하지만, 지금 이 정도만으로도 장족의 발전을 한 것이다. 언제나 자신의 뒤에 숨어 자신이 해결해 주길 바랐던 가영의 새로운 모습이었다.

아마도 순정을 그 '험악한' 인상의 지석과 '억지로' 만나게 한 일말의 책임을 느꼈기 때문이 아닐까?

혹시나 했던 가영이 역시나 같은 대답을 하자 민 회장은 두 손을 내둘렀다.

"좋아! 그럼 나도 더 이상은 할 말 없으니께, 올라가라. 오늘 이후로 내 허락 없이는 외출도 못하는 줄 알어. 순정이, 너도 가영이가 조른다고 몰래 데리고 외출했다가는 나헌티 불벼락 맞을 테니께 그렇게 알고 있어라."

민 회장은 더 이상 볼일이 없다는 듯 자리에서 냉큼 일어나 방으로 들어가 버렸다. 그런 민 회장의 뒷모습을 바라보던 혜주는 한숨을 푹 내쉬며 가영과 순정을 번갈아 바라보았다.

"너도 네 아빠 성격을 알면서 꼭 그렇게 그 자리에서 바락바락

대들어야겠니? 애가 참 요령이 없다. 그런 말을 하고 싶으면 좀 지나서 애교라도 떨면서, 아빠 어깨라도 주물러 드리면서 하면 그렇게까지 노발대발하시진 않을 것 아니니?"

말을 해 무엇하랴. 답답한 눈으로 가영을 쳐다보던 사모님은 더 이상 말을 잇지 않고 민 회장을 따라 방으로 들어가 버렸다.

순정은 가영을 쳐다보았다. 막상 대들긴 했지만 그새 기력이 다했는지 혼이 빠진 표정이다.

순정은 그제야 자신의 답답했던 속도 풀어진 듯 가영의 두 손을 꼭 쥐었다. 가영은 아직도 몸을 덜덜 떨고 있었다.

올해로 스물일곱 평생 한 번도 대들어본 적이 없는 아빠에게 처음으로 자신의 주장을 내세웠으니 얼마나 무서웠을까. 얼마나 많은 용기가 필요했을까.

"힘내, 가영아. 알았지?"

내일이면 가영은 울 것이다. 택규가 보고 싶다고, 나가서 놀고 싶다고, 고기가 먹고 싶다고, 징징거리며 순정을 괴롭힐 것이 분명했다. 하지만 오늘 이 순간은 그런 가영이 자랑스러웠다. 오늘 힘든 첫발을 내디딘 것이다.

"그럼, 이제 정말로 화 풀린 거야?"

아직도 가영은 그게 걱정인 모양이었다. 정작 자신은 내일부터 무기한 집에서, 한마디로 '가택연금'을 당하게 생겼는데 말이다.

"응, 화 다 풀렸어. 네가 회장님께 대들어서가 아니라 네 생각을 똑바로 얘기해서 말이야."

"그럼 됐어."

가영이 그제야 얼굴 가득 환한 미소를 지었다. 그녀의 환한 미소에 갑자기 순정은 저도 모르게 마음이 뭉클해지는 것을 느꼈다.

회장님께 할 말을 한 것이 이제 보니 가영이 저 자신을 위한 주장을 한 것이 아니라 순정, 그녀가 그러길 바랐기 때문이라는 생각이 들었기 때문이다. 가영이 미안해하는 줄은 알고 있었지만 이렇게까지 자신을 생각하고 있는 줄은 몰랐다.

"올라가자. 오늘은 내가 네 머리를 빗겨줄게."

처음 이곳에 왔을 때 가영은 매일 밤마다 순정의 머리를 빗겨줬다. 친구 하나 없던 가영에게 처음으로 생긴 친구였기에 가영은 매일 밤마다 행복한 얼굴로 순정을 위해 머리도 빗겨주고 자신의 옷도 순정이 좋아한다 싶은 것들은 아낌없이 나눠줬었다.

그때 순정은 그것을 그리 좋아하지 않았었다. 마치 가영의 바비 인형 중 하나가 된 기분이었기 때문이었다.

나중에 알았다. 그것이 가영의 서툰 애정표현이었다는 것을.

머리를 빗겨준다는 순정의 말에 가영은 기쁘게 웃었다.

"우리 어릴 때처럼?"

"그래, 우리 어릴 때처럼."

마치 방금 전에 아무 일도 없었던 것처럼, 아니, 최근 들어 아무 일도 없었던 것처럼 둘은 손을 잡고 소녀처럼 2층으로 뛰어올라갔다.

방 안에서 아직도 분을 못 삭이고 왔다 갔다 하는 민 회장을 본 혜주는 길게 한숨을 내쉬었다. 한 번씩 저렇게 철없이 가영이 속을 뒤집어놓고 나면 민 회장은 며칠씩 잠을 이루지 못했다. 분해서도 그렇겠지만 혼자의 판단으로 이렇게까지 성공한 민 회장이었다. 자신의 판단이 무조건 옳다 생각하는 사람이, 딸을 위해 가장 좋은 결정을 내렸다 생각하고 있는데 그 마음을 헤아리지 못하는 딸이 야속해서 그러는 것이라는 것을 그와 30년을 함께 살을 맞대고 살아온 자신이 왜 모르겠는가.

하지만 가영의 인생 또한 불쌍하긴 매한가지다. 아이가 뱃속에 있을 때 그렇게 심하게 폐렴을 앓지만 않았어도 가영이는 제 아빠를 닮아서 영민했을 것이다. 가영이 저렇게 모자란 것은 자신의 잘못인 것만 같았다. 모든 것이 자신의 죄인 것만 같았다. 그렇기에 언제나 그 누구의 편도 들지 못하고 한번씩 이런 일이 생기면 혼자 노심초사하는 것이다.

불쌍한 가영이, 아무리 다 알고 데리고 간다지만 그렇게 시집보내고 나면 마음이 편치 않을 것이다. 바보라고, 돈 때문에 너랑 결혼한 거란 말을 들으며 무시당하고 살 거라는 것은 여자의 입장에서 보면 너무도 당연한 이치였다. 차라리 그럴 바에야 평생 마음 편하게 곁에 끼고 사는 것이 나을 것 같건만. 처음 가영이 혼사 얘기가 나왔을 때부터 혜주가 주장한 것도 그것이었다. 그러나 민 회장은 그녀의 말을 귓전으로도 듣지 않았다.

"어이구, 저 녀석. 순정이 반만 해도 이렇게 속은 안 뒤집을 겨. 차라리 순정이 저 녀석이 내 딸이라면 내가 교회라도 다닐 겨. 어이구, 답답혀."

저렇게 순정이와 가영이를 비교할 때면 차분하던 혜주도 불쑥

불쑥 화가 치밀어 오른다. 차라리 그럼 가영이를 버리고 순정이 딸 삼으라고 화라도 내고 싶은 심정이다. 그러지 못하는 것은, 모자란 가영을 낳은 것이 바로 자신이기 때문이었다.

"회장님, 가영이도 순정이하고 나이가 같은 어른이에요. 너무 그렇게 몰아붙이지 마시고 가영이 생각도 좀 들어보셔야죠."

"아, 생각은 무슨 놈의 생각! 제 분에 넘치는 놈들을 데려다 줘도 머리 나빠서 다 놓치고 이젠 머리숱이 좀 적다고 감히 싫다 소리를 혀? 그게 생각이 있는 놈이여?!"

혜주는 어쩔 수 없이 입을 다물었다. 지금은 어떤 말을 해도 듣지 않을 것이다. 조금 더 진정하고 나면 그때 다시 조심스럽게 말을 꺼내는 수밖에는. 가영이를 그냥 품에 안고 살자고.

지석이 서류더미에 아예 코를 박고 있다시피 한 것을 본 최민철 검사는 의아한 표정을 지었다. 요즘 별다르게 큰 사건도 없는데 너무 열심히 일을 하고 있었다. 저렇게 점심시간조차도 쪼개어 간단한 샌드위치를 입에 물고까지 일을 하는 모습, 참 타의 귀감이 되는 행동이기는 한데, 자신들이 불편하기 짝이 없다. 상사가 저렇게 열심히 일하고 있으면 상대적으로 같이 일하는 부하직원들은 일을 잘 안 하고 노닥거리는 것처럼 보여 참 마음이 편하지 못한 법이다. 점심시간에도 저리 일을 하는 동안 자신들은 커피를 마시고 있지 않은가.

며칠 제대로 퇴근시간 지키고 하는 것이 정말 연애하나 생각했었는데 또 그새 미친 듯 일하는 것을 보니 무슨 일이 있나 싶기도 하다.

"실연당했나?"

최 검사의 말에 함께 커피를 마시던 홍일점 박수경 검사의 얼굴에 살포시 미소가 피었다.

"정말 그래 보이지?"

"박 검이 왜 좋아해?"

"선배는 내 마음 모를 거다."

얼마 전 유 검사가 시간 딱딱 맞춰가며 퇴근하고 낮에 한 번씩 혼자 멍때리면서 뭐가 좋은지 싱글싱글 웃던 모습을 보았을 때 지나가는 말로 '연애하나? 딱 그 증세인데?' 하는 말을 했다가 수경이 인상 잔뜩 쓰며 그에게 서류를 팍 내려놓고 갔었다.

이젠 실연했나, 했더니 좋다고 웃는다. 그는 잔뜩 미심쩍은 얼굴로 수경을 쳐다보았다.

"박 검, 이제 보니 유 검사님 짝사랑하냐? 유 검사님은 너한테 마음이 하나도 없는 것 같던데. 설마 불가능한 꿈을 꾸고 있는 것은 아니겠지?"

"짝사랑이라니, 내 감정을 그런 유치한 단어로 표현하지 말아 줘, 선배. 동경이라고 해. 왜냐, 나도 유 검사님하고 결혼할 생각은 없거든. 원래 아름다운 꽃은 꺾으라고 있는 것이 아니야. 두고 두고 감상하라고 있는 것이지."

민철의 입이 살짝 비틀려 올라갔다. 점입가경이라더니, 이젠 남자인 유 검사를 어디 꽃에다 비유를 할까.

"내가 볼 땐 유치한 짝사랑 맞는데."

"선배, 나 좋아해? 왜 그렇게 내 일에 관심이 많냐?"

톡 쏘아붙이는 수경의 말에 민철은 이내 오만 가지 인상을 다 쓰며 금방이라도 넘어올 거 같단 표정으로 돌아섰다.

"야, 내가 아무리 눈이 낮다 해도 그렇지, 난 여자를 좋아하거든. 남자가 아니라."

그 말은 자신이 남자로 보인다는 말과 같았기에 수경의 얼굴이 험상궂게 일그러졌다.

"선배, 그 입 좀 다물고 이제 그만 일하시지? 이젠 하다못해 입에서도 홀아비 냄새가 나네. 좀도둑 노민수 건, 오늘 중으로 결재 받아서 공판으로 넘겨야 하지 않아?"

톡 쏘며 수경은 마시던 종이컵에 묻은 립스틱을 깔끔하게 닦아 종이컵 재활용 홀더에 넣고 유유히 자리에 앉았다. 수경이 날린 강편치에 민철은 쇼크를 먹고 정신을 상실했다. 겨우 서른 살일 뿐인데 홀아비란다!

그는 조용히, 말없이 결재받을 서류를 들고 지석의 방으로 향했다. 화장을 고치는 듯 거울을 들여다보고 있는 수경을 무섭게 노려보면서.

"검사님, 결재 서류 한 건 더 왔습니다."

잔뜩 쌓인 서류 중 하나를 검토 중인 지석이 고개도 들지 않고 대답했다.

"거기다 놓고 나가."

"그런데 검사님……."

서류를 책상의 한 귀퉁이에 내려놓고도 최 검사가 나가지 않고 어물거리며 서 있자 지석은 그제야 무슨 일이냐는 표정으로 그를 쳐다보았다.

"무슨 일…… 있으십니까?"

"일? 무슨 일?"

"평소에도 열심히 일밖에 안 하시는 건 알고 있습니다만, 요 며칠 일에만 매달려 계신 것 같아서…… 특별한 사건도 없는데……."

"왜? 내가 열심히 일해서 불편해?"

"아, 아닙니다. 그런 건 절대 아닌데 건강을 해치실까 몹시도 심려스러워서 그럽니다."

그 말인즉슨 불편하단 뜻이다.

"심려하지 마. 주말에 동문회 모임에 가려고 시간 만드는 중이니까."

"아, 동문 모임이 있습니까?"

"대학 동문이야. 1년에 한 번씩, 졸업하고 나서부터 한 번도 빠지지 않았던 모임이지."

"대학 동문이면 법조인들일 텐데, 검찰청에 일하면서 1년에 한 번 나가는 모임도 법조인 모임이라……. 검사님은 참…… 법을 좋아하시는가 봅니다."

무슨 헛소리냐는 듯 지석이 고개를 들어 자신을 보자 최 검사는 자신의 실수를 깨닫고 말을 얼버무리며 얼른 방을 나가 버렸다.

다시 서류로 코를 파묻던 지석은 갑자기 피식 웃으며 서류를 내려놓았다.

동문회에 순정을 데리고 간다면 다들 놀랄 것이다. 한 번도 여자를 데리고 간 적이 없으니까.

순정의 진짜 모습이 궁금하면서도 실은 예전의 그 모습을 그리워하고 있는지도 모르겠다. 그녀가 불편하게 생각할지도 모를 동문회에 굳이 데려가는 이유는 오직 순정이 어떻게 하는지 보고 싶어서니까.

서바이벌 게임. 동문 중 어떤 놈이 그걸 생각을 해냈는지는 모르지만 참 기발하다.

그리고 순정과 함께 할 수 있는 역동적인 스포츠, 그녀를 알고픈 욕구를 충족시키기엔 더없이 괜찮은 아이템이다.

수요일 점심시간대, 집에서 우울해하는 가영을 달래기 위해 같이 점심부터 삼겹살로 식사를 하던 순정은 지석의, 전화도 아닌 문자메시지를 받았다.

[이번 토요일 정오, 지하철 등촌역 앞, 옷차림은 가볍게, 바지 착용 바람.]

이건 뭐…… 데이트 신청이 아니라 무슨 동문회 모임 공지 같군. 이 사람 원래 성격이 이런 거야, 아니면 나한테만 이러는 거야?

신경질적으로 확인 버튼을 누르고 다시 젓가락을 집자 가영이 궁금했는지 호기심 가득한 표정으로 물었다.

"누구야? 혹시……."

"친구야."

박 씨 아주머니도 있는데서 '검사님' 이란 단어가 나올까 봐 순정은 얼른 둘러댔다. 박 씨 아주머니를 못 믿는 것은 아니지만 그녀가 지석을 만나는 것을 아는 사람은 가영 하나로도 감당하기 힘들다. 문제는 가영이 그런 눈치가 전혀 없다는 것이다.

"난 또 검……."

"전에 시장조사 나갔다가 알게 된 친구야. 안 나간다는데 자꾸 나오라고 귀찮게 하네."

그렇게까지 순정이 말을 자르자 할 말이 없어진 가영은 이내 흥미가 없어진 듯 노릇하게 잘 익은 삼겹살로 관심을 돌렸다.

전에는 소고기만 먹던 가영이 이젠 돼지갈비는 물론이고 삼겹살에까지 손을 대다니, 입맛이 참 싸졌다. 덕분에 박 씨 아주머니만 편해졌다. 가영 때문에 냉장고에는 맛있게 재워진 소갈비가 항상 준비되어 있어야 했는데 이젠 양념도 안 하고 바로 굽는 삼겹살이라니, 설거지 등 뒤처리가 조금 피곤하긴 하지만 고기 재우는 일에 비하면 엄청 쉬워진 것이다.

그런데 오늘 가영이 참 많이 먹네. 방에 갇혀 지내려니 스트레스가 쌓여서 그런가? 고기를 좋아하긴 해도 저렇게 많이 먹어대는 것은 처음 보는 것 같다.

"아줌마, 고기 더 구워줘."

혼자 3인분은 먹어치운 것 같은데도 더 먹겠다는 가영을 말리려 하는데 그 순간 가영의 휴대폰 전화벨이 울렸다.

흘끔 휴대폰을 내려다본 가영이 조용히 자리에서 일어나 2층으로 올라간다. 아마도 택규인 모양이다.

참…… 저렇게 하면 남자에게 전화 온 것을 아무도 모르는 것이 아니라 오히려 더 의심하겠다.

"고기는 됐어요. 저희는 그만 먹을게요. 얼른 치워주세요."

순정은 고기를 더 올리려는 박 씨 아주머니를 만류하며 얼른 가영을 따라 2층으로 올라갔다. 전화 끊고 온 가영이 또 먹겠다고 하기 전에 얼른 피하는 것이다.

"…… 뭐? 이 앞에 왔다고?"

자신의 방으로 들어가려던 순정은 가영의 방문이 조금 열린 틈새로 그녀가 전화통화하는 것을 엿듣고 말았다.

설마, 지금 택규 씨가 이 앞에 왔다는 뜻은 아니겠지?

벌써 며칠째 집 안에만 갇혀 지냈으니 택규와 만나지 못한 것은 사실이다. 그 덕에 가영은 틈이 날 때마다 영상통화로 직접 만나지 못하는 고통을 달랬었다.

그런데 택규는 그것만으로는 성이 차지 않았던 모양이다.

"안 돼, 못 나가."

못 들은 척 방으로 들어가려던 순정은 가영의 울먹이는 목소리에 그만 다시 발걸음을 멈추고 말았다.

가영이 데리고 외출했다가는 회장님이 불벼락 내리신다고 엄포를 내리셨는데. 거역하고서 데리고 나간 것을 알면 정말로 크게 혼날 텐데.

"……나도 보고 싶어, 택규 오빠. 정말 많이 보고 싶어……. 안 돼, 아무리 담 앞에 있어도 여기서는 안 보여."

완전 로미오와 줄리엣이 따로 없다. 아마도 택규가 담 밑에 서 있을 테니 얼굴만이라도 보여달라고 한 모양이었다.

에이, 참…….

순정은 가영의 방문을 열고 안으로 들어갔다.

"내가 잠깐 같이 나가줄 테니까 택규 씨는 저 아래, 우체국 옆에서 있으라고 해. 공연히 이 앞에서 만났다가 들키면 골치 아프니까."

마치 구세주라도 만난 듯 가영의 눈에 생기가 돌기 시작했다.

"정말 그래도 돼?"

"안 될 게 뭐가 있어? 사랑하는 사람 얼굴 좀 보겠다는데."

"고마워, 순정아."

가영은 전화기를 든 채로 순정의 목을 끌어안았다.

"방에서 외투 입고 있을 테니까, 너도 얼른 전화 끊고 나갈 채비해. 옷 갈아입지 말고 외투만 입어. 안 그러면 의심받으니까."

"화장은?"

"그냥 맨 얼굴로 가. 택규 씨는 너 화장 안 해도 예쁘다 할 거야."

뭐, 가영이 답답해하니까 잠깐 요 앞에 산책 나갔다 온다고 하면 될 것이다. 집 앞에나 나갈 차림으로 차까지 놓고 나가면 크게 야단을 맞지는 않을 것이다.

"가영아!"

택규는 순정이 말한 대로 우체국 앞에 서 있었다. 날씨가 그렇게 매섭지는 않아서 다행이지만 그래도 겨울이라고 30분째 밖에서 있는 택규의 코는 빨갛게 얼어 있었다.

“택규 오빠.”

그의 이름을 부르는 가영의 목소리는 벌써부터 울먹이고 있다. 며칠 실물을 못 봤다고 그게 그렇게 서러웠던 모양이다.

“보고 싶었어.”

“나도 너 많이 보고 싶었어.”

순정이 곁에 서 있음에도 불구하고 며칠이나 떨어졌던 두 연인은 훤한 대낮에 서로를 부둥켜안고 서 있기 바쁘다.

저러다 누가 보고 회장님께 알리기라도 하면 어쩌려고.

순정은 헛기침을 하며 곁눈질로 두 사람을 쳐다보았다. 제발 거기서 그쳤으면 하는 바람이다. 하지만 이내 그녀는 경악을 금치 못했다. 백주대낮, 정말 훤한 대로변에서 두 사람이 서로 입까지 맞추고 있는 것이다. 아니, 택규도 당황한 빛이 역력했다. 그도 예상하지 못했던 그림인가 보다.

맙소사, 가영이 저런 것도 하는 줄 몰랐었는데. 며칠 전 가영이 19세 미만 관람불가 영화를 언급했을 때부터 알아봤어야 했다. 아마도 거기서 저런 장면이 나왔을 것이다.

“흠흠, 가영아.”

어쩔 수 없이 순정은 가영과 택규의 좋은 분위기를 깨야만 했다.

“어디 들어가자. 여긴 너무…… 춥다.”

보는 눈이 많다는 말을 힘들게 빙 둘러서 했다.

“너도 같이 가게?”

가영의 말에 순정은 그저 기가 막힐 따름이었다. 그럼 난 어쩌라고? 지금 간신히 집에서 데리고 나와줬더니 나를 따돌리겠다는 거야? 지금 이 차림으로 갈 곳도 없는 날?

"응, 나도 갈 거야."

단호하게 고개를 끄덕이자 하는 수 없다는 듯 가영은 순정의 한 손을 잡는다. 순정은 웃을 수밖에 없었다. 그래, 민가영, 너, 요 며칠 새 많이 컸다.

낮 시간대라 손님이 별로 없는 한적한 커피숍, 순정은 따스한 허브티 한 잔을 시켜놓고 홀로 창가에 앉아 있었다.

혹시 길을 지나는 사람이 볼까 가영과 택규는 안쪽에 앉았지만 차마 순정은 그들과 자리마저 함께할 수가 없었다. 아니, 하고 싶지 않았다.

그들의 저 낯 뜨거운 애정행각을 도저히 두 눈 뜨고 정면으로 볼 수가 없었던 것이다.

저렇게 좋을까, 아주 둘이 꼭 붙어 앉아 얼굴을 맞대고 그간 못 나눴던 이야기들을 나누고 있는데, 손을 만지작거렸다, 뺨을 만지작거렸다, 등을 손으로 비벼댔다, 아주 가관이 따로 없다.

그러다 보니 원하지 않아도 저절로 이 추위와 같이 뼛속까지 스미는 외로움에 순정은 뜨거운 허브티를 시켜놓고 따로 앉은 것이다.

창밖으로 갑자기 하얀 먼지 같은 것이 날리기 시작하더니 이내 그것은 굵은 눈발로 변해 버렸다.

"와, 눈이다!"

그 와중에도 창밖을 내다보았는지 가영이 기쁨에 찬 목소리로 외쳤다. 지난 12월은 눈이 그다지 많이 오지 않은데다 와도 조금 뿌리다 말거나 아니면 밤 시간대에 와서 이렇게 많은 눈이 쏟아지듯 내리는 것을 본 것은 올겨울 들어 처음이다.

"나, 나가도 돼?"

지금 이곳에 온 목적을 그새 잊은 가영이 순정에게 묻자 그녀는 너무도 당연한 것을 묻는다는 듯 간단히 고개를 내저었다.

그런 가영을 위해 택규가 특별히 창가 자리로, 순정의 건너, 건너 자리로 옮겨왔다.

두 연인이 펑펑 내리는 눈을 신기한 듯 구경하며 창에 바짝 붙어 있는 모습을 바라보는 순정의 가슴이 또다시 시려오기 시작했다.

혼자란 것은 결코 좋은 것이 아니구나. 늘 가영이 함께 있었기에 그런 종류의 외로움은 느낀 적이 없었다. 남들이 겨울은 옆구리가 시리다는 말을 해대는 것도 그리 크게 공감한 적이 없었다.

하지만 마치 연인들을 위한 선물인 양 하늘에서 새하얀 눈송이들이 쏟아지는 모습을 바라보고 있자니 자연히 가슴 한편이 싸하게 저려온다.

그와 함께 있고 싶다.

그와 함께 저 눈을 맞으며 영화 러브스토리에 나오는 연인들처럼 눈 장난을 치며 놀아보고 싶다. 저 눈을 맞으며 그와 입 맞추고 싶다.

순간 화들짝 놀란 순정은 얼른 찻잔으로 시선을 내려 버렸다.

그와 입 맞추고 싶다니, 대체 왜 그런 생각을 했던 것일까. 어차피 그는 떠날 사람인데. 자신을 만나는 것도 화가 나서, 그간 들인 공이 아까워서, 최소한의 호기심이라도 채우자는 생각으로 만나는 것뿐인데. 그 호기심이 끝나는 날, 그와의 인연도 끝나는 것이다.

이런 생각을 하다니, 여순정, 많이 약해졌어. 마음을 다잡고, 절대로 그를 마음에 또 담지 마. 안 그러면 나중에 또 울게 될 거야. 앞으로 절대 울 일을 만들지 않기로 결심했으니 그런 생각도 버려야 해.

눈이 오고 있다.

지석은 오랫동안 숨어 있던 아파트 분양사기범의 공범이 마침내 잡혀 조서를 꾸미고 있다는 소식에 박수경 검사와 함께 경찰서로 향하던 중이었다. 범인은 잡혔지만 그 피해액이 너무도 컸기에 한시라도 빨리 자백을 받아내야 했다. 조서만 꾸미면 검찰로 호송될 것이다. 그는 그 과정을 모두 지켜보고 싶었다.

"어머, 눈이 많이 와요, 유 검사님."

수경이 창밖을 내다보며 감탄하듯 중얼거렸다.

"이러다 길이 막히겠군."

"어머, 검사님. 그렇게 하시면 여자들이 얼마나 싫어하는데요. 여자들에게 눈이란 것은……."

"방은재 사건은 마무리 지었나?"

한없이 눈에 대한 예찬을 늘어놓으려던 수경은 느닷없이 말을 자르는 지석의 질문에 얼른 입을 다물었다. 하루 종일 블라인드에 가려 빛도 안 들어오는 사무실에서 벗어나고 싶어 경찰서로 간다는 지석을 얼른 따라나섰기 때문에 마무리 보고서는 아직 남아 있었다.

띠 띠리리띠, 띠리리리 띠띠~

마치 80년대 오락실 게임 시그널을 따온 듯한 수경의 벨소리에 지석은 고개를 내저었다. 아무튼, 상당히 독특한 개념을 가진 박 검사다.

"응, 선배. 그새 청사에 무슨 일이 생긴 거야?"

민철의 전화인 모양이다.

"뭐? 눈이 와서……."

생각없이 말을 내뱉던 수경이 흘끔 지석의 눈치를 보았다.

"응, 알았어."

전화를 끊으며 그녀가 다시 지석의 눈치를 살폈다.

"저…… 유 검사님, 저……."

"청사로 돌아가야 할 것 같다고?"

"어…… 네. 방은재 사건 결재보고서 써야 하는데 생각없이 나갔다고 최 선배가 막 화를 내는데요."

지석은 속으로 웃고 싶은 마음을 애써 참았다. 미안하게도 차안이 너무 조용해서 민철의 목소리가 다 들렸다. 눈이 오니까 공연히 마음이 쓸쓸해진다, 혼자 사무실 지키고 있으니 외롭다. 돌아오면 내가 짬뽕 한 그릇 사주마, 이런 애교 섞인 애원이었다.

박 검사가 짬뽕 한 그릇에 넘어갈 성격은 아니고, 최 검사의 애교에 넘어간 것이 분명했다.

"그럼 할 수 없지. 그러게 일하지, 왜 따라 나와서는."

"나중에 돌아가서 혼자 쓰면 되는 줄 알았죠. 죄송해요, 유 검사님."

갑자기 수경에게 없던 애교가 철철 흘러넘친다. 지석은 길가에 차를 세웠다.

"그래, 가서 '일' 열심히 해."

"네, 유 검사님. 존경해요!"

차 문을 닫고 나서 사이드미러로 수경이 다시 전화를 거는 것이 보였다. 분명히 최 검사에게 전화를 거는 것일 것이다.

여자들이란, 그렇게 최 검사에게 쌀쌀맞게 굴고 툭툭 쏘아붙이더니 눈이 내리니까 저리도 사근사근하게 바뀌다니. 참 알다가도 모르는 것이 여자란 말이 맞나보다.

나이 드신 어머니마저도 눈만 왔다 하면 콧노래를 부르며 굳이 장독대 위에 쌓인 눈도 치우고 마당도 한번 쓸면서 눈을 꼭 한번 맞아보신다. 그러다 아버지가 잠깐 산책이라도 하자 하시면 얼마나 신나하시는지.

여순정도 그럴까? 그 여자, 이래도 흥, 저래도 흥, 무얼 해도 흥 흥거릴 것 같은데, 혹시 내심은 눈이 온다고 내 전화를 기다리고 있는 건 아닌가?

전화를 한번 해볼까?

전화기를 꺼내 든 지석은 잠시 폴더를 열고 만지작거리다 다시 닫았다.

반기지 않을 것 같은 기분이다.

잠시 생각한 지석은 다시 폴더를 열고 이번에는 문자를 찍기 시작했다.

아주 짧은 시간 망설인 그는 통화버튼을 눌러 그것을 보내고 나서 뿌듯하다는 듯 미소를 지었다. 이 정도면 뭐, 충분히 내 마음은 전한 것 같다.

택규와 헤어지기 싫다, 집에 들어가기 싫다 징징거리는 가영을 달래 집으로 들어가던 중 순정은 문자메시지를 받았다.

[토요일 약속, 잊지 마. 그리고 눈이 많이 내려서 길이 미끄러우니까, 오늘 돌아다닐 때 조심하도록.]

뭐야, 설마 내가 그 노예계약을 잊었을까 봐 걱정이 돼서 문자를 보낸 거야? 참 어이가 없네.

신경질적으로 휴대폰을 주머니에 넣으려던 순정은 마음이 변한 듯 다시 꺼내서 문자를 또 읽었다.

눈이 많이 내려서 길이 미끄러우니까, 오늘 돌아다닐 때 조심하도록.

이것 때문에 문자를 보낸 것 같지는 않지만 어쨌건 그래도 눈 얘기를 하니 마음 한편이 조금 포근해지는 것 같다. 그래, 노예계약 같은 걸 한 사람치고는 조금은 따스한 구석이 있는지도 몰라. 조금은 고마운 마음이 들긴 한다.

대망의 토요일은 성큼 오고야 말았다.

가택연금 중인 가영이 그 와중에도 '끌려' 나가는 순정에게 동정의 눈빛을 보냈다.

“잘못했다고 말해봐. 용서해 달라고. 넌 똑똑하니까 그런 것도 잘할 거 아냐.”

“그렇게 무섭지 않아. 걱정하지 마.”

너무도 미안해하는 가영을 달래며 순정은 조금은 이 만남에 기대를 가진 자신의 모습에 죄책감까지 느끼며 집을 나섰다.

마음에 들지는 않지만 지석이 시키는 대로 차까지 놓고 나서서 너무도 오랜만에 대중교통을 이용하려니 불편하기 짝이 없었다.

버스를 한 번 타고, 지하철도 몇 번을 갈아탄 끝에 그가 말한 등촌역 앞에 나가자 그는 벌써 와서 기다리고 있었다.

날씨도 추운데 길거리의 벤치에 앉아 신문을 읽고 있는 그의 모습이 눈에 들어오자 그녀는 원하지 않았음에도 가슴 한구석이 설레는 것을 느꼈다.

처음엔 정말 인상 더럽게 생겼다 생각했는데, 이젠 그의 얼굴을 볼 때마다 뭐랄까, 자신을 흥분시키는 세포가 마구 증식되고 있는 기분이다.

그럼 안 돼!

그녀는 애써 기뻐하고픈 자신을 달래며 그의 앞에 다가가 섰다. 그녀가 온 것을 알았는지 그는 신문을 접으며 고개를 들었다.

“흐음…….”

인사말보다 먼저 그녀의 옷차림을 체크하듯 훑어보고는 만족한 듯 고개를 끄덕였다.

“시키는 대로 잘 입고 왔군.”

“어디 가려고 ‘이거 입어라, 저거 입어라’ 까지 하고 그래요?”

“밥 먹으러.”

대체 언제쯤이면 만족스러운 대답을 해줄 것인가. 아니면 이 남자, 안 그런 척했는데 원래 이렇게 남의 속을 반쯤 태우는 것을 즐기는 남자였던가?

더군다나 이번에는 어디 가고 싶냐, 뭐 먹고 싶냐, 묻는 것도 없다. 그것 때문에 숙제하는 기분으로 얼마나 스스로에 대해 고민했었는데.

결론은 ‘전에 탔던 스케이트, 전에 먹었던 그 꼼장어, 전에 봤던 연극’ 이라는 답밖에 나오지 않았지만.

그들은 역에서 그다지 멀지 않은 곳의 한 번화가로 들어갔다. 넓은 주차장에 기와를 얹은 전통적인 한식당의 대문 안으로 성큼 들어서는 것을 보며 순정은 한정식 정도는 많이 먹었었는데, 하는 생각을 했다.

하지만 창호지를 바른 미닫이 문 앞에 서는 순간 그 댓돌 위에 놓인 십수 켤레의 신발을 보며 순정은 의아한 표정을 짓지 않을 수 없었다.

단둘이 식사하는 것이 아닌가? 안에서는 시끌시끌한 사람들의 목소리와 웃음소리가 흘러나왔다.

지석은 당연하다는 듯 문을 열고 인사했다.

“여어! 벌써 다 모였네.”

“유지석, 오늘따라 제일 늦었어! 동행을 데리고 온다더니…….”

지석에게 반갑게 인사하던 문 앞의 남자가 순정을 보고 눈이 휘둥그레졌다.

“흐음, 오늘 늦은 거, 이유는 알 만하지만 아직까지 애인이 없는 나로서는 벌금을 받아야 하겠는데.”

“저는……”

애인이 아니에요, 하고 말하려는 순정의 손을 지석이 얼른 잡았다.

“들어가자.”

뭐야, 여기서 애인 행세를 해달라는 거야? 그럴 거면 미리 귀띔이나 해주던가. 실수할 뻔했잖아.

방 안에는 다수의 남자와 또한 소수의 여자들이 앉아 있었다. 네 명의 여자들은 아마도 그들의 무리가 아닌, 자신처럼 남자를 따라온 여자들로 보였다.

“녀석, 관심없다는 듯 얘기할 땐 언제고 잘도 이런 미인을 꼬셨네.”

이런 자린 처음인 순정에게 아직 분위기도 익숙하지 않은 판에 한 남자가 대낮부터 맥주잔을 들이밀며 친근하게 말을 걸어왔다.

“제수씨, 한 잔 드세요.”

제수씨?

아, 정말로 생소한 말이다. 아직 남자도 한 번 사귄 적이 없는 그녀는 그 말에 당황해 지석을 쳐다보았다. 그는 그 말에 어떤 부인이나 긍정도 하지 않고 입가에 옅은 미소만 띤 채 그녀를 바라보고 있었다.

어떻게 해야 하는 거야? 정말로 제수씨 행세를 해야 하는 거야?

얼떨결에 순정은 그가 주는 맥주잔을 받아 마셨다.

"이놈이 아주 속이 시커먼 놈입니다. 엊그제 전화통화를 할 때까지도 애인 있다 소리 한 번 않다가 아까 전화해서 동행이 있다고 말하더라고요. 우리는 취미가 맞는 검사 동료나 하나 더 데리고 오는 줄 알았습니다. 그런데 성함이……."

지석의 앞에 앉은 두꺼운 안경에 제법 살집이 좀 있는 남자가 지석을 가리키며 험담하듯 얘기하다 은근슬쩍 이름까지 물어온다.

"여순정입니다."

"순정 씨라…… 이름이 참 예쁘네요. 저는 오성진입니다. 그건 그렇고 순정 씨, 그래, 어쩌다 이런 놈한테 낚였습니까? 하고많은 괜찮은 남자들 중에 왜 하필 저런 칼 하나 안 들어갈 놈한테 꽂히셨습니까?"

"저는……."

아, 정말 당황스럽다. 검사를 상대로 사기 쳤다가 노예계약을 했다고 말할 수도 없는 노릇이고…….

"아직 그런 사이는 아니야."

그때 지석이 순정을 대신해 대답해 주었기에 그녀는 살짝 안심을 했다. 다행이다. 이젠 어색하게 애인 행세를 하지 않아도 되겠구나.

"내가 한참 밀어붙이고는 있어."

이어진 지석의 말에 안에 있는 사람들이 야유를 했다.

"어쩐지 신기하다, 너같이 딱딱한 놈이 어찌 저런 미인을 꼬셨나, 했다. 나처럼 유머 감각이 넘치는 사람도 아직 애인이 없는데 말이야."

그 말을 한 성진에게도 똑같은 야유가 퍼부어졌다.

그때 문이 열리며 음식들이 들어오기 시작했다.

"자, 이제 잡담은 그만하고 얼른 먹고 몸 풀러 가야지."

제일 상석에 앉았던 남자의 말에 순정은 또 흘끔 지석을 쳐다보았다. 이게 다가 아니란 말인가? 또 어딜 간다는 걸까? 대체 오늘은 무슨 꿍꿍인지 정말로 궁금하다.

그녀가 불안한 시선으로 쳐다보는 것을 아는지 모르는지 지석은 음식이 나오자 배가 고팠다는 듯 음식을 입안으로 밀어 넣고 있었다.

─크레이지 샷 실내 서바이벌 게임.

그들이 들어가는 곳으로 따라 들어가면서도 순정은 내내 드는 이 어리둥절함이 못내 못마땅했으나 어쩔 수가 없었다. 모든 것이 익숙하지가 않았다. 많은 친구들과의 즐거운 잡담이 섞인 식사, 혹은 이런 게임이라니. 더군다나 서로에게 총부리를 겨누고 쏘아 대는 것이 게임이라는 것조차도 마음에 들지 않는다. 하지만 자신을 위한 자리가 아니란 것을 알기에 그녀는 아무렇지도 않은 척 그들을 따랐다.

"아이고, 오셨어요, 검사님?"

아까 자신에게 말을 걸었던 성진이라는 남자도 검사였던 모양이었다. 무슨 이유 때문인지 성진보다 나이가 많아 보이는 이 남자는 성진에게 아주 깍듯이 인사한다.

"저희, 열네 명, 예약했었죠?"

"검사님 오시면 언제든지 환영인데 굳이 예약까지 하실 필요는 없었는데요. 검사님이 해주신 것에 비하면……."

"검사로서 온 것이 아니라 놀러 온 겁니다."

아마도 남자는 성진에게 무언가 덕을 본 것이 있는 모양인데 성진은 굳이 아까 식사하던 자리에서 걷은 회비를 내밀고 있다.

솔직히 아까 회비를 걷을 때 조금 신기하긴 했었다. 영화에서는 검사쯤 되면 식당에 갔을 때 그중 하나가 플래티넘 카드를 내밀어 한번에 계산을 하고 또 다른 곳에 간다 해도 누군가 나서서 폼 재며 '어허, 내가 낸다니까' 하며 카드를 내미는 그림만 보았기 때문이다.

이내 직원이 나와 그들에게 방을 안내했고 또 보호장비도 한 아름 가져다주었다.

"자, 보호장비를 착용하기에 앞서 먼저 팀을 나눠야지."

아까 상석에 앉았던 남자, 재용이 나서며 성진을 앞으로 끌어당겼다. 어찌 나누나 보자 분명 검사님으로 보이는 이 남자 둘은 갑자기 손을 꼬며 수를 재더니 가위바위보를 하는 것이다.

아, 정말이지 익숙하지 않은 상황들의 연속이었다.

그리고 가위를 낸 성진이 이겼다.

성진은 주위를 빙 둘러보다 갑자기 손을 죽 뻗어 순정의 팔을 잡아끌었다.

"우리 편 일 순위는 여기, 순정 씨."

지석이 갑자기 두 눈에 쌍심지를 켰지만 성진의 눈빛에는 장난기가 가득한 것이 지석이 그래 봤자 소용도 없는 것 같다.

황당하게도 재용은 지석을 끌어당겼다. 순정은 보았다. 분명 지석을 끌어당기기 전에 그가 성진과 장난기 가득한 눈빛을 교환하는 것을. 그러니까 지금 작정하고 지석과 자신의 사이를 갈라놓겠다는 뜻인 것이다. 순정에게 지석에서 총부리를 겨누게 만들겠다는 뜻인 것이다.

"야, 도와주지는 못할망정 너무한 거 아냐?"

지석이 투덜거려 봤지만 이미 결정이 난 뒤라 어찌할 수 없다는 표정으로 잠시 재용과 성진은 못 들은 척하며 다시 가위바위보를 했다.

그렇게 해서 순정은 주황색 재킷을 입었고 지석은 연두색 재킷을 입었다.

마침내 게임이 시작되었다.

빛은 그리 강하지 않은 어두운 조명에, 넓은 실내의 여기저기에 놓인 은폐물들, 그리고 누가 숨을지 모르는 몇 개의 창고로 꾸며진 방과 그물들까지. 보기엔 그럴싸하다.

게임이 시작됨과 동시에 순정의 팔을 누군가 잡아끌었다.

"따라와요. 시작부터 총 맞고 혼자 게임 끝날 때까지 앉아서 기다리고 싶지 않으면."

아, 아까부터 그렇게 순정을 살뜰히도 살피는 성진이었다.

"몸을 낮추고, 총은 쏠 줄 알죠? 비비탄이라 아프니까 너무 가까이서 쏘지는 마세요."

"아파요?"

아, 왜 상대방에게 비비탄을 쏘는 게임을 하느냔 말이다. 여하

튼, 남자들이란.

다음에 지석이 물으면 대답할 것이 또 생겼다. 어디 가고 싶은지는 몰라도 어디 가기 싫은지는 확실히 안다고.

"쉿!"

성진은 순정에게 얼른 손짓하며 자신의 뒤에 숨으라는 손짓을 했다. 얼떨결에 순정은 얼른 그의 뒤에 가서 숨었다. 그래도 성진의 말대로 처음부터 죽어나가는 사람은 되고 싶지 않기 때문이었다.

저쪽에서 벌써 총소리가 들렸다. 누군가 불평하는 소리도 들렸다. 다행히 그 목소리는 지석의 것이 아니었기에 순정은 저도 모르게 안도의 한숨을 내쉬었다. 참, 검사님은 우리 편이 아니었지, 하는 생각에 그녀는 피식 웃고 말았다.

커다란 그림 합판 뒤에 숨어 있던 성진이 슬그머니 머리를 내밀다 누군가 다가오는 것을 보았는지 황급하게 다시 숨었다.

"내가 손으로 하나, 둘, 셋 세면 그때 오른쪽 사람을 쏴요. 내가 왼쪽 사람을 쏠 테니까."

그가 낮은 목소리로 얘기하자 순정이 고개를 끄덕였다. 제발 자신이 쏘는 사람이 지석이 아니기만을 바랄 뿐이다.

성진의 손가락이 하나 펴지고 둘, 셋이 펴지는 순간 순정은 얼른 합판 뒤에서 나와 앞에 서 있는 남자를 향해 쏘았다.

상대방도 순정을 발견하고 총을 쏘려 했으나 순정이 쏜 총에 먼저 맞고 말았다. 아, 다행이다. 지석이 아니다.

그때까지 순정은 비비탄에 맞으면 표도 안 나는데 어떻게 해야 하나 궁금했었다. 순정에게 총을 맞은 사람은 손을 들며 전사(戰死)를 외치고 밖으로 나가는 것을 보고야 그녀는 어떻게 하는지 알았다.

그러다 궁금해진 것. 그녀는 자신의 앞에서 열심히 주위의 지형을 익히고 있는 성진의 등을 톡톡 두드렸다.

"총 맞아도 안 맞은 척하면 어떻게 해요?"

"좀비 취급받으니까 그러지 말아요."

아……

"안 되겠다. 따라와요."

더 둘러보던 그는 아무래도 둘이 함께 숨어 다닐 수 있는 은폐물이 마땅치 않았는지 그녀를 옆의 창고로 이끌었다.

창고로 꾸며진 작은 방, 어둡기까지 하다. 그 안에도 누가 숨어 있을지 몰라 순정이 잔뜩 긴장하고 있는 동안 성진이 방 안 구석구석을 체크해 아무도 없다는 것을 확인시켰다.

"잠시만 여기 숨어 있어요. 누가 들어오면 막 쏴도 돼요. 우리 편은 쏘지 말고."

드디어 귀찮아진 모양이다. 하긴, 게임은커녕 군대도 안 다녀온 여자를 데리고 다니자면 여러 가지로 불편한 점이 많을 것이다.

솔직히 순정도 누군가를 향해 아무리 가짜 총이라지만 마구 총을 쏘아대는 것이 그리 좋지만은 않았다. 다만 죽지 않기 위해 그랬을 뿐이다.

성진이 나가고 나서 누가 들어올까 순정은 잔뜩 긴장을 늦추지 않은 채 문 쪽만 노려보고 있었다.

한참 몸을 낮추고 돌아다니면서 지석은 순정을 찾고 있었다. 몇 명이 죽었다며 손을 들고 나가는 것을 보긴 했지만 그중에 여자는 없었다. 그러니까 순정도 아직 어딘가에 살아 있단 얘기다.

이러려는 것이 아니었는데. 그녀의 곁에서 함께 즐기며 함께 스릴을 느끼고 싶었다. 그녀가 죽지 않기를 바라면서 이렇게 찾아 헤매는 것이 아니라.

녀석들, 도와주길 바란 것은 아니지만 이런 식으로 장난을 쳐서 방해를 할 줄은 생각하지 못했다. 어쩌면 그녀를 저런 녀석들이 버글거리는 이 모임에 데리고 온다는 발상 자체가 잘못된 것일 수도 있다.

누군가 갑자기 몸을 움직이는 바람에 지석은 그를 향해 총을 쏠 뻔했다. 다행히 연두색을 입은 아군, 재용이었다.

"녀석들, 간만에 하는데 만만치 않은걸? 아직 한 명도 못 잡았어."

재용의 말에 지석도 고개를 끄덕이며 동감을 표시했다.

"쉿!"

갑자기 재용이 어딘가를 가리키며 다른 손가락을 입에 가져다 대더니 지석에게 그쪽으로 몇 번 다시 손가락질을 한다. 누군가 그쪽으로 들어가는 것을 봤다는 뜻인 모양이다.

지석이 재용에게 기꺼이 양보를 해주려 했지만 재용은 다른 것을 보았는지 다시 다른 방향으로 가버렸다.

하는 수 없이 지석은 그쪽으로 들어간 사람을 확인하기 위해 창고로 걸음을 옮겼다.

조용히 총을 들이대며 안으로 한 걸음 들어서는 순간 그는 그만 가슴팍에 비비탄을 맞고 말았다.

"전사."

무의미한 목소리로 말하던 그는 그제야 어두운 조명 속에서 자신을 쏜 사람이 순정임을 깨달았다. 비록 비비탄이었지만 그녀는 마치 자신에게 실제 총을 쏜 것 같은 표정으로 넋을 잃은 채 서 있었다.

바로 그 순간이었다. 그때까지 한 번도 닫혀본 적이 없던 그 창고의 문이 소리없이 닫혀 버렸다.

뭐야? 하고 돌아서서 문을 열려던 지석은 문이 열리지 않음을 깨달았다. 손잡이는 돌아가고 있지만 마치 누군가가 문손잡이에 의자라도 괴어놓은 것처럼 그렇게 문이 열리지 않는 것이다. 더군다나 앞에는 사람의 그림자들이 서 있다가 문을 벌컥벌컥 열려 하는 지석의 노력을 무시하고 그대로 가버리는 것이렷다.

뭐야, 지금…….

그는 상황이 이해가 가지 않아 잠시 문손잡이를 노려보았다.

"왜 그래요?"

마냥 미인한 얼굴로 서 있던 순정이 다가와 문손잡이를 돌려보고 밀어도 본다. 하지만 분명 누군가 고의로 닫고 막아놓은 문이 쉽게 열릴 리가 없다.

그 순간 지석의 주머니에 들어 있던 휴대폰이 '징' 소리를 내며 울렸다.

[게임 끝날 때까지 그냥 있어. 나중에 고마우면 술이나 한잔 사라. 뭐라고 해도 문은 안 열릴 것이다.]

성진이다.

이 녀석들, 누가 이런 식으로 도와달라고 했나?

"문이 고장났나 봐요."

그때까지 문손잡이를 잡고 비틀어도 보고, 문을 억지로 열어보려고도 하던 순정은 마침내 문을 두드리기 시작했다.

"누구 없어요?!"

그 손을 지석이 잡았다.

안 그래도 지석에게 총을 쏜 이후로 모든 것에 예민해 있던 순정은 그의 손길 하나에도 깜짝 놀라고 말았다.

"열리지 않을 거야."

"예? 왜요?"

"친구 놈들 장난이거든. 게임 끝날 때까지 문을 열어주지 않을 거야."

지석의 말에 순정의 얼굴이 순간적으로 멍해졌다.

그럼 지금 이 남자와 여기 갇혀 있어야 한단 뜻인가?

"언제…… 끝나요, 게임이?"

"십오 분 정도."

십오 분이라면 그래도 괜찮다. 그 안에 별일이 있을까? 그 정도라면 충분히 마음을 다잡고 진정하고 기다릴 수 있을 것이다.

"한 게임당."

"……그럼 보통 몇 게임을 하는데요?"

"네 게임."

"누구 없어요?!"

그 순간 순정은 다시 뒤돌아 문을 두드리기 시작했다.

"그만하고 이리 와. 놈들이 작정하고 가둔 것이라 절대 안 열어
준다니까."

문을 두드리는 것은 멈추었지만 순정은 여전히 문 앞에 안절부
절못하고 서 있었다.

"일부러 짜고 그런 거죠?"

"뭘?"

그는 여유있게 헤드기어까지 벗고 방 한 귀퉁이에 아예 자리까
지 잡고 앉았다. 이 한 시간을 그나마 조금이라도 편하게 있다 나
가려는 것이다.

"이 방, 아까 보니까 그 성진 씨라는 사람, 여기 주인하고도 친
한 것 같던데. 그래서 일부러 여기 가둔 거 아니에요? 주인한테 내
가 아무리 두드려도 열어주지 말라고 하고……."

그녀의 말에 그는 피식 웃었다.

"나도 여기 처음 왔거든. 나도 당신하고 다른 편이 될 줄도 모르
고 있었고. 그러지 말고 나중을 위해서 와서 앉지? 나중에 다리 아
플 텐데."

"싫어요."

"왜? 내가 겁나?"

도발에 넘어올까, 여순정이?

아니나 다를까, 순정은 그 말에 분한 표정을 지으며 그의 옆에

다가와 바로 책상다리하고 앉았다. 그는 피식 웃었다. 여순정은 도발하면 100퍼센트 넘어온다.

"겁이 날 게 뭐가 있어요?"

"그런가? 나라면 겁이 날 텐데."

그게 무슨 말이냐고 물으려고 고개를 돌린 순간 그녀는 이미 그의 손에 턱이 잡혀 있었다.

천천히 그는 그녀의 머리에서 헤드기어를 벗겨냈다.

그리고 그의 입술이, 전과는 달리 전혀 다정하지 않은 그의 입술이 그녀의 입술을 내리눌렀다.

잔뜩 긴장하고 있었던 때문인가, 아니면 그에게 끌리는 마음을 애써 억누르고 있던 때문인가, 순정은 그 순간 심하게 동요하는 가슴을 억누르며 저도 모르게 그를 밀어내려 하고 있었다.

그가 거칠게 그녀의 입술을 탐닉했다. 밀어내려 해도 그에게 잡힌 턱 때문에 움직일 수조차 없었다. 아니, 밀어내려는 것은 생각만인지도 모르겠다. 밀어내기 위해 그의 가슴에 댔던 손은 어느새 그 힘을 잃고 파르르 떨리고 있었다.

손의 저항이 약해질수록 그의 입술은 더욱 강하게 밀어붙여졌다. 그리고는 마침내 그녀의 굳게 다물었던 입술을 벌이고야 말았다.

침략자처럼 그의 혀가 그녀의 입안으로 들어와 천천히 쓸어가기 시작했다. 거칠었던 입술과는 달리 입안을 헤집는 그의 혀는 부드럽기 짝이 없었다. 그러다 그녀의 혀와 엉키는 순간 그는 마침내 원하는 것을 찾았다는 듯 나지막한 신음 소리를 냈다.

순정은 저릿거리던 온몸이 마침내는 마비가 되는 것처럼 모든 감각이 뜨겁게 달아오르는 것을 느끼기 시작했다.

그의 나지막한 신음 소리를 듣는 순간 누군가 가슴속에 돌을 던진 것처럼 작은 파문이 일었다. 아, 이 시간이 영원히 지속되기를 순정은 기원하고 있었다.

그리고 다음 순간, 그녀는 또다시 그를 밀어낼 수밖에 없었다. 마음 같아서는 당장이라도 이곳에서 달아나 버리고 싶었다. 지석에게서, 또다시 자신을 상처 줄 것이 분명한 지금 이 상황에서 그녀가 할 수 있는 것이라고는 달아나는 것뿐이었다.

"그러지 말아요!"

의아한 시선으로 자신을 바라보고 있는 지석에게 순정은 소리쳤다.

"나한테 그러지 말아요!"

"……."

그도 극도로 흥분했던 듯 거칠었던 숨이 차츰 제 페이스를 찾을 때까지 대답을 하지 않고 순정을 노려보듯 쳐다보았다.

"대체 왜? 당신도 원하잖아. 당신도 날 원하지 않아?"

순정은 고개를 내저었다. 할 수만 있다면 이 모든 것을 다 부인하고 싶었다. 할 수민 있다면 당신 같은 남자는 내게 아무것도 아니라고 소리치고 싶었다.

"원한다고 다 가질 수 있는 건 아니잖아요."

그녀의 말에 그의 시선이 차분해졌다. 그는 잠시 순정을 바라보다 다시 물었다.

"그건…… 나한테 하는 소린가, 아니면 당신 스스로에게 하는 소리인가?"

순정은 그 순간 그만 말문이 막혀 버리고 말았다. 이 남자, 지금 조차도 자신의 속을 훤히 들여다보고 있는 것 같다.

"……당신과 나, 둘 다한테 하는 소리예요."

"난 원한다면 가질 수 있어. 하지만 당신은 왜 못한다는 거지?"

순정은 거기서 입을 다물어 버렸다. 그건 마지막 남은 순정의 자존심이었다. 가질 수 없기 때문에 꿈조차도 꾸지 않겠다는 말 같은 것은 하고 싶지 않았다.

"당신이 고아 출신이라서?"

고아 출신. 너무도 오랫동안 듣지 못했던 말이었다. 고아원에서 학교에 다닐 때, 그때 동급생들이 그런 말들로 그녀의 가슴을 후 볐었다. 나중에는 그런 말들로도 상처를 받지 않게 순정은 가슴속 에 벽을 쌓았었다.

가영과 살게 되면서 학교를 그만두고 함께 가정교사에게 배우 며 더 이상 그 말을 듣지 않는 것만으로도 행복했었는데. 그동안 그 벽이 허물어졌었나 보다. 그의 말이 비수처럼 가슴에 꽂히는 것을 보면.

"……그래요. 고아 출신. 그게 나예요. 세상이 뒤집어진다 해도 돌아가신 부모를 돌아오게 못하니 바뀔 수 없는 사실이죠. 그래서 안 되는 거예요."

자조적인 순정의 말에 지석은 길게 한숨을 내쉬었다.

그녀가 그 콤플렉스를 가지고 있다는 것은 그녀의 입을 통해 들

지 않아도 알 수 있었다. 아무리 철벽을 쌓고 사는 사람이라도 그
것에 상처를 받지 않을 사람은 없을 테니까.

하지만 순정의 상처는 생각보다 깊은 것 같다.

"처음 내가 가영 씨를 만나러 갔을 때, 크게 기대하지 않고 나갔
었어. 왜 그런지 알아? 관심이 없었거든. 결혼에 관심은 그다지 없
었고, 앞으로도 그 생각은 변하지 않을 것 같고. 그래서 어머니가
하자는 대로 그냥 나갔던 거야. 어차피 관심도 없지만 해야 할 바
엔 그냥 어머니가 골라주시는 여자와, 딱히 틀어지지 않는다면 하
면 되는 거지, 하고 생각했거든."

순정은 그가 무슨 말을 하려는지 알 수가 없어 가만히 듣고만
있었다.

"그러다 가영 씨의 상태가 예상했던 것보다 더 아니란 것을 알
았지. 사진으로 봤을 때 머리가 썩 좋아 보이지는 않았는데 그보
다 더 심하더군. 그러다 당신으로 바뀐 그 순간 난 그때부터 당신
에게 관심이 쏠리는 것을 어찌하지 못했어. 호기심이라 생각해도
좋고, 관심이라 해도 좋아. 어쨌거나, 당신은 계속 내 관심을 끌었
고, 당신이 민가영이 아닌 여순정이란 사실을 알았을 때도 화가
나긴 했지만 당신에 대해 더 많이 알고 싶었어."

"……."

"내가 하고픈 말은…… 당신의 기준은 배경일지 모르지만 내
기준은 배경이 아닌 사람 그 자체란 말이야. 난 민가영이 아닌 당
신이 마음에 든다는 말이야. 한 번도 내 관심 밖으로 밀려나 본 적
이 없는 여자, 당신이 좋아. 그래서 난 당신을 이대로 보내 버리고

싶지 않아.”

아직도 불신으로 가득 찬 순정의 눈을 바라보며 그는 마지막 말을 더했다.

“당신이 날 밀어내 버리게 두진 않겠어.”

“대체 나의 어떤 점이 좋단 말인가요?”

그저 가영의 흉내를 냈을 뿐이다. 자신의 인생이 아닌 가영의 인생을 살았을 뿐이다. 거기에 남의 관심을 끌 만한 것은 없다 생각했다.

“가끔가다 한 번씩 반짝이는 그 눈, 무언가 흥분할 만한 것이 있다는 듯 유쾌하게 빛나는 그 눈이 내 관심을 끌어. 또 가끔 말도 안 통하는 고집불통인 것도 마음에 들고, 얌전한 성격임에도 당신이 무언가 좋아하는 것을 발견했을 때마다 흥분하는 그 얼굴도 좋아. 그건 민가영의 것이 아니야. 바로 당신의 것이지.”

그가 손을 들어 아직도 불신이 가득한 눈을 하고 있는 순정의 머리카락을 살짝 쓰다듬기 시작했다.

믿을 수가 없다. 아직도 순정은 지석의 말을 완전히 믿을 수가 없었다. 어쩌면 이 남자는 호기심에 자신을 가지고 싶어서 그럴지도 모른다. 잠시 가지고 놀다가 조건이 좋은 여자를 만나면 미련 없이 떠나 버릴지도 모른다. 세상에 누가, 가진 것 없고 이룬 것 없이 남의 집에 얹혀살며 남의 그림자 노릇이나 해주고 있는 여자와 결혼하려 하겠는가.

그래, 관심을 가지는 것까지는 눈으로 봐도 알 수가 있었다. 그가 자신을 바라보는 그 따스한 눈길을 볼 때마다 혹시나, 하는 마음이 들었으니까. 하지만 그 관계가 어떤 식으로 끝날지 순정은 어린 시절에 겪었던 냉대와 차별만으로도 이미 예상할 수 있었다.

세상은 고아에게는 언제나 냉정한 법이다.

그녀는 자신의 머리를 쓰다듬는 그의 손을 잡아 내렸다.

"편견 같은 건 버리고 날 믿어줄 순 없는 거야?"

"마음이 가는 대로 뒀다가 당신을 사랑하게 되면요? 당신의 마음은 끝났는데 난 끝낼 수 없다고 한다면 어떡하려고요? 당신이 날 버리는 것은 쉽겠지만 그렇게 부서진 내 마음은 어떻게 추슬러요?"

"당신은 바보 같군."

그의 손이 다시 그녀의 뺨 위에 닿았다.

"정말로 바보 같아. 아직 그런 일은 일어나지 않았잖아."

"일어난다면요?"

그가 가만히 순정의 눈을 바라보았다.

"사람들의 감정에 일어나는 일은 나도 뭐라고 말할 수가 없어. 하지만 이건 약속할 수 있어. 내가 만일 당신을 떠난다면, 그건 절대로 당신의 출신 때문은 아닐 거야. 그건 나한테는 아무 문제도 되지 않는 거니까……. 그것으로는 부족한가?"

아니다. 부족하지 않다. 충분했다. 그게 그녀가 바라는 답이었으니까. 그는 그녀의 마음을 너무도 잘 알고 있었다.

이유없이 목이 메기 시작했다. 울지 않으려 굳게 마음먹었지만 목이 메는 것까지는 노력으로도 되지 않았다.

"난……."

말을 잇지 못하자 그는 가만히 그녀를 끌어안았다. 그러나 그의 따스한 품은 오히려 기어이 그녀의 눈물을 흐르게 만들고 말았다.

"……난 고아 출신에 좋아하는 게 뭔지도 모르고, 남들에게 버림받을 것만 걱정하는 바보예요. 그래도 나랑 계속 만나고 싶어요?"

"그건 이미 알고 있었어. 그리고 당신은 생각보다 고집도 세고, 머리가 비상하게 돌아갈 땐 예의 장난기 가득한 눈빛이 되기도 하지. 자신이 좋아하는 것을 발견했을 땐 그 누구보다 행복한 얼굴이 되고. 또 가끔은 날 바라보는 눈빛이 한없이 슬프기도 해."

눈물이 흐르고 있었지만 그것은 더 이상 슬픔의 눈물은 아니었다. 그러니까 스스로의 다짐을 깬 것은 아니다.

다정한 그의 입술이 그녀의 눈물을 닦아주기 시작했다. 그 입술은 그녀의 동그란 이마로 옮겨졌다 다시 사랑스러워 죽겠다는 듯 그녀의 입술로 다시 향했다.

그리고 오랫동안 그렇게도 차지하고 싶었던 그 입술을, 맛보면 맛볼수록 중독이 되어버린 것 같은 그녀의 입술을, 순정의 어떠한 거부의 몸짓도 없이 탐닉하기 시작했다.

그녀는 지금 현실이 믿을 수가 없었다. 그동안 그것 때문에 얼마나 힘들었던가. 그를 포기하려고, 그를 밀어내려고, 자신의 가슴을 다 차지하고 있는 그를 지워 버리려고 그간 얼마나 힘들었던가. 그런데 그는 상관없단다. 자신이 오갈 데 없는 고아라는 것이, 아무것도 이룬 것이 없는 그저 그림자 인생이었던 것이 아무 상관없단다. 진실한 눈으로 검사님이 그렇게 얘기해 줬다. 원한다면 그의 키스를 그녀도 마음껏 탐닉할 수 있다는 것이다. 원한다면 자신이 그에게 입 맞춰도 된다는 것이다. 그가 그럴 자격을 준 것이다.

"내가 어떤 여자인지 상관없다는 건가요?"

그녀가 확인하듯 그를 살짝 밀어내며 다시 물었다.

그는 애가 타는지 다시 그녀의 입술에 자신의 입술을 밀어붙이며 중얼거렸다.

"범죄자만 아니면 되는 거야."

몽롱했던 순정의 머릿속이 갑자기 차가운 시베리아처럼 변해버렸다.

범죄자만 아니라면?

그렇다면 가영을 대신해서 대리시험 본 것은? 그것도 두 번씩이나. 가영을 대신해 민 회장과 함께 공식적인 자리에 나간 일들은 불법은 아니라 해도 그것만큼은 불법이었다.

지석이 의아한 눈으로 고개를 들고 순정을 내려다보았다.

"무슨 생각을 하고 있는 거야? 설마……."

아, 절대 말할 수 없다. 그건 무덤까지 가지고 갈 얘기다. 자신만 입 다물고 있다면 아무도 모를 얘기다. 가영이조차도 자신에게 왜 디지털대학 졸업장이 있는지 모르고 있는 판국이었다.

그녀는 얼른 고개를 내저었다.

그가 어이없다는 눈으로 동그란 그녀의 눈을 내려다보다 피식 웃고 말았다.

"상관없어. 말하지만 마."

당황한 듯 흔들리는 눈빛이 오히려 귀엽다. 고집불통 여순정이 약한 부분도 있는 모양이다.

"이미 무슨 일인지 짐작하고 있었어. 당신이 가영 씨와 얼굴이 똑같다는 것을 안 순간부터. 가영 씨가 대학 졸업장을 가지고 있단 것을 안 순간부터 눈치챘거든. 그러니까 그거 가지고 고민하지 마. 당신이 누구에게 말하고 다니지 않는 한 더 이상 문제가 되지 않을 거야."

그가 가영의 이름을 입 밖으로 내뱉는 순간 순정은 그가 정확하게 자신이 마음에 걸려하는 문제를 알고 있음을 깨달았다.

"내가 아무리 냉정한 검사라 해도 당신을 감옥에 보내는 일은 절대로 없을 거야."

천천히 고개를 끄덕이자 그가 확인하듯 다시 물었다.

"앞으로는 그럴 일이 없겠지? 내가 알고 있는 상태에서 그러면 곤란해."

"없어요, 이젠 그럴 일이."

어쩌면 가영에게 필요한 자신의 역할은 끝났을지도 모르겠다.

"그럼 됐어."

그가 필요한 얘기는 다 끝났다는 듯 그녀를 끌어당겨 또다시 순정의 입술에 입을 맞추기 시작했다. 시간은 아직도 넉넉하니 그 어떤 제약이나 거리낌도 없이 순정은 그를 받아들이고 있었다.

"저기요……."

그 순간 누가 작은 목소리로 두 사람을 불렀다. 화들짝 놀란 순정은 얼른 정신없이 자신의 입술을 탐닉하고 있는 지석을 밀어냈다.

돌아보니 성진이 짓궂은 표정으로 서 있다.

"조금만 더 있다가 올까요? 내가 너무 장난이 심했나 싶어서 와봤더니 공연히 방해만 한 것 같네."

"아니에요!"

아, 민망도 하여라!

순정은 얼른 자리에서 일어섰다.

"가두질 말던가, 가두었으면 좀 늦게 오던가……."

투덜거리며 지석도 일어섰다.

"미안하지만 벌써 두 게임이 끝났거든. 계속 있고 싶으면 있어. 다시 가둬줄까?"

성진의 놀림에 순정은 그만 더 있기가 민망해 얼른 도망치듯 창고를 나오고 말았다.

그날 나머지 두 게임 모두 혼이 빠진 순정은 초장부터 총 맞고 밖에서 게임이 끝나기만을 기다려야만 했다.

저녁식사가 끝나자 술 파티가 있다고 붙잡는 것을 순정은 극구 사양해야 했다.

"정말 죄송해요. 집에 일이 있어서……."

집에 일이라고는 자신을 걱정하며 기다리는 가영과 자신에게는 해당사항이 없긴 하지만 늦은 이유에 대해 궁금해할 민 회장밖에 없지만 그래도 일은 일이다. 더군다나 늦으면 민 회장에게 곧이곧대로 누굴 만나고 들어왔다고 말할 수도 없고, 그렇다고 거짓말하고 싶지는 않았기에 그녀는 기어이 뿌리치고 나섰다.

“같이 가야지. 내가 태워다 준다고 약속했잖아.”

그녀가 나오자 지석도 따라 나왔다.

“그럴 필요는 없어요. 모처럼 만의 모임 같은데 나 때문에 빠지진 마세요.”

그를 말려보지만 지석은 못 들은 척, 기어이 그녀를 자신의 차에 태웠다.

“정말, 지금 꼭 들어가야 했던 거야?”

차가 도로로 나와 한참을 달리던 중 그가 지나가는 말처럼 물었다.

“……..”

무슨 말을 하랴. 거짓말하기 싫어서라고 굳이 대답하고 싶지는 않다.

“……민 회장님은 아버지 같은 분인가?”

그가 저런 질문은 하는 이유는 왜 진짜 가족도 아니면서 그렇게 목을 매냐는 뜻일 것이다.

순정은 그의 말에 잠시 생각을 하다 대답했다.

“……제겐 좋은 회장님이에요. 절 거둬주시고 배울 기회를 주신 회장님.”

아버지라는 생각, 오래전에 처음 자신을 데리러 고아원으로 왔을 때 그런 생각은 했었다. 이제 새아버지가 생기는구나 하고. 그러나 집으로 들어가면서 그게 아니란 사실을 안 이후로 한 번도 그를 아버지라고 생각한 적은 없었다.

“이런 말을 묻는 것을 오해하지 말았으면 해. 아버지 같은 분이 아니라면 왜 그렇게 그 집에 목매고 있는 것인지. 일류대학 경영학과를 나왔으면 충분히 독립을 할 수 있었을 텐데, 왜……."

가영의 대역으로 살아왔냐고?

말로는 이해하지 못할 것이다. 그는 한 번도 고아였던 적이 없으니까. 한 번도 고아여서 차별과 천대를 받아본 적이 없으니 용기있게 사회에 걸음을 내딛는 것이 얼마나 두려운 것인지 모를 것이다.

그만두고 나오고 싶은 생각이 없던 것도 아니었다. 그럴 생각에 언제나 자신이 스스로 운영하는 가게를 꿈꾸며 이리저리 알아보고 다니는 것이니까. 머리로는 독립을 해야 한다, 스스로 살아야 한다 생각을 하면서도 마음은 그러지를 못하고 있는 것이다. 세상이 두려운 것이다.

가정이라는 울타리는 아니어도 자신의 울타리가 되어준 민 회장의 집에서 스스로 나온다는 것이 얼마나 큰 용기를 필요로 하는 것인지 그는 아무리 얘기해도 모를 것이다.

"그래도 의지가 돼요."

그렇게 말을 고르고 골라 그녀는 가장 진실에 가까운 대답을 했다.

"내겐 그래도 힘든 세상을 이겨 나갈 수 있게 해준 하나의 울타리예요."

"당신은…… 뭐랄까, 딱 새장 속의 새 같군. 새끼 때부터 새장 안에서 자란 새들은 문을 열어놓아도 새장 밖으로 나올 생각을 않거든. 새장 안이 가장 안전하다고 믿고 있기 때문에 스스로를 가뒤놓은 줄도 모르지.”

뜻밖의 그의 말에 순정의 머릿속이 순간 멍해졌다.

그런 말을 듣게 될 줄은 몰랐다. 새장이라……. 한 번도 자신을 그렇게 생각해 본 적이 없었다.

“그렇지 않아요. 가두지 않았어요. 그건…… 안전한 곳으로 피해 들어간 거예요. 생존본능이라고요. 당신이…… 당신이 날 얼마나 안다고 그런 말을 해요? 당신이 뭘 안다고!”

화가 났다. 자신을 모욕하려 한 말이 아닌 것을 알면서도 화가 치밀었다. 자신이 화를 내는 이유를 알고 있음에도 순정은 순간적인 분노를 삭이지 못했다. 그가 자신과의 짧은 만남으로 그런 것을 판단했다는 것이, 너무도 정확히 자신의 약점을 지적한 것이 화가 났다.

그녀가 화를 내자 지석은 잠시 말이 없었다.

“화가 났다면 미안해. 당신을 화나게 만들려는 의도는 아니었어.”

차분한 그의 음성에도 순정은 화가 가라앉지 않아 잠시 말없이 앉아 있었다.

“그냥…… 당신이 안전하다 믿고 그 안으로 들어갈 때와는 달리 강해졌다는 것을 아직 모르고 있는 것 같아서 한 말이야. 그땐 당신이 어렸고 지금은 충분히 감당할 만큼 자랐는데도 당신은 아직도 스스로를 어렸을 때의 그 나약한 존재라 생각하고 있으니까.”

“대체…… 당신이 뭐라고 생각하고 그런 말을 해요? 나한테 무슨 존재라고 함부로 그런 말을 하냐고요. 입 한 번 맞췄더니 나에 대해 모든 걸 다 알고, 생각나는 대로 말해도 되는 존재라고 생각하는 거예요? 그렇게 스스로가 잘났다고 생각해요? 차 세워요! 세우라고요!"

세상을 겁내고 있다는 사실을 알아버린 그가 미웠다. 세상이 두려운 것이 아니라 가영이 걱정돼서 이대로는 못 떠난다, 민 회장님이 퇴직금을 마련해 줄 때까지만 하려는 것이다, 그렇게 스스로에 대해 속여왔던 것을 그가 그 짧은 시간 안에 정확히 짚어낸 것에 화가 났다. 그간 스스로를 속이고 있단 사실까지도 애써 상기하지 않으려 얼마나 노력했는데.

그녀의 말에 그가 차를 길가 쪽으로 세웠다. 차가 멈춰 서자 순정은 무작정 차에서 내려 버렸다. 지금은 그와 잠시도 함께 있고 싶지 않았다.

그러나 이내 몇 걸음 못 가고 그녀는 이내 그에게 손을 잡혀 돌려세워졌다.

"미안해. 내가 공연한 말을 한 것 같아. 잘난 척하려고 그런 건 아니야. 그냥, 안타까워서 그랬어. 아버지 같은 존재라 했으면 아무 말도 안 했을 거야. 그런데 굳이 회장님이라 부르면서도 그렇게 초조하게 굴면서 집으로 들어가려고 기를 쓰니까, 안타깝고 서운해서 그랬어. 당신과 더 같이 있고 싶은데 당신이 들어가야 하니까."

"……난 지금 당신에 대해 회장님께 떳떳하지 못해요. 그래서 웬만하면 거짓말을 하고 싶지 않아서 그런 거예요. 회장님이 무서워서 그러는 것이 아니라.”

“그런 줄 몰랐어.”

그는 가만히 순정을 품에 끌어안았다.

“미안해. 내 욕심 때문에 당신에게 본의 아니게 상처를 준 것 같아.”

“모든 게 너무 갑작스러워요.”

그를 품에서 밀어내며 그녀가 중얼거렸다.

아침에 나올 때까지만 해도 어서 그가 만족, 혹은 분을 풀고 자신을 보내줬으면 하는 생각뿐이었다. 그러던 것이 어느 순간 그의 애인 사이인 것처럼 친구들에게 대우받았고 또 얼마 지나지 않아 그에게 고백을 들었고 자신의 마음까지 내보이고 말았다.

그리고 이젠 언성을 높이고 화까지 냈다.

오랜 시간이 들어 하나씩 일어나야 하는 일들이 하루 만에 벌어진 것이다. 정신적으로 지치고 힘이 드는 것은 어쩌면 당연한 것인지도 모르겠다.

“나, 데려다 줄래요? 너무 힘드네요.”

“⋯⋯그러지.”

지석은 더 이상 그녀를 달랠 수가 없었다. 그대로 그녀의 손을 놓을 수밖에.

잠시 후, 두 사람의 마음만큼이나 무거운 소리를 내며 차는 출발을 했다.

9. 폭풍

이른 아침부터 또 눈이 펑펑 쏟아지듯 내리고 있다.

순정은 창밖을 내다보며 길게 한숨을 내쉬었다.

그 일이 일어난 후 며칠이나 지났건만 지석에게서는 연락이 없었다. 그의 연락이 없다는 것은 아마도 그가 그날 자신에게 정이 다 떨어졌기 때문일 것이다. 그녀는 스스로 수긍을 하고 있었다. 그가 자신이라 해도 그랬을 테니까. 그간 어느 누구에게도 보인 적도 없고 보일 일도 없었던 자신의 치부를 드러낸 것처럼 창피하고 부끄러웠고 또한 그것을 드러나게 만든 그가 미웠다.

잘된 것인지도 몰라.

어차피 그와는 잘될 수 없는 관계였으니까. 어쩌면 그는, 관심이 있다, 잘 알고 싶다, 좋아한다 말을 했어도 마음 깊은 곳에서는 그녀와의 관계를 그만큼으로 정해놓았을지도 모른다. 그냥 잠깐 만나고 마는 관계. 오래가지는 못할 관계.

그러니까 잘된 것일지도 모른다. 더 만났다가는 마음이 더욱 깊어질 테고, 또다시 큰 상처를 받을 테니까. 아직은 받아들일 수 있을 때 이렇게 끝나 버린 것이 다행인지도 모르겠다.

오늘따라 맛있는 냄새가 1층에서 올라오고 있었다. 며칠 순정이 입맛이 없어하니까 사모님이 박 씨 아주머니에게 누룽지탕을 만들라고 지시했던 것이다. 그래도 가끔은 그런 배려를 해주는 회장님 내외가 참 고맙고 미안하다.

그 냄새에 가영도 식욕이 당겼는지 순정의 방문을 살그머니 열고 물어온다.

"순정아, 배 안 고파?"

벌써 식사 시간이 다 된 모양이었다.

"배고프지. 밥 먹으러 가자."

주방에 내려가 보니 식탁 위에 놓인 뚝배기 속에서 해물누룽지탕이 아직도 보글보글 끓고 있다. 그것을 보니 없던 식욕이 왕성하게 생겨나는 것 같다.

"오늘 아침 메뉴는 마음에 드네. 아줌마, 수고혔어."

민 회장도 마음에 드는지 인색했던 칭찬까지 해댄다.

"감사히 먹겠습니다, 사모님. 그리고 아주머니."

순정도 자신을 위해 그렇게까지 신경을 써준 사람들에게 감사의 인사를 하고 식탁에 앉았다.

누룽지탕.

순정은 그제야 자신이 누룽지탕을 좋아한다는 사실을 기억했다. 한 번도 좋아한다고 말을 한 적은 없지만 누룽지탕이 나오면 참 맛있게 먹었었다.

그걸 의식한 적은 없지만 아마도 그걸 사모님이 보고 기억해 준 것이다.

그래, 바보같이 뭘 좋아하냐 물었을 때 이것이라고 대답할 것을, 관심을 가지지 않았으니 뭘 좋아하는지 굳이 생각해 본 적이 없어서 어물거리고 말았었다.

이제 다 끝난 것을 지금 와서 생각하면 무엇하랴.

쓴웃음을 지으며 그녀는 숟가락으로 뜨거운 국물을 한술 떠서 입에 넣을 엄두도 못하고 먼저 훌훌 불었다.

"우, 우우우엑! 우욱!"

바로 그 순간이었다.

가영이 대책없이 큰 소리로 구역질을 한 것은.

가족들의 식사 시중을 들기 위해 서 있던 박 씨까지 식탁에 있던 네 사람의 눈이 커질 대로 커졌다.

"아우, 메스꺼워. 아줌마, 대체 이 안에 뭘 넣은 거야?"

조금은 날카로운 기영의 말에 순정은 자신이 식혔넌 것을 입에 넣어보았다.

그녀의 눈이 가영을 향했다. 맛있기만 한데.

회장님 내외의 표정도 마찬가지였다. 맛만 좋은데, 왜 소란을 벌이냔 표정이다. 바로 그 순간 사모님의 표정이 이상하게 변하다 순정과 마주쳤다.

순정은 그녀의 표정을 보며 무엇을 생각하는지 알 수 있었다. 자신과 같은 생각인 것이다.

설마, 그건 아니겠지. 설마, 그럴 리가 없다. 아직 아무것도 모르는 가영이 임신을 했을 리가 없다.

"가영아, 속이 안 좋으면 화장실에 가자."

일이 더 커지기 전에 순정은 얼른 가영을 일으켜 세웠다.

"조금 메슥거리는 거 빼고는 괜찮아. 배고프니까 난 밥 먹을래."

그런 눈치는 없는 가영은 계속 고집스럽게 자리에서 일어날 생각을 하지 않고 또다시 한술 떴다. 그리고 영락없이 또 헛구역질을 하고 말았다.

이번엔 회장님의 눈치도 이상해졌다. 의아한 시선으로 가영을 쳐다본다.

더 이상 말할 것도 없다는 듯 순정은 강제로 가영을 일으켜 세웠다.

"어제 저녁을 많이 먹더라니, 아직 다 소화가 안 된 모양이다. 소화제부터 먹어야지."

"하지만……."

"어서!"

순정의 목소리에 힘이 들어가자 그제야 가영이 뭔가를 느낀 듯 순정을 따라 주춤 식탁에서 일어섰다. 순정은 최대한 빨리 그녀를 데리고 2층, 가영의 방에 붙어 있는 화장실로 데리고 들어갔다.

"가영아, 너, 생리 언제 했어?"

화장실 문을 닫자마자 순정이 다급한 목소리로 물었다. 회장님 내외가 따라 올라와서 진상을 파악하기 전까지, 자신이 뭔가 수습할거리가 있을지도 모른다는 생각에서다.

"생리?"

그제야 가영은 곰곰이 생각해 보더니 간단하게 대답했다.

"몰라, 기억 안 나."

"날짜 표시 안 해놔?"

"아니, 한 적 없어. 왜 하는데?"

"그래야 미리 준비를…… 아, 어쨌건, 그럼 언제 마지막으로 했는데?"

"기억 안 난다니까."

"요 전달에 했어?"

그 말에 또 곰곰이 기억을 더듬던 가영은 또 간단히 대답했다.

"아니, 안 했다. 그거 하면 한동안 집 밖으로 안 나가는데 저번 달에는 아빠가 가둬놓았을 때 빼고는 매일 나갔잖아."

"그럼, 그 전달은?"

또 곰곰이 생각해 보고 가영은 고개를 갸우뚱거렸다.

"안 한 거 같아. 그때도 매번 나가서 택규 오빠를 만났었잖아. 너, 나 대신 맞선보러 계속 나갔었잖아."

맙소사…….

순정은 정신을 가다듬고 다시 한 번 물었다.

"가영아, 너 혹시…… 택규 씨하고 같이 그러니까 같이…… 남녀가 하는 그런 거 했어? 키스도 하고 하면서 그…….”

“섹스?”

가영이 너무 노골적으로 말하는 바람에 오히려 순정이 몸을 움찔거렸다. 역시, 이래서 영화는 잘 골라 보게 만들었어야 했는데.

“으, 으응, 그거.”

“그래서 내가 택규 오빠한테 처음에 그랬거든? 너한테 물어봐야 한다고. 그랬더니 오빠가 어른들은 그런 거 안 물어보고 하는 거라고 했어.”

이…… 나쁜 인간이, 그렇게 안 봤는데, 정말 나쁜 인간이다. 보호해 주고 아껴야 할 순진한 가영을 아끼기는커녕 그런 식으로 꼬드기다니, 이건 정말 믿는 도끼에 발등 찍힌 기분이다.

“그래서 했어? 몇 번이나?”

“둘이 만나면 거의 매번…….”

맙소사, 맙소사, 맙소사!

“왜 그러는 거야?”

그러고도 왜 식구들의 표정이 사색이 되어 있는지 당사자는 모르고 있는 것이다.

“……임신한 거 아냐?”

순정의 질문에 가영은 어리둥절한 표정을 지었다.

“택규 오빠가 임신 안 될 거라고 했어. 그거 끼우면…… 그게 이름이 뭐더라…….”

“콘돔.”

“맞아, 그거 끼우고 하면…… 그러니까 좀 아프긴 했지만…….”

“그만, 거기까지 해도 무슨 말인지 충분히 알아.”

굳이 알고 싶지 않은 것까지 말하려는 가영의 말을 자르며 순정이 말을 이었다.

"너, 화장실에 들어가서 꼼짝 말고 있어. 회장님이나 사모님이 불러도 볼일 본다고 말하고 나 돌아올 때까지 절대 밖으로 나가지 마."

순정은 가영의 방을 나와 외투를 챙겨 입었다.

그래도 혹시, 아닐지도 모른다. 콘돔을 사용했다니까 아닐지도 모른다. 너무 걱정해서 사실 그냥 말 그대로 생리불순일지도 모르는데 설레발치는 것일지도 모른다.

어디 가냐는 회장님 내외의 말을 못 들은 척하고 순정은 얼른 집을 나와 약국으로 달려갔다.

"임신 테스트 키트 주세요⋯⋯. 아, 두 개 주세요."

혹시 잘못 나올지도 몰라 두 개를 사서는 다시 집으로 내달렸다.

다행히 가영은 순정이 시킨 대로 아직 화장실 안에서 기다리고 있었다. 그녀에게 약을 꺼내 내밀고 사용 방법을 아주 자세히 가르쳐 준 후 화장실에서 나와 가영을 기다렸다.

가영이 화장실 밖으로 나오기까지 참 오래 걸린 것 같았다.

"여기."

두 개의 임신 테스트 키트.

순정은 그것을 앞에 놓고 기도하는 마음으로 가만히 들여다보았다. 한 줄이면 생리불순, 두 줄이면 임신인 것이다. 부디 임신이 아니길.

이대로 임신이라면, 정말 최악의 시나리오가 된다.

가영에게 택규란 남자가 생기면서 그녀를 좋은 집안으로 시집보내려는 민 회장의 노력은 사실상 물거품이 되었다. 남은 것은 민 회장에게 그 꿈이 깨졌다는 사실을 밝히는 것뿐.

그나마 최선은 가영이 솔직히 사랑하는 남자가 생겼다고 말하는 것이었다.

그리고 가영이 그리 못한다면 순정이 고자질하듯 말하는 것이 상황을 악화시키는 것보다는 그나마 나았을 것이다. 한동안 가영에게 미움을 사긴 했겠지만.

최악의 상황이 바로 아무것도 모르는 민 회장에게 택규가 찾아와 '따님을 사랑합니다, 제게 주십시오' 하고 폭탄선언을 하는 것이었다. 그게 가장 나쁜 방법이라 여겨져 순정은 그러지 못하게 몇 번이나 택규를 잘 달랬다. 기다리자고, 가영에게 용기가 생길 때까지만 기다리자고.

그보다 더 최악의 상황을 만드는 것은 없다 생각했는데, 있었던 것이다. 임신부터 하고 밝혀진다면 그 후폭풍은 정말 감당하기 힘들 것이다.

초조한 마음으로, 기도하는 마음으로 키트를 들여다보던 순정은 마침내 키트에 선명한 줄이 생기는 것을 확인했다.

잠시, 순정은 아무 생각도 하지 못하고 그것을 망연자실하게 바라볼 수밖에 없었다.

이제, 어떡하나. 가영은 임신이었다.

"큰일 났네."

한숨처럼 흘리는 순정의 말에 가영은 믿어지지 않는다는 표정이었다.

"임신…… 이야?"

순정은 고개를 끄덕였다. 어쩐지, 지난날을 돌이켜 보면 이상한 점이 많았다. 최근 들어 자꾸 마셔대는 오렌지주스나 평소 과식을 안 하던 가영이 고기를 마구 먹어대는 거나, 평소 안 먹던 샐러드를 찾아대거나, 아줌마에게 떡볶이를 해달라고 졸라대는 등, 이상한 점이 그리 많았는데 의심을 하지 못했다.

그냥 단지 택규를 만나서 이것저것 싼 음식들을 사먹고 다니면서 입맛이 변한 거로만 생각했었다.

망연한 마음으로 문밖으로 나가자 순정이 약국에 다녀오는 순간부터 낌새를 눈치챈 회장님 내외가 앞에 서 있었다.

"뭐 땜시 그러는 거여? 설마, 정말로 그거인 겨?"

"……."

어쩔 줄 모르고 서 있는 순정을 보던 민 회장은 그대로 돌아서서 1층으로 내려가 버렸다. 속이 많이 상하신 모양이다 생각하던 순정은 불현듯 어떤 예감이 들어 얼른 회장을 뒤따라 내려갔다.

민 회장은 그 순간 누군가에게 전화를 하고 있었다.

"……아, 그러니께, 전화로 할 얘기가 못 되니께 싸게 집으로 오는 것이 좋을 것이여. 어딘지 모르면 와서 전화혀. 어딘지 가르쳐 줄 테니께. 아마 알고 있으리라 짐작은 혀."

설마 지금…….

그녀의 시선이 민 회장의 손에 들려 있는 명함으로 향했다. 맙소사, 정말로 예감이 맞았다. 그는 지금 지석에게 당장 오라고 전화를 한 것이다.

머릿속이 멍해졌다.

그것도 잠시, 그녀는 얼른 다시 2층으로 달려올라 갔다.

순정이 지금 당장 할 수 있는 일은 그나마 커질 후폭풍의 피해를 최소한으로 줄이는 일이었다.

얼른 제 방으로 들어가 휴대폰을 집어든 순정은 그를 만났던 순간부터 저장했던 번호의 단축키를 눌렀다. 몇 번 신호음이 울리기도 전에 택규의 음성이 들렸다.

[네, 순정 씨. 어쩐 일로 저한테 전화를 다…….]

"당장 집으로 찾아오세요. 큰일이 났어요."

[네? 무슨 큰일이…….]

그의 목소리가 들리는 그 순간부터 순정이 하고팠던 말은 자신이 아는 모든 욕이었다. 그러나 지금은 그럴 상황도 아니고 시간도 없다. 그래서 용건만 간단히 말했다.

"가영이 임신을 했어요."

마치 쇠몽둥이로 맞은 사람처럼 그는 잠시 말을 하지 못했다.

"그걸 회장님이 아셨고요. 당장 오지 않으면 정말 가영이 큰일 나요."

[당장 가겠습니다.]

두말할 것도 없는지 그가 전화를 끊었다.

이젠 무엇을 해야 하나, 왔다 갔다 제 방을 돌아다니던 순정은 다시 휴대폰을 들고 이번에는 유 검사의 전화번호를 찾았다.

"검사님, 지금 어디예요?"

[지금 차에 타고 있어.]

"여기 오려고요?"

[그래.]

"오지 않아도 돼요. 민 회장님이 오해하신 거예요."

[무슨 오해? 그래, 대체 무슨 일인 거야?]

민 회장이 뜬금없이 전화를 걸어서는 나, 가영이 애빈데, 당장 와라, 오는 것이 좋을 것이다, 따지듯 말하고 끊어버렸기에 그도 영문을 모르고 있던 중이었다.

"가영이가 임신을 했어요. 그래서 지금 민 회장님이 그 범인이 유 검사님밖에 없다고 생각한 거예요. 그때 계속 가영이가 검사님을 만났다 생각하고 계시니까. 어쨌건 긴말할 시간은 없고요, 오지 마세요."

[당신은 괜찮아?]

느닷없이 자신의 안부를 물어오는 지석의 말에 순정은 순간적으로 의아하게 생각했다. 하지만 지금 긴 생각을 할 여유도 없었다.

"괜찮아요. 미안해요, 이런 일에 신경 쓰이게 해서. 어쨌건 오지 마세요."

더 시간을 끌 여유가 없어 순정은 전화를 끊었다.

다시 밖으로 나가 1층에 가보니 민 회장은 어느새 방으로 들어 갔는지 잠잠하다. 순정은 가영의 방으로 들어갔다.

혜주가 어느새 온 얼굴이 다 눈물로 얼룩진 가영이와 함께 있다.

"순정아, 대체……."

벌써 가영이 다 얘기한 모양인지 혜주는 혼이 빠져나간 얼굴로 서서 순정을 쳐다보고 있었다.

"대체 얘가 무슨 말을 하고 있는 거라니? 택규…… 가 누구야? 왜 뱃속의 아이가 택규의 아기라고 하는 거야?"

무슨 말부터 꺼내야 할지 몰라 순정은 입을 열지 못했다.

"가영이…… 사랑하는 남자예요."

마침내 그녀는 자신이 해야 할 말을 찾아냈다. 이미 일은 벌어졌으니 최대한 가영의 편에 서서 얘기를 해야지만 수습이 될 것이다.

"가영이…… 남자가 있다고?"

"……네. 가영이에게 사랑하는 남자가 있어요."

혜주가 다리가 풀렸는지 가영의 침대에 풀썩 주저앉았다.

"어떤…… 그 남자, 어떤 남자니?"

"아주 좋은 사람. 아주아주 좋은 사람이야."

마침내 가영이 대답을 했다.

"좋은 사람? 어떻게 좋은 사람이야? 좋은 사람이 정상도 아닌 널 임신시켰어?"

히스테릭한 혜주의 목소리에 가영은 뭐라고 더 말을 하려 입을 벌렸으나 이내 혜주에 의해 말을 잘리고 말았다.

"아니다, 가영이 넌 입을 다물고 있어. 순정아, 네가 대답해 봐. 어떤 남자야?"

"가영이도 잘 알고 있으니까 가영이에게……."

"넌 대체 무슨 애가! 너도 가영이 멀쩡하지 않은 거 잘 알면서, 남자를 만나는 거 봤으면 최소한 이런 일은 안 생기게 잘 단속을 했어야지. 애가 뭘 알아? 마냥 다 좋은 사람들만 있다고 믿는 아이야. 애가 그런 걸 볼 줄 아는 눈이나……."

"있습니다, 사모님. 가영이가 만난 남자, 제가 봐도 정말 괜찮다 싶은 좋은 남자예요. 임신시킨 것은 잘못이지만…… 가영이를 무시해서 함부로 해서 임신시킨 건 아닐 거예요."

더 이상 들을 수가 없었다. 엄마에게조차 무시를 받은 가영은 상처받은 눈으로 눈물조차도 잊은 듯 말도 없고 표정도 없었다.

"그게 말이나 된다고 생각하니? 내가 가영이 어미야. 그런 내가 모르겠어? 지금이 어떤 세상인데, 가영이, 얼굴은 반반하니까 어찌어찌 잘 꼬셔서 한번 어떻게 해보려고 그러는 거지. 아니면 집 안에 돈 좀 많아 보이니까 돈 좀 뜯어내려고 그러는 거겠지."

"아니야! 택규 오빠, 그런 나쁜 사람 아니야!"

"넌 가만히 있어! 뭘 잘했다고 큰소리야, 큰소리가! 정말 그런 놈이 있다면 내가 왜 이렇게 난리를 치겠니? 정말로 널 있는 그대로 사랑해 주는 남자가 있다면 내가 왜 그렇게 걱정을 하고 살았겠니?"

억울하다는 듯 소리를 지른 가영에게 마주 큰소리를 내는 혜주의 목소리는 떨리고 있었다.

"그런 사람이 정말 있다면…… 내가 이렇게 매일같이 너한테, 회장님한테, 죄지은 사람처럼 살았겠냐고."

"한택규 그 사람, 요 며칠, 가영이를 못 봐서 매일같이 찾아와 담 밑에서 얼굴이나 한번 보여달라고 졸랐던 사람이에요. 가영이를 보는 눈을 보면, 돈 때문이거나, 아니면 어찌해 보다 버리려는 그런 속셈이 없다는 것쯤은 알 수 있어요. 사랑한다는 말을 하는 것은 제가 직접 들은 적이 없지만…… 그래도 가영이를 보는 그 눈빛만 봐도 얼마나 행복해하는지, 얼마나 사랑하는지 충분히 알 수 있을 거예요.”

천천히 혜주가 순정을 돌아보았다. 그녀의 눈에 반쯤 서린 의혹은 이내 그 말을 진심으로 믿고 싶어하는 마음으로 가리워졌다. 그러던 그녀의 시선이 다시 가영에게로 향했다.

“그렇다면 나도…… 한 번 만나봐야겠구나.”

“지금 이곳으로 오고 있어요. 제가 연락했어요. 오고 나면…… 눈으로 직접 보세요.”

순정의 말을 들으며 혜주는 침대에서 일어섰다.

아직은 순정의 말을 온전히 다 믿을 수가 없었다. 그래, 그런 일이 일어났다면 그거야말로 정말로 기뻐할 일이었다.

가영이를 좋은 남자에게 시집보내는 것은 포기하다시피 했었다. 하지만 가영의 일이라면 한숨부터 쉬면서도 어떻게든 좋은 집안으로 결혼시키려는 민 회장의 마음도 알기에 이도저도 못하고 혼자 죄지은 마음으로만 살았다.

지금 임신까지 한 마당이니 그녀가 잡고 싶은 단 하나의 끈은 바로 순정의 말이었다. 정말 괜찮은 남자라……. 그래, 정말 괜찮은 남자였으면 원이 없겠다. 무일푼이라도 좋으니 정말 순정의 말대로 가영이를 있는 그대로 사랑해 주는 남자였으면 좋겠다.

얼마의 시간이 지나지 않아 초인종이 울렸다.

순정은 이제 목 잡고 뒤로 쓰러질 민 회장을 생각해 최대한 옆에서 어떻게든 일이 더 이상 커지지 않게 할 생각으로 1층으로 달려 내려갔다.

그러나 현관문이 열렸을 때 들어온 남자는 택규가 아니라 지석이었다.

"유 검사, 어서 이리 들어오게."

이제 빼도 박도 못하고 가영과 결혼을 하겠구나 싶었는지 그를 맞이하는 민 회장의 얼굴에는 화색마저 감돌고 있었다.

지석의 시선은 민 회장이 아니라 저 안쪽, 계단 아래 멍하니 자신을 바라보고 서 있는 순정에게 고정되어 있었다.

문을 열고 들어온 것은 지석만이 아니었다.

맙소사, 차라리 안 오는 것만 못했다. 아무리 급해도 그렇지, 데이트할 때 입는 차림이어도 가영의 부모 입장에서는 봐줄까 말까인데 지금 그가 입고 있는 옷은 가게에서 입고 있는 낡은 트레이닝복 차림이었다.

커다란 덩치에 트레이닝복 차림의 그가 말끔한 블랙슈트를 입고 우뚝 서 있는 지석과 함께 서 있으니 더욱더 대비가 되고 있는 것이다.

이젠 수습할 수도 없을 것 같다.

"자넨 누군 겨?"

"아버님, 어머님, 절 받으십시오."

대뜸 택규는 들어오자마자 문 앞에서 민 회장과 혜주를 향해 넙죽 절부터 올리고는 꿇어앉았다.

그래도 순정에게 들어서 알고 있는 혜주는 그런 표정이 아니었지만 민 회장은 그야말로 자다가 옆 사람에게 발바닥 긁힌 얼굴이다.

“뭐라고 하는 겨, 시방? 누가 누구 아버님이고 어머님이라는 겨?”

“제가 가영이…… 그러니까 가영이를 사랑하는 사람입니다. 그리고 가영이 뱃속에 있는 아이의 아빠이기도 하고요.”

일순간 실내가 암전이라도 된 것처럼 조용해졌다.

민 회장이 그런 표정을 짓는 것을 순정은 처음 보았다. 당황한 것 같기도 하고 화가 난 것 같기도 하고, 혹은 많이 놀란 것도 같은데 그 모든 것이 종합된 표정이랄까.

“뭐여? 이런 썩을 종자를 봤나, 지금 여기가 어디라고 찾아와서는 헛소리를 하는 겨? 죽으려고 환장한 겨?”

다음 순간 민 회장의 목소리가 지금까지 들었던 것보다 더 크게 울리는가 싶더니 갑자기 주위를 두리번거리다 저쪽 구석에 세워져 있던 골프가방을 보고는 기어이 거기서 3번 아이언을 골라 들고 왔다.

“당장 꺼지지 못혀? 네놈이 뭐 뜯어먹을 것이 있나 하고 찾아온 모양인디, 너 같은 종자헌티는 매가 약이여!”

“회장님! 고정하세요!”

“아빠!”

그가 골프채를 높이 치켜드는 순간 지석과 혜주가 그 팔을 잡았
고 가영은 얼른 택규에게 달려가 그를 감싸안았다.

"아빠, 이 사람, 우리 아가 아빠 맞아! 때리지 마!"

"뭐가 어쩌고 어째?"

눈을 부라리던 민 회장은 그 순간 자신의 손을 잡고 선 지석과
눈이 마주치고 말았다.

"그 말이 맞을 겁니다."

지석의 말은 자신이 그러지 않았단 뜻이라는 것이다.

민 회장의 시선이 다시 아직도 무릎을 꿇고 앉아 있는 택규에게
향했다. 혹시라도 돌아서는 척하다 때리기라도 할까, 가영은 아직
도 택규를 끌어안고 있었다.

"괜찮으니까 가영아, 저리 가 있어."

그 와중에도, 자신이 맞다가 가영이 다치기라도 할까 봐 그는
열심히 가영이를 달래고 있었다. 절레절레 고개를 내저으며 가영
은 두 손으로 잡은 택규의 어깨를 놓지 않고 있다.

마침내 올 것이 왔다. 민 회장이 뒷목을 잡은 것이다.

"회장님!"

혜주가 부축하려 하자 얼른 지석이 민 회장을 잡아 일으키며 부
축을 했다.

"잠시 앉으시는 것이 좋을 것 같습니다, 회장님."

"……."

집안 망신이다. 가영이 임신을 한 것을 알았을 때 제일 먼저 떠
오른 것이 바로 지석이었다. 가영이 그나마 오래 만났으니까, 아

니, 처음 맞선에서 계속 번번이 차이다 처음으로 몇 번이나 만났으니까 당연히 그 상대는 유 검사, 지석인 줄 알았다. 그래서 옳다구나, 그를 부른 것이었다. 아, 그러지 말았어야 했다.

아, 망신스러운 거, 이를 어쩔꼬, 이젠 이 망신스러운 일이 사방으로 퍼지겠구나, 유 검사의 집안에서 알았으니 이젠 일파만파 이 망신스러운 일이 사방으로 소문날 일만 남았구나!

민 회장은 차마 지석과 눈도 마주치지 못하겠는지 바닥만 치며 탄식을 했다.

"고이 키워놨더니만, 어디서 저런 개뼉다구 같은 놈을 끌어들였어, 끌어들이긴! 가영이, 네가 어쩜 이 아비헌티 그럴 수 있는 겨?"

택규가 그 와중에도 가영을 옆으로 살짝 밀치며 다시 방향을 틀어 민 회장 앞으로 무릎을 꿇었다.

"죄송합니다, 아버님. 하지만 저, 가영이 정말 사, 사랑합니다. 진짜로 사랑합니다."

"사랑은 개뿔이나 사랑을 혀?! 퍽이나 사랑허겄다. 애가 모자라니께, 만만하니께 그런 거겠지. 돈 많고 만만하니께 한밑천 뽑을 수 있겠다 싶어서 그런 거겠지."

"가영이, 모자라지 않아요! 절대로 모자라지 않아요. 천사같이 착하고 순수해서 그런 거지, 모자란 거 아니에요. 전 가영이를 사랑합니다. 얼마나 예쁘고 얼마나 천사 같은데……"

"닥치고 썩 꺼지지 못혀!"

"못합니다. 가영이 임신까지 했는데 어떻게 이대로 가요? 아버님, 가영이와 결혼하게 허락해 주세요!"

"이 썩을 놈이!"

또다시 분을 삭이지 못하고 일어서려는 민 회장을 이번에는 혜주가 막아섰다.

"그러지 말고 말이나 차분히 들어봅시다, 회장님."

"듣긴 뭘 들어! 뻔한 것을!"

"여보!"

"꼴 보기 싫으니까 빨리 썩 꺼져!"

"가영이, 사랑합니다. 허락해 주세요!"

할 수만 있다면 순정이 택규를 말리고 싶었다. 어차피 다 드러난 일이고 이젠 수습할 일만 남았는데 택규가 지금 하고 있는 행동은 오히려 더욱 회장님의 분만 부추기고 있었다.

"택규 씨, 오늘은 그만 집으로 돌아가시고……."

택규는 고집스럽게 말을 이었다.

"너무 늦게, 일이 커진 다음에야 찾아와서 그런 것처럼 보이겠지만 사실은 아닙니다. 원래는 진작 찾아뵙고 인사 올렸어야 했는데…… 가영이가 먼저 말을 꺼낼 때까지 기다리는 것이 순리에 맞을 거 같아서…… 순정 씨도 그게 옳다고 하니까…… 죄송합니다."

"저놈이 이젠 어디서 남의 탓을 하는 겨? 네까짓 놈이 인사하러 오면 누가 받아주기나 하겠다고 혔어?!"

"아버님, 그냥 이 자리에서 분이 풀릴 때까지 저를 때리세요. 그러고 나서……."

순식간에 민 회장이 일어나서 3번 아이언을 다시 집어 들었다. 세 사람이 또다시 달려들어 그를 막았다.

"회장님, 저, 검사입니다. 제 앞에서 그러시면 곤란해집니다."

그래도 지석의 검사라는 말은 들렸는지 민 회장은 들어 올렸던 골프채를 슬그머니 내렸다. 지석은 그래도 불안했는지 골프채를 빼앗다시피 해서 멀찌감치 치웠다.

"전 가영이를 사랑합니다. 제발, 허락해 주세요."

민 회장은 고집을 부리듯 앉아 있는 택규를 잠시 말없이 바라보았다. 그 옆에 앉은 가영은 아까부터 우느라고 정신이 없다. 그러면서도 그 가녀린 팔로 맞을 위기에 처한 택규를 구해보겠다고 아직도 그 어깨에 팔을 올린 채 파들파들 떨고 있다.

"그려, 그려. 정 그렇게 좋으면 데려가 살어라. 결혼도 너희들 마음대로 하고, 애도 낳고 그러고 살어라. 그래도 내 주머니에서는 한 푼도 안 나갈 겨. 오늘부로 가영이는 호적에서 파버릴 테니께. 그런 줄 알고나 데려가라. 가영이 너도, 쫓아가려면 쫓아가. 오늘 안 쫓아가면 평생 못 나갈 줄 알어."

민 회장은 아예 돌아서 버렸다.

"알았어, 쫓아가면 되는 거지?"

그때까지 울고만 있던 가영이 분개한 표정으로 자리에서 벌떡 일어서더니 2층으로 올라갔다. 짐을 싸려는 것이다.

"가영아!"

어쩔 수 없이 서 있던 순정은 택규와 가영, 그리고 자신을 쳐다보고 있는 지석을 번갈아 보다 이내 가영의 뒤를 따라 2층으로 따라 올라갔다.

혜주도 어쩔 줄 모르고 가영을 따라가려다 이내 민 회장에게 돌아섰다. 가영이보다는 회장님을 설득하는 편이 낫겠다 싶었던 것이다.

"회장님, 그러지 마시고 쟤네들 얘기하는 것 좀 차근차근 들어보고……."

"임자는 가만히 있어! 지금 나설 자리여?!"

"……."

혜주는 더 이상 말을 하지 못하고 조용히 방으로 향했다.

지금은 유 검사가 있어 나서서 말하지는 못했지만 어디 우리 가영이를 저대로 나가게 하기만 해봐라, 절대로 가만히 있지는 않을 테니까.

지석은 혹시라도 민 회장이 허튼 행동을 할까 계속 곁에 지키고 서 있으면서도 계속 2층 쪽을 올려다보고 있었다.

순정이 어찌 나올지 그것도 걱정이었다. 지금 자신이 무슨 걱정을 하고 있는지 그녀는 알기나 할까.

어쩌다 보니 이런 상황에 끼게 되긴 했지만 내내 아까의 그 전화가 마음에 걸렸다. 이런 상황이라면 순정이 자신을 찾는 것이 당연했다. 그렇게 오지 말라고만 말할 것이 아니라.

마치 제삼자인 양, 그녀는 그에게 오지 말라고 했다. 지금 순정을 보호해 줄 수 있는 것은 지석, 자신뿐이 없는 것 같은데.

"바쁜데, 오라고 혀서 미안허이. 내가 잠깐 오해를 혔어. 가영이 저것이 저리 딴 짓을 한 줄은 모르고 그간 만났던 남자는 유 검사뿐이 없는 줄 알고 그랬으니께 너무 맘 상하지 마시고 이만 돌아가 보시게.”

“저는…….”

“남의 집안일에 끼어들게 혀서 미안허이. 혹시 내가 저놈헌티 다시 매를 들까 겁나서 그러는가 본디, 이젠 그럴 맘도 없네.”

“그게 아니라 저는…….”

“가영이 일은 걱정 말어. 집안일이니께, 이만 신경 끄고 돌아가게나.”

“순정 씨가 걱정이 돼서 그럽니다.”

지석의 말에 민 회장은 무슨 말을 하는지 모르겠단 표정으로 그의 얼굴을 바라보았다.

“유 검사가 순정이를 어찌 알고 그러는감?”

“…….”

순정이 그 상황을 민 회장이 아는 것을 얼마나 겁내는지 알고 있는 지석은 잠시 말을 골랐다.

“……가영 씨를 만나는 자리에 가영 씨 데리러 올 때 봤습니다.”

“아, 그랬는가? 그렇지, 맞아. 내가 가영이 데리고 오라고 시켰었지. 알았네, 순정이야 말도 잘 듣는 아이니께 자네가 걱정할 일은 딱히 없을 겨.”

“그 이후로 순정 씨를 만나기 시작했습니다. 최근에.”

“……시방 자네 뭐라고 했는가?”

뒤통수 맞은 자리에 또 맞은 표정으로 민 회장이 되물었다.

"지금…… 순정이를 만난다 혔는가?"

그 말을 들은 혜주가 방에서 나왔다. 놀란 얼굴은 그녀도 마찬가지였다.

"저는 그러려고 했습니다. 순정 씨가 회장님께 죄송하다며 그 인연을 끊으려고 해서 그렇지. 사정이 이렇게 되지만 않았다면 제가 인사를 올리러 찾아왔을 겁니다. 순정 씨와 계속 만나게 해달라고."

민 회장의 입이 떡 벌어지고 말았다. 날벼락이 따로 없는 것이다. 바로 이런 것이 날벼락이라는 것이다.

뭐라 할 말을 못 찾고 입만 벙긋거리고 있을 때 2층에서 눈물로 얼룩진 가영이 굳은 결심을 한 표정으로 내려왔다. 그때까지 계속 가영을 달래고 있었던 듯 순정도 뒤따라오면서까지 계속해서 가영을 진정시키려 하고 있다.

"가자, 택규 오빠."

가영은 제 아빠, 엄마는 본 척도 하지 않은 채 아직까지 무릎 꿇고 있는 택규를 일으켜 세웠다.

"으응, 끝까지 그렇게 하겠다, 이거여? 좋아, 그럼 가거라. 이집을 나서는 순간 넌 이제 이 집안 사람이 아니니께 카느고 뭐고 지갑에 든 거 다 꺼내놓고 나가는 것이 좋을 것이여."

고집스럽게 입을 다문 채 가영은 가방에서 지갑을 꺼내 택규가 앉아 있던 곳에 내려놓았다.

"가영아!"

신발까지 신는 것을 본 순정은 마침내 원망스러운 눈으로 민 회장을 쳐다보았다.

"뭐여, 그 눈빛은? 지금 내가 잘못했다는 겨? 넌 뭘 잘했다고 날 쳐다보는 겨? 지금 너한테 할 말이 없어서 가만있는 줄 알어?"

"네, 회장님. 너무하세요. 가영이는 그래도 회장님 하나뿐인 딸이잖아요. 최소한 얘기는 들어보셔야 되잖아요."

"넌 남의 가정사에 참견하지 말어. 이 상황이 된 건 너도 책임이 있으니께."

'남의' 가정사에 참견하지 말라고?

순간적으로 순정의 표정이 싸늘해졌다. 지금까지, 대체 무엇 때문에 이런 회장님을 따르며 가영이를 챙겼던 것일까. 남이란 말을 들어가면서.

그녀는 고개를 돌려 신발을 신고 있는 가영을 쳐다보았다.

신발 끈을 제대로 묶지도 못하는 가영을 대신해 택규가 묶어주고 있다. 그녀가 아는 한 바로 저런 것이 진짜 가족인 것이다. 말로만 가족이라면서 이용하려 드는 것이 가족이 아니라.

"기다려, 가영아. 같이 가자."

순정이 2층으로 가서 외투를 가지고 나왔다.

그런 그녀의 행동을 가만히 지켜보던 민 회장이 기가 찬다는 말투로 입을 열었다.

"그렇게 나가면, 나헌티 퇴직금 같은 거 받을 생각은 않는 것이 좋을 것이여."

그녀는 가만히 민 회장을 바라보았다. 그래, 퇴직금, 중요하다. 하지만 지금까지 이곳에 있었던 것은 결코 퇴직금 때문이 아니었다. 나중에 후회할지 모르지만 지금 이 순간은 그것이 오히려 더 싫었다.

"네, 회장님. 퇴직금 안 받겠습니다. 데려다 가르치고 키워주신 은혜만으로도 충분히 받았다 생각하니까요. 그럼 안녕히 계세요, 회장님."

"순정 씨."

지석이 잠시 민 회장을 쳐다보고는 이내 그녀를 따라나섰다.

그렇게 순식간에 네 사람이 빠져나간 집안은 폭풍이 지나고 난 듯 고요해졌다.

아직 실감이 나지 않는 듯 민 회장은 아직도 거실에 서서 기가 찬다는 표정으로 현관을 보면서 서 있었다.

조용히 혜주가 방 안으로 들어가는가 싶더니 잠시 후 커다란 가방을 들고 밖으로 나왔다.

"뭐, 뭐시여? 시방 어딜 가려는 겨?"

"저도 떠나겠어요."

"아니, 이 여편네가 지금 뭐라고 하는 겨?"

"간다고요. 저도 못 살겠어요. 회장님같이 당신만 아는 사람하고는 더 이상 살 맞대고 살고 싶지 않아요. 가엉이, 저 불쌍한 것을 저렇게 쫓아내 버리고 다리 뻗고 편히 주무실 수 있으면 그렇게 하세요. 난 그렇게 못하겠으니까."

"이, 임자!"

굳은 표정으로 신발을 신은 혜주는 그대로 현관을 열고 나가 버렸다.

　망연자실한 표정으로 혜주가 나가 버린 문만 바라보던 민 회장은 무엇을 해야 할지 모르겠다는 듯 한참을 서성이다 이윽고 조용히 자신의 방으로 들어가 버렸다.

　지금까지 아무 소리도 못 내고 그 상황을 지켜보던 박 씨는 그제야 긴 한숨을 내쉬며, 느닷없이 찾아와 폐허를 만들어놓고 가버린 이 폭풍이 어쨌건 일단 지나간 것에 안도하면서도 앞으로는 어찌해야 하나 하는 걱정에 또다시 다른 한숨을 내쉬고 있었다.

　다행히 오전 내내 펑펑 내리던 눈은 그들이 밖으로 나왔을 때 멈춰 있었다.

　급한 마음에 택시를 잡아타고 온 택규 덕에 지석의 차 안은 다섯 명이 버글버글 앉게 되었다.

　다섯 명이나 탔지만 차 안은 침울한 기운으로 정적이 가라앉아 있었다.

　홧김에 다들 박차고 뛰쳐나오긴 했지만 막상 계획도 없이 나왔으니 막막할 따름이었다. 그중에서도 가장 타격이 큰 사람은 순정이었다. 가영이야 택규도 있고 또 언제라도 기댈 수 있는 모친이 옆에 타고 있다지만 그녀는 외투 하나 달랑 입고 온 것이 전부기 때문이다. 그나마 아까 임신진단 테스트 키트를 산다고 주머니에 지갑을 넣어놨으니 당장 끼니를 굶는 일은 없다지만 당장 몇 끼 해결한다고 해서 모든 일이 해결되는 것은 아니었다.

　운전을 하는 지석의 옆자리에 앉아서 저도 모르게 길게 한숨을 내놓자니 택규가 그런 순정의 심정을 알았는지 제일 먼저 입을 열었다.

"다들 제 집으로 가시면 됩니다. 집이야 부모님이 함께 사신다지만 가게는 온돌도 따듯하게 들어오는 데다 단체실도 따로 있고 이불도 있으니까 거기서 주무시면 됩니다."

큰 가방을 꼭 끌어안고 뒷좌석에 구겨져 앉은 혜주가 땅이 꺼지게 한숨을 내쉬었다.

좋은 집 놔두고 나와서 장차 사위 될 사람 가게에 붙은 쪽방에서 잠을 청하라 소리를 듣다니 신세가 참 한탄스럽기도 했다. 하지만 안 나올 수도 없는 상황이었다. 거기 남아 있는 것 자체가 자신이 회장님의 편을 들어준다는 생각을 하게 만드는 것이었고, 결국 그렇게 하면 회장님은 절대로 그 고집을 꺾을 양반이 아니었다.

돈이야 있었다. 저번 달에 탄 곗돈도 있고 또 이래저래 모아놓은 돈도 치면 가영이와 순정이, 함께 데리고 살 집 정도를 얻을 돈은 있다. 빈손으로 나온 가영이, 순정이와는 달리 그녀는 자신의 패물함까지 살뜰히 털어왔기에 혹시 모를 사태를 대비할 돈은 만들 수 있었다.

하지만 그렇다고 덜컥 집을 얻을 수도 없는 노릇이 아닌가.

"가영이는 자네가 책임지고 데리고 살게. 임신까지 했으니 창피할 일도 아니지."

그녀는 아직 낯설기만 한 자신의 사윗감에게 먼저 통고를 했다.

"그리고 순정이 넌, 나하고 같이 가는 것이 좋겠다. 난 통영에 있는 우리 친정집에 가서 당분간 머물 거야. 너도 딱히 갈 곳이 없을 테니 나하고 같이 가자."

"순정 씨를 그렇게 멀리 보내고 싶지 않습니다. 그러니까 제가 책임을 지겠습니다."

그녀의 말을 자른 것은 운전을 하는 지석이었다.

놀란 얼굴로 순정이 지석을 쳐다보았다.

"그러니까 순정 씨는 오늘 내가 퇴근할 때까지만 가영 씨하고 같이 있어. 그 후엔 내가 다 알아서 할 테니까."

"그렇게까지 하실 필요는 없어요. 나도 내 앞가림 정도는 할 수 있다고요."

"어떻게?"

"오늘만 지나고 나면…… 내일부터 어떻게든 일자리를 찾으면 되는 거고, 취직을 해서 돈을 모으면 되죠. 머물 곳이야…… 택규 씨 가게에서 당분간 신세를 지면 되는 거고……."

"그래요, 그렇게 해요."

그녀의 말에 택규가 고개를 끄덕였지만 이내 지석이 말을 잘랐다.

"당신이 갈 곳 없어서 장사하는 가게의 쪽방에서 거처하는 건 내가 견딜 수 없어. 아무리 잘해놓았다 해도 거긴 집이 아니니까."

"신세를 지고 싶지는……."

"나중에 얘기하도록 해. 다른 사람들 앞에서 당신하고 싸우고 싶지 않으니까."

두 사람의 대화에 놀란 것은 혜주였다. 오늘 아침까지만 해도 두 사람이 서로 알고 있다는 사실조차도 몰랐었다. 만일 가영이에게 택규가 있다는 사실을 몰랐다면 가영과 지석이 잘되고 안 되고를 떠나서 지금 상당한 배신감을 느꼈을 것이다.

하지만 어쨌거나 처음부터 지석은 가영의 짝은 아니라 생각했었다. 민 회장이 자랑스럽게 그의 사진을 보여줬을 때, 그 차갑고 무서운 표정이며, 그 직업이며 그런 배경을 가진 사람이 가영을 참아줄 수 없을 거라 생각했으니까.

그녀는 시선을 돌려 가영의 곁에 앉아 가영의 손을 꼭 잡고 있는 택규를 쳐다보았다. 자신과 눈이 마주치자 그는 쑥스러운 듯 눈인사를 하며 시선을 내렸다.

오늘 처음 그가 집에 찾아왔을 때 그를 본 첫 느낌은 사실 실망감이 컸다. 어쩌면 기대를 했을지도 모르겠다. 순정이 그렇게 괜찮은 남자라 했으니까.

하지만 그 낡아빠진 트레이닝복 차림에, 듬직하다 못해 커다란 덩치에 인상이야 사람 좋아 보인다지만 둔해 보이는 몸짓은 기대에서 상당히 떨어졌었다.

그래도 가영이가 사랑하는 남자고 또한 순정이가 보증한 남자였기에 기회는 주고 싶었다. 최소한 무슨 일을 하는지, 가영을 어떻게 생각하고 있는지. 상황이 이렇게 되지만 않았다면 아까 집에서 조곤조곤 다 물었을 것이다

그래도 그렇게 남편에게 매질을 당할 위기에 처하고도, 꿋꿋이 가영이를 사랑한다고 말하는 것을 보면서 그 눈에 든 진심을 읽었기에 그녀는 자신의 마음을 정했다. 가영이와 택규라는 이 사람의 편에 서기로.

"배고파."

그때까지 아무 말도 않던 가영이 불쑥 중얼거렸다.

그러고 보니 오늘 아침에 가영이 한술 뜨고 헛구역질을 한 그 순간부터 아무도 아침식사를 하지 못했다는 것이 생각났다.

"유 검사님, 식사는 하셨는가?"

그녀는 제일 먼저 운전대를 잡은 지석에게 조심스럽게 물었다.

"네, 저는 먹고 왔습니다. 다들 식사를 못하셨으면 근처 식당에 차를 댈까요?"

"그, 그래야 할 것 같네. 다른 사람은 그렇다 치고 임신한 가영이 아무것도 못 먹었으니까."

"알겠습니다."

지석은 근처 식당에 차를 대고 내렸다.

"검사님은 이제 청사로 돌아가세요. 여기서부터는 저희가 알아서 할게요."

순정의 말에 지석은 잠시 뭔가 할 말이 많은 눈빛으로 그녀를 쳐다보았다.

"일단은 청사로 돌아가긴 해야 하니까 돌아가겠어. 하지만 이따가 퇴근하고 나서 해야 할 얘기가 상당히 많은 거 같으니 꼭 전화를 받아."

대답을 않고 미적거리자 꼭 대답을 들어야겠다는 듯 자신을 쳐다보는 지석의 무언의 강요에 순정은 어쩔 수 없이 고개를 끄덕이고 말았다.

"그럼, 오늘은 계획하고 나온 것이 아니라 청사로 돌아가 보겠습니다."

모두에게 눈인사를 하고 지석은 차를 타고 식당 앞을 떠났다.

보글보글 끓는 된장찌개와 김치찌개, 가영을 위해 불고기 백반을 시켜 앞에 놓고 나니 그제야 우울했던 기분들이 어느 정도 가시면서 마음도 풀어졌다.

혜주는 마주 앉은 택규에게 처음으로 궁금했던 것을 물어보았다.

"우리 가영이, 정말로 사랑하는가?"

"네, 사랑합니다, 어머니."

"어디가 그렇게 좋은가?"

그녀의 질문에 택규는 잠시 생각에 잠겼다가 대답했다.

"발톱만 조금 못생겼고 나머진 다 예쁩니다. 다 좋습니다."

그의 질문에 혜주는 그만 피식 웃고 말았다. 그래, 가영이 발톱이 조금 못생긴 것은 사실이었다. 처음 낳았을 때 그녀도 민 회장에게 그런 말을 했었다. '우리 가영이, 발톱만 빼고는 다 예쁜 거 같아요' 하고. 민 회장은 그때 다르게 대답했다. '아니여, 전부 다 이뻐. 못생긴 발톱도 이뻐' 지금 택규가 말한 것처럼 말이다.

"자넨 나이가 몇이가?"

"올해로 서른이 되었습니다."

"아홉 수는 넘겼구먼."

"네, 그래서 정말 다행입니다."

"집은…… 그래, 어떻게 살고 있는가? 아까 가게를 운영한다고 들었는데, 우리 가영이 데려가면 고생 안 시킬 만큼 벌고 있나?"

"형님이 한 분 계신데 형님 빼고는 온 가족이 붙어서 작은 갈비
집을 운영하고 있습니다. 단골손님도 꽤 되고요."

택규의 대답에 혜주는 그제야 가영이 요새 집 밖으로 못 나가자
돼지갈비를 찾아댄 이유를 알았다. 매번 소고기만 먹던 애가 왜
갑자기 싸구려 고기를 찾아대나 했더니 다 이유가 있었던 거였다.

"사돈어른 되실 분들도 가영이를 알고 계신가?"

"네, 무척 예뻐하십니다."

택규의 대답에 또다시 의외라는 듯 혜주는 눈썹을 치켜 올렸다.
택규야 어쩌다 가영이 얼굴도 예쁘고 마음씨가 착한 것을 알고 있
으니까 가영이한테 빠질 수는 있다 치고 걱정은 그 부모님이었다.
저리 부족한 것을 예뻐해 줄까, 구박이나 하지 않을까, 마음으로
는 가영을 응원한다고 집을 박차고 나왔지만 하냥 걱정이 되는 것
은 어쩔 수 없는 것이었다.

그런데 예뻐하신단다.

"그래? 가영이가…… 저런 것도 알고 계신단 말인가?"

"가영이가…… 저희 갈비집에 놀러 와서…… 어머님께는 죄송
한 일입니다만, 매번 일을 돕습니다. 매일 환한 얼굴로 한 번 찡그
리지 않고 팔도 걷어붙이고 일하는 모습에 손님들도 즐거워하시
고, 부모님도 가영이를 우리 복덩이라 부르십니다. 머리 좋아서
제 몸만 챙기는 아이보다 저렇게 매사에 행복한 얼굴로 사는 아이
가 훨씬 복이 많은 것이다 하셨습니다."

혜주의 얼굴이 환해졌다.

이건 정말로 복권에 맞았다 하더라도 이보다 더 기쁘진 않을 것

이다. 겉만 어른일 뿐 어린아이라 생각하고 살았는데, 어쩜 이리도 좋은 남자를 골랐을까, 자신이 골랐다 하더라도 이런 사람을 고르진 못했을 거라 생각이 들 정도로 그는 가영에게 완벽한 신랑감이었다. 민 회장이 중매쟁이에게 엄청난 돈을 쏟아부었어도 기대를 안 했건만 가영이는 스스로 자신에게 가장 잘 맞는 남자를 고른 것이다. 어린 줄만 알았던 가영이 제대로 사람 노릇을 하는 것은 둘째 치고 정말로 큰 효도를 한 것이다.

"정말로……."

감격에 찬 듯 혜주는 마침내 눈물까지 찔끔거렸다. 그간의 마음고생이 택규의 몇 마디 말로 인해 싹 사라지는 듯했다.

"어머님, 그렇게 눈물까지 보이실 일은……."

"아닐세, 자넨 내 맘 모르네. 가영이 정상적인 남자에게 시집보낼 수 있다고는…… 내 눈에나 예쁜 딸인 줄 알았더니만……."

"그런 말씀 마십시오, 저야말로 저리 예쁘고 천사 같은 따님을 곰같이 미련한 제게 허락해 주신 거 같아서 송구스럽습니다."

"아닐세, 나야 고맙기만 하지. 암, 정말로 고맙고말고."

혜주는 택규의 두 손을 맞잡았다.

"그런데 아버님이…… 장인어른이 조금은 걱정이 되긴 합니다. 제가 너무 부족해서 마음에 안 들어하시는 것은 이해하지만 그래도 결혼식을 올릴 땐 두 분의 축복을 받고 싶은데……."

"그렇다고 전화하거나 그러진 말게."

이내 민 회장 생각으로 목소리가 어두워진 택규에게 혜주가 단호한 목소리로 경고했다.

“그 양반, 혼자 둬봐야 정신을 차릴 거야. 정신이 들어야 뭐가 득실인지 제대로 계산을 할 수 있겠지. 그전에 공연히 전화해서 잘못했다고 빌면 끝까지 정신을 못 차리고 자넬 원망하고 나무랄 거야. 그러니까 절대로 전화하지 말게. 가영이, 결혼식장에 아빠가 나오지 않아 설움당하는 일은 없을 거니까 걱정하지 말고.”

“그리된다면 저도 장모님 말씀대로 하겠습니다. 그리고 가영이, 행복하게 해주겠다고 약속하겠습니다.”

“아줌마, 여기 밥 한 그릇 더 주세요!”

두 사람의 감동에 찬 대화에 찬물을 끼얹듯 가영이 어느새 제 밥을 다 먹고는 손을 번쩍 들며 밥을 더 시켰다. 두 사람의 대화를 방해하지 않으려고 밥도 먹지 않고 조용히 기다리던 순정이 얼른 그 손을 잡으며 말렸다. 하지만 정작 혜주와 택규는 가영의 행동에 그다지 개의치 않는 분위기였다.

“이제 식사하세요, 어머님. 찌개가 다 식겠습니다.”

“장모님이라고 부르게. 어머님은 그다음에 불러도 좋을 것 같네. 난 장모님 소리가 더 듣고 싶어.”

“알겠습니다, 장모님.”

사이가 급진전된 혜주와 택규를 보며 순정은 함께 기분이 좋아져 그제야 조용히 수저를 들었다.

“그런데, 순정아, 넌 그 사람, 어떻게 생각하고 있는 거니? 정말로 회장님 때문에 안 만난다는 소릴 한 거야?”

택규에게 궁금했던 것이 만족스럽게 풀리자 그제야 순정이 눈에 들어온 혜주가 물었다.

"네? 아, 네…… 검사님이 말씀하시던가요?"

지석이 그 말을 할 때 순정은 가영을 따라 2층에 올라가 있느라 듣지 못했었다.

"그러지 말고 만나. 사람 정말 괜찮아 보이던데."

혜주의 말에 순정은 밥을 먹으려다 말고 다시 숟가락을 내려놓았다.

"……정말이요?"

"어차피 처음부터 유 검사는 가영이 짝이 아니었어. 내가 처음엔 잘된다 싶어 헛된 욕심을 좀 부리긴 했지만 그렇게 잘된다 할 때도 마음에 걸리는 게 없진 않았다. 네가 좋으면 네가 만나면 되는 거지, 왜 다른 사람 눈치를 보니? 그 사람도 너한테 마음이 있다고 하던걸."

오랜 숙원이나 다름없던 가영의 일이 행복하게 풀어지는 것이 눈에 보이자 평소엔 순정에게 무뚝뚝하던 혜주가 지금은 아주 다정하고 후하다. 그런 말까지 전해주는 것이.

아까는 잠시 그쳤다 싶은 눈이 또다시 펑펑 내리기 시작했다.

밥을 먹던 가영이 쫓겨난 현실은 다 잊은 듯 행복한 얼굴로 중얼거렸다.

"아, 눈이 예쁘게 온다."

가영의 말에 모두의 시선이 식당 밖으로 향했다.

"정말 예쁘기도 하네."

이곳에 있는 사람들의 새출발을 축하하기라도 하는 듯 눈은 하얗게 내려 그들의 가슴에 쌓이고 있었다.

　퇴근 후 전화를 걸어 찾아온 지석은 ‘돼지가 시집가는 날’에서 앞치마까지 두르고 일손을 돕는 순정을 보고 한참이나 말없이 서 있었다.

　그래도 좋은 집에서 좋은 대우를 받고 사느라 평범한 옷차림을 하고 나오라 굳이 얘기를 했을 때에도 옷에서 고급스러움이 묻어났는데 저리 앞치마까지 입고 있는 모습을 보니 조금은 안쓰러운 마음이 들기도 했다.

　그러나 이리저리 부산한 가영과는 달리 차분한 모습을 보이면서도 진짜 ‘일’을 한다는 것을 즐기는 것 같은 저 눈빛, 앞으로 일어날 일에 대한 두려움은 일시적으로 접은 듯 부산함 중에 느끼는 그 ‘일하는 것’에 대한 즐거운 빛은 그로 하여금 행복감마저 느끼게 했다.

　“어? 검사님!”

　그를 먼저 알아본 가영이 어느새 생글생글 웃으며 그의 앞으로 달려왔다. 임신까지 한 몸으로 일을 하면서도 그녀는 자신에게 주어진 작은 자유가 행복한 듯 온몸에서 웃음이 묻어나는 것 같았다.

　가영의 목소리를 들은 순정이 지석을 발견하고는 순순히 앞치마를 벗으며 외투를 챙겨 입었다. 아까 헤어지기 전에 그가 한 말이 생각나서일 것이다.

　그녀를 데리고 그곳을 나온 지석은 순정을 차에 태웠다.

　“저녁은?”

“택규 씨 가게에서 이것저것 집어먹어서 배가 불러요. 검사님은 드셨어요?”

“나도 간단히 요기는 했어.”

차가 깜빡이를 켜면서 신호를 기다리자 순정은 그제야 궁금한지 그에게 물었다.

“이제…… 어디로 가나요?”

“글쎄. 당신을 시간에 맞춰 보내주지 않아도 되니까 가고 싶은 곳이 참 많아지는군. 아예 공항으로 가서 제주도행 비행기를 탈까, 아니면 이대로 고속도로로 들어가서 어디 외진 시골의 산속으로 들어갈까, 아니면 가슴이 뻥 뚫리는 바다로 갈까, 아직 정하지 않았지만 가고 싶은 곳이 많아.”

“내일 출근 안 하시게요?”

“아프다고 꾀병을 부려보지 뭐.”

그의 대답에 순정은 피식 웃었다. 아파도 출근할 것처럼 보이는 사람이 그런 말을 하면 퍽이나 믿겠다.

차로 한참을 달려 결국 그가 차를 댄 곳은 낙산이라는 낯선 이름의 공원이었다.

나무로 된 난간이 싱딩히 운치있는데다 낮에 온 눈이 쌓여 있어, 그곳에 도착한 순간 순정은 저도 모르게 작게 탄성을 질렀다. 더군다나 서울 시내의 전경이 한눈에 다 보이는 것이 정말 아름답다고밖에는 말할 수가 없다.

“마음에 들어?”

자신의 처지도 잊고 정신없이 화려한 서울 시내의 야경을 구경하는 순정을 보니 이곳에 오기를 잘했다는 생각이 들었다. 그의 질문에 순정은 고개를 끄덕였다.

"이곳도 내가 좋아하는 것 리스트에 넣어야겠어요."

"그런 리스트도 있어?"

"네. 얼마 전부터 수첩에 그 리스트를 채우고 있었어요."

순정은 미소를 지었다. 그가 물었을 때부터였다. 당신은 어디에 가고 싶어? 당신은 뭐가 먹고 싶어? 처음으로 그녀는 자신이 좋아하는 것을 마음속으로 정하기 시작했다.

"그 리스트에 나도 들어 있겠지?"

농담처럼 지석이 물어왔지만 순정은 대답하지 않았다. 그는 리스트에 들어 있지 않았으니까. 지금까지는 감히 그를 리스트에 넣을 수가 없었으니까.

"흐음……."

그가 미간을 찡그렸다.

"농담이겠지? 어떻게 거기에 내가 빠질 수가 있어? 믿을 수 없어."

"미안해요. 하지만 확실하지 않은 것을 적을 수는 없잖아요."

"확실하지 않다니, 내가 그렇게까지 말했는데도 확실하지 않으면 대체 뭐가 확실하다는 얘기야? 만날 속고만 살았나…… 거짓말하는 거지?"

"……."

끝까지 순정이 대답을 않자 지석은 상당히 빈정 상한 표정으로 정색을 하고 물었다.

“진짜야? 난 농담이라 생각했는데. 믿을 수가 없어. 리스트를 보여줘.”

“없어요. 집에…… 회장님 집에 놓고 왔어요.”

조만간에 자리가 잡히면 집에 한번 다녀오긴 해야 한다. 급히 나오느라 옷가지조차도 챙겨오지 못했고 꼭 가지고 오고 싶은 개인물품들도 있으니까. 회장님이 들여보내 주기나 하실까 모르겠다.

“써놓고서 창피하니까 없다고 하는 거지?”

“노코멘트예요.”

“이거 봐라, 이거 봐. 내, 이럴 줄 알았어. 당신이 뭐라고 하던 간에, 난 내 이름 석 자가 거기 있다고 믿을 거야.”

고집스럽게 말하는 지석을 보니 웃음밖에는 나오지 않는다. 이럴 땐 전혀 냉철한 검사님 같지가 않고 오히려 어린아이 같다.

“이제 어떻게 할 거야?”

그가 난간에 팔꿈치를 대고 몸을 앞으로 기대며 물었다.

“내 마음 같아서는 당신이 머물 곳, 당신이 일할 곳을 다 구해주고 싶어. 내 힘으로.”

“그리지 말아요.”

순정의 단호한 대답에 지석은 그럴 줄 알았다는 듯 미소를 지었다.

“알고 있어. 내가 구해준다 해도 당신이 거절할 거라는 거. 그래서 오늘 내내 전화통을 붙잡고 당신이 일할 만한 곳을 지인들을 통해 알아보고 싶은 마음을 억누르느라 일도 제대로 못했다니까.”

"나 혼자 할 수 있어요."

순정의 단호한 목소리에 그가 가만히 순정을 바라보다 입을 열었다.

"한 가지만 물어볼게. 당신에게 난 아직도 연인이 아닌가? 그래서 내 도움을 거절하려고 하는 건지, 아니면 당신 스스로 하고 싶기에 도움을 거절하는 것인지 알고 싶어. 당신에게 난…… 아직 연인이 아니야?"

진지한 그의 눈을 바라보며 순정은 가슴 깊이 숨을 들이마셨다.

그날, 그와 창고에서 일어났던 그 모든 일이 있은 후, 오늘 아침까지 순정은 그 문제에 대해 계속 진지하게 생각을 했다. 그의 진심은 믿을 수 있었다. 담담하게 얘기하는 그의 표정에서 그의 마음을 느낄 수 있었으니까.

아침에 그가 민 회장의 집 현관문을 열고 들어오던 그 순간 그녀는 깨달았다.

그를 보는 순간 너무도 그를 보고 싶어했던 자신의 마음을, 전화를 걸어오지 않는 그를 야속하게 생각하던 자신의 마음을. 너무도 큰 욕심을 부리는 것은 아닌가 생각했기에 차마 그것을 가지려 하지 않았을 뿐이다. 그러나 이제, 홀로 서기를 시작했다. 이제, 가지고 싶은 것을 지레 겁먹고 포기하지 않을 것이다.

순정은 고개를 내저었다.

"맞아요, 당신이 아직도 날 원한다면…… 나도 당신의 연인이 되고 싶어요."

긴장한 것처럼 굳어 있던 지석의 표정이 부드럽게 풀리면서 그는 가만히 순정을 끌어안았다.

"그럼, 내가 당신을 내 여자라 부르는 것도 상관없지? 당신을 내 거라 여겨도 상관없지?"

"네. 나도 당신을 가질 거예요. 이젠 당신이 예쁜 여자와 말만 섞어도 막 질투하고 그럴 거예요."

그녀를 품에 안은 채로 그가 웃음을 터뜨렸다.

"그럼 나도 예쁜 여자들과 말을 많이 해야겠는 걸. 당신이 어떻게 질투하나 궁금한데?"

그의 웃음소리가 듣기 좋다. 이제 생각해 보니 그가 소리 내서 웃는 것을 처음 들어보는 것 같다.

"어쨌건, 이제 난 당신과 공식적인 연인이 되었으니까, 당신이 위기에 빠졌을 때 구해주는 흑기사 역할을 할 수 있게, 힘들면 나한테 얘기해. 내가 할 수 있는 거라면 뭐든지 도울 거야."

순정은 또 고집스레 고개를 내저었다.

"이제 처음이잖아요. 지금은 내 힘으로 해보고 싶어요. 나중에 좌절하게 될지는 모르겠지만 어쨌건 지금은 내 힘으로 하고 싶어요."

"다 좋은데 좌절까지는 가지 않았으면 해. 좌절할 거 같으면 그 전에 나한테 말해. 내가 도울 테니까."

"좋아요. 그럴게요."

"그리고 또 한 가지, 당신이 머물 곳은 내가 정할 거야."

또 이런다, 하는 눈으로 그를 쳐다보았지만 이번만큼은 그의 표정도 단호했다.

“내가 마음 놓을 곳에 당신이 있었으면 좋겠어. 내 직업이 뭐야? 온갖 나쁜 놈들 상대하는 것이 바로 내 직업이야. 세상은 당신이 생각한 것보다 나쁜 놈들이 훨씬 많다고. 그런 놈들이 버글거리는 곳에 당신이 둥지를 틀게 만들지는 않아. 그건 절대 양보할 수 없어.”

“겁주는 거예요? 처음 세상으로 나와보려는 사람한테?”

“겁쟁이로 웅크리고 사는 것은 원하지 않지만 그렇다고 해서 겁없이 사는 것도 바라지는 않아. 절대로. 그러니까 그것만큼은 당신의 연인 자격으로서 절대로 양보 못해.”

“그럼, 좋아요. 내가 혼자서 집을 구할 테니까, 검사님이 와서 확인해 주면 되겠네요. 그 정도가 공평해요.”

“휴…… 알았어.”

마지못해 대답하며 지석은 실랑이에 지친 눈으로 순정을 바라보았다. 잊고 있었다. 여순정, 고집불통이라는 것을.

“단, 집을 구하기 전까지는 내 맘이야. 당신을 한택규의 갈비집에 재우고 싶지 않고 그렇다고 싸구려 여관에 재울 마음도 없어. 그러니까 오늘만큼은 내 뜻대로 해. 이건 나도 양보 안 해.”

“어디서 자라고요?”

순정의 불만 섞인 질문에 지석은 능글맞은 표정으로 대답했다.

“1급 호텔.”

민 회장은 팔짱을 낀 채 현관문을 노려보았다. 벌써 30분째였다.

금방이라도 혜주가 기가 죽은 표정으로 들어올 것만 같은데 문이 열리기는커녕 초인종 소리 한 번 나지 않는다.

지금까지 빈집에 들어온 적은 한 번도 없었다. 일을 마치고 집에 오면 혜주는 반드시 이 자리에 서서 자신을 맞아주었고 가영이와 순정이도 집에 있을 땐 늘 혜주의 옆에 서서 자신을 반기곤 했다.

당연히 돌아와 있을 줄 알았다. 저가 따로 갈 곳이라고는 없고, 멀리 통영에 친정이 있긴 하지만 거기가 어디라고 거기까지 가겠는가. 그러니 하루 밖에서 고생해 보고 객지에서 잘 자리조차도 마땅치 않은 것을 알면 자신이 있을 곳은 이곳이라 여길 것이고, 그렇게 조용히 들어와서 눈치나 보며 자신을 맞이할 줄 알았다.

그러나 그것은 그의 바람일 뿐이었다.

처음 느끼는 그 기분이 그는 용납되지 않았다. 아무도 반기는 사람이 없는 집이라니, 이건 마치 전 재산을 잃어버린 기분과도 버금갈 만큼 상실감이 컸다. 그랬기에 그간 아녀자라고 말도 못하게 무시한 것에 대한 미안함보다는 그렇게 예고 한 번 안 하고 나간 것에 대한 배신감이 더 컸다.

흥, 그렇게 다 나가 버린나고 내가 눈 하나 깜짝할 줄 알어? 나중에 들어와서 아무리 싹싹 빌어대도 쉽게 용서해 주지 않을 것이여. 어디, 다시는 집 나갈 생각도 못하게 쉽게 들여보내 주지도 않을 테니께 들어오기만 해봐라.

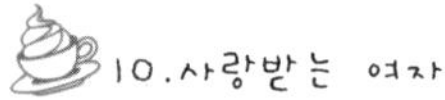

지석이 1급 호텔이라 얘기했을 땐 그저 농담인 줄 알았다.

하지만 정말로 그가 순정을 남산에 있는 H호텔로 데리고 들어가려 했을 땐 어떻게 해야 할지 몰라 그의 손에 잡혀 있는 자신의 손을 빼내려 들었다.

"진심인 줄 몰랐어요."

"이 아가씨, 정말로 속고만 살았나. 내가 왜 실없는 소릴 하겠어?"

"대놓고 호텔 가자는 말이라고 누가 생각하겠냐고요?"

그녀의 말에 그는 또다시 인상을 잔뜩 썼다.

"여순정 씨, 사람을 뭐로 보고…… 설마 지금 내가 집에서 쫓겨나 정신이 없는 여자를 '앗싸, 기회다' 하고 호텔로 끌고 가는 나쁜 놈으로 보고 있는 것은 아니겠지?"

"……."

대답을 못하는 순정을 보며 그는 어이가 없다는 듯 눈동자만 굴렸다.

"이봐, 여순정 씨. 내가 남자란 건 알고 있고, 여자들이 남자란 동물은 다 늑대라 생각하는 것도 알고 있지만, 난 최소한 분위기나 상황파악 같은 것은 할 줄 알거든. 난 당신 갈비집 쪽방에서 재울 생각 없어서 그러는 거니까, 여기가 싫으면 여관이냐 호텔이냐 그것만 정해. 나머진 내가 알아서 다 해줄 테니까."

"정말이죠?"

아직도 잔뜩 미심쩍어하는 순정의 표정에 그가 이번에는 화가 난 표정을 지었다.

"내가 오늘 이 말 몇 번을 하는지 모르겠는데, 속고만 살았어? 왜 그렇게 의심이 많아?"

"사람들을 만나본 적이 있어야 믿음이라는 것도 생기는 거라고요."

그렇게 대꾸하는 데는 할 말이 없다.

"알았어. 그럼, 당신이 방에 무사히 들어가는 것만 보고 돌아갈게. 그럼 되지?"

지나가는 사람들이 지석을 보는 시선이 곱지가 않다. 나쁜 놈이 순진한 처녀를 꼬시고 있구나 생각하는 것이 분명하다.

"사람들이 쳐다보잖아. 날 나쁜 놈으로 보고 있다고. 그러니까 제발 그냥 이번 한 번만 져줘."

“…….”

그래도 순정이 대답을 안 하자 순간 지석의 머릿속에 좋은 생각이 떠올랐다.

“왜, 내가 무서워?”

순정의 눈썹이 살짝 치켜 올라갔다. 역시 이 방법은 항상 먹히는구나 하는데 순정이 조금 전보다 더 냉정한 목소리로 대답했다.

“네. 이제 보니 무섭네요.”

아무 때나 도발이 먹히는 것은 아닌 모양이다. 더군다나 자꾸 써먹으면 절대 넘어가지 않는다는 단점도 있다.

“알았어. 정 그렇게 나온다면, 체크인만 해주고 돌아갈게. 방에 안 들어가고. 됐어?”

“네.”

그제야 순정의 입에서 만족스러운 대답이 나왔다. 하지만 그런 그녀를 데리고 호텔로 들어가는 지석의 입술은 살짝 나왔다. 자신의 연인이 되겠다고 했으면서, 이건 무늬만 연인이지 절대 연인이 아니다. 무슨 연인이 책받침 하나 들어갈 자리 없이 구냐고.

체크인까지 마치고 지석은 엘리베이터 앞에서 하는 수 없이 그녀에게 손을 흔들었다.

“배고프면 주저 말고 룸서비스 시켜서 먹어. 내 전화는 꼭 받고.”

“알겠어요.”

그러고도 그는 아쉽다는 듯 엘리베이터 문이 닫힐 때까지 그녀를 시선에서 놓지 않았다.

벨보이를 따라 마침내 자신의 객실로 들어선 순정은 손에 들고 있던 코트를 소파에 내려놓으며 길게 한숨을 내쉬었다.

일곱 평 남짓한 방, 작지만 아늑했다. 방 한쪽에 놓인 커다란 침대에는 피곤한 그녀를 유혹하듯 새하얀 린넨 시트가 깔려 있었다.

발길이 닿는 대로 그녀는 그 침대에 털썩 주저앉았다. 침대 바로 옆으로 커다란 창문을 통해 서울 시내의 전경이 한눈에 들어왔지만 머리가 멍해서 그런가 아까 낙산공원에서 본 것처럼 아름답게 느껴지지는 않았다.

방 안은 너무도 조용해서 이명이 울리는 것 같았다.

피곤하다. 그녀는 그대로 옆으로 쓰러지듯 침대에 상체를 눕혔다.

딩동.

느닷없이 울리는 차임벨 소리에 순정은 제풀에 놀라서 몸을 일으켰다.

"누구…… 세요?"

"나야."

지석의 목소리에 순정은 순간적으로 당황할 수밖에 없었다. 설마, 마음이 변해서 돌아온 것일까?

"아까 구인광고지 뽑은 거, 차에 놓고 내려서 가지고 왔어."

아, 맞다. 아까 낙산공원에서 오는 길에, 길에서 보이는 구인광고지는 모두 뽑아놓았었다.

문을 열자 지석이 손에 광고신문을 들고 서 있었다.

"미안해요, 다시 걸음하게 해서."

"괜찮아. 어차피 나도 놓고 간 것이 있었어."

그의 말에 순정은 저도 모르게 돌아보았다. 놓고 간 게 있나? 내가 들고 온 것은 코트밖에는 없는 거 같은데.

그 순간 그가 그녀를 끌어당겼다. 의미심장한 미소를 지으며 아직도 놀란 듯 두 눈을 크게 뜬 순정에게 얼굴을 기울여 마침내는 그녀의 입술에 자신의 입술을 겹쳤다.

파르르, 순정은 자신도 모르게 두 눈을 감았다. 그의 입술, 따스한 온기를 지닌 입술이 그녀의 마음에 안정을 준다. 머리카락을 쓰다듬는 그의 손이 한없이 다정하기 짝이 없다.

그녀는 그의 혀를 받아들였다. 살살 달래듯 그의 혀는 입안을 천천히 쓰다듬다 가만히 그녀의 혀에 엉켜들었다.

그리고 그는 입술을 떼었다.

"이거였어. 내가 놓고 간 거."

그제야 만족한다는 듯 그는 입가에 미소를 가득 띤 채 그녀의 손에 신문을 탁 쥐어주더니 콧노래까지 흥얼거리며 돌아서서 그대로 가버리는 것이다.

얼이 빠진 표정으로 그런 그의 뒷모습을 바라보던 순정은 그만 피식 웃고 말았다.

문을 닫고 그녀는 다시 침대에 걸터앉았다.

그래, 난 혼자가 아니다. 지금의 이 모습 이대로인 날 좋아해 주는 사람이 있으니까. 내가 무엇을 하든 힘내라는 응원을 해줄 사람이 있으니까.

늦은 시간, 조용히 대문을 열고 집 안으로 들어가 제 방문을 열려던 지석은 맞은편에서 잠옷 바람으로 나오는 난희와 마주치고 말았다.

"이제 오는 걸 보니 일이 많은가 보네. 원, 세상이 시끄러우니 덩달아 바쁘구나, 네가."

"저 들어오는 소리에 깨셨어요?"

"아니다. 너 들어오면 자려고 누워 있었다."

"언제까지 저 들어오면 주무실 거예요? 늦는다고 말씀드렸건만."

"그게 말한 대로 돼? 네가 들어와야 마음이 놓이고 그래야 잠이 오는 거지. 피곤할 테니까 들어가 씻고 쉬어."

"네. 주무세요."

대답하고 방으로 들어가려는데 다시 난희가 그를 불렀다.

"유 검사, 요 전에 만나는 아가씨 있다고 했지? 아직도 그 아가씨 만나나?"

또 무슨 얘기를 할까 싶어 지석이 돌아서며 난희를 바라보았다.

"네. 왜요?"

"아, 아니다. 그냥 궁금해서."

그냥 궁금해서 그런 것은 아니었다.

아까 낮에 현주 엄마가 다녀갔다. 새로운 좋은 맞선자리를 마련해서. 먼저 들어온 민 회장댁 규수보다는 조건이 조금 떨어지긴 하지만 사진을 보니 아가씨가 총명하게 생긴 것이, 만나면 지석이 딱 좋아할 스타일이었다. 그런 배필이라면 분명 지석을 충분히 잘 뒷바라지할 거란 생각에 딱 잘라 거절하지 않고 사진까지 받아두었던 것이다.

"그 아가씨하고는 잘되고 있는 거야? 잘되고 있으면 이 엄마한테도 좀 보여줘야지, 어째 말 한마디 없고 저희들끼리만 소리 소문 없이 만나는 거니?"

"네, 잘되어가고 있는 거 같아요."

"엄마한테는 언제 보여줄 거냐?"

지석은 잠시 입을 다물었다. 아직은 때가 아니다.

자신이 고아라는 이유만으로 그녀는 지석을 피하려 했고 또 민회장이 가영에게 기대를 한다는 이유로 또다시 자신을 멀리하려 했다. 이제야 조금 뭔가가 되어가는 듯한데 지금 어머니를 만났다가는 분명 또 어머니의 기에 눌려 순정이 지레 손들고 나가 버릴 것이다.

"조금 더 지나서요."

"답답하기도 하네! 왜, 어디 부족한 면이라도 있어서 이 엄마 마음에 안 들어할까 봐 그러는 거니?"

정곡을 찔린 듯 지석은 잠시 입을 다물었다.

"나중에 보시면 아실 거예요. 정말 괜찮은 여자라는 걸. 이만 들어갈게요. 피곤합니다."

자세히 말하기를 피하며 방으로 들어가 버리는 지석을 보며 난희는 살짝 미간을 찡그렸다. 대체 어떤 여자를 만나기에…… 저렇게 나온다면 제대로 된 집안의 여식이 아니란 소린데…….

안 되겠다. 어떻게 해서든 그 아가씨를 한번 만나봐야겠다. 지석을 닦달해서라도.

계속해서 울려대는 휴대폰 벨소리에 순정은 간신히 눈을 떴다.

간밤에 잠을 제대로 못 잔 것이 늦잠까지 자게 만들었다. 낯선 장소에서 홀로 잔다는 것은 참으로 묘한 기분이었다. 가슴이 설레는 것 같기도 하고 또 앞으로의 일에 마냥 태평하지도 않았기에 잠도 오지 않아 늦게까지 구인광고지를 들여다보다 잠이 들었던 것이다.

딱히 찾은 것도 없었다. 아니, 무엇을 찾아야 할지도 몰라 처음부터 끝까지 그저 꼼꼼히 쳐다만 보다 그냥 잠들었다.

침대에 누운 채로 전화기를 들어 확인을 하던 순정은 저도 모르게 침대에서 벌떡 일어나 앉았다.

"네, 사모님."

[그래, 이제 일어난 거니?]

"네, 사모님. 늦잠을 잤어요."

[그래, 많이 힘들었을 텐데, 하루쯤 늦잠을 자는 것도 나쁘진 않아. 나도 이제 일어났다.]

"그러셨어요?"

한 번 늦잠을 주무시는 것을 본 적이 없는 분이 이제 일어났다는 것을 보니 사모님도 어제 많이 힘드셨나 보다. 항상 표정이 별로 없는 분이라 사모님은 강하게만 느껴졌었는데.

"어젠 경황이 없어서 전화도 못 드렸어요. 통영엔 무사히 잘 도착하셨어요?"

[응. 우리 어머니가 집에서 쫓겨났냐고 농담하시면서도 은근히 좋아하신다. 그래, 넌 어떻게 하고 있나 궁금해서. 오면서 내내 네 걱정이 되더구나. 가영이야 이제 택규가 알아서 잘해줄 거다, 믿음이 있으니까 걱정은 안 되는데 넌 이상하게 내내 마음에 걸리더구나. 그러지 말고 너 머물 곳은 마련해 주고 올 걸, 하는 후회도 되고. 아직도 그대로면 내가 돈 좀 보내줄게. 회장님께 받을 퇴직금, 부인인 나한테 받았다 생각하면 되는 거지. 그만큼 큰돈은 아니겠지만 말이야, 너 작은 전셋집 하나 얻을 돈은 대줄 수 있어.]

"……."

감정적으로 무방비 상태였기 때문인가, 순간적으로 울컥하고 눈물이 쏟아지려 해서 순정은 당황했다.

사모님이 자신에게 그런 마음을 써줄 거라는 생각을 해본 적이 없었기 때문일까. 자신은 어제 혼자 앞으로 어떻게 해야 하나 고민만 하다 잠들었는데 오히려 남들은 자신을 걱정했단 사실이 뜻밖이고 고맙다.

[거절하지 말고 받아. 그래야 내가 마음이 편할 거 같아. 우리 가영이가 저런 좋은 사람 만난 것도 따지고 보면 네 공도 크거든. 네가 그렇게 그 두 사람의 편에 서지 않았다면 어떻게 잘될 수 있었겠니. 어제 혼자 오면서 그런 생각을 하다가 정말 너한테 고맙단 생각을 많이 했단다. 그러니까 그 돈 받으렴. 나도 그간 한 식구처럼 함께 산 네가 택규네 갈비집 쪽방에서 사는 거, 바라지 않아. 유 검사가 널 돌봐준다 했지만 처음에 신세부터 지는 것도 나중에 너한테 안 좋을 것 같고.]

"······고맙습니다, 사모님. 감사히 받을게요. 그리고 이 은혜, 절대 잊지 않을게요."

[그런 말은 절대로 하지 마. 은혜라니, 식구나 다름없는데 식구끼리는 그런 말 하는 거 아니잖니. 다만 한 가지 부탁할 게 있어. 우리 가영이, 아무리 택규가 잘해줘도 한 식구가 챙기는 거하고는 다를 거 아니야. 내가 멀리 오고 나니까 그 걱정이 또 드네. 그러니까 네가 지금까지 해왔던 것처럼, 우리 가영이, 언니처럼 잘 좀 신경 써서 지켜봐 줘. 그것 하나만 부탁하마.]

"그런 건 부탁하지 않으셔도 제가 해요. 당연한 얘기인 걸요."

[그래, 순정아. 우리, 이렇게 된 마당에 서로 잘해보자. 난 널 남이라 생각하지 않아. 알지?]

"감사해요, 사모님."

목이 메는 것 같아 순정의 목소리가 작아지자 혜주는 더 밝은 소리로 마지막 인사를 했다.

[그럼 힘내고, 다음에 또 통화하자.]

전화를 끊고 나서 순정은 그제야 눈에 가득 차 있던 눈물을 훔쳤다. 그간 왜 그렇게 사모님을 무뚝뚝하게만 생각했는지 모르겠다. 사모님의 시선은 항상 가영에게만 고정되어 있고 자신은 안중에도 없다 생각했었는데 그게 아니었던가 보다. 가영에 대한 걱정이 컸기에 다른 것에 신경을 쓸 겨를이 없었던 모양이다.

또다시 전화벨이 울리는 바람에 그녀는 더 생각할 틈도 없이 또 전화를 받았다.

[순정아!]

“응, 가영아.”

[보고 싶어!]

대뜸 용건부터 말하는 가영의 목소리에 순정은 방금 전까지 감정에 복받쳤던 목소리로 웃고 말았다.

“응, 나도.”

[아프지 않아? 괜찮아? 속상해서 울고 있는 거 아냐? 밥 먹었어?]

대답할 새도 없이 가영이는 제 궁금한 것만 속사포처럼 물어댔다.

“괜찮아. 하나도 아프지도 않고 속상해서 울고 있지도 않아. 이제 일어났으니까 밥은 이제 먹어야지. 넌 밥 먹었어?”

[우리 어머니가 갈비탕 해줘서 아침부터 갈비탕 먹었어. 오늘 택규 오빠랑 병원에 가기로 했어. 우리 아가 사진 찍을 거래.]

가장 걱정스러워야 할 가영은 오히려 목소리가 밝다. 하긴, 그녀는 원래 걱정이라는 것을 모르고 사는 사람이니까. 그런 면에서 보면 가영은 정말 행복한 사람이다.

[우리 가게 놀러 와. 어머니가 너 오면 고기 구워주래. 이따가 올 거지?]

“응. 나중에 갈게. 그런데 나 오늘은 좀 바빠. 나도 일할 곳을 찾아야 하니까. 집도 구해야 하고.”

[집도 따로 살 거야?]

철없는 가영아, 그럼 너 시집가는 집에서도 내가 함께 살 줄 알았니?

“그래, 사모님이, 네 엄마가 집 구할 돈을 보내주신대.”

[그렇구나. 난 또…….]

무얼 기대했는지 그 말에 오히려 가영의 목소리에는 실망감이 가득했다. 정말로 그 집에 함께 사는 것을 원했던 모양이다.

[잠깐만 기다려, 우리 택규 오빠가 너 바꿔달래.]

뭐라고 말할 새도 없이 잠시 말이 끊기더니 이내 전화를 바꾼 듯 택규의 목소리가 들렸다.

[순정 씨. 저, 택규입니다.]

“네, 택규 씨.”

[저희 가게가 불편하시면 당분간 저희 집에서 함께 지내셔도 됩니다. 순정 씨가 가영이하고 같이 자고 저는 안방에서 부모님하고 같이 자도 됩니다. 안 그래도 어제 부모님하고 상의를 했는데 괜찮으시다고 그러셔서…….]

“감사해요, 택규 씨. 신경 써주셔서. 그런데 그렇게 안 하셔도 돼요. 가영이 어머니께서 집 얻을 돈을 보내주신다고 하셨어요.”

[아, 그렇습니까? 정말 다행이네요. 안 그래도 어제 내내 순정 씨 걱정이 됐었는데. 이젠 마음이 놓이네요.]

“그렇게까지 걱정해 줘서 정말 고마워요.”

[아니에요. 처음부터 저하고 가영이만 아니었어도 순정 씨가 집을 나올 일은 없었잖아요. 우리 편들다가…… 어쨌든 이제야 마음이 놓입니다.]

‘띠띠’ 하고 전화 들어오는 소리가 들린다. 지석이었다.

“어쨌건 오늘 볼일 마치고 가영이 보러 갈게요. 이제 마음 놓으시고 병원에 잘 다녀오세요."

[네.]

오늘따라 전화통에 불이 나는 것 같다. 어째 이 시간에 몰려서 전화를 걸어오는 것일까.

급히 전화를 돌려 지석의 전화를 받았다.

"네, 검사님."

[이제 검사님 소리는 그만할 때도 되지 않았나?]

"……."

사람 호칭이 그렇게 쉽게 바뀌나? 부르던 대로 계속 부르게 되는 거지.

"안 바쁘세요, 검사님? 안 바쁘신 줄 알았으면 먼저 전화 걸어서 귀찮게 해드리는 건데 그랬어요."

[걱정돼서 그러지. 낯선 곳에서 혼자 잠자고 일어나면 우울해지지 않을까 해서 말이야.]

우울해할 새도 없었답니다.

혼자 생각하고 순정은 피식 웃었다. 눈뜨자마자 그렇게 안부전화들을 받을 줄은 몰랐었다.

"그래서 사모님하고 가영이하고 택규 씨한테 벌써 괜찮냐는 전화를 받았어요."

[사랑을 아주 많이 받고 있었던가 보네. 내가 걱정할 필요도 없이 말이야.]

"……그러게요. 저도 몰랐어요. 제가 그렇게 사랑받고 있는 줄은."

[그럼 나도 본론으로 들어가야겠네.]

"다른 본론이 있었던 거예요?"

[왜, 서운해?]

"네, 서운해요."

서운하긴, 다른 본론이 있다는 사실에 감사할 따름이다. 그만큼 그의 목소리를 더 들을 수 있다는 뜻이니까.

[어쨌건, 어제 가져간 구직신문 있잖아, 제일 두꺼운 거. 거기 4페이지 펴봐.]

"잠깐만요."

어제 펼쳐 놓았던 신문이 있는 곳으로 걸어가면서 순정은 의아한 생각에 물었다.

"신문은 왜요? 4페이지, 펼쳤어요."

[거기 죽 내려가다 보면 중간쯤에 '커피숍 맡아서 운영하실 분'이라고 적힌 거 찾아봐. 보여?]

지석의 말대로 순정은 손가락으로 신문을 죽 훑어내려 그가 말한 광고를 찾았다.

"네, 찾았어요. 왜요?"

[당신 경영학과 나왔잖아. 거기 한번 연락해 보라고. 내가 어세 집에 들어가서 죽 훑어봤거든. 당신하고 잘 맞는 게 뭐가 있을까 하고 말이야. 그게 딱 눈에 들어오던걸.]

순정은 광고를 찬찬히 훑어보았다.

─월급제 사장, 커피숍 맡아서 운영하실 분 구함. 급여는 상담 후 결정.

커피숍. 그 석 자에 가슴이 두근거리기 시작했다. 어제는 왜 이 광고를 보지 못했을까? 사실 어제는 무엇을 해야 할지도 모르는 상황에서 마음만 급했었다. 보고도 못 본 것이다.

"피곤했을 텐데, 쉬지 않고 이걸 찾으신 거예요?"

[우리 애인이 길거리에 나앉게 생겼는데 피곤하게 생겼어? 한시라도 당신이 안정이 되어야 나도 마음 편히 일하지.]

가슴이 뜨거워져 온다. 예상하지 못했던 일들이었다. 외톨이라 생각했는데, 혼자라 생각하고 막막했었는데, 이제 보니 정말로 스스로 자신을 외톨이로 만든 것이었다. 모두들 이렇게 걱정해 주고 있는데 그녀는 스스로 쌓아놓은 벽 안에서 혼자서만 힘들다 생각했었다. 아무도 그걸 모른다 생각했었다.

[어때? 그쪽에서 일해볼 생각 없어? 다른 분야를 생각하고 있는 거야?]

그녀가 말이 없자 그는 다르게 생각한 모양인지 다그치듯 묻고 있다.

[다른 분야면 얘기해 줘. 다시 찾아볼 테니까.]

"아니에요, 저, 오래전부터 이런 거 해볼 생각 하고 있었어요. 어떻게 알았는지 모르겠는데, 정말로 내가 원했던 일이에요."

[애인인데 그걸 못 느낄까?]

그냥 조건에 맞는 걸 찾아놓고 지석은 짐짓 생색을 냈다.

[실은 내가 거기 전화까지 해봤거든. 이상한 데면 접으려고. 괜찮은 것 같아. 가서 면접 보고 마음 정하면 돼.]

"먼저 전화까지 했다고요?"

[그럼 전화를 먼저 해봐야지. 당신은 그런 구직신문을 보고 취직자리를 안 찾아봐서 모르나 본데 그거 상당히 이상한 장소인 데가 많아. 섣불리 찾아갔다가는 큰일 나는 수가 있어. 내가 같이 가고 싶은데 그것까지는 해줄 수가 없어서 전화만 한 통 해본 거야. 걱정 마. 검사니 어쩌니 하는 소리는 단 한 마디도 안 했으니까.]

순정은 그만 웃고 말았다. 혼자 해보고 싶단 말을 그렇게 많이 했건만 결국 이건 혼자가 아니잖아.

하지만 정말 든든하다. 그런 그가 애인이라는 것이. 대한민국 검사 유지석이 자신의 애인이라는 것이.

"고마워요, 검사님."

[고마우면 검사님이라고 부르지 말고 이름을 불러. 당신한테까지 검사님 소리 듣고 싶지 않거든.]

잠시 심호흡을 한 순정은 전화기에 대고 속삭였다.

"고마워요, 지석 씨."

잠시 말이 없던 그가 대답했다.

[나도, 당신을 사랑하는 거 같아, 여순정.]

그 순간 순정의 가슴에는 지진이 일었다.

그리고 그는 전화를 끊었다.

하루 종일 바빴다. 오전 내 광고신문으로 괜찮은 전셋집을 찾아보고 또 시간에 맞춰 커피숍에도 찾아갔다.

사장은 또래의 젊은 여자였다.

임신을 하고 힘들어서 잠시 놓으려는 것이란다. 결혼하기 전부터 시작해서 이젠 제법 잘되는 커피숍을 그대로 놓아버리기도 아깝고 한동안은 운영이 힘들 것 같아서 심사숙고 끝에 월급제 사장을 쓰기로 했단다.

순정을 본 사장은 그녀를 마음에 들어했다. 아직 아무 일도 해보지는 않았으니 처음엔 무리가 있을 것 같긴 하지만 경영학과를 나왔다는 것이 마음을 결정하는 데 큰 도움이 되었단다.

한 달간 서빙과 일을 하면서 일을 배우고 그다음 달부터 본격적으로 운영을 하기로 합의를 보고 커피숍을 나선 순정은 뛸 듯이 기쁜 마음을 어쩔 줄 몰라 멍하니 서 있다가 제일 먼저 휴대폰을 꺼내 들었다.

가장 먼저 생각나는 사람은 지석이었다. 하지만 그의 번호를 누르려다 순정은 잠시 손을 멈칫거렸다.

뭐라고 말을 꺼내야 할까.

나도, 당신을 사랑하는 거 같아.

그렇게 말했다. 자신이 한 말에 대한 대답이 아니었기에 처음엔 자신이 그의 말을 잘못 들었다 생각했다. 아니, 자신은 똑바로 들었으니 그가 잘못 들은 것이라고 다시 고쳐 생각했다.

하지만 잘못 들을 말이 아니었다. '고마워요, 지석 씨'가 어떻게 '사랑해요'라고 들리겠는가.

그는 대답을 한 것이 아닌 것이다. 사랑한다는 고백을 했던 것이다.

언제나 그는 순정을 앞서 갔다. 처음 고백도, 좋아한다는 말도, 아름다운 눈빛을 보내는 것도, 모두 그가 먼저 시작했다. 그리고 이젠 사랑의 고백까지.

어찌할 바를 몰라 그녀는 그에게 전화를 하지 못했다. 갑작스러운 고백이 순정을 혼란스럽게 했다.

그러나 인정할 수밖에 없었다. 그의 그 고백이 자신의 마음을 마구 뒤흔들어 놓았다는 것을. 그 파장은 너무도 커서 그녀의 가슴에 쌓였던 그 모든 벽이 허물어질 정도였다는 것을.

잠시 망설이던 그녀는 휴대폰에 문자메시지를 찍기 시작했다.

[커피숍은 잘됐어요. 다음 주부터 출근해서 일을 배우기로 했어요. 사장님, 마음씨 좋은 제 또래던데요. 신경 써줘서 감사해요.]

지석의 번호로 그것을 보냈다.

일 때문에 바쁜 걸 방해하기 싫어서 문자로 보냈다고 생각해 줬으면 좋겠다. 뭐라고 말을 해야 할지 쑥스러워서, 전화까지 해서 말도 못하고 부끄러워하는 모습을 보이고 싶지 않아서 그렇다고 생각하지 말았으면 좋겠다.

다행히 조금 있다가 그에게서 답문자가 왔다.

[오케이, 잘됐군. 그리될 줄 알았어. 저녁에 시간 비워. 나하고 갈 데가 있으니까.]

검사님이 이래도 되나? 정말로 안 바쁜 건가?

[어디 갈 건데요?]

[데이트.]

순정은 그의 마지막 문자를 한참이나 노려보았다.

이러다 검사님, 잘리는 거 아냐? 무슨 검사가 이렇게 매일 데이트하러 다니냐고?

하지만 오늘도 그를 볼 수 있단 것에 머릿속에 들었던 생각과는
달리 그녀의 기분은 한없이 가벼웠다.

자, 이제 가영이한테 가볼까? 보고 싶기도 하고 또 볼일도 있
다. 빈손으로 나오는 바람에 입을 옷이 하나도 없다. 가영이 옷을
좀 빌리는 수밖에. 가영이 옷이 조금 화려하고 눈에 띄기는 하지
만 지금 이 판국에 좋은 거 싫은 거 따질 수야 없지.

한창 바쁜 저녁시간대라 택규 일가의 만류에도 불구하고 순정
이 음식 나르는 것을 돕고 있을 때 지석은 그곳에 도착했다.

정신없이 일하다 한 손님에게 물을 가져다주던 순정은 그제야
문가에 서서 자신을 바라보고 있는 지석을 발견했다.

하루 종일 그를 만나면 어떻게 해야 하나 하는 생각만 했다.

아침에 전화로 들은 그의 목소리, 사랑한다는 말. 그것만이 고
장난 레코드처럼 그녀의 머릿속을 계속 맴돌아, 그녀는 그를 다시
만나는 이 순간이 두렵기까지 했던 것이다.

그는 깊은 눈으로 자신을 바라보고 있었다.

최대한 태연한 얼굴로 앞치마를 벗고 순정은 그에게 다가갔다.

"언제 왔어요? 왔으면 말을 하지, 그냥 기다리고 있어요?"

"방금 왔어."

싱긋 웃으며 그는 그녀를 위해 신발장에서 용케 그녀의 신발을
찾아 내려놓았다.

주방 한 귀퉁이에서 물수건을 정리하고 있는 가영에게 간다는
말을 하고 순정은 얼른 밖으로 나섰다.

"차는 어디에 댄 거예요?"

그를 바라보기가 차마 엄두가 나지 않아 시선을 피하며 묻자 그는 가만히 순정을 바라보다 대답없이 그녀의 손을 잡았다.

순정은 저도 모르게 그 손을 빼고 말았다. 하루 종일 생각했기 때문인가, 오히려 그의 그런 행동이 어색한 것 같기도 하고 저절로 모든 것이 의식되는 것 같기도 했다.

"차 대놓은 데로 가는 거야. 내가 잡아먹을까 봐 겁나?"

전혀 아니라는 듯 세차게 고개를 내저었지만 사실은 그가 지독하게도 의식되고 있다. 바로 어제, 그가 대놓고 애인이냐 물었을 땐 그리 의식되지 않던 것들이 오늘은 마치 처음 그라는 존재를 느꼈을 때처럼 사무칠 정도로 의식이 된다. 그의 존재감만으로 몸이 떨려오고 있다.

이래선 안 된다. 아무렇지도 않은 척, 그와 있는 것이 다른 때와 마찬가지로 편안하고 싶었다. 하지만 지금 왜 이렇게 그가 지독하게 의식되는 것일까. 달라진 것은 아무것도 없는데.

내 진심은 아직도 그를 사랑하다 상처받는 것을 두려워하는 것인가?

"겁내지 마."

마치 그녀의 마음을 읽은 듯 그는 그녀의 손을 꼭 잡은 채, 마치 전혀 상관없는 애기를 하듯 먼 곳을 바라보며 입을 열었다.

"감정을 갖는 것을 겁내지 마. 그건 사람들 사이에선 흔하게 일어나는 일이니까. 나중에 어떻게 감정이 흘러가도 지금 이 순간은 진심이니까. 나중에 있을 일 때문에 겁내지는 말아."

또 그런다. 이 가슴, 혼자 찌르르 울리고 있다. 그의 음성, 그의 마음을 듣기만 해도 이 가슴은 혼자 너울처럼 울렁인다. 자신의 의지와는 상관없이.

순정은 그를 바라보았다. 먼 곳을 바라보며 얘기하니 그의 반듯한 옆얼굴만이 그녀의 시야에 들어왔다.

그 와중에도 순정은 그의 얼굴에 마음이 흔들리고 있는 자신을 발견했다. 반듯하고 아름다운 옆얼굴이다. 정말, 이 사람, 내가 사랑해도 괜찮을까?

"겁 안 낼 거예요."

순정이 대답했다. 그는 고개를 돌려 순정을 내려다보았다. 담담히 자신을 쳐다보고 있는 얼굴에 조금 전의 겁쟁이 같은 모습은 보이지 않았다.

"가자. 당신하고 갈 곳이 있어."

"어디 가요?"

"가면 알아."

그녀를 태우고 언제나와 같이 목적지를 말하지 않고 차를 출발시키자 순정은 짐짓 타박 아닌 타박을 했다. 방금 전의 어색함을 없애려는 듯 그녀의 목소리는 밝았다.

"검사님이 매번 이렇게 일찍 퇴근해서 데이트하러 다녀도 되는 거예요?"

지석이 차를 빼다 말고 그녀를 쳐다보니 순정의 두 눈에 웃음이 가득했다.

"왜, 내가 매일 당신 만나러 오는 게 귀찮아?"

"누가 귀찮대요? 그냥 걱정스러우니까 그러는 거지."

"평생 연애하는 것도 아니고 연애한다고 일찍 퇴근하는 때도 있어야 다른 검사들도 숨 좀 쉬면서 살지."

"사무실에서 얼마나 인상을 쓰고 계셨으면 검사님 안 계시다고 동료 검사님들이 숨 좀 쉬어요? 다른 검사님들 마음 편히 일하게 인상 좀 펴세요. 저도 처음 사진을 봤을 땐……."

지석은 미간이 조금 전보다 더 좁혀졌다. 처음 봤을 때, 어쨌다는 거야? 게다가 이제 보니 순정은 자신을 평검사로 알고 있는 모양이었다.

"처음 사진 봤을 땐, 뭐?"

"아니에요."

입을 다물어 버린 순정의 두 눈에는 웃음이 가득하다. 그 웃음만 봐도 무슨 말을 하려는지 충분히 납득이 간다.

"인상 진짜 더럽다고?"

"풉!"

스스로 정곡을 찔러 버리자 순정은 참지 못하고 웃음을 터뜨리고 말았다.

"대체, 뭐야 그 웃음? 낯다는 소리보다 더하네. 나도 인상 디리운 거 알거든. 게다가 내 인상 덕에 조금은 편히 일을 할 수 있는 거고."

"왜요? 용의자들이 검사님 얼굴 보고 겁먹고 다 불어버리나요?"

"그런 면도 없지 않아 있어. 인상 한번 쓰면 아, 이거 잘못 걸렸구나, 입 다물고 있다가는 피 보겠구나, 하고 알아서 술술 다 불어 버리지. 그러니까 내 인상은 단점이 아니라 장점이라 이거야.”

너스레를 떨 듯 태연한 얼굴로 말하는 지석 덕에 순정은 또다시 웃고 말았다.

“그리고 여순정, 또 이럴 거야?”

“내가 뭘요?”

“어제 간신히 ‘지석 씨’ 하고 호칭을 바꿨으면 계속 그렇게 나가야지, 검사님이 뭐야, 검사님이? 어디 가서 그렇게 부르면 공연히 사람들 다 도망간다. 세상에 죄 안 지은 사람은 없거든. 그러니까 검사님이라고 부르지 마. 검사님 소리는 청사에서 듣는 걸로 만족해.”

“알았어요, 까짓것, 한 번도 됐는데 두 번을 못하겠어요? 지석 씨. 아니면 가영이가 택규 씨 부르는 것처럼 지석 오빠라고 불러 드릴까요?”

“싫어. 난 오빠란 호칭을 들으면 온몸에 두드러기가 나는 것 같다고. 그냥 다 빼고 지석 씨라고 불러줘.”

“두드러기가 나요? 그럼 한 번 불러봐야겠네. 지석 오빠.”

한눈에 봐도 그의 얼굴에까지 소름이 돋았다는 것을 알 수 있었다.

“오빠라고 부르면 나도 당신을 ‘우리 아가’ 라고 부를 거야.”

오욋! 순정은 저도 모르게 온몸을 덕덕 긁었다. 우리 아가라니, 그건 정말이지 오글거리다 못해 쪼그라들어 죽죽 펴줘야 할 것 같은 기분이다.

“지석 씨.”

그녀는 바로 꼬리를 내렸다.

“그래, 그래야지.”

그제야 만족스러운 듯 지석의 입가에 미소가 걸렸다.

“그런데 우리, 어디 가는 거예요?”

“가보면 알아.”

언제나 같은 그의 반응에 순정은 입을 비쭉 내밀었다. 미리 말해주면 덧나나? 꼭 이렇게 사람 궁금하게 만든다니까.

얼마를 달리던 그의 차는 이윽고 한 상점 앞에 섰다.

설마, 여길 오는 것은 아니겠지, 했는데 지석은 그 주차장에 차를 세운다.

순정은 당황한 눈으로 앞에 있는 커다란 간판을 바라보았다. 한눈에 봐도 이름 있는 쥬얼리 상점이었다.

“여긴 왜…….”

“사실, 내 입으로 이런 말을 하긴 좀 뭐한데, 내가 좀 잘났잖아. 그래서 자꾸 여자들이 대시를 해온단 말이야. 어찌나 귀찮은지, ‘나, 임자 있는 몸이오’ 하는 표시가 필요할 거 같아. 하는 김에 당신 것도 조그만 거 하나 정도는 있어야 할 것 같아서 말이야.”

농담인 줄은 알겠지만 지금 이 순간은 웃음이 나오지 않는다. 경황이 없어서 생각지도 못했다.

“이제 당신도 일을 하게 됐고, 좋든, 싫든 사람들을 많이 만나야 하잖아. 그러다 보면 눈 높은 놈들이 당신을 보고 집적댈 거 같고. 난 그게 싫거든. 그래서 이참에 확실한 표시를 해줘야 할 거 같아서. 그게 내 본심이야.”

유지석과 커플링을 낀다는 것이 얼마나 큰 의미를 가지는지 정작 그는 모를 것이다.

또다시 고질적인 의심이 고개를 슬그머니 쳐들고 있다. 내가 그래도 되는 것일까? 정말로 내가 이렇게 행복해도 되는 것일까? 내가 이 남자를 정말로 소유해도 되는 것일까?

그에게 손을 잡혀 안으로 들어가는 순정의 얼굴에는 아직도 얼떨떨한 기운이 남아 있었다.

“여기서 가장 예쁘고 화려한 반지로 보여주세요. 누가 봐도 아, 이 여자, 임자 있구나, 하고 생각할 정도로 눈에 띄는 걸로 주세요.”

그의 말에 점원은 부러움 반, 비싼 반지를 팔 수 있겠구나 하는 기대감 반으로 얼굴이 환해졌다.

“또 갈 곳이 있어. 시간이 없으니 서둘러야 해.”

커플링을 한 손을 맞잡고 지석이 그녀를 잡아끌어 차에 태우자 순정은 이번에는 기필코 미리 행선지를 알아야겠다는 듯 고집스럽게 물었다.

“어딜 갈 건데요?”

“가보면 알아.”

“미리 말 안 해주면 이젠 안 따라갈래요.”

“왜, 이상한 데로 데려갈까 봐?”

호텔 가자 소리 하는 것보다 더 이상한 곳도 있을까.

“네.”

“백화점에 갈 거야. 문을 일찍 닫으니까 최대한 빨리 가야지.”

“백화점에는 왜요?”

“당신 옷을 좀 사야지. 다 놓고 나오는 바람에 어제 입은 옷을 또 입고 있잖아. 설마…….”

그가 하려던 말의 의미를 깨닫는 순간 순정의 얼굴이 새빨개졌다.

“속옷은 어젯밤에 빨아 널었다 입었다고욧! 설마 더럽게 입은 속옷을 또 입었겠어요?”

“아, 나도 그렇게 생각하진 않았어. 그냥 갈아입을 것이 없으니까…….”

말을 흐리는 그의 얼굴이 발그레 변했다. 대체 이 남자, 무슨 상상을 하는 거얏!

아, 할 말이 없다, 할 말이 없어. 검사님조차 이렇다니, 이래서 남자들은 다 늑대라 부르는 모양이다.

얼굴이 붉어질 대로 붉어진 순정은 더 이상 말을 엮고 싶지 않아서 한동안 창밖만 내다보았다.

“백화점은 싫고, 그냥 동대문으로 가요.”

“시장 옷은 내가 싫어.”

“그럼 가지 말아요. 백화점에 가서는 절대로 안 살 테니까.”

“또 쓸데없는 고집을 피운다. 여순정, 당신 다음 주부터 출근이라면서, 그런 시장에서 산 옷을 입게 놔둘 것 같아? 당신이 지금까지 입은 옷도 시장에서 산 건 하나도 없잖아.”

"상황이 바뀌었어요. 이젠 내 상황에 맞게 옷도 입을 거고요. 더군다나 출근이래 봤자 사무직도 아니고 당분간은 커피숍 알바나 마찬가진데 비싼 옷 입을 필요도 없어요."

"정말 많이 변했네, 여순정. 처음 만났을 당시엔 내 카드로 반나절 만에 천만 원 넘게 지르고도 태연했으면서."

뭐라고 대꾸하려던 순정은 그만 말문이 막혀 입을 다물고 말았다. 그땐 상황이 그랬으니까 그랬던 거지, 더군다나 그러고 나서 마음이 편했던 것도 아니고 내심은 솔직히 미안해했었는데, 속 좁게 그걸 아직까지 마음에 담고 있었단 말이지?

"동대문. 아니면 안 가요. 오늘 가영이한테 옷을 두 벌 빌렸으니까 그걸로 버틸 수 있어요."

단호하게 눈까지 내리깔며 뚝 잘라 말하는 순정을 보고 지석은 더 이상 그 고집을 꺾을 수 없단 사실에 고개를 절레절레 흔들었다. 대체 저 소고집, 언제 한번 꺾어보나.

"알았어. 하지만 다음에 내가 어디 가자고 할 땐 아무 말 없이 따라오기다."

"보고 갈 거예요."

"남자의 자존심도 살려줘야지."

"그런 건 자존심이 아니라 객기예요."

"어이구, 무슨 여자가 이렇게 한마디도 안 져요, 한마디도. 다른 검사들이 이런 걸 못 봤으니 정말 다행이지, 누가 봤으면 나한테 검사로서의 자질이 의심된다 했을 거야."

투덜거리면서 지석은 차를 출발시켰다. 그래, 내가 간다, 동대문. 객기 부린다 소리 듣기 싫어서 동대문 간다고.

결국 동대문 의류상가에서도 옷을 최소한으로 고르려는 순정과 되도록 여러 스타일을 낼 수 있도록 많은 옷을 고르려는 지석의 실랑이가 또다시 이어졌고 이번은 순정이 싫다는 말에도 굳이 돈을 지불하고 옷을 산 지석의 승리로 끝났다.

그렇게 호텔로 돌아와 보니 벌써 열한 시가 넘어가는 늦은 시각이었다.

"오늘, 힘들었을 텐데, 고마웠어요."

그에게서 양손에도 모자라 옆구리에까지 끼고 있는 쇼핑백을 넘겨받으며 순정이 작별인사를 겸한 감사의 인사를 하자 지석은 한결 초췌해진 모습으로 힘없이 고개를 끄덕였다.

여자들의 능력은 정말 무궁무진하다. 어쩜 쇼핑을 그리도 잘하는 것인지, 그 좁은 건물을 돌아다니는 것은 한 번이면 족할 줄 알았는데, 웬걸, 간 곳 또 가고 나왔다 싶으면 또 그곳으로 가고, 그렇게 건물 안을 수차례나 뱅뱅 돌 줄은 몰랐다. 겨우 상의 몇 벌을 사면서 말이다. 문제는 상의만 산 것이 아니라는 것이다. 자신이 사준다고 박박 우겨서 일어난 일이긴 하지만 바지와 신발 두 켤레 더 사려는데 또 아까와 같은 과정을 거쳤다. 너무 비싸다, 바느질이 너무 띄엄띄엄이다, 다른 데서 더 싼 걸 봤다 등등 본 걸 또 보고 다시 와서 본 과정이 수차례, 피곤한 몸에 눈 밑으로 다크서클이 흐르듯 내려오기 시작하더니 얼굴을 다 가린 것같이 되어서야 순정은 만족한 얼굴로 그곳을 나섰던 것이다.

그렇게 순정을 객실 앞까지 바래다준 지석의 얼굴은 아까 저녁 나절에 본 그 생생하고 건강한 기운은 다 어디 가고 초췌하기 짝이 없다.

쇼핑백만 받아 들고 돌려보내자니 미안한 마음이 앞선다.

"잠깐…… 안으로 들어와서 차 한잔 마시고 갈래요?"

그 말이 끝나기 무섭게 기다렸다는 듯 지석은 순정의 객실 안으로 성큼 발을 들여놓았다. 언제 그리 피곤했었냐는 듯, 아주 말끔한 얼굴이다. 무섭다. 검사란 직업은 저리 연기력도 필요한 것인가 보다.

객실 안을 휘휘 둘러보던 그의 시선이 새하얀 리넨이 깔린 널찍한 침대에 잠시 머무는가 싶더니 이내 고개를 돌리고는 작은 테이블 앞에 앉는 것을 보며 순정은 찻주전자를 찾아 나섰다.

어제 객실에 들어온 후로 어디에 뭐가 있는지 찾아볼 생각조차 하지 않아 방 한 귀퉁이에 있는 작은 코너를 발견하는데 시간이 좀 걸렸다. 한참을 뒤지고 나서야 찻주전자와 몇 가지 마실 티백을 발견하고는 차를 타서 와보니 지석은 테이블에 엎드린 채로 잠들어 있었다.

역시 많이 피곤했었나 보네.

잠시 그런 그를 보고 있자니 또 미안한 마음이다. 이런 사람, 어서 오세요, 하고 반길 괜찮은 여자들이 많을 텐데 왜 하필 자신 같은 여자를 만나 이렇게 고생을 하나, 그런 생각이 들었다.

그녀는 아무 말 없이 그런 그의 앞에 앉았다.

테이블 위로 아무렇게나 뻗은 그의 왼손, 아까 함께 맞춘 심플

한 커플링이 은근히 그녀의 시선을 사로잡는다. 가늘고 긴 손가락, 어디서 피아노를 좀 쳤다 해도 믿을 만큼 섬세하게 잘생긴 손이다.

눈에 확 띄는 반지를 요구했음에도 남자의 반지도 함께 눈에 확 띄는 스타일이라 결국 순정이 박박 우겨 심플한 것으로 결론을 보았다. 일을 하는데 반지가 너무 눈에 띄는 것은 검사란 직업에 어울리지 않는다는 편견 때문이었지만, 그의 가는 손가락에 잘 어울리는 반지를 보니 어쨌거나 참 잘 고른 것 같다는 생각이다.

순정은 자신의 반지를 물끄러미 바라보다 다른 손으로 그것을 빙글 돌려보았다.

그 반지를 끼워주며 지석은 반 장난스럽게 중얼거렸다.

"이젠 정말로 빼도 박도 못하는 내 애인이야. 어디 가서 싱글인 척하지 마."

이게 정말 현실일까? 느닷없이 찾아온 이 모든 행복이 정말로 현실일까?

이게 꿈이라면 정말 영원히 깨지 않았으면 좋겠다. 언제나 불행하고 언제나 치열해야만 했던 여순정은 이제 안녕이다. 오늘의 여순정은 많은 사람의 사랑을 받고 이렇게 잘난 애인이 있는 아주 행복한 사람이다.

가만히 그의 손가락에 있는 반지를 만지작거려 보고 있는데 그가 움찔 몸을 움직이더니 이내 고개를 들었다. 손을 빼려 했지만 그가 그걸 용납할 리가 없었다. 그는 그대로 그녀의 손을 잡고 처음부터 그랬다는 듯 가만히 순정의 얼굴을 바라보았다.

그 눈빛 속에서 순정은 그의 욕망을 어렵지 않게 읽을 수 있었
다.

한참을 그의 시선을 마주했다.

그가 원하는 것을 주고 싶었다. 아니, 그것은 핑계일지도 모른
다. 어쩌면 그토록 참고 있던, 그에 대한 자신의 소유욕일지도 모
르겠다.

말없이 순정은 자리에서 일어나 그의 곁으로 다가갔다. 자신을
가만히 바라보고 있는 그의 입술에 그녀는 처음으로 자신이 먼저
입술을 겹쳤다.

미동을 않는 듯싶었던 그가 마침내 그녀의 허리를 꽉 끌어안았
다. 그녀의 머리를 움켜잡아 최대한 자신의 얼굴에 밀착을 시키고
는 마침내는 그녀의 입안으로, 꿀을 찾아가는 꿀벌처럼 그렇게 그
녀의 혀를 찾아 돌아다니다 기어이 달콤한 자신의 목적을 찾아냈
다.

순정은 그를 일으켜 세우며 아직도 입고 있는 그의 코트를 벗겨
냈다. 그녀의 행동이 무엇을 뜻하는지 알고 있는 지석의 숨결이
자연히 더욱 거칠어졌다.

“이봐…….”

마침내 그가 입술을 떼면서 동시에 입을 열었다.

“조용히 해요.”

그녀가 그의 넥타이를 벗겨내면서 경고했다.

“그러지 않는 것이 좋을 거야. 난…….”

“쉿!”

이번에는 그의 셔츠 단추를 풀어낸다. 그리 많지 않아 보이는 단추를 푸는데 왜 이리 시간이 걸리는 것일까.

"당신이 혼란스럽지 않을 때……."

"혼란스럽지 않아요."

마침내 그의 셔츠 단추를 다 풀고 젖히자 그의 탄탄한 몸이 드러났다. 멈칫거리던 그녀의 손이 마침내 그의 몸에 닿자 그는 저도 모르게 숨을 훅 들이켰다.

그녀를 가지고픈 욕망과 지금 상황에 대한 망설임이 교차하고 있는 그의 시선을 바라보며 그녀는 다시 한 번 그의 머리를 끌어당겨 그 입술에 자신이 지금 하고픈 것이 무엇인지, 확실하게 알려주었다.

그녀의 손이 그의 허리띠를 푸는 그 순간 지석은 마침내 무너지고 말았다. 아직은 아니다, 아직은 이르다, 내내 스스로를 달래던 필사의 의지가 그녀의 그 손길 하나로 연기처럼 사라져 버리고 말았다.

가냘프기 짝이 없는 순정의 허리를 끌어당기며 그는 인정사정없이 그녀의 따스한 모직 스웨터를 위로 끌어 올리듯 벗겨 버렸다.

"온종일 이걸 생각했었어. 당신이 정말 속옷을 벗고 있을까, 하고 말이야. 벗고 있다면 좋겠다는 생각도 하다가 그럼 안 되지, 하는 생각도 하다가……."

드러난 속살을 새하얀 브래지어가 감싸고 있는 것을 본 그는 만족스러운 표정을 지었다.

"이젠 입고 있다 해도 상관없게 됐지만……."

그의 손이 브래지어의 끈을 만지작거리다 어느새 등 뒤로 돌아갔다.

이내 순정은 허전함을 느꼈다. 대담하게 그를 유혹하려 했지만 이렇게 가슴이 드러나고 나니 가리고 싶은 것은 본능인가 보다.

머뭇거리며 제 가슴을 가리려는 그녀의 두 손을 그가 잡아 자신의 등 뒤로 돌리며 그는 그녀를 가만히 끌어안았다.

뜨거운 입술이 그녀의 목덜미에 와 닿자 소름이 오소소 돋는 기분에 그녀는 눈을 감고 말았다. 그 입술이 그녀의 몸에 무언가 보이지 않는 길을 따라가듯 천천히 미끄러져 턱으로, 입술로, 다시 턱으로, 떼고 싶지 않다는 듯 계속해서 음미하고 여운을 남기며 지나간다.

허리를 감고 있던 그의 손이 어느새 등을 쓰다듬고 있었다. 살갖을 스치는 소리가 그의 거친 숨소리만큼이나 지극히도 자극적이다.

아니, 거친 숨소리는 그녀의 것이다. 다른 이의 손이 몸에 닿는 생소한 경험만큼이나 그녀는 자신의 숨소리가 생소하게 느껴졌다.

그의 입술이 머리카락을 젖히며 살짝 귀 뒤에 닿더니 이내 다시 목덜미로 향했다.

그의 따스한 손이 등 뒤를 돌아 나와 다정하게 가슴을 덮었다. 그 작은 몸짓 하나에도 극한의 흥분을 느끼는 순정의 가슴이 심하게 달싹였다. 그녀는 저도 모르게 그의 목을 끌어안고 말았다. 그녀의 몸에 닿은 그의 몸은 너무도 뜨거웠다.

그 또한 심하게 가슴을 들썩이고 있었다. 바짝 붙은 몸을 통해 극도로 흥분한 그의 일부를 느끼자 순정은 놀라서 그를 쳐다보았다. 이렇게까지 흥분할 수 있다는 것이, 이렇게 느낄 수 있을 정도로 흥분하는 남자의 몸이 놀라웠다.

욕망으로 표정이 굳었던 그가 생소한 반응을 보이는 그녀를 놀란 듯 가만히 내려다보다 다시 그녀의 입술로 자신의 입술을 눌렀다.

그리고 그 상태로 그는 천천히 자신의 숨을 고르기 시작했다.

순정이 손을 움직여 그의 몸을 만지려 했지만 어느새 그는 그녀의 두 팔을 잡아 움직이지 못하게 고정시키고 있었다.

움직일 수 없다는 것이 싫었다. 그의 맨살을 만지고 싶었다. 욕망으로 뜨거워진 그 몸에 다시 한 번 손을 대보고 싶었다.

“아니야.”

그가 통제된 낮은 음성으로 마침내 목소리를 냈다.

의아한 눈으로 그를 바라보자 그는 자신의 마음이 드러난 눈으로, 애정이 가득 담긴 시선으로 그녀를 내려다보며 말을 이었다.

“오늘은 여기까지.”

이해할 수 없다는 순정의 시선에 그가 힘겹게 자신의 마음을 드러냈다.

“이런 식으로는 싫어. 당신이 혼란스러운 틈을 타서 훔치듯 가지고 싶지 않아.”

“그렇지 않아요. 난…… 혼란스럽지 않아요.”

“아니야. 당신이 혼란스러운 걸 모를 뿐이야.”

그가 천천히 그녀의 옷을 다시 머리에서부터 씌워 입혔다.

"내가 오늘 무엇을 양보했는지 알면 나중에 당신은 오히려 기뻐할 거야. 그렇게 믿기에 이렇게 필사적으로 날 막고 있는 거야."

조심스러운 몸짓으로 그는 순정의 이마에 입술을 가져다 댔다. 애써 자신을 가라앉히려 노력하고 있지만 그럼에도 그의 거친 숨소리는 아직도 남아 있었다. 그녀는 모를 것이다. 그녀에게 닿은 손을 떼는 것조차 얼마나 힘겨운 것인지, 다시 만지지 않기 위해 얼마나 강한 의지가 필요한 것인지. 이런 밀폐된 공간 안에서 단둘이 있는 것조차 그에게는 얼마나 크나큰 유혹이고 고문인지.

자신의 옷을 마저 입은 그가 마침내 든든한 갑옷을 입은 기사와도 같이 안도의 표정을 지었다.

"당신이 가장 행복하다 느끼는 그날, 당신하고 그 행복을 함께하고 싶어."

그리고 그는 그녀를 향해 아쉬움이 가득 담긴 키스를 하고 그녀의 방을 나갔다. 순정은 다리에 힘이 풀려 털썩 침대에 주저앉아 아직까지 정신을 차리지 못한 얼굴로 지석이 나간 방문만 바라볼 뿐이었다.

난희는 잠결에 지석이 들어오는 소리를 들었다. 눈을 뜨고 시계를 보니 벌써 자정을 넘긴 시간이다.

지석이 이 시간에 들어오는 적은 별로 없었다.

야근을 하면 열 시 즈음이면 들어왔고 어쩌다 큰 사건을 맡으면 밤샘을 하고 새벽에 옷을 갈아입으러 들어왔지 자정을 넘기진 않았다.

분명 그 여자를 만났을 것이다. 요새 만난다는 그 여자.

대체 뭐하는 여잘까? 어떤 여자기에 엄마인 자신에게도 안 보여주려는 것일까? 친절하고 붙임성 좋은 아들은 아니지만 그래도 자신의 말에 딱히 거역한 적도 없는 아들이 아무리 졸라도 저리도 단단히 감추려는 것을 보면 뭔가 있는 것이 분명했다.

그리고 난희는 대충 어떤지 감으로 알 수 있었다. 자신이 반대할 만한 여자라는 것쯤은 굳이 이것저것 따지지 않아도 척 보면 척인 것이다.

분명 배경 좋은 남자를 만나 팔자나 고쳐 보려는 못된 불여우겠지. 그러면서 지석에게는 자신이 신파영화의 여주인공쯤 되는 듯 연기를 했을 것이다.

아들이든, 남편이든 그런 면에서는 다른 남자들과 다 똑같다. 여자의 진짜 내면을 제대로 알아보지 못하는 것이다. 같은 여자들은 척 보면 아는데 남자들은 눈물 좀 짜고 애써 가련한 척 연기 좀 하면 그게 전부인 줄 안다.

그런 여자가 걸리면 그다음은 내용이 뻔하게 흘러간다. 우선 임신부터 떡하니 할 것이고 임신했으니 결혼은 기정사실로 여기고 찾아올 것이고, 결국 지석을 차지하기 위해 엄마인 자신과 지석의 사이를 이간질시킬 것이다.

그래선 큰일인데. 패가망신의 지름길이 될 것이다. 그런 여자들은 남자의 기를 살리는 것이 아니라 오히려 꺾어놓는 부류다.

난희는 저도 모르게 길게 한숨을 내쉬었다.

“왜 자다 말고 한숨을 쉬고 그래?”

명수가 난희 뒤척이는 소리에 선잠이 깼는지 웅얼거리며 물어왔다.

“나, 내일부터 새벽기도 나가야 할 거 같아요.”

“또 왜?”

“유 검사 말이에요.”

“지석이가 왜? 잘하고 있는 애가 뭐가 문제라고 새벽기도를 나가?”

“여자 만나고 다녀요.”

“…….”

명수가 돌아누운 채 잠이 든 것인지, 아니면 생각을 하는 것인지 잠시 대화가 끊겼다.

“자요? 내말 들었어요?”

“제 앞가림 하는 나이야. 걘 고등학교 다닐 때부터 제 앞가림 한 놈이야. 대체 뭐가 문제야?”

“그 불여우 같은 계집애가…….”

“벌써 만나본 거야?”

“그러니까요. 유 검사가 못 만나게 해요. 가르쳐 주지도 않고.”

명수는 한심하다는 듯 짧게 한숨을 쉬었다.

“이러니까 안 가르쳐 줬겠지.”

“내가 어쨌다고 그래요?”

“만나기 전부터 잘 알지도 못하는 여자를 불여우라고 부르는데 오죽하겠어? 쓸데없는 생각 하지 말고 어서 잠이나 자. 공연히 잘하고 있는 놈 성미 건드려서 나중에 죽어 지내지 말고.”

“우리 유 검사가 무슨 성질을 부린다고 그래요? 걔가 나한테 그러는 거 봤어요?”

“뭐든 처음은 있는 법이야. 그리고 처음이 가장 무섭기도 하고. 그러니까 그냥 둬, 제 하고 싶은 대로 하게. 연애도 마음대로 못하게 하는 게 무슨 엄마라는 거야? 걔가 십대도 아니고 벌써 삼십줄을 넘어선 지가 언제인데. 어여 자, 쓸데없는 소리 그만하고.”

팽 하니 타박 한 번 하고 명수는 잠이 든 듯 이내 숨소리가 깊어졌지만 난희는 쉽게 잠을 이루지 못했다.

아무래도 안 되겠다. 고것이 뭐하는 아인지 알아봐야겠다. 알아낼 방법이 있을 것이다.

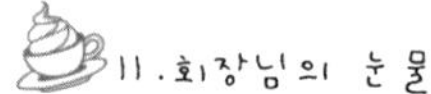

날씨는 끄물거렸지만 곧 눈이라도 쏟아지려는 듯 운치가 있었
다.

"어서 오세요."

딸랑, 운치있는 풍경(風磬)이 달린 문이 열리며 젊은 아가씨들이
안으로 들어서자 검은 비스트로 에이프런을 허리에 두른 순정이
상냥하게 인사하며 물잔과 메뉴판을 들고 다가갔다.

"녹차 라떼 한 잔 하고 카라멜 카페모카 한 잔 주세요."

문을 열고 첫 손님치고는 괜찮은 편이다. 어느새 이곳에서 일하
기 시작한 지 사흘 만에 장사꾼이 다 되어가는지 순정은 사장인
채희의 말버릇처럼 속으로 첫 손님을 평가하고 있었다.

그날 하루 장사는 첫 손님에 따라 좌우된다는 장사꾼들의 속설

은 정말로 사실인 것 같다. 첫 손님이 수표를 내면 그날 하루 종일 잔돈이 달렸고, 첫 손님이 제일 싼 아메리카노를 시키면 그날 하루는 계속해서 아메리카노만 팔리는 편이었다.

오늘은 아무래도 쉽지 않은 음료들이 나갈 모양이다. 그래도 가격대가 괜찮으니 매상은 나쁘지 않겠다.

회장님의 집을 박차고 나올 때까지만 해도 이렇게 혼자 힘으로 살아간다는 것이 나름의 즐거움을 가지고 있다는 것을 전혀 알지 못했었다.

얼마 전, 며칠에 걸쳐 다리품을 팔아 얻은 작은 전셋집은 비록 방 하나, 작은 주방이 딸린 거실 하나지만 낮에는 따사로운 햇살이 들어오는 작은 그림 같은 2층집이었다.

비록 회장님의 집에서 살 땐 호화스러울 정도로 큰 방이었고 전문가가 해준 인테리어와 조금 과장하면 지금 얻은 집의 방만 한 침대를 썼지만 그래도 순정은 자신만의 이 집에 있는 것이 가슴이 떨리게 행복하고 좋았다.

주말 내내 지석과 다니며 쇼핑을 해서 작고 사랑스러운 레이스 커튼을 달고 로맨틱한 연두색의 벽지로 도배하고 인형 같은 러그를 현관에 깔고 새로 산 침대에는 포근해 보이는 빛깔의 시트와 이불을 깔았다.

새로 산 그릇을 싱크대에 정리하고 있을 때 지석이 몰래 다가와 그녀의 코앞에 상자를 불쑥 내밀었다.

"새집으로 온 기념선물이야."

함께 돌아다녔는데 언제 몰래 선물을 준비한 걸까, 궁금해하며 상자를 연 순간 순정은 그만 웃음을 터뜨리고 말았다. 귀엽고 앙 증맞은 고양이와 개가 그려진 한 쌍의 커플 머그잔이다. 심지어는 컵에 이니셜까지 새겼다. 고양이에는 자신의 이름 약자인 SJ, 그 리고 개가 그려진 컵에는 그의 이름인 JS. 겉으로는 무섭고 무뚝 뚝하게 생긴 그가 이런 것을 사려고 했다는 그 상황이 머릿속으로 그려지는 것이, 어울리지 않으면서도 귀엽게 느껴졌던 것이다.

"웃지 마. 안 그래도 정말 오래 망설였거든. 닭살이 마구 돋아나 서 진짜 하고 싶지 않았는데 말이야, 그래도 이런 게 있으면 또 기 분이 다르잖아. 원래는 이런 유치한 짓을 당신이 해야 하지만 무 슨 여자가 그리 무뚝뚝한지, 그런 걸 할 기미도 안 보이니 내가 할 수밖에."

"맞아요. 이런 유치한 것이 좀 있어줘야 이사하는 기분도 나고 하죠."

"그 컵, 좀 창피하니까 다른 사람 오면 절대로 꺼내지 말고 나한 테만 쓰는 거야."

그가 신신당부했지만 그녀는 보란 듯 그 한 쌍의 컵을 현관에서 아주 잘 보이는 곳에 진열해 놓았다. 아깝게 어찌 거기에 커피를 마실 수 있겠는가. 절대로 안 쓰고 두고두고 기념으로 간직할 것 이다.

그렇게 커플 머그잔까지 진열해 놓고 보니 집은 여자 혼자 사는 싱글의 집이 아니라 꼭 신혼집 같았다.

저녁에 함께 와인을 따라 축배를 하고 그는 그렇게 힘겨운 아쉬 움만 남기고 돌아갔다.

그날 저녁, 순정은 다음날 출근을 해야 함에도 불구하고 또 쉽게 잠을 이루지 못했다. 새로운 인생, 새로운 출발, 모든 것이 예전에 걱정했던 때와는 달리 그 순간 가슴이 벅차서, 행복감과 새로운 미래에 대한 기대감으로 쉬이 잠을 이룰 수가 없었다.

그리고 마침내 그토록 기대했던 출근을 하면서 순정은 매일매일을 새로운 인생의 즐거움으로 다시 채우고 있는 것이다.

"나, 정말 순정 씨한테 이 숍 맡기는 거 다행이라고 생각해."

순정 혼자 싱글거리며 웃는 것을 물끄러미 보던 채희가 불쑥 말을 건넸다.

서채희, 그 커피숍의 사장인 그녀는 순정을 처음 봤을 때부터 마음에 들어했다. 짧은 커트의 헤어스타일에, 커다란 눈, 커다란 입을 가진 그녀는 키마저도 커서 어찌 보면 시원시원하게 생겼고 어찌 보면 한 강단 있게 생긴, 조금은 강한 성격의 소유자였다.

순정도 이상하게 처음 그녀를 본 순간부터 마음이 가는 것이, 좋은 친구가 될 것 같다는 생각을 했었다.

"처음 맡긴다고 결정했을 때까지만 해도 경험이 없는 게 걱정이 되었는데, 내 결정이 정말 옳았던 거 같아. 꼭 몇 년 해본 사람처럼 차분하고 능숙하잖아."

채희의 말에 순정은 깨끗이 씻은 컵을 마른 행주로 다시 한 번 닦으며 생글생글 웃는 얼굴로 태연히 대구했다.

"그럼, 다행이지. 나처럼 능력있는 여자가 흔한 줄 알아?"

이 넉살은 아무래도 지석에게서 전염된 듯하다. 더군다나 사장이 동갑이니 대화하는 것이 더욱 마음 편하다. 마치 오래전부터 알고 지낸 듯 채희는 처음 출근한 그날부터 순정에게 동갑이니 말을 놓자며 살갑게 대했다.

"그렇게 능력있는 여자가 왜 이제야 일하겠다고 나선 거야? 의욕만 봐서는 벌써 일을 저지르고도 남았을 사람인데. 딱 보면 알거든, 순정 씨는 나하고 같은 과라는 거."

"그러게, 이렇게 재미있는 줄 알았으면 진작 저지를 걸 그랬어."

응수를 해주면서도 일손을 놓지 않는 순정을 보던 채희는 그녀의 곁에 다가와 가지런히 컵을 정리하기 시작했다.

"그 남자, 자기 애인이야? 매일 저녁마다 와서 자기를 태우고 가는……."

채희의 말에 순정의 눈가에 행복한 웃음부터 담겼다.

"응. 애인. 아주 잘난 애인."

순정이 사람들이 꽉꽉 들어찬 대중교통을 타고 힘들게 퇴근하는 것이 싫다며 매일 저녁마다 태우러 와서 그녀를 집에 데려다주는 지석은 오히려 전보다 더 그녀와 일정거리를 유지하려 애쓰고 있다. 집에 들어와 차 한잔 마시라는 말도 이젠 못 들은 척, 그대로 돌아가 버린다. 그날, 호텔에서의 그 일 이후 그가 왜 그러는지 잘 알기에 서운한 마음은 없지만 그도 피곤할 텐데 매일 그러는 것이 미안할 따름이다.

"흐음, 얼마나 잘났는데?"

"대한민국 검사."

"정말? 와! 대단하다. 난 검사님을 한 번도 만나본 적도 없는데.

이제 임신해서 배까지 나왔으니 앞으로도 나쁜 짓을 하지 않는 한은 만날 일도 없겠지만. 어떻게 만난 거야?”

“산타 할아버지가 선물로 줬어요, 사장님. ‘그동안 착하게 살았으니까 선물이다’ 이러면서 말이야.”

순정의 말에 채희는 짐짓 후회하는 표정을 지었다.

“그럼 난 그동안 너무 나쁜 아이였나? 멋대가리 하나 없는 남편이 생긴 걸 보면 말이야. 난 입덧하면서 차를 몰아요. 몰다가 입덧할 때도 있고. 내가 차를 몰고 출퇴근하면서 얼마나 서러운지 자기처럼 착하게 산 사람은 전혀 모를 거야.”

“그러게, 좀 착하게 살지 그랬어.”

순정의 순순한 인정에 기가 찬 듯 채희가 웃음을 터뜨렸다. 어디서 이런 사람이 굴러들어 왔을까. 착하고 참한 것 같으면서도 저렇게 능글맞게, 시치미 뚝 떼고 맞장구를 치는 모습을 보면 사람 다루는 일이 참 능숙한 것 같았다. 그 두 가지가 저렇게 맞을 수가 없는데 신기하게 순정은 그 두 가지를 잘 조합하며 살고 있었다.

“그래, 어떻게 운영할 건지, 구상은 하고 있어? 다음 달부터는 자기가 알바생도 고용해야 하고, 인테리어 같은 것도 근 틀에서 벗어나지 않는 한에서 계절마다 손을 봐야 할 텐데. 알바생 월급 주고 재료 안 떨어뜨리는 것만 사장이 하는 일이 아니란 거 알지?”

“응.”

대답은 잘했지만 사실 지금 당장 그게 뭐냐고 묻는다면 아무 말도 하지 못할 것이다. 생각을 안 해보려고 한 것도 아니었다. 다만 자신의 모든 아이디어와 구상이 들어 있는 그 파일에 그녀의 두뇌를 모두 옮겨놓은 듯 지금 현재는 아무것도 떠오르지 않는다. 거기엔 괜찮은 아이디어가 상당히 많이 있는데.

조만간에, 채희가 손을 놓기 전에 그 파일을 회장님 댁에서 가지고 오긴 해야 했다. 다른 건 다 놓고 와도 그것만큼은 챙겨왔어야 했는데 그땐 상황이 너무 급히 흘러 정신이 없었다. 하긴, 그 상황에 준비라도 한 듯 그 파일을 챙겨 들고 나오는 것도 우습긴 하다. 쫓겨나듯 나오는 마당이었으니까.

그러고 보니 정말로 너무 마음을 놓고 있었나, 민 회장님이 어찌 지내는지 한 번 전화도 하지 못했네. 그렇게 온 식구들이 한 번에 다 나와 버려서 많이 놀라긴 하셨을 텐데. 어찌 지내고 계시나 걱정도 되긴 한다. 그때 당시엔 민 회장님께 분노가 앞서는 바람에 걱정도 하지 않았었는데. 그 파일도 가져올 겸, 핑계로 한 번 가서 어찌 지내고 계시나 보고 올까?

민 회장의 차가 차고에 들어왔다는 신호음이 들리자 주방에 앉아 마늘을 까던 박 씨는 바짝 긴장한 표정을 지으며 서둘러 방에 가서 외투를 입으며 나왔다.

성당만 다녔다면 '신이여, 저를 굽어살피소서' 하며 성호라도 그을 기세였다.

처음 그렇게 민 회장이 사람들을 모두 쫓아냈을 당시엔 그 불쌍한 가영을 쫓아낸 민 회장이 조금은 너무한다 싶었다. 혼자 적적

하다 못해 외로움에 뼈가 시린 시간을 가져봐야 정신을 차릴 거라고 혼자 중얼거려 보기도 했다.

하지만 그것도 하루, 이틀이다. 며칠 지나면서 민 회장이 늦게 들어올 때가 많아지고 또 들어오면 집 안에 폼으로 장식했던 술병들을 하나씩 따는 모습을 보며 동정심도 느꼈더랬다.

쫓겨난 사람들도 안쓰럽지만, 홀로 남은 민 회장도 안쓰러우니 당최 어디에 줏대를 맞춰야 할지도 몰랐다.

그런 민 회장이 외로움에 지쳐 급기야는 자신을 앉혀놓고 이런 얘기 저런 얘기 해가며 외로움을 달래려 하자 안쓰러운 마음에 그걸 다 받아줬다.

그랬더니 그게, 끝이 없는 것이다.

빈집에 아무리 노인네 둘이라지만 회장님은 남자고 자신은 여자인 것을, 남녀가 유별한데 자꾸 앉혀놓고 주정 비슷한 넋두리를 해대니 그것도 하루 이틀인 것이다. 그러다 잠을 자러 들어가자니 참, 상황이 어색한 것이, 도저히 안 되겠다 싶어 사모님의 전화기로 전화를 걸었다.

며칠만 참고 기다려 보란다. 회장님이 항복하면 그때 들어온단다. 조만간에 항복할 거란다.

하지만 그녀가 볼 때 회장님은 아직 항복할 기분이 아닌 듯했다. 술만 마시면 혼자 ‘들어오기만 해봐라, 내, 받아주나. 평생 안 받아줄 겨. 두고 봐라’ 하고 주정하듯 중얼거리는데 그것을 매일같이 들었기 때문이다.

상황이 불편하기도 하고 그 불편한 상황을 민 회장이 더욱 불편하게 만들고 있으니 마침내 며칠 전, 없던 딸이 생겨, 친정집으로 며칠 쉬러 왔으니 출퇴근을 하겠다는 핑계까지 만들게 되었다. 핑계인 것을 아는지 민 회장은 얼굴까지 붉히며 간신히 둘러대는 그녀를 빤히 쳐다보았지만 결국 허락을 해줄 수밖에 없었다.

그러고는 이젠 집에 들어오기도 싫은지 늦게까지 일하고 밤늦게야 들어오는 것이다. 민 회장이 퇴근을 해야 자신도 집에 가는데 매번 열 시나 되어야 들어오시는 민 회장 때문에 자연히 그녀도 퇴근이 늦어져 밤까지 일하고 다음날 새벽 다섯 시에 출근해야 하는 아주 불편하고 피곤한 상황이 된 것이다.

그러니 그녀로서는 어서 사모님이 그만 회장님을 용서하고 돌아와 줬으면 하고 바라는 것이 당연할 수밖에.

오죽하면 밤마다 천지신명님께 한 번도 스스로를 위해 빌어본 적이 없는 그녀가 두 손 모아 우리 회장님, 사모님이 용서하게 해주세요, 비나이다, 하고 빌겠느냔 말이다. 이러다 이 좋은 일자리 그만둘 일이 생길지도 모르겠다.

그나마 무슨 바람이 불었는지 오늘은 일찍 퇴근을 했다. 아직 여덟 시가 채 되지도 않았는데 들어온 것을 보면.

마침내 현관문이 열리고 박 씨는 막 나가려고 했던 것처럼 인사를 꾸벅 하며 급히 신발을 신었다.

민 회장은 검은 비닐봉지를 하나 들고 있었다.

'딱, 딱' 하고 병 부딪히는 소리가 들리는 것으로 보아 그것은 분명 소주병이었다. 집 안에 있는 술들을 다 동내고 이제는 소주병을 동원하는 상황이 되었구나 생각하니 또 안쓰러움이 앞서지만 박 씨는 애써 모르는 척, 신발을 마저 신었다.

어색하게 인사를 마치고 그녀가 나가자 민 회장은 길게 한숨을 내쉬며 거실 소파에 털썩 주저앉았다.

"독한 여편네. 몇십 년을 그렇게 같은 이불 덮고 살아놓고 어찌 연락 한 번 없을꼬. 참으로 독한 것이여. 다들 똑같이 독한 것이여."

푸념이 앞섰다.

빈방에 들어가는 것조차 싫다. 혼자 이불 덮고 자는 것도 싫고 그것에 익숙해지는 것도 싫었다.

"아무리 그렇게 화를 냈기로서니, 어째 한 놈도 와보는 놈이 없는 겨. 걱정도 안 되는감? 죽었는지, 살았는지, 아프진 않는지 걱정되는 놈도 없는 겨? 내가 세상을 헛산 겨. 에이, 나쁜 놈들, 에이 나쁜 여편네."

주섬주섬 주머니에서 꼬깃한 종이쪽지 하나를 꺼낸 그는 소주 한 잔을 한입에 털어 넣고는 살짝 펼쳐 보았다.

―강남구 개포동, XX번지, '돼지가 시집가는 날'.

아이들의 주소를 받아놓은 것은 사흘 전이었다.

딱히 알 만한 사람이 없어 지석에게 전화를 걸어 슬쩍 물어보았다. 그는 아무 말도 없이, 나무라거나 그럴 줄 알았다거나 '외로우셨죠?' 하는 주변있는 말도 없이 그냥 담담하게 주소와 전화번호를 가르쳐 주었다.

다시 그걸 주머니에 넣은 민 회장은 다시 소주 한 잔을 입에 털어 넣었다.

그리고 주춤 몸을 일으켜 2층으로 향했다.

가영의 방, 얼마나 닥치는 대로 싸들고 나갔는지 첫날에는 온통 어질러 있었다. 박 씨가 그날 혀를 끌끌 차면서 청소하는 소리가 듣기 싫어 방문을 닫아버렸다.

녀석, 그렇게 나가 버릴 줄은 몰랐다. 큰 소리 나면 겁부터 집어먹던 아이였는데, 무슨 깡인지, 제 어미하고 똑같다. 아이 임신했을 땐 정말 무서울 정도로 화도 내고 울기도 하고 그러더니.

순정의 방은 나가기 전이나 똑같았다. 잘 정리정돈되었고 가지고 나간 거라곤 아무것도 없으니 옷장에 걸린 옷가지까지 그대로다.

그는 갑자기 분한 마음이 들어 방문을 쾅 닫고 다시 내려와 버렸다. 나쁜 녀석, 내가 저를 얼마나 생각했었는데, 그런 식으로 가 버려? 말실수 좀 했기로서니, 요렇게 도끼눈을 하고 뒤도 안 돌아보고 가버리다니, 생각할수록 괘씸하다. 원래 그런 놈이라면 그렇게 배신감까지 느끼진 않았을 것이다. 한 번 대드는 꼴 없이 침착하게 네, 알겠습니다, 회장님, 하고 깍듯이, 지킬 건 지키는 놈이었는데. 어째 그렇게 하루아침에 눈이 뒤집어져서 나가 버리느냔 말이다.

안방으로 들어간 그는 문갑 제일 안쪽에서 무언가를 꺼냈다.

빛바랜 통장 두 개. 하나는 가영의 것이었고 하나는 순정의 것이었다. 자신이 하는 일이 혹시 중간에 변수라도 생겨 잘못될 경우를 대비해 만들어놓은 나름의 대비책이었다.

가영이는 나중에 시집가면 혹시라도 타박받을까, 돈이 최고인 세상, 돈이라도 쥐고 있으면 괜찮을까 싶어, 또 순정이는 여기서 나가면 무일푼으로 시작해야 했기에 퇴직금이라 치고, 순정이 데리고 온 달부터 일정하게 한 번도 안 빠지고 부어왔던 적금이었다. 순정이가 가영이를 대신하는 동안만큼은 딸이라 생각하고 똑같이 넣었던 돈이다. 지금 찾는다 해도 서울에서 작은 아파트 한 채 살 정도의 액수는 되니 적은 돈은 아니었다.

그러니 순정에 대한 배신감은 가영에 대한 것보다 더 곱절일 수밖에.

한참을 통장을 들여다보던 그는 다시 그것들을 문갑 안쪽에 깊숙이 집어넣었다.

괘씸한 녀석들, 내가 어디 용서해 주나 봐라. 절대로 용서 안 헐테니께 들어왔단 봐라.

한동안 방에 멍하니 앉아 있던 그는 다시 천천히 몸을 일으키고는 소파에 벗어놓았던 코트를 걸쳤다.

그래, 집에서 나가서 얼마나 어렵게 살고 있는지 눈으로 보는 것도 나쁘진 않겠지. 가영이, 그것, 그 곰같이 생긴 놈 따라가서 얼마나 잘사는지 눈으로 확인이나 해봐야겠다. 분명히 눈물이나 짜고 있을 것이여, 괜히 대들었다고 후회하고 있을 것이여. 벌써 열흘이나 넘게 고생했으니께 분명히 힘들어서 울고 있을 것이여.

펑펑 내리는 눈길을 뚫고 한동안 안 오던 단골손님이 목발을 짚고 들어오자 카운터에 있던 민국이 제일 먼저 나서서 걱정을 하며 그를 부축해 주었다.

"어이구, 한동안 안 보인다 했더니 다치신 모양이네요."

"그러게요, 한 달이나 병원에 입원해 있었어요."

집에서 쉬라고 아무리 얘기를 해도 말을 안 듣고 기어이 내려온 가영이 신이 났다는 듯 쪼르르 달려가 물병과 잔을 챙겨 들고 손님의 앞으로 달려갔다.

"아, 내가 이 집 고기도 고기지만 이 아가씨 얼굴이 눈에 아른거려서 병원에서 퇴원하자마자 이렇게 이쪽으로 출근하는 겁니다."

반 농담의 얘기에도 가영의 얼굴에는 생기가 돌았다. 칭찬은 언제나 그녀를 행복하게 한다. 그러니 식당 구석의 따뜻한 곳에 앉아 꾸벅꾸벅 졸다가도 손님이 왔다 싶으면 가영이 제일 먼저 손님을 맞이하는 일을 하는 것이다.

"어쩌다 다리를 다치셔가지고, 우리 복덩이 얼굴을 보러도 못 오신 겁니까? 참, 이 아이, 이제 우리 집 며느립니다. 잘해주셔야 합니다. 뱃속에 우리 손주도 들어 있어요, 허허."

"이거, 서운해서 어쩌나. 남의 집 며느리 될 사람인 줄도 모르고 난 우리 아들 빨리 키울 생각만 했네요."

호탕하게 웃던 손님은 가영에게 팁을 미리 준다며 만 원짜리 석 장 꺼내 나중에 아기 내복이나 사 입히라고 이른 선물까지 한다.

"올겨울, 진짜 눈이 많이 오죠? 눈이 예쁘다, 좋다, 했더니만 내 다리도 예쁘게 부러뜨렸네요. 길 가다 눈길에 미끄러졌는데 뼈에 금이 갔답니다."

마치 폭우에 가로수 하나가 넘어진 얘기를 하듯 손님이 아무렇지도 않게 얘기했지만 가영의 두 눈은 금세 안쓰러움과 놀라움으로 가득 찼다.

잠시 민국이 손님과 몇 분 더 잡담을 하는 사이 어느새 가영은 식당 안에서 자취를 감추었다.

금세 어딜 갔나, 입덧이 심해 화장실이라도 간 건가, 별걱정 않고 있던 민국은 잠시 후, 눈 오는 마당을 부지런히 쓸고 있는 가영을 발견하고는 소스라치게 놀랐다.

"주차장으로 들어갈까요, 회장님?"

기사가 조심스럽게 물어보자 민 회장은 잠시 생각을 하다 이내 무뚝뚝하게 대답을 했다.

"아니여, 그냥 여기 있어. 더 앞으로 가지도 말고 그냥 이 자리가 딱 좋아."

'돼지가 시집가는 날' 의 주차장에서 몇 미터 떨어지지 않은 대로변에 민 회장의 검은 세단은 하얀 눈을 맞으며 30분째 서 있었다.

가게의 상호를 듣고 그저 작은 갈비집인 줄 알았더니, 생각했던 것보다는 큰 고기집이었다. 그날 택규가 입고 온 낡은 트레이닝복을 생각하면 아주 영세한 음식점인 줄 알았기에 솔직히 조금은 의외였다. 더군다나 그 자리에 차를 대놓고 있자니 이렇게 눈이 많이 내리는데도 불구하고 그 앞 주차장으로 들어가는 차가 수월찮게 많음을 알 수 있었다.

흥, 그래 봤자 소고기집도 아니고 돼지고기 아니여, 돼지고기 많이 팔아봤자 돈이나 되겠나?

보이는 것을 애써 무시하며 민 회장은 혼자 고집스럽게 택규의 갈비집을 노려보고 있었다.

바로 그 순간 민 회장은 자신의 눈을 믿을 수가 없어 눈을 크게 떴다.

지금 빗자루를 들고 나와 눈을 맞아가며 가게 앞마당을 쓸고 있는 것은 바로 가영이 아닌가.

저, 저…… 저런 시정잡배 같은 인종들을 봤나! 홀몸도 아닌 아이, 남의 귀한 집 외동딸에게 이 추운 날, 눈까지 쏟아지듯 내리고 있는디 빗자루를 들려 마당을 쓸라고 내보낸 겨?! 우산 하나 안 씌우고?!

내, 이럴 줄 알았다니께! 그 무식해 보이는 놈, 내 앞에서만 사랑타령하는 줄 진작에 알았다니께! 내, 이것들을 그냥 싹 다 모아 놓고 무차별적으로다 몽둥이질을 할 테니께, 두고 봐라, 이 나쁜 놈들!

콧김까지 내뿜으며 차 문을 열려는 순간 가게에서 머리 하얀 한 노인이 뛰어나오는 것이 보였다. 커다란 목도리를 들고 나와 가영의 목을 감싸주며 손에서 빗자루를 빼앗는다.

엉거주춤, 나서려고 일으켰던 엉덩이를 도로 제자리에 내려놓으며 민 회장은 이 사태를 조금만 더 지켜보기로 했다.

금세 가게에서 예전에 봤던 그 곰 같은 놈, 택규가 뛰어나와 가영의 손을 잡고, 조금 전에 목도리를 씌웠던 노인은 연신 가영의 몸에 묻은 눈을 털기 바쁘다. 가영은 들어가지 않으려 떼를 써보지만 노인은 가영의 뺨에 손까지 대보며 그새 차갑게 얼었는지 확인하는 듯 보였다.

차 안이라 소리는 들리지 않았지만 그 상황은 소리가 없어도 충분히 알 수 있을 정도로 명료해 보였다.

가영은 사랑받고 있는 것이다. 택규에게나, 혹은 그 시부모로 보이는 어른에게나, 사랑받고 있다는 것은 그 장면만 보아도 충분히 알 수 있었다.

가영은 환하게 웃고 있었다. 집에서는 그런 모습을 본 적이 없었다. 집에서 가영은 언제나 자신에게 주눅이 들어 있었다. 철딱서니없는 아이라 분위기 파악도 못한다 하지만 그렇다고 자신의 앞에서 저렇게도 환하게 웃는 모습을 보인 적도 없다.

가영이 그렇게도 저 남자에게 가려고 했던 이유를 이제야 알 것만 같았다.

저도 모르게 민 회장은 눈시울을 붉히고 말았다.

자신이 그렇게 주려고 애썼던 행복, 결국 이젠 그럴 수 있는 기회를 내던진 것도 자신인 것이다. 자신을 대신해서 다른 놈이 그것을 한 것이다. 그 사실이 왜 이렇게 가슴 시리게 아픈지 모르겠다. 아니, 그것도 알겠다. 저놈하고 있는 것이 행복하단 것을 알았으니 이젠 가영이 자신에게 그 기회를 주지 않을 기라는 것을 이 좁은 가슴이 아는 것이다.

딸은 행복해하는데 가슴이 아프다니, 참 못된 노인네다. 참 못되게 늙은 노인네다, 나는.

가영이는 어느새 집 안으로 들어가고 보이지 않았다. 그 대신 택규가 나와 비질을 시작했다.

기사가 룸미러로 흘끔 민 회장을 쳐다보고는 얼른 고개를 돌렸다. 그는 손수건으로 소리없이 눈물을 닦고 있었다. 공연히 자신이 잘못한 것 같은 기분에 마음이 아파 기사는 한참 동안 눈만 펑펑 쏟아지는 창밖을 쳐다보고 있었다.

잠시 후, 민 회장은 감정을 가라앉혔는지 조금 가라앉은 목소리로 입을 열었다.

"눈길에 자네가 힘들겠지만 한 군데 더 가고 싶은 데가 있어. 그리로 가세나."

초인종을 눌렀지만 아무리 기다려도 누구 한 사람 인터폰을 받는 사람이 없었다. 회장님 안 계시면 박 씨 아주머니라도 계시겠지 하는 생각에 아무 연락도 없이 온 순정은 의아한 생각에 다시 한 번 초인종을 누르고 기다렸다.

"아무도 없나 보네."

그래도 대답이 없자 함께 온 지석이 초조한 듯 중얼거렸다.

"그러게요, 이상하네요. 박 씨 아주머니라도 계신 줄 알았는데."

설마, 박 씨 아주머니마저 그날 그만두신 건가? 민 회장님 혼자 두고서? 아니면 찾아올 사람 없다는 생각에 박 씨 아주머니가 깊은 잠이 드셨는지도 모르겠다.

주머니에서 열쇠를 꺼내 대문을 열고 들어가며 순정은 자신이 문을 열고 들어가 본 적이 거의 없단 사실을 새삼 느꼈다. 그나마 혹시 모를 비상시를 대비해서 열쇠는 항상 가지고 다녔는데 오늘 그 덕을 톡톡히 본다.

1층 거실의 불은 환하게 켜져 있었다. 보일러도 높여놨는지 실내로 들어서는 순간 덥게 느껴져 순정은 들어서자마자 목도리부터 풀어야 했다.

회장님 내외가 쓰던 침실의 문을 노크해 보지만 아무 반응이 없어 살그머니 문을 열어보았다. 아직 회장님은 퇴근 전인가, 사람이 들어온 흔적이 없다.

"아직 퇴근 안 하신 모양이에요."

순정은 조심스럽게 문을 닫고 2층에 있는 자신의 방으로 향했다.

한번 생활이 안정되고 나면 찾아는 뵈어야지 생각했던 것이 열흘이 넘어서야 처음 발걸음을 하는 것이다. 그나마도 놓고 간 파일이 없다면 더 늦어졌을 것을 생각하면 조금은 죄송하단 생각이 들었다. 그래도 지금까지 자신을 거둬주고 키워주신 분인데.

방으로 들어간 순정은 그제야 자신이 쓰던 방을 빙 둘러 바라보았다. 지금 쓰는 집만큼이나 큰 방. 일부러 이런 방을 마련해 줬다기보다는 가영의 옆방이기에 내주신 방이긴 하지만 생판 남인 자신에게는 과분할 정도로 크고 좋은 방이었다.

"이렇게 좋은 방에 살았어? 여긴 내 방보다 두 배나 넓네."

그녀를 따라 방으로 들어온 지석이 신기한 듯 방 안을 둘러보며 감탄사를 내뱉었다.

"네. 회장님이 조금 엄하시긴 해도 잘해주셨어요."

그녀의 말에 지석이 뜻 모를 표정을 지었지만 굳이 물어보지는 않았다. 물어보면 회장님에 대한 얘기를 하거나 물을 것이고, 그렇게 되면 또 이 집에 있던 때를 회상해야 하는데, 그러고 싶지 않았기 때문이다. 물론 나쁘다 표현할 수는 없었다. 하지만 그녀는 이 집에 있을 때, 항상 불행했다. 언제 쫓겨날지 몰라서 노심초사했고 눈치를 보며 살아야 했다.

순정은 책상에서 자신이 모아놓았던 자료가 든 파일을 찾아 빼들었다. 생각난 김에 가방을 꺼내 들고 몇 가지 옷을 더 챙겼다. 지석이 사준 옷이 있긴 하지만 계속 출근을 하려면 몇 벌 더 있는 것이 유리할 것 같았기 때문이었다.

꼭 필요한 것을 챙긴 순정은 멀뚱히 방에 남아 있기 뭐해, 지석을 데리고 방을 나와 거실 소파에 자리 잡았다.

이왕 왔으니 회장님 들어오시면 만나뵙고 인사나 하고 가야겠다. 몰래 들어와 자신의 물건만 쏙 빼들고 나간 걸 아시면 서운해 하실 테니까.

제발, 전처럼 험악한 말은 하지 않으셨으면 좋겠다. 그럼 다시는 오기 싫어질 거 같았다.

지석이 가르쳐 준 주소로 찾아갔지만 막상 가보니 어디가 순정이 사는 곳인지 알 수가 없었다.

차에서 내려 이리저리 살펴보다 민 회장은 기어이 초인종을 누르고 말았다.

"아, 그 아가씨요? 2층에 사는데, 거기 불 꺼져 있으면 아직 안 들어온 모양이네요."

늦은 저녁의 초인종 소리에 기분이 뚱한 주인아주머니의 목소리를 듣고 민 회장은 2층을 올려다보았다.

저 불이 꺼진 작은 창문인가? 눈대중으로 보아도 참 좁네. 아마 실내에 들어가면 더 좁을 겨. 게다가 여자 혼자 사는디, 이런 집에 어찌 창문에 그 흔한 방범창 하나 안 달았을꼬, 도둑이라도 들면 어쩌려고. 이 녀석, 만나면 그 잔소리부터 해야 쓰겄구먼.

게다가 그렇게 안 봤더니 이제 혼자 산다고 여자가 늦게까지 쏘다녀도 되는 겨? 이젠 자유다, 이거여? 끝까지 안 내보내고 끼고 살았으면 답답하다고 얼마나 날 흉봤을까.

자고로 여자는 하는 행동 보면 집에서 어찌 가르쳤는지 다 알 수 있는 거여. 유 검사하고 잘될지는 모르겠는디, 그런 식으로 행동해싸면 시부모 될 사람이 퍽이나 좋아허겄다. 저것을 그냥 내보내지 말고 시집갈 때까지 통금시간 철저히 맞추도록 지키고 있었어야 하는 것이었는디.

씁쓸한 기분으로 차로 돌아가 자리 잡고 앉았다. 순정이 돌아올 때까지 기다려 볼 요량이었다. 이왕 생각난 김에 얼굴도 꼭 보고 싶고, 하고 싶었던 말도 해야지.

그러나 그렇게 기다리기를 한 시간, 운전석에 앉아 기사가 꾸벅꾸벅 조는 것을 보고 있자니 오늘만 날인가 싶은 생각이 든다. 언제 들어올지 모르는데 더 기다리기도 뭐하고.

그는 졸고 있는 기사를 톡톡 두드려 깨웠다.

"이만 돌아가세. 안 오는가 벼."

한참을 기다려도 민 회장은 들어올 기미도 보이지 않자 순정은
어쩔 수 없이 자리에서 일어섰다. 내일 출근을 해야 하는 자신도
그렇지만 대한민국에서 가장 바빠 보이는 검사 지석을 계속 이렇
게 붙잡고 있을 수는 없는 일이었다. 그러게 혼자 간다고 우겼지
만 그런 곳에는 같이 가야 한다며 부득부득 따라온 지석을 어찌하
지 못했다.

이래서 처음부터 전화를 하고 왔어야 했나 보다.

그런 생각을 안 한 것은 아니었지만 혹시 전화를 했다가 오지
말라는 말을 하실까 내심 걱정이 되었다. 그렇게 미리 '저, 찾아갑
니다' 하고 예고를 했다가 '오지 마라, 오면 문도 안 열어줄 거다'
하고 답하시면 찾아올 수도, 그렇다고 안 찾아올 수도 없는 노릇
이 아닌가. 그래서 무작정 찾아왔던 것이다.

이제 시간대도 너무 늦었으니, 이제 와서 전화드려 저, 집 찾아
갔습니다, 하고 말씀드리는 것도 좋지 않을 것 같아, 차라리 내일
다시 전화드리고, 회장님이 원한다면 다시 찾아오기로 했다.

대문을 잠그고 나오며 그래도 순정은 살짝 갸우뚱거렸다. 대체
박 씨 아주머니는 어디 가신 걸까? 정말로 그만두신 건가?

지석이 차가 순정의 집 근처까지 갔을 때, 전화벨이 울렸다. 이
시간에 전화를 걸 생각없는 사람은 가영이 하나밖에 없다. 또 무
슨 염장을 지르려고 그러는 것일까, 오늘 택규 씨가 또 뭘 사줬다
고 자랑하려는 걸까. 며칠 그 자랑질 전화에 이젠 조금씩 정신적
으로 지쳐 가고 있었다.

그러나 전화를 꺼내던 순정은 깜짝 놀라 얼른 전화를 받고 말았다. 민 회장이었다.

"네, 회장님…… 안녕하셨어요?"

[당장 집으로 오니라.]

"예?"

[할 말이 있으니께, 당장 집으로 오란 말이여!]

"지금…… 요?"

[당장 오란 말 못 들었어?]

"……알겠습니다."

그녀의 대답도 듣지 않고 민 회장은 이미 전화를 끊었다.

"지금 오라고 그러셔?"

순정이 고개를 끄덕이자 지석은 천천히 깜박이를 켜며 차선을 바꿨다.

"다녀간 걸 아시고 그러나?"

"모르겠어요. 방에 들어가 보셨나? 그런 줄 아셨으면 진작 아까 나올 때 전화드릴 걸 그랬나 봐요. 모르시는 줄 알고 내일 전화드려서 다녀갔단 말을 하려고 했는데."

"외로우신 모양이다. 방에 들어가 보시는 걸 보니까."

"그러게요."

"너무 걱정하지 마. 그냥 담담하게 할 말을 해. 기죽지 말고. 당신답지 않으니까."

그 와중에도 자신의 걱정을 해주는 지석이 고마워 순정은 애써 밝은 표정을 지었다. 그래, 화는 나셨을지 모르지만 일부러 그런

건 아니니까 기죽을 필요는 없지. 다만…… 화를 많이 내실까 그
게 걱정인 것일 뿐.

　그녀의 바람과는 달리 민 회장은 화가 많이 나 있었다.
　자신이 따라 들어왔다가는 민 회장님의 화만 더 부추길 뿐이라
며 굳이 지석이 들어오지 않겠다 하는 바람에 순정은 혼자 집 안
으로 들어왔다.
　민 회장은 거실에 앉아 그녀를 기다리고 있었다. 어찌나 화가
났는지 아직도 콧김을 씩씩 내뿜고 있었다. 아무래도 안녕하시냐
는 인사는 하지 않는 것이 좋을 것 같았다.
　"다녀갔었냐?"
　회장님의 앞에 자신의 목도리가 놓여 있었다. 아까 거실에 풀어
놓고는 그냥 갔던 것이다. 그걸 보신 모양이다.
　"네, 회장님."
　"너, 다녀간다 하면 내가 못 들어오게 할 것 같았던 겨?"
　차마 아니라고도 말하지 못하고, 순순히 그렇다고 대답할 수도
없어 순정은 대답을 하지 않았다.
　"내가, 너헌티, 정말로 서운허다. 그려, 내가 너헌티, 그리고 가
영이헌티 모질게 대한 것은 사실인디 본심은 없었다. 그리고, 넌
똑똑하니께 내 본심을 알고 있는 줄 알았다."
　푸념처럼 회장님은 짧은 한숨과 함께 말을 이었다.
　"나, 참 서운허다, 순정이 너헌티. 그렇게 나가서 전화 한 번 하
지 않더니, 도둑처럼 몰래 들어와서 제 물건만 몰래 챙겨서 나간

겨? 내가 너헌티 그렇게 가르쳤냐? 내가 너헌티 그 정도밖에 안 되는 사람이었어?”

“화나셨다면…… 죄송합니다. 저도…… 그러려고 그런 것은 아니었어요. 기다려도 오지 않으시기에, 내일 다녀갔단 전화를 드리려고 했어요.”

“전화는 왜 미리 못한 겨? 내가 너헌티 그 정도밖에 안 되는 사람이었냐? 나갈 때 나갔더라도, 이제라도 왔으면, 저 가지고 갈 것이 있어서 왔습니다, 그간 몸은 건강하셨어요? 하고 물어보지도 못혀? 이 집에서 나갔으니께 영영 남남인 것이여? 내가 남이라고 불렀으니께 그래, 남이요, 하고 행동했던 겨?!”

“그런 거 아니에요, 회장님. 그런 생각 한 적 없어요. 서운하긴 했지만 절대로 그런 마음으로 그런 거 아니에요.”

“아닌디 그렇게 연락 한 번 하지 않은 겨? 걱정도 안 해본 겨? 이 늙은이가 혼자 죽었는지 살았는지, 걱정 한 번 되지도 않은 겨? 나는…….”

그는 잠시 목이 잠긴 듯 말을 멈추었다.

“나는…… 그래도 너 걱정 많이 혔다. 가영이야, 저 좋다고 달라는 놈이 있으니 당분간은 안심이지만 부일푼으로 니기 버린 녀는 걱정이 안 됐을 거 같냐? 내 마음은 그랬는데, 그래서 나한테 조금이라도 그런 정이 있으면 그렇게는 안 할 거라 생각혔는디…….”

회장님이 화를 내시면 기죽지 말고 할 말을 하려고 했다. 그때 너무하셨잖아요, 남이라고 했잖아요, 할 말을 하려고 했었는데. 결국 순정은 한마디 말도 하지 못했다. 속을 털어놓은 민 회장의 말에 오히려 죄송한 마음이 더해져 얼굴만 더 어두워질 뿐이었다.

그런 그녀의 얼굴을 보며 민 회장은 주머니에서 무언가를 꺼내 내밀었다. 통장이었다.

"이게…… 뭔가요?"

"내가 아무리 널 남이라 불렀어도 진심은 아닌 것이여. 나헌티 넌, 가영이와 다름없는 딸이었어. 그랬으니께 이걸 이렇게 계속 부어왔던 것이 아니겠냐."

민 회장은 이런 상황이 된 것이 마음에 들지 않는지 한숨을 푹 쉬며 자조적인 목소리로 말을 이었다.

"어차피 너 주려고 모아뒀던 돈이여. 너 나갈 때 집이라도 얻어 주려고, 아니면 일할 때 도움이라도 되라고 모아뒀던 것이여. 이 젠 나갔으니께 네 돈이여. 받어라."

그렇게 말하고 민 회장은 자리에서 일어섰다.

"참, 그 집, 방범창이 안 달려 있더라. 여자 혼자 살면서 그런 것 없으면 위험하니께 내일이라도 당장 달아라."

그리고 회장님은 방으로 들어가 버렸다.

방범창?

순정의 얼굴에 의아한 표정이 스치다 이내 놀란 듯 민 회장이 들어간 방문을 쳐다보았다.

설마, 집에까지 다녀가셨던 것인가?

잠시 동안 생각을 정리하려 민 회장의 방문을 쳐다보던 순정은 이윽고 망설이는 손으로 자신의 통장을 열어보았다.

또록, 눈물이 통장 위로 떨어져 잉크가 얼룩지고 말았다.

다달이 일정한 금액이 입금된 통장, 한 번도 빠지지 않고 입금 된 자신 명의의 통장이었다.

항상 퇴직금, 퇴직금 하며 일을 시키고 가영을 돌보게 해서 그 녀는 때로 힘들 땐 퇴직금을 빌미로 일을 시키면서 이러다 나중에 그냥 내쫓는 것은 아닌가 하는 나쁜 생각을 한 적도 있었다.

그런데, 회장님은 정말로 그것을 주려 생각했던 것이다.

주지 않아도 되는 상황에서, 얼마나 그녀에게 서운했던지 평소 처럼 생색 한 번 안 내고 그냥 내줘 버린 것이다.

대체 난 여태까지 무엇을 보고 무슨 생각을 하고 살았던 것일 까. 왜 그렇게 스스로 고아라는 생각만 했던 것일까, 왜 그렇게 가 영을 부러워했던 것일까? 난 왜 그렇게 내가 보고 싶었던 것만 보 고 살았던 것일까? 난 바보였다. 보고 싶은 것만 보고 생각하고 싶 었던 것만 생각했던 바보였던 것이다.

그녀는 천천히 자리에서 일어서서 민 회장의 방문 쪽으로 다가 갔다.

"회장님."

대답이 없자 그녀는 천천히 문을 열고 안으로 들어갔다. 민 회 장은 문갑 앞에 그냥 멍하니 앉아 있었다. 그녀기 나가는 소리가 들릴 때까지 그렇게 앉아 있을 참이었다.

"저…… 이거요."

순정이 통장을 내밀자 민 회장은 노기가 등등한 표정으로 고개 를 들었다.

"뭐시여, 이젠 내 돈 같은 것은 필요도 없단 말이여? 나 같은 사람의 돈은 받지 않겠다는 뜻이여?"

"그게 아니에요……."

순정은 그의 앞에 조용히 무릎을 꿇고 앉았다. 민 회장을 바라보는 그녀의 눈에는 눈물이 맺혀 있었다.

"저, 이거 안 받을 거예요. 이거 받으면……."

감정이 복받쳐 올라 순정은 말끝을 흐렸다. 눈물이 뺨을 타고 흐르기 시작했다.

"정말…… 죄송해요, 제 소견이 좁았어요. 전 회장님이 남이라고 해서 너무 야속했었거든요. 정말…… 그때, 역시 전 혼자가 맞구나, 생각했거든요. 저, 정말은 이 집 식구이고 싶었어요. 회장님한테 남이고 싶지 않았어요. 그러니까 이거…… 안 받을래요. 이거 받으면…… 저, 정말 여기서 일한 사람이 되잖아요. 저는 회장님한테 고용인이 아니라 한 가족이고 싶은데. 오래전부터 그랬으면 했는데…… 그러니까 안 받을게요."

그제야 민 회장은 그녀를 향해 돌아앉았다.

그녀를 보는 민 회장의 눈에도 눈물이 맺혀 있었다. 평소 지독한 사람 소릴 듣는 민 회장이 오늘따라 두 번이나 울고 있었다.

그는 가만히 손을 내밀어 다정하게 그녀의 손을 잡았다.

"미안허다, 순정아. 네가 그런 생각을 하고 있는 줄은 몰랐어. 너도 아는 줄 알았다. 너도 내 맘을 아는 줄 알았어……. 고맙다, 순정아. 이제라도 그렇게 말해줘서. 그런디, 이 돈은 넣어둬라. 이 돈 받아서 집이라도 옮겨라. 거기 그 조그만 집에, 위험하게 혼자 사는 거 보니께 영 마음이 불편혀서, 내가 안 되겠다."

고집스레 순정은 고개를 내저었다.

"괜찮아요, 회장님. 그 집, 사모님이 구해주신 집이에요. 저한테 소중한 집이니까 옮기지 않을 거예요."

"받으래도."

눈에는 아직 눈물이 맺혀 있지만 순정은 미소를 짓고 있었다.

"저도 한 고집하잖아요. 안 받아요."

그 고집, 민 회장은 잘 알고 있다. 항상 말을 잘 듣지만 그 고집으로 언제나 가영을 감싸고 제 생각대로 했지 않은가.

민 회장은 고개를 끄덕이며 통장을 다시 문갑 안에 넣었다. 그래, 지금 안 받는다면 나중에 시집갈 때 주면 되는 거지. 어차피 유 검사와 결혼을 하게 될 텐데, 그런 사람과 결혼하려면 돈이 좀 필요할 것이다. 돈이 최고인 세상이니까.

"저, 오늘은 너무 늦었으니까 이만 가볼게요. 그리고 앞으로 자주 놀러 올게요."

들어올 때와는 달리 순정의 목소리는 톤이 많이 밝아져 있었다.

"늦었으니께 네 방에서 자고 가라. 여자는 자고로 밤이슬 밟고 다니면 안 되는 법이여."

"저, 취직했어요, 회장님. 신사동에 있는 커피숍이에요. 그래서 내일 출근하려면 집에 가봐야 해요. 게다가 지석 씨…… 유 검사님도 밑에서 태워다 준다고 기다리고 계시고요."

"일을 한다고? 그새?"

"독립을 했으면 일을 해야 먹고살죠."

"그건 그렇긴 하지. 그래도 커피숍에서 일하는 거 월급도 적을 텐디, 왜 하필…… 넌 대학도 좋은 데 나왔잖냐."

"네, 그래서 월급사장이에요."

"사장이여?"

사장이라는 말에 이내 민 회장의 얼굴이 밝아졌다.

그려, 원래부터 똑똑한 아이였으니께, 사장시켜 줘도 잘할 놈이긴 하지. 내가 애 하나는 정말 잘 키웠다니께.

"알겠다, 그럼 일찍 가봐야지."

그의 말에 인사를 하며 순정이 자리에서 일어서자 민 회장이 다시 그녀를 불렀다.

"잠깐만 있어봐라."

또 문갑 서랍을 열더니 거기서 열쇠를 꺼내 그녀에게 건넨다.

"이건……."

자신이 몰고 다니던 렉서스의 차 키였다. 자신의 방에서 꺼내다 거기에 보관했던 모양이다.

"그건 받거라. 일하러 다니려면 필요할 거 아니냐. 어차피 그건 네 명의로 되어 있으니께 불편없이 몰고 다닐 수 있을 겨. 그것까지 고집부리면 화낼 테니께 암 말 말고 그냥 받어."

"……."

그것마저도 거절할 수는 없었다.

"네, 회장님. 고맙습니다."

"원래 네 거였는디, 뭐가 고맙다는 겨. 그냥 아무 말도 하지 말고 가. 밑에서 유 검사가 기다리고 있다며."

"……예, 회장님."

“차는 오늘은 두고 가고, 내일이나 언제 시간 날 때 와서 가지고 가라.”

“네, 회장님.”

“피곤해서 얼른 자고 싶으니께 어여 가.”

아예 순정의 등까지 떠밀며 배웅을 나온 민 회장에게 허리 숙여 인사를 하고 순정은 집을 나섰다.

순정이 나가는 모습을 확인한 민 회장은 현관문 단속을 하고 나서 서둘러 방으로 들어갔다.

수첩을 찾아 꺼내 전화번호 하나를 찾아낸 그는 평소보다 훨씬 더 빠른 속도로 전화기의 번호를 눌렀다. 신호음이 울리기 시작하자 민 회장의 얼굴에 미소가 가득 번졌다. 전화를 받는 소리가 나자 그는 목소리를 가다듬었다.

“여보시오, 여기 서울인디, 장모님이세요?”

일부러 그러려던 것은 아니었다. 이른 아침, 요새 아들이 이래저래 일과 연애를 하느라 바빠 잠을 제대로 못 자는 것 같아 약을 데워 가져다주려고 그러던 것이 그만 아들이 전화하는 소리를 엿듣고 말았다.

“응, 순정 씨. 난 이제 일어났어. 잠은 제대로 잔 거야?”

여자의 이름이 들리자 난희는 귀를 종긋 세울 수밖에 없었다.

“그래, 나도 민 회장님이 그러신 게 기뻐. 당신이 행복해하는 거 같아서 좋아.”

이 닭살스러운 대화를 하는 것이 저 무뚝뚝한 아들 유지석이 맞단 말인가!

"당신에게도 마음을 보이셨으니 가영 씨한테도 곧 좋은 소식이 있겠지. 어쩌면 먼저 그쪽으로 찾아가셨을지도 모르고. 그러니까 너무 걱정하지 않아도 좋을 것 같아."

가영이는 또 누구야? 많이 듣던 이름인데…… 더군다나 민 회장님이라니 최근에 분명 들어본 명칭들이다.

"그래, 그런데 오늘은 중요한 일이 있어서 못 갈 거 같아. 나 보고 싶어도 참아."

닭살이 오소소 돋고 있는데 듣지 않을 수도 없다.

전화를 끊는 소리에 그제야 난희는 막 도착한 것마냥 소리를 냈다.

"유 검사, 약 가지고 왔어. 약 먹고 출근 준비해야지?"

문이 열리고 지석이 나와 약을 한입에 죽 마시고는 기분이 좋은 듯 어머니를 향해 감사의 표시로 싱긋 웃어 보이나 싶더니 욕실로 향했다.

명수가 신문을 보기 위해 거실로 나와 탁자 앞에 자리를 잡았다.

"뭘 그렇게 멀뚱히 서 있어? 아들 잘난 얼굴 처음 봐?"

공연히 쓸데없는 말을 하며 명수가 신문을 펼치자 난희는 조용히 지석의 방으로 들어가 그의 출근 때 필요한 것들을 들고 나왔다. 언제나 하는 일이기에 명수 또한 무심하게 신문 속에 얼굴을 파묻고 주식동향부터 살펴봤다.

난희는 슬쩍 욕실 쪽을 쳐다보았다. 물 트는 소리를 보니 이제 샤워를 시작한 모양이었다.

방금 방에서 들고 나온 지석의 휴대폰을 집어 든 난희는 휴대폰을 열고 조용히 뭔가를 하기 시작했다.

"지금 뭐하는 거야?"

어느새 그녀를 지켜보고 있었는지 느닷없이 묻는 명수의 목소리에 제풀에 화들짝 놀란 난희가 휴대폰을 떨어뜨릴 뻔했다.

"아우, 깜짝이야. 왜 갑자기 소리를 내고 그래요? 사람 간 떨어지게."

"그러게 놀랄 짓을 왜 해?"

"아직 놀랄 짓은 안 했어요. 무슨 애가 이렇게 용의주도한 건지, 휴대폰을 잠가놓은 줄은 몰랐네."

아쉬운 표정으로 난희는 지석의 휴대폰을 탁자에 내려놓았다.

비밀번호를 어떻게든 맞혀보려 했지만 생일 같은 쉬운 번호는 아니었다.

"그거 뒤져서 뭐하게?"

아들이 나올까 다시 한 번 욕실 쪽을 확인한 난희는 길게 한숨을 내쉬었다.

"뭘 하긴요. 유 검사가 요즘 사귀는 이가씨가 누군지 알아보려고 그러는 거지."

"알아서 뭐하려고?"

"이상한 애면 어떡해요? 우리 아들 제대로 뒷바라지해 줄 수 있는 아가씨를 만나야지."

"아니면 가서 떼어놓으려고? 왜, 드라마에서 그러는 것처럼 돈

뭉치라도 건네게?”

난희는 샐쭉한 표정으로 명수에게 살짝 눈을 흘겼다.

“그럴 만한 돈이 어디 있어요? 당신 퇴직하고 나서 주식한다며 제대로 돈이나 벌어다 준 적 있어요? 맨날 쥐꼬리만 한 돈 몇 푼 내밀고 끝이면서.”

“그럼, 머리채라도 잡고 협박하게?”

“아니, 교양머리없이 누가 그런대요?”

“교양있는 여자가, 아들 휴대폰 뒤져서 사귀는 여자 전화번호 알아내려고 해? 보자 보자 하니까 당신, 요새 너무하는 거 같아. 그 현주 엄만지 뭔지 하는 여자가 바람을 넣고 나서부터는. 사람 그러는 거 아냐. 송충이는 솔잎을 먹고살아야 한다고 했어. 당신 호강하려고 아들 검사 만든 거야?”

“왜 아무 죄 없는 현주 엄마는 들먹여요? 그리고, 내가 이러는 게 나 호강하자고 하는 짓이에요? 다 유 검사 잘되라고…….”

“잘되길 바라면 그냥 둬. 내가 볼 때, 지석인 당신보다 더 생각도 깊고 행동도 바른 놈이야. 어련히 알아서 잘할까. 당신도 그러는 거 아니야. 자기 아들 귀한 거 알면 남의 집 딸도 귀한 걸 알아야지, 아들 출세시키겠다고 남의 집 귀한 딸 가슴에 대못 박을 거야? 그러고도 교회에 다니는 사람이라고 할 수 있겠어?”

교회까지 들먹이자 난희는 발끈해서 자리에서 벌떡 일어섰다.

“아니, 교회 다니는 사람은 아들 잘되길 바라면 안 된대요? 무슨 말을 그렇게 해요?”

“새벽기도 나가서 무슨 기도를 해?”

"그건……."

대답을 제대로 하지 못하자 명수는 혀를 끌끌 찼다.

"보나마나, 지석이 사귀는 여자하고 제발 헤어지게 해달라고 기도했겠지. 어미라는 여자가 참, 한심하다, 한심해. 그런 걸 종교에 기대려고 하는 꼴도 우습고."

"누가 헤어지게 해달라고 했대요? 왜 사람을 매도하고 그래요? 난 그냥…… 이왕이면 사귀는 여자가 지석이 뒷바라지 잘할 만한, 재력과 능력을 갖춘 여자가 되게 해달라고 기도했어요. 그게 뭐 나쁜가? 모든 엄마들이 자식에게 거는 희망이고 기대인데."

"마음 곱게 써. 돈 많은 집안 규수만이 지석이를 뒷바라지할 수 있는 건 아니야. 당신도 돈이 많아서 지석이를 검사 만들 수 있던 게 아니었잖아? 없는 살림에도 지석이 생각해서 마음 쓰고 기도하고 했으니까 지석이도 당신 믿음을 저버리지 않으려고 더 열심이었던 거지. 내가 생각하는 규수감은 그런 여자야. 돈 많아서 지석이 출셋길에 돈 뿌릴 여자가 아니라."

남편의 말에 난희는 그만 할 말을 잃었다.

하나 틀린 구석이 없는 말이었다. 없는 살림에 지석이 검사 만들려고 자신이 할 수 있었던 것은 오직 헌신과 기도뿐이었으니까.

그래서 더 재력이 되는 집안의 여자를 원했던 것이다. 없는 살림에도 지석이 저 정도로 출세했으니 재력이 되는 여자가 받쳐 준다면 탄탄대로일 것이다.

"그래도 이왕이면 돈이 많으면 좋잖아요."

"그래, 이왕이면 돈 많은 여자면 좋지. 그래도 '검사다' 하는 사람 사진 보고 결혼하겠다는 여자는 당신처럼 헌신적으로 지지할 타입이 아니라고 생각해. 지석이 연애라도 안 하면 모를까, 만나는 여자도 있는데 그걸 갈라놓으며 당신이 고른 여자 밀어 넣으면 좋다고 결혼하겠다, 지석이가. 당신은 당신이 낳은 자식을 그렇게도 몰라?"

아, 평소엔 언제나 자신을 지지해 주던 남편이 오늘따라 너무도 의견이 다르다. 다른데, 너무도 설득력있다. 저이가 저렇게 말을 잘했었나?

"……좋아요. 당신 말대로 가만히 있겠어요. 하지만 지석이 소개시켜 준다며 왔는데 그 여자가 이상한 아이이면 난 평생 당신하고 말 안 할 거예요. 아니, 노숙자 쉼터 같은 데로 쫓아내 버릴 테니까 그런 줄 아세요."

"누굴 노숙자 쉼터로 쫓아낸단 말씀입니까?"

어느새 샤워를 끝낸 지석이 수건으로 머리를 말리며 욕실을 나오고 있었다.

"응? 아니다. 어서 밥 먹고 출근하거라. 오늘, 일이 있다고 했지?"

공연히 자신이 한 말이 다시 나오게 될까, 난희는 주방으로 도망치듯 들어갔다.

"네, 오후에 나정택 의원이 출두한다고 어제 보도가 나갔어요. 정치인과 관련된 뇌물사건이라서 아무래도 늦게까지 조사를 해야 할 것 같습니다. 괜히 기다리지 말고 주무세요."

"그래, 걱정 말고 어서 밥 먹고 출근해. 늦겠다."

머리를 말리다 말고 지석은 고개를 갸우뚱거렸다. 내가 일이 있다고 말을 했던가?

채희는 의아한 눈으로 순정을 지켜보았다.

커피숍에서 일하는 내내 순정의 얼굴은 시시각각 변했다. 손님들 앞에서는 상냥한 얼굴을 유지하고 있지만 그렇지 않을 땐 무슨 생각을 하는지 행복에 겨운 얼굴을 하고 있다가 이내 또다시 어두워져 암울한 기운까지 널리 퍼뜨리고, 대체 오늘 왜 저러고 있나 싶다.

좋은 일이 있으면 좋다고 떠벌리고 나쁜 일이 있으면 재수없었다고 떠벌리는 자신의 성격과 다른 순정이기에 그녀는 대체 순정에게 일어난 일이 무엇인지 궁금해 견딜 수가 없었다.

나름 추측을 해본 것이 그 잘나신 애인님께 가슴에 세레나데가 울리고 세상이 장밋빛으로 보이게 만드는, 환상적인 프러포즈라도 받은 게 아닌가 하는 것이다. 그런데 결혼은 하기 싫은 것이고…… 아, 나도 프러포즈받던 그때로 돌아가고 싶다. 돌아간다면 결혼이야 냉큼 하겠지만 애는 좀 늦게 가졌을 텐데. 어수선한 때에 애를 가져서 걱정이 참 크다.

가장 손님이 뜸한 이른 점심시간을 틈타 순정이 피곤한지 잠시 테이블 위에 엎드리자 채희는 기회는 이때다 하는 얼굴로 얼른 다가가 그녀의 곁에 앉았다.

"무슨 일이라도 있어?"

채희의 질문에 고개를 돌려 멀뚱히 그녀를 바라보던 순정이 중얼거렸다.

"겁이 나, 너무 행복해서."

"뭐?"

프러포즈받은 게 맞나 보네.

"다들 날 너무 아껴주고 사랑해 주고…… 지금까지는 전혀 느끼지 못했던 그런 것들이 한 번에 오는 기분이야. 그래서 겁이 나. 이런 행복이 언제까지 계속될까, 혹시 내 것이 아닌데 잘못 온 거라고 신이 다시 가져가 버리지는 않을까, 그런 생각에 겁이 나. 자격도 없는 나한테 잘못 배달된 행복 같아서……."

처음에는 혼자가 되어버린 자신이 가장 큰 걱정이었다. 하지만 가영의 엄마와 가영이 내외, 그리고 지석 씨가 주는 그 믿을 수 없는 큰 사랑에 그 걱정은 사라졌다. 최근 그녀의 유일한 걱정은 민 회장이었다. 그래도 자신에게는 고마운 분인데, 그런 식으로 다시는 못 보게 될까, 다시 만나도 화만 내지는 않으실까, 그런 걱정이 불쑥불쑥 들었었다. 그때마다 지석은 시간이 해결해 줄 거라 했는데, 시간이 해결해 주기도 전에, 민 회장은 자신을 불러 진심을 보여줬던 것이다.

어젯밤 너무 행복해서, 더 이상 마음에 걸리는 일 없이 마냥 행복해서 잠을 이룰 수 없었다.

그리고 오늘은 또 다른 걱정이 되는 것이다. 그 행복, 원래는 자신의 것이 아니었다며 신이 다시 가져가 버릴 것 같은 쓸데없는 걱정.

그녀의 말을 듣고 있던 채희가 알 수 없는 콧소리를 냈다. 코웃음 같기도 하고 기가 차다는 듯 혀를 차는 소리 같기도 했다.

어차피 무슨 대답을 바라고 했던 말이 아니었기에 순정은 다시 자신의 팔에 얼굴을 묻었다.

그때 불쑥 자신의 코앞으로 채희가 무언가를 내밀었다.

작은 손거울이었다.

"이건 왜?"

"잘 보라고."

"뭘……."

"자기가 행복한 이유 말이야."

뜻 모를 말을 하는 채희를 멀뚱히 바라보다 순정은 채희가 재차 내미는 거울을 받아 들었다.

"잘 봐. 그게 이유야. 착하고 마음 씀씀이가 크고, 머리도 좋고, 얼굴까지 예쁜, 모든 걸 다 겸비했잖아. 사람은 자신의 얼굴을 스스로 만들어간다는 말을 난 믿어. 자기 얼굴 봐, 딱 자기 성격대로네. 좋은 건 다 가지고 있으니 당연히 사랑을 받지. 자긴 딱 한 가지만 버리면 돼."

"그게 뭔데?"

"자격지심."

짧게 대답하며 채희는 자신의 자리로 돌아갔다.

"그 행복, 달아나지 않게 꽉 잡고 싶으면 자기 스스로를 믿어봐. 모든 사람이 사랑해 주는 데는 다 이유가 있어. 충분히 누릴 자격이 있다니까."

한동안 순정은 말을 하지 못했다. 정말 그런 걸까? 그래서 내가 아는 모든 사람들이 다 날 아껴주는 건가? 정말로 나한테 그럴 자격이 있는 걸까?

"그러니까, 그 결혼, 한다고 해. 나중에 좋은 사람 놓쳤다고 땅을 치고 후회하지 말고."

채희가 나름 중요한 조언을 덧붙였지만 다행히 순정은 자신의 생각에 빠져 그 말을 듣지 못했다.

서초동 집으로 가서 차를 가져와야 했기에 평소엔 자신이 문을 닫았지만 오늘은 채희에게 부탁했다.

택시를 잡아타고 회장님의 집으로 가면서 그녀는 살포시 미소를 지었다. 다행히 오늘 지석은 중요한 일이 있어서 만나지 못할 것 같단 말을 했다. 순정이 피곤할까 늘 그녀의 운전기사를 자처해 주는 그였기에 미안한 마음이 컸는데 못 온다니 오히려 고마울 따름이다.

그렇게 서초동으로 가보니 웬걸, 사모님도 와 있는 것이다. 더군다나 어젠 보이지 않았던 박 씨 아주머니도 다시 와 있다.

회장님 내외에게서 대리사장이 된 것에 대한 요란한 축하인사를 받고 차를 몰고 집 가까이 오니 벌써 아홉 시가 다 되어가는 시간이다. 좁은 골목에 간신히 차를 주차하고 집으로 들어가려니 평소 지석의 사랑이 가득 담긴 키스를 받으며 올라갔던 것이 어느새 익숙해져서 그런가 마음 한구석이 어쩐지 허전하다.

2층으로 올라가는 컴컴한 계단을 올라 문 앞에 서니 이상하게도 오늘은 문을 여는 것이 어색하기까지 했다. 늘 지석이 먼저 문을 열어주었기 때문일까. 혼자 살기 시작하면서 나쁜 습관이 붙어 버렸다. 내일부터는 내가 혼자 올라간다고, 혼자 문을 연다고 해야지.

짧게 실소하며 그녀는 담 밖 가로등 불빛을 이용해 간신히 문을 열고 안으로 들어가 불을 켰다.

그리고 다음 순간 순정은 놀라 비명을 지르려는 자신의 입을 막아버렸다.

마구 흐트러진 옷가지며, 지석과 함께 다리품 팔아 샀던 소품들은 바닥에 사정없이 떨어지고 깨져 있다. 도둑이 들었던 것이다.

다리가 후들거렸다.

창문이 활짝 열려 있는 것을 보아 거기로 들어왔던 모양이다. 어제 회장님이 얘기하신 방범창이 그 순간 떠올랐다. 방범창을 달았으면 이런 일이 안 생겼을 텐데.

순간, 그녀는 욕실 쪽에서 어떤 소리가 나는 것을 들었다. 설마 도둑이 아직 집 안에……?

아무 생각도 할 수 없었다. 그녀는 재빨리 뒤돌아 계단을 뛰어 내려 왔다. 몰고 왔던 차를 타고 무작정 그곳을 도망치듯 떠나 버렸다.

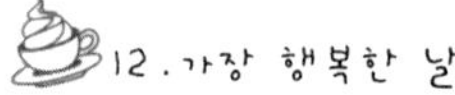

순정이 그 시간에 갈 수 있는 곳은 가영의 갈비집밖에 없었다.

회장님께 찾아갔다가는 걱정을 할 것이고, 그렇다고 중요한 일로 오지도 못하는 지석에게 연락해서 전처럼 호텔을 잡아달라고 할 수도 없었다.

경찰을 불러 집으로 가면 되는 것이지만, 겁이 났다. 아마도 방범창을 이중으로 달기 전에는 절대로 그 집에서 잠을 자지 못할 것이다. 그러니 당장 떠오르는 곳은 가영의 갈비집밖에 없었다.

다행히 장사가 끝난 시간이라 택규가 놀란 순정에게 커다란 담요를 가져다 몸에 두르게 하고 뜨거운 차 한 잔까지 손에 쥐어주었다.

"부탁이니까 아무한테도 연락하지 말아요. 다들 걱정시키고 싶지 않아요. 검사님한테도 오늘은 바쁘니까 절대로 연락하지 말아요. 내가 내일 다 얘기하면 되니까."

목소리는 최대한 침착하게 내려 애썼지만 놀라서 떨리는 손만큼은 감출 수가 없었다. 마치 제 일이라도 되는 듯 가영은 말없이 순정의 목을 꼭 끌어안았다.

"괜찮아질 거야, 순정아. 괜찮아."

가영의 곁에서 안쓰러운 눈으로 쳐다보던 택규는 근처 약국에 가서 청심환 한 알을 사다 그녀에게 건넸다.

"이거 먹어요. 많이 놀란 거 같으니까. 그리고 내일이라도 경찰을 불러요. 별로 훔쳐 갈 게 없으니 가져간 것이 없다 해도 경찰이 왔다 갔다 해야 도둑도 놀라서 또 안 오는 거니까."

"괜찮으니까 다들 가서 자요. 전 여기서 오늘 밤만 신세를 질게요."

"집으로 가요. 우리 부모님, 아무 말씀도 안 하실 거예요."

고집스레 순정은 고개를 내저었다. 어차피 내일 새벽에 나갈 거, 여기서 티 안 나게 있다가 가면 그만이다. 가영과 그 시댁에 그런 신세를 지면 가영에게도 미안해진다. 순정의 고집을 모르던 택규는 짧게 한숨을 내쉬며 고개를 끄덕였다.

"알았어요. 그럼……."

"대체, 왜 그 빌어먹을 전화를 들고 다니는 거야?"

느닷없이 들리는 화난 목소리에 순정은 천천히 고개를 들었다.

지석이 잔뜩 화가 난 표정으로 그녀의 앞에 서 있었다.

순정은 눈앞에 서 있는 지석을 보다 나무라는 시선으로 택규를 쳐다보았다. 그렇게 전화하지 말아달라고 부탁을 했는데 기어이 전화를 한 모양이었다.

"당신이 전화를 안 하니까 택규 씨가 전화를 한 거잖아, 쳐다볼 필요 없어."

"전화하려고 했어요."

"내일?"

"당신은 오늘…… 중요한 일이 있다고 했잖아요. 이런 일로 신경 쓰게 하고 싶지 않았어요."

그녀의 말에 더욱 화가 난 지석은 허리에 손까지 얹었다.

중요한 일인 것은 맞았다. 그랬기에 직접 나섰던 것이다. 하지만 순정의 집에 도둑이 들어서 많이 놀란 것 같다, 자신의 집에서 하루 재울 테니 너무 걱정하지는 말라는 택규의 전화를 받은 이상 조사를 더 진행할 수가 없었다. 그를 대신해 조사를 맡아줄 유능한 검사들도 몇 명이나 기다리고 있으니 그는 망설임없이 순정을 택했다.

택규의 전화를 못 받았다면 조사는 자신이 마칠 수 있었겠지만 내일은 많이 놀란 순정의 곁에 있어주지 못한 죄책감에, 그녀로 하여금 전화조차도 안 하게 만든 자신에게 더욱 화가 났을 것이다.

"대체, 애인 집에 도둑이 들었다는데, 그보다 더 중요한 일이 어디 있다는 거야? 당신은 정말…… 고집불통인 것은 알겠는데, 말도 안 되는 일로 고집을 부리지는 말란 말이야. 어서 이리 나와."

손까지 떨고 있는 것을 보니 더욱 화가 나서 지석은 그녀의 손을 잡고 가게 밖으로 이끌었다.

"괜찮아요, 지금이라도 안 늦었으니까 빨리 청사로 돌아가요."

굳이 몸을 빼려는 순정을 보며 지석은 마침내 멈춰 서서 그녀를 노려보았다.

"언제까지 그럴 거야? 언제까지 날 그렇게 믿지 못할 거냐고?"

"못 믿어서 그런 게 아니에요."

"난 당신의 남자가 되고 싶다고. 당신이 마음 놓고 믿고 의지할 수 있는 남자! 스스로 일어서는 것은 좋아, 독립적인 여자가 되는 것도 좋아. 하지만 이런 때만큼은 날 스스로 남자라고 자부할 수 있게 해줄 수 없어? 왜 이런 얘기를 다른 사람을 통해 듣게 만들어? 왜 날 비참하게 만드는 거냐고?"

순정이 눈을 들어 그를 바라보았다.

"비참해요?"

"사랑하는 여자도 못 지키는 한심한 놈, 왜 비참하지 않겠어?"

그는 날 위해 하던 일도 다 버리고 달려왔다. 중요한 일보다 더 중요한 것이 나라고 말해주고 있다. 그는 사랑하는 사람을 위해 무슨 일이 있어도 달려올 것이라고 약속했고 그 약속을 지켰다.

"정말…… 사랑해요?"

그녀의 질문에 그는 어이없다는 표정을 지었다.

"어떻게 사랑하지 않을 수 있어? 당신 같은 여자를."

아까 채희가 했던 말과 같은 말을 하고 있다. 너무도 당연한 걸 묻는다는 표정으로.

"당신은…… 내 남자가 맞는 거예요? 정말로 내가 가져도 돼요?"

“여순정, 오늘 정말 많이 놀랐구나. 당연한 걸 계속 물어보는 걸보니. 여태까지 그렇게 말해줬는데도 아직도 몰랐단 말이야?”

방금 전 화난 표정은 어딜 가고 바보 같은 질문을 해대는 순정을 바라보는 지석의 눈에 웃음이 배기 시작했다.

“어깨 펴고 살란 말이야. 대한민국 검사 유지석이 당신 거니까. 그만큼 당신이 대단한 여자란 뜻이니까. 오죽 대단하면 잘나기로 소문난 여자들이 마구 들이대도 한 번도 꿈쩍 않던 유지석을 반하게 만들었을까?”

그의 너스레에 순정은 또다시 웃고 말았다.

이젠 손발의 떨림도 멈췄다. 앞으로 그런 일이 생겨도 이젠 무섭지 않을 것 같다. 말만 하면 언제라도 달려올 남자가 있으니까.

진심이 아니어도 말로는 얼마든지 사랑한다고 할 수 있다. 하지만 저렇게 모든 것을 제쳐 두고 올 수 있는 행동은 진짜 사랑이 없으면 불가능한 것이다.

그러니 이젠 겁나지 않는다. 스스로 알아서 하기 위해 자신을 무섭게 몰아붙이지 않아도 되니까, 더 이상은 무서울 일도 없다.

“피곤해요.”

“그래, 피곤할 거야. 내가 오늘은 호텔을 예약할 테니까 아무 말도 하지 말고 따라와.”

또 안 간다고 할까 봐 지석은 미리 경고하며 그녀를 차에 태웠다.

얼마나 달렸을까, 차가 호텔에 도착했을 때 순정은 피로가 한 번에 몰려온 때문인가 곤히 잠이 들어 있었다.

머리카락이 얼굴에 흘러내려 있다. 저도 모르게 그 머리카락을 쓸어 올려주려니 순정이 잠에서 깨어 물끄러미 지석을 바라본다.

"내리자."

그 시선만으로도 반응해 버리는 자신의 몸에, 지석은 자연스럽게 고개를 돌리며 얼른 차에서 내리며 그녀가 있는 쪽으로 가서 문을 열어주었다. 순정도 이젠 그의 그런 매너에 익숙해져 있는지 미안해하지 않고 당연하다는 듯 말없이 내렸다.

체크인을 하고 돌아서는 지석을 순정이 불렀다.

"청사로 돌아가는 거예요?"

"아니, 같이 조사한 다른 검사에게 맡기고 퇴근했어. 이틀 후에 2차 조사가 있으니까 그때 다시 해야지."

"……그럼 나, 방까지 데려다 줘요."

그는 잠시 순정을 바라보았다. 자신이 그랬으면 그랬지 한 번도 순정의 입에서 나온 적은 없는 말이었다.

"……좋은 생각이 아닌 것 같아."

"무서워서 그래요."

순정의 말에 지석은 잠시 망설이는 눈빛으로 그녀를 쳐다보았다. 자신을 가만히 쳐다보고 있는 순정의 눈빛은 조금도 두려움 따위는 없어 보였다.

"그럼…… 방문 앞까지만 같이 갈게."

결국 벨보이를 따라 방문 앞까지 간 지석은 문 앞에서 벨보이가 방에 들어갔다가 나올 때까지 기다렸다.

그가 따라 들어오지 않자 순정이 밖으로 나왔다.

"나는 이만……."

그 순간 순정은 그대로 까치발을 하고 그의 입술에 자신의 입술을 가져다 댔다.

그가 밀어낼 수 없게 그의 목을 꼭 끌어안고 그녀는 한동안 그렇게 그가 참지 못하고 입을 열 때까지 움직이지 않았다.

유혹을 참지 못하고 지석은 그녀의 혀를 받아들였다. 자그마한 그녀의 혀가 조심스럽게 그의 입안을, 자신이 그랬던 것처럼 그렇게 돌아다니며 애무하듯 쓰다듬는다. 오, 제발…….

그는 힘겹게 그녀의 입술에서 자신의 입을 떼어냈다.

"그러지 마. 계속 그러면 정말 참기 힘들어."

"참지 말아요."

"당신 이러는 거, 혼란스러워서……."

"난……."

그녀가 그의 눈을 바라보며 말했다.

"당신을 가지고 싶어요. 내 남자, 가지고 싶어요. 당신에게 날 주는 것이 아니라, 내가 당신을 가지고 싶은 거예요."

천천히, 담담하게 말하는 순정의 눈빛에는 자신감이 서려 있었다. 지석이 자신을 거절하지 않을 거라는 자신감, 사랑에 버림받을까 두려워하지 않는 자신감. 사랑이 스스로를 다 태워 버린다 해도 달아나지 않을 자신감.

언제 이렇게 변했을까? 항상 걱정만 달고 사는 여자인 줄 알았는데.

그제야 지석의 굳은 표정이 풀렸다.

이젠 정말로 이 여자를 안을 수 있는 것이다. 이젠 더 이상 참지 않아도 되는 것이다.

더 이상 생각할 필요도, 걱정할 필요도 없었다.

그는 그녀의 입술로 돌진하며 뒷발로 열려 있는 객실의 문을 닫았다.

그토록 원했던 그녀의 몸이었기에 그녀의 옷을 벗기는 행위는 그 짧은 순간조차도 그에게는 고문이었다.

어느새 나신을 드러낸 순정을 감상할 새도 없이 그는 그녀를 번쩍 안아 들고 침대 위에 내려놓았다. 부끄러움도 없이 순정은 그만큼이나 급한 손놀림으로 그의 옷을 몸에서 벗겨내고 있었다.

그녀가 그의 옷을 벗기는 그 사이도 못 참고 그는 어느새 그녀의 입술을 입안에 머금었다. 거친 숨소리가 섞이고, 서로의 다급한 욕망에 누군가의 입에서 비릿한 피내음이 났지만 둘 다 그것이 누구의 것인지 개의치 않았다. 사랑을 나누기 전 유희를 나누는 짐승처럼 둘의 혀는 서로의 입을 오가며 엉키다, 쓰다듬다, 혹은 더듬어가며 서로를 유혹하듯 춤을 추었다.

오랫동안 굶주렸던 맹수처럼 그렇게 지석은 순정의 입술을 공격적으로 탐하다 마침내 또 다른 먹잇감을 발건한 것처럼 이내 그녀의 귀여운 턱으로 입술을 옮겼다.

그리고 당장이라도 터질 듯 뛰는 목의 동맥을 따라 훑어 내려 그녀의 잘 익은 선홍빛 가슴을 입에 머금고 말았다.

하아…….

순정은 생소한 자극에 저도 모르게 길게 한숨을 내쉬었다. 저도 모르게 손가락을 그의 머리카락에 깊이 묻고 그녀는 어느새 몸을 한껏 뒤로 젖히고 있었다.

거친 숨소리와 함께 그녀의 가슴을 탐욕스레 음미하던 그의 입술이 천천히 그녀의 겨드랑이를 간질이며 그녀의 몸을 돌려 등을 애무하기 시작했다.

그의 손이 참지 못하고 앞으로 돌아와 그녀의 가슴을 쥐는 순간 순정은 또다시 저도 모르게 몸을 뒤틀고 말았다. 그의 느릿한 손길 하나하나가 그녀에게 야릇한 열기를 품게 만들고 있다. 아니, 방 안 전체가 뜨거운 열과 긴장감으로 팽팽하게 팽창되어 있는 것 같았다.

그녀의 작은 엉덩이를 움켜쥐었던 그의 한 손이 느릿하게 아래로 그녀의 매끈한 다리를 쓸어내리자 순정도 자신의 손을 뒤로 돌려 그의 탄탄한 엉덩이로 손을 뻗쳤다. 그는 마치 지독하게도 남성적인 자신의 다리를 과시하기라도 하듯 그것을 순정의 다리 사이에 끼워 넣었다. 그의 다리가 자신의 동굴을 마찰하자 순정은 깊게 호흡을 들이마셨다. 앞으로 일어날 일을 미리 느끼게 해주기라도 하려는 듯 그는 그녀의 성(性)에 몇 번이고 다리를 움직였고 그때마다 그녀는 낯설지만 지독할 정도로 자극적인 쾌락을 느끼며 머리를 뒤로 젖혔다.

그녀를 다시 침대에 눕힌 그의 입술이 그녀의 가슴 위에 한참 동안 머물다 자잘한 키스를 퍼부으며 조금씩 아래로 내려가기 시작하는 순간 순정은 두 눈을 감았다.

야릇한 유혹처럼 그의 입술은 너무도 더디게, 너무도 유혹적으로 조금씩 아래로 내려간다.

그가 무엇을 하려는지 알고 있지만 그녀는 조금도 부끄럽지 않았다. 아무도 밟아보지 못한 성지로 향해, 성지를 가리고 있는 무성한 숲을 조금의 망설임 없이 지난 그의 입술은 마침내 숲의 아래 숨겨진 작은 골짜기에 도달했다.

순정의 더운 호흡이 더욱 깊어졌다.

천천히 그의 혀가 그녀의 골짜기를 가르고 작은 동굴의 틈을 벌리는 순간, 뭐라 형용할 수 없는 그 느낌, 비명을 지르고 싶게 만드는 나른한 간지러움에 순정은 저도 모르게 자신의 손을 입에 물고 말았다. 소리 지를 것 같았다. 미친 듯 비명을 지르거나 혹은 맹수 같은 소리를 낼 것 같았다. 부드럽게 몸으로 침입한 그의 혀가 짙은 타액을 내벽에 바르며 감히 더 이상은 바랄 수 없을 것 같은 천상의 쾌감을 그녀에게 선물하고 있었다.

고문처럼 그녀의 성에 머물며 애무하던 그의 입술이 마침내 그녀의 동굴에서 넘쳐 나는 맑은 샘물을 음미하고 마침내 그 목적을 달성한 듯 그녀의 입술을 향해 돌아오기 시작했다.

그의 입술을 기다리면서도 또한 그의 입술이 남긴 자국을 아쉬워하며 순정은 진정한 자신의 욕망을 되새기고 있었다.

그리고 눈에 가득한, 참을 수 없는 불꽃을 가진 그가 돌아왔을 때, 그녀는 몸을 뒤집어 그의 몸 위로 자신을 올렸다.

이제 모든 것의 시작이라 생각했던 지석은 이 뜻밖의 반전에 일시적으로 놀라면서도 유쾌한 반응을 보였다.

순정은 대담하게 그의 가슴을 공격했다. 작은 입술로 그가 자신에게 주었던 것을 그대로 되돌렸다. 그리고 귀여운 혀를 내밀어 천천히 그의 몸을 타고 아래로 내려가자, 거기까지가 그녀의 차례라 생각했던 지석은 그만 놀라 그녀의 얼굴을 양손으로 잡고 말았다.

"그럴 필요까지는 없어."

그러나 고집스레, 그녀는 다시 아래로, 그가 자신에게 했던 것처럼 천천히 고문하듯 내려가기 시작했다.

욕망과 당혹감이 섞인 그의 눈을 바라보며 그녀는 한 손으로 욕망의 산물인 그의 기둥을 잡았다.

그의 호흡이 길게 멎어버렸다.

그리고 그녀가 그의 몸을 입안에 머금는 그 순간 그는 지금까지 순정이 들을 수 없었던 정도의 거친 숨소리와 신음을 흘리기 시작했다. 그의 몸이 기뻐하고 있다. 자신이 느낀 것만큼이나 그도 지독한 쾌락을 느끼고 있는 것이다. 희롱하듯 그의 몸을 혀로 쓰다듬자 마침내 그는 더 이상 버틸 수 없음을 깨달았다.

그리고 바로 그다음 순간 그대로 그녀를 자신의 몸 위로 끌어올려 몸을 뒤집고 다시 그녀의 몸을 가질 수 있는 자세를 잡았다. 거칠게 숨을 몰아쉬는 중에도 그는 그녀의 눈을 바라보았다. 지금 자신이 하려는 것을 그녀에게 알리는 것이다.

그녀 또한 거칠게 숨을 몰아쉬면서도 말없이 자신을 바라보고 있었다. 욕망으로 흐려진 그녀의 눈은 그에게 자신을 허락하고 있었다.

그의 입술이 거칠게 그녀의 입을 틀어막았다.

그의 손이 베개에 놓인 그녀의 양손에 깍지를 꼈다.

그의 다리가 파고들어 놀랄 정도로 대담하게 그녀의 다리를 벌렸다.

그리고 그는 천천히, 그녀가 아프지 않도록, 그녀의 몸에 머물고 있는 불씨가 꺼지지 않게 조심스레 그녀의 몸에 자신을 담기 시작했다.

화려한 야경이 빛나는 커다란 창문은 이미 두 사람의 몸에서 나온 뜨거운 사랑의 열기에 부옇게 흐려져 멍울진 불빛만 간간이 보이고 있었다.

마치 서로를 위해 존재했던 것처럼, 두 사람의 맞닿은 살과 살이 지독하도록 뇌쇄적인 소리를 내며 춤추듯 엉켜들고, 그 순간 진정한 유희가 시작되었다.

마침내 그녀가 온몸을 덮어오는 커다란 욕망에 휩싸여 길게 신음 소리를 내던 그 순간 지석 또한 급기야 찾아온 커다란 물결에 휩싸여 길게 잠긴 신음 소리와 함께 그녀의 몸 위로 무너져 내렸다.

두 사람의 맞닿은 가슴이 거칠게 오르락내리락 움직이고 있었다.

아직 불꽃이 꺼지지 않은 눈으로 지석은 그녀를 내려다보았다. 그녀 또한 아직 욕망이 가시지 않은 눈빛으로 자신을 바라보고 있다. 그는 그녀의 입술에 또 다른 시작을 알리는 키스를 했다.

그녀의 몸을 꽉 끌어안는 그 순간 그는 그토록 원했던 작은 목소리를 들었다.

“사랑해요.”

이른 아침, 난희는 눈을 뜨자마자 지석의 방부터 확인을 했다. 지석이 지난밤에 들어오지 않았다는 것은 알고 있었다. 선잠이 들었다 해도 아들이 대문 열고 들어오는 소리에는 반드시 깼으니까.

그래도 혹시나, 자신이 너무 깊은 잠에 빠져 들어오는 소리를 못 들은 것은 아닌가 싶어 확인을 해본 것이다.

역시나 지석은 집에 들어오지 않았다.

어제 중요한 일이 있다고 했는데, 아마도 일이 생각보다 길어졌나 보다. 늦으면 늦는다, 아침에 오면 아침에 온다고 저녁에 미리 전화를 했었는데 그럴 경황도 없던 것이 분명했다.

아니면…… 그 불여우를 만난 것일 것이다.

아니다, 지석은 그런 사람이 아니다. 자신에게 거짓말까지 해가며 외박을 할 아들이 아니란 말이다.

잠시 손톱까지 물어뜯던 난희는 전화기 앞에 앉아 지석의 휴대폰으로 전화를 걸었다.

[고객님의 휴대폰의 전원이 꺼져 있습니다…….]

실망한 얼굴로 전화를 끊은 난희는 잠시 후 다시 전화기를 집어 들고 이번에는 머릿속에 이미 오래전부터 입력되어 있는 지석의 사무실 번호를 눌렀다.

잠에 잔뜩 취한 남자의 목소리가 전화를 받았다.

[네, 형사 6팀 사무실입니다.]

"네, 유지석 검사 좀 바꿔주세요."

[아직 출근 전입니다. 오시면 누구시라고 전해 드릴까요?]

너무 당황스러워서 난희는 잠시 말을 잇지도 못했다. 출근하지 않았다고? 그럼 퇴근을 했단 말이네.

"아니에요. 다시 전화드리죠."

그리고 그녀는 얼른 전화기를 내려놓았다.

아, 뭐라고 형용할 수 없다. 이 참을 수 없는 배신감, 우리 아들이, 우리 착하고 바르기만 한 아들이 거짓말을 하고 외박을 하다니!

남편 말을 듣고 한순간 내가 너무 큰 욕심을 부리는 것은 아닌가 했다. 그래, 우리 유 검사가 어떤 사람인데, 날 실망시키지는 않을 거야, 했다. 그래서 아들이 고른 여자, 일단 배경은 떠나서 사람만 제대로면, 아들을 위해서라도 참아주려 했다.

그런데 이 못된 불여우, 우리 아들에게 거짓말을 하게 만든 것이다! 유 검사, 우리 지석이가 말을 안 하면 안 했지 거짓말을 한 적은 없는데 그 불여우가 이렇게 날 실망시키게 만든 것이다. 그 못된 불여우가!

"이른 아침부터 어디다 전화를 건 거야?"

늘 그랬듯 신문을 들고 방에서 나온 명수가 물었지만 난희는 그 말을 들을 정신도 없었다.

"못된 불여우, 누군지 알아낼 방법이 있어."

어제 분명 전화로 민 회장, 가영 씨 했다. 안 그래도 어제 그 이름들이 내내 마음에 걸려 생각을 뒤지고 뒤져 마침내 그 이름의 주인공을 기억해 냈다.

몇 달 전 지석과 맞선 얘기가 오갔던 그 집안 사람들이었다. 그 집안 사람들이면 다행인데 순정이란 이름은 생소했다.

순정인지 연정인지 그 여자가 누군지, 뭐하는 여잔지 알아낼 방법은 있다. 현주 엄마가 알아낼 수 있을 것이다. 만나서 얘기를 좀 해봐야지, 참고 넘어가려 했더니 이건 정말…….

"점입가경이군."

마치 그녀가 할 말을 가르쳐 주듯 명수가 그녀를 보며 중얼거렸다.

"유 검사가, 우리 지석이가 말도 안 하고 외박했다구욧! 그게 당신은 용서가 돼요?!"

명수는 고개를 내저으며 혀를 찼다. 그럼 제 부모와 사는 서른 넘은 남자가 매일 꼬박꼬박 집에 들어오는 꼴은 괜찮단 말인가? 아니면 여자와 외박한다고 말을 해야 하나. 그냥 좀 모른 척 넘어가 주지.

"그렇게 마음에 안 들면 지석이하고 먼저 얘기하고 나서 정정당당히 해. 나중에 정말 지석이 앞에서 고개 못 들 일 생기지 않게. 그런 일 생겨도 절대 당신 편들어주지 않을 거야."

남편의 말에 난희는 속으로 코웃음 쳤다.

흥, 모르게 하면 그뿐이지, 내가 순하게 생겨서 그렇지, 독하게 나가려면 얼마든지 독해질 수 있어. 그 불여우, 아주 말도 못하게 혼내줄 테다.

"여순정, 이제 일어나."

낮게 속삭이는 목소리에 순정은 잠에서 깨었다.

옆으로 누운 그녀의 몸을 감싸고 있는 것은 이불이 아니라 지석의 맨살이었다. 어느새 그의 손이 부드럽게 그녀의 팔을 쓰다듬고 있었다.

그녀는 얼굴 가득 웃음을 머금고 그를 향해 몸을 돌렸다.

"잘 잤어?"

물어놓고 대답도 하기 전에 입술부터 막아버린다. 당연하게 순정은 그의 목에 팔을 감았다.

그가 또다시 그녀의 몸 위로 올라와 한 손으로 그녀의 가슴을 감쌌다.

"출근해야 하지 않아요?"

그녀의 귓불을 간질이며 그가 대답했다.

"해야지."

"그럼 집에 가서 옷을 갈아입고 가야지요. 남들이 집에 안 들어간 거 알면 어떡하려고."

귓불을 지나 쇄골로 내려온 입술은 이제 탐스럽게 여문 그녀의 가슴을 공략하기 시작했다.

"모를 거야, 다들 정신이 없으니까."

"그래도……."

"쉿."

그의 입술이 마침내 가슴을 지나쳐 점점 아래로 내려가기 시작하자 순정은 더 이상 말을 잇지 못했다. 아니, 머릿속이 멍해져 뭐라 할 말도 떠오르지 않았다.

잠에서 깬 지 얼마나 됐다고 순정의 몸이 또다시 빠르고 뜨겁게 달아오르기 시작했다.

골반에 머무는 그의 입술을 느끼며 순정은 살포시 눈을 감았다.

얼마나 오랫동안 이 남자를 탐내기만 했던가. 포기해야 한다 생각하면서 포기가 안 돼서, 가질 수 없는 것을 욕심부린다 생각해서 얼마나 마음을 잡지 못하고 힘들어했던가.

그가 원했다면 얼마든지 그에게 몸을 내줬을 것이다. 그렇게 하지 않으면 그가 떠나 버릴까, 오래전 부모가 그녀를 홀로 두고 저 세상으로 떠났던 때처럼 그렇게 또 버림받지는 않을까 하는 마음에 그가 원했다면 그녀는 그에게 자신을 남김없이 줬을 것이었다.

그러지 않았기에, 그가 그녀로 남도록 도왔기에 이젠 후회도 걱정도 없다. 지금 이 순간에는 유지석과 여순정, 두 사람만이 존재하고 있었다.

이젠 두려움 따위는 없다.

옷을 갈아입지도 못하고 청사로 출근을 했지만 지석은 지각을 면치 못했다.

아무도 모를 줄 알았더니 출근하는 그를 본 박수경 검사가 갑자기 '흑' 하고 눈물을 머금으며 밖으로 뛰쳐나갔고 최민철 검사는 그를 향해 은근한 미소를 보내면서도 얼른 박 검사를 쫓아나가 달래기 바쁘다.

옷이 구겨졌나?

어쩔 수 없지. 책상에 앉아 두 검사가 밤샘작업을 하며 작성한 조사보고서를 집어 들며 지석은 모른 척 시치미 뗐다.

순정의 집에 도둑이 든 것을 어떻게 알았는지 민 회장은 전화를 붙들고 난리가 났다.

그러게, 내 그럴 줄 알았다, 무슨 고집이 그렇게 세서는 말을 안 듣냐, 큰일 날 뻔하지 않았냐, 네가 방범창 달았다고 하는데, 못 미더우니까 이중 삼중으로 방범창 달아줄 거다, 잔말 말고 내 하자는 대로 하자, 현관문도 안심이 안 되니까 자물쇠를 몇 개만 더 달아라, 온갖 잔소리를 전화에 대고 하니 순정은 어쩔 수 없이 네, 네, 하고 기죽은 목소리로 대답을 하면서도 얼굴은 보이지 않는다는 이유로 배시시 웃고 있었다.

[그러지 말고 며칠만 집에 와 있어라, 내가 알아서 다 처리해 줄 테니께.]

"네? 뭘 알아서 해주신다는 거예요?"

[거, 경찰 말이 도둑놈이 도시가스관을 타고 올라왔다며. 무신 놈의 집이 도시가스관을 창문 옆으로 지나게 하는 겨? 이참에 도시가스 관을 옆으로 확 옮겨 버릴 테니께 그 공사하는 동안만 집에 와 있어라.]

이래서 절대로 회장님에게도 알리지 않으려 했던 것이건만, 아버지가 친히 갈비집까지 찾아가 가영과 또 백규 일가에게 화해의 손을 내밀고 내친김에 상견례까지 하고 날짜도 잡은 흥분으로 가영이 신나게 다 불어버렸던 것이다. '그런데 아빠, 순정이 집에 도둑 들었대' 하고 자랑스럽기까지 한 목소리로 말이다.

벌써 사람을 시켜 갈비집 근처에 가영이 가족을 위한 아파트까지 계약을 했단다. 그것도 60평짜리 호화 아파트로 말이다. 그 조건이 부모님까지 다 모시고 이사를 가는 거란다. 가영이에게는 시부모님이 함께 하시는 것이 더 마음 놓인다고 말이다. 회장님이 가영이를 보러 갔단 사실을 모르는 순정은 대체 무슨 바람이 드신 것인가, 사모님 말대로 며칠 혼자 지내다 보니 정말로 뭐가 중요한 것인지 여실히 깨달으셨나, 의아해하기까지 했다.

어쨌건 그렇게 말을 전해 들은 민 회장이 가만히 있을 사람이 아니었다.

[서초동으로 다시 들어오든가, 아파트를 얻든가 아니면 내가 하는 대로 가만히 있든가, 셋 중 하나 골라라. 아니면 다시는 너 안 볼 테니께.]

귀여운 협박까지 하시는 회장님을 더 거역했다가는 분명 삐치실 것이 뻔했기에 순정은 이쯤에서 한발 양보할 수밖에 없었다.

"도시가스는 아마 하루면 공사를 끝낼 거예요. 그러니까 굳이 제가 서초동으로 들어갈 필요는 없어요."

[그, 그러냐? 그려, 너, 혼자 살더니 이젠 며칠도 여기 와 있기 싫단 소리냐?]

"그게 아니고요, 회장님. 여기가 일하는 곳에서 가까워서 그래요. 서초동에서 여기는 너무 멀어서 출퇴근하기 힘들거든요."

그렇게까지 말하니 민 회장은 할 말이 없는지 공연히 또 다른 트집을 잡는다.

[그러게 누가 그렇게 먼 데서 일하라고 한 겨? 가차운 데서 하면 좀 좋아, 내가 어디 좀 아프다 그러면 재깍 달려와서 괜찮으셔요? 하고 얼굴도 들이밀기도 편하고.]

"회장님, 어디 편찮으세요?"

그 말에 놀라 묻는 순정의 말에 민 회장은 헛기침을 했다.

[누가 지금 아프다고 했냐? 말이 그렇다는 얘기지.]

"놀랐잖아요. 감기 한 번 앓으신 적 없으면서."

[아프길 바라는 말투다?]

"농담이라도 그런 말씀은 마세요. 회장님 아프시면 많이 놀랄 거 같아서 드리는 말씀인데."

그녀의 말에 그제야 만족스러운 듯 민 회장이 험험, 헛기침을 두어 번 하고는 '알겠다, 어쨌거나 사람 보낸다' 하고 멋없게 전화를 끊어버린다.

이젠 하루가 멀다 하고 전화를 하시는 회장님이다. 전화를 해서는 달리 하는 말도 없다. 그냥 '장사는 잘되고 있냐' 해서 '네, 잘되고 있어요' 하고 대답하면 '그럼 잘해라' 하고 끊으신다. 가영의 일이 잘되고나서부터는 이제 가영의 일에 걱정할 일이 없으니 자신에게 그러는 것이라는 것을 알고 있기에 순정은 언제나 회장님의 외로움을 달래주기 위해 딸처럼 사근사근 받아주고 있다.

어쨌거나 이젠 안 좋은 일은 가영이에게도 말하면 안 될 것 같다. 이젠 둘이 화해를 했으니 그녀기 하는 말이 족족 다 회장님 귀로 들어갈 것이 아니겠는가.

최근 집에서 홀로 얼마나 외로움을 탔으면 평생 안 쉴 것처럼 굴던 민 회장이 느닷없이 휴가를 얻어 며칠째 집에만 있으면서, 가영이, 순정이 번갈아가며 전화하다 전화를 끊고 나서 갑자기 회사로 전화해 멀쩡히 일하고 있는 박 부장에게 순정의 집 도시가스 배관을 알아서 바꿔라 명령하는 모습에 싱싱한 붓꽃을 화병에 꽂고 있던 혜주가 피식 웃었다.

"그렇게 걱정되세요?"

"걱정이 되다마다. 가영이 그놈이 걱정을 덜어가니께 이젠 순정이가 걱정을 시키네. 고집은 오지게도 세서는 집으로 들어오라도 싫다, 아파트 얻어준다도 싫다, 대체 그놈은 누굴 닮아서 그리도 고집이 센지 몰러."

민 회장의 말에 혜주는 길쭉한 붓꽃을 집어 가위질을 하며 당연하다는 듯 한마디 했다.

"누굴 닮아요, 다 회장님을 닮은 거지. 성격이란 게 전부 다 낳아준 부모한테서만 물려받는 줄 아세요? 딱 봐도 순정이는 회장님 소고집 닮았다만."

"······."

갑자기 민 회장이 조용하자 혜주는 의아한 표정으로 그를 쳐다보았다.

"그렇지? 나도 그렇게 생각은 혔어. 이상하게 내 고집을 닮긴 한 것 같어. 그놈을 너무 오랫동안 가영이 대신 시켰더니·나도 모르게, 딸이니까 나 닮았다고 착각하나 했는디, 착각한 것이 아닌 모양이여."

민 회장의 말에 혜주는 잠시 물끄러미 그를 쳐다보았다. 벌써 함께 산 세월이 30년 가까이 되었다. 남들은 몰라도 그녀는 민 회장을 아주 잘 알고 있다고 자부한다.

　순정이를 딸처럼 생각했다는 것을 모를 리가 없는 그녀였다. 혜주 또한 가영이 눈에 걸려서, 모자란 가영이 두고 순정이를 딸처럼 대하면 왠지 가영에게 죄짓는 것 같은 기분에 아닌 척, 모른 척하고 살아왔다. 하지만 꼭 친동생처럼 가영을 대하는 순정을 볼 때마다 고맙고 미안했었다.

　그리고 민 회장 또한 거기서 그리 많이 다른 기분은 아니었을 거라는 것도 모르는 바가 아니었다.

　"그럼 차라리 순정이를 입양이라도 하시구려."

　지나가는 타박처럼 하는 혜주의 말에 민 회장이 놀라 그녀를 흘끔 쳐다보았다. 모른 척 혜주는 붓꽃에 가위질을 해서 화병에 꽂는 일을 계속하고 있었다.

　"안 그래도 이제 가영이도 편해졌으니 더 마음 써줄 일도 없고, 가영이 순정이를 제 언니처럼 믿고 따르고 순정이도 가영이를 아끼는데 그렇게 못할 건 없지요. 순정이, 우리 집에서 저 혼자 남이라고 마음고생도 많이 했으니 이젠 마음 편히 인정할 것 인정해도 되잖아요. 매일 전화해서 뭐하냐, 잘되냐, 물어보는 회장님보다는 매일 전화하는 아버지가 되는 것도 멋있을 것 같고…… 무엇보다 회장님 소원성취도 되겠네요, 그렇게 하면. 검사 사위 보고 싶다면서요."

　"임자…… 그래도 되겠어?"

　나름대로의 방식으로 가영이를 위한다고 한 것이 전부 다 실패로 끝나 버리다시피 했었다. 혜주가 짐 싸서 친정으로 내려가지만 않았다면 이렇게 잘 해결되지도 않았을 것이다. 그런 상황에 또 혜주의 신경을 거스르는 일은 하고 싶지 않았던 민 회장은 내심은 이제라도 순정이를 입양하고픈 마음을 감추고 있었기에 지금 혜주의 말이 믿어지지가 않았다.

"제가, 회장님 하시는 일에 언제 그렇게 반대를 한 적 있어요? 가영이 때문에 얼마 전에 한 번 목소리를 크게 냈을 뿐이지. 그러니까 저 마음에 두시고 하고 싶은 일을 못하지는 마세요. 게다가 저도 순정이 같은 똑똑한 딸도 있었으면 하는 바람이 있네요. 얼굴도 똑같은 것이 내내 가영이 노릇을 해서 제 마음도 어느 정도는 순정이가 친딸처럼 느껴져요."

"임자…… 고마우이."

"왜 저한테 고마워하세요? 지독한 영감이라고 소문난 회장님을 이렇게 변화시킨 순정이에게 고마워해야지."

샐쭉한 얼굴로 대답하면서도 혜주는 뭐가 그리 재미있는지 소리 내서 웃었다.

"허허, 이 할망구, 이젠 머리 꼭대기까지 기어타네그려. 허허허!"

"같이 늙어가는데 무서울 게 뭐가 있겠어요? 당신 말대로 이젠 몇 달 있으면 진짜 할망구가 되는데. 호호호."

주방에서 숙주를 다듬다 두 사람의 웃음소리를 들은 박 씨는 슬그머니 얼굴에 피어나는 웃음을 애써 감췄다.

참 다행이다. 지금까지는 언제나 조용조용, 회장님께는 순종적이었던 사모님을 그리 대단하게 생각하지 않았는데, 이제 보니 이 집안의 실세는 아무래도 사모님이었던 모양이다. 사모님이 돌아오셔서 이내 다시 웃음꽃이 피는 것을 보면.

　며칠 후, 난희는 현주 엄마에게서 마침내 그토록 기다리던 전화를 받았다.

　전화가 오자 슬금 남편의 눈치를 보며 방으로 들어간 난희는 재빨리 종이를 꺼내 현주 엄마가 불러주는 것들을 받아 적었다.

　"고마워, 현주 엄마. 다음에 내가 밥 한 끼 거하게 살게."

　[당연하지. 내가 그거 알아내느라고 얼마나 그 댁 사모님께 아부를 했는지 알아? 그건 그렇고 저번에 대답해 준다고 한 그 선자리 있잖아, 그건 왜 말이 없어?]

　"아, 그거……."

　아직 어떻게 해야 할지 결정을 하지 못했다. 마음 같아선 지석을 그 자리에 꼭 내보내고 싶은데 어떤 식으로든 지석을 선자리에 다시 내보내는 것은 당분간은 힘들 것 같았다.

　"아우, 아깝긴 한데…… 당장은 안 되겠어. 일단은 그 여자 문제부터 해결을 하고 나서 다시 얘기해. 검사님인데 괜찮은 여자가 또 없겠어?"

　[그건 그래, 그럼 나중에 성리되면 다시 전화해.]

　"알았어, 고마워."

　전화를 끊고 나서 난희는 자신이 받아 적은 종이를 읽었다.

　흠…… 뭐야, 커피숍 사장? 신사동? 아주 나쁜 조건은 아니긴 한데……. 무슨 수를 써서 남의 집에서 일하던 사람이 커피숍 사장이 된 거래? 분명 이상한 짓 해서 돈 벌었겠지. 예상했던 대로

가장 행복한 날　383

마음에 들지 않는다. 더군다나 겨우 커피숍 사장 주제에 감히 우리 아들을 꼬셔서 외박을 하게 만들고. 만나서 무식하게 따지고 들지는 않겠지만…… 최소한 내 생각이 어떤지는 알려줘야지. 우리 집에 시집오면 얼마나 마음고생할지 계산할 수 있을 정도는 말이야.

옷장을 열어, 아들이 검사가 된 이후 나가게 된 동창회 갈 때 입었던 옷을 꺼내 입고 아들이 처음으로 받은 월급으로 사준 알 굵은 진주목걸이, 진주귀걸이를 하니 점잖은 검사 모친으로 보인다. 값싼 느낌이 안 들게 짙은 화장 대신 일부러 은은한 화장을 해서 아들의 체면을 최대한 살렸다.

그리고 거울을 보며 자신이 지을 수 있는 가장 냉정한 얼굴을 연습한 난희는 옷장 깊숙이 집어넣었던, 외국에 출장 다녀오면서 사다 준 형부의 선물, 명품백을 손에 들었다.

이 정도면 얼굴만 봐도 기죽을까? 그런 물장사 사장이면 독할 테니 기도 안 죽을지도 모른다. 그래도 만만치 않게 보이기만 해도 성공이니까.

"어딜 가? 대낮부터 치장하고서."

슬그머니 구두를 꺼내 신는 난희를 보며 명수가 지나는 말로 묻자 난희는 준비한 거짓말을 했다.

"응, 외국 나갔다가 어제 들어온 동창이 있는데 그 애가 날 그렇게 만나고 싶어해서, 안 나가려고 버티다 할 수 없이 나가는 거예요. 커피만 마시고 돌아올 거니까 걱정하지 마세요."

미리 준비해 둔 듯 길고 장황한 대답에 오히려 명수가 신문 너머로 난희를 쳐다보는 듯했으나 이내 다시 신문으로 고개를 묻었다.

"너무 늦게 들어오지 마. 저녁에 형님 내외 오신다고 했으니까."

"커피 한 잔만 마시고 온다니까요."

더 꼬치꼬치 물을까 난희는 얼른 대문 밖으로 나왔다.

신사동이라고 했지? 참 멀리도 있네. 옷도 이런데, 택시를 타고 갈까? 아니다, 이런 옷 입고 지하철 탄다고 누가 뭐라고 하나? 돈 아까우니까 지하철 타고 가자.

전화벨 소리에 순정은 액정을 확인하고는 창 쪽으로 돌아서며 전화를 받았다.

오늘도 어김없이 지석이 짬을 내서 전화를 걸어온 것이었다.

"아니에요, 그냥…… 회장님하고 사모님은 놀러 오시는 거예요. 제가 일하는 커피숍이 어떤가 그냥 보고 싶다고요. 그러니까 굳이 오실 필요 없어요…… 아니, 안 바빠도 오지 않으셔도 되는 자리라고요."

입양 얘기가 나오고 며칠 망설이지도 않고 순정은 감사한 마음으로 그러겠다고 답을 드렸다. 하지만 막상 입양 신청을 하려 하니 그렇게 쉬운 문제가 아니었다.

민 회장의 변호사가 알아서 일을 처리하고는 있으나 순정의 친부모나 혹은 그 직계 가족의 동의서가 있어야 한단다. 친부모는 어려서 사망하셨고 그 기록이 고아원에 있으니 증빙서류를 받는 일은 쉬웠지만 이모님이 계시다는 사실이 밝혀졌고, 그녀가 태어나기도 전에 미국으로 건너갔다는 것도 알게 됐지만 실주소를 찾는 데 시간이 걸렸다. 그분이 어디 있는지 찾은 것은 바로 어제였다. 이제 최소한 어디 사는지는 찾았고 며칠 있다 변호사가 그쪽으로 날아가 서류를 받아오기로 했으니 조만간에 해결이 날 듯했다.

며칠만 있으면 회장님이 아버지가 되고 사모님이 어머니가 되건만, 그녀는 아직도 회장님을 아버지라 부를 생각을 하면 어색한 생각부터 든다.

'딸랑' 하고 풍경이 울려 순정은 얼른 전화를 마무리했다.

"손님이 오셨어요. 이제 끊을게요."

돌아서서 인사를 하며 보니 이런 젊은 취향의 커피숍에는 잘 안 오게 생긴 참 점잖아 보이는 아주머니다.

"여기 사장 만나러 왔어요."

자리에 앉을 생각도 않고 대뜸 용건부터 말하자 순정은 생긋 웃으며 대답했다.

"사장님 아직 출근 전이신데요."

"언제 와요?"

"올 시간이 다 됐으니 금방 오실 거예요."

"알았어요. 기다릴게요."

주위를 한 번 휘 둘러보고는 안쪽 자리에 가서 앉는다. 날도 추운데 한참을 걸으셨는지 코가 빨갛게 언 것이 보기에 안쓰러워 순정은 따스한 생강차 한 잔을 타서 그녀의 앞에 가져다 놓았다.

"추운데 이거 마시면서 기다리세요. 사장님이 직접 만드신 생강차인데 꽤 맛이 좋아요. 어떤 차 좋아하시는지 몰라서 날씨가 추우니까 감기 걸리지 마시라고 제가 마음대로 이걸로 골랐어요."

"고마워요."

다시 생긋 웃어 보이며 그녀가 부담스러워하지 않게 순정은 창가로 가 앉았다. 조만간에 회장님 내외가 오시는데 혹시나 지나칠까 걱정이 되어서다.

그러게, 오시지 말라고 그렇게 말렸건만 굳이 여기로 데이트 오신다는 회장님을 어찌 말릴까. 무뚝뚝한 성격의 두 분은 최근 들어 이별 아닌 이별을 겪어보시고 신혼부부 못지않은 애정을 참 별나게 과시하고 있었다.

난희는 자신의 앞에 놓인 생강차를 잠시 쳐다보다 꽁꽁 언 손을 녹이기 위해 찻잔을 감쌌다.

어떤 여잔지, 직원 복은 있네. 저렇게 상냥한 아가씨를 두고 있으니. 찻잔을 내오는 모습만 봐도 어떤지 알 수 있다. 제대로 교육받은 아이가 틀림없다. 사장의 손님이라고, 찻잔을 얌전히 내와서 손잡이까지 잡기 편하게 돌려놓고 가는 그 찬찬한 자태를 보면 좋은 집에서 좋은 교육을 받은 아이일 것이다.

아니야! 어쨌건 이걸 보면 사장이 어떤 여잔지 알 수 있다. 자고로 사장이라는 것은 직원보다 먼저 출근을 해야 하는 것이다. 어찌 직원에게 가게를 맡기고 늦게 출근을 할까, 이것만 보아도 게으르다는 것은 확실하다.

그런데, 저 직원, 어디서 본 듯한 얼굴이란 말이야. TV에서 흔하게 많이 보는 예쁜 얼굴이라서 그런가? 뉘 집 따님인지, 참 참하게 생겼다. 그래, 최소한 조건 안 보고 결혼한다 쳐도 저렇게 생겼다면 내, 백 보 양보하겠다. 최소한 지석이 인사를 시킨다고 데리고 와도 저 정도면 경우없이 안면몰수하지는 않겠다.

잠시 후 누가 들어오는 소리에 난희는 혹시나 사장인가 싶어 고개를 들었다.

"회장님, 사모님. 오지 마시라고 했는데, 그중 제일 추운 날을 골라서 오세요? 건강에 안 좋아요, 추운 날은."

직원이 반갑게 맞이하는 것을 보니 제 손님인 모양이다. 나이 지긋해 보이는 부부가 환하게 웃으며 그 직원의 손에 이끌려 자리를 잡고 앉고 있다.

"제가 요새 핸드드립을 배우거든요. 제가 내리는 커피 맛보실래요?"

"당연허지, 그럼 예꺼정 왔는디 차 한 잔 안 만들어주려고 혔냐?"

자랑스럽게 묻는 순정의 말에 민 회장은 고개를 끄덕이며 주위를 빙 둘러보았다.

그러다 저 구석에 앉은 난희를 발견하고는 다시 이쪽으로 고개를 돌린 후 작은 목소리로 투덜거렸다.

"나이 먹은 여자가 이런 데 앉아 있으면 젊은 손님들 안 들어오지 않나?"

"듣겠어요, 회장님. 그리고 우리도 나이 먹어서 여기 앉아 있잖아요."

이젠 무조건적으로 순정을 편드는 회장님을 누가 말린단 말인가, 이젠 순정이 딸이라 생각하고 저렇게 속내를 대놓고 드러내시는 것도 애교로 보이는 혜주는 웃으면서도 작은 소리로 타박 아닌 타박을 했다.

"우린 '사장님' 손님이여. 안 그러냐, 순정아?"

어찌나 자랑스러운지 '사장님' 소리에는 유난히 힘이 들어가 있다. 그 말을 들은 순정이 낮은 목소리로 대답했다.

"저분도 여기 사장님 손님이에요."

커피 두 잔을 만들어 두 사람의 앞에 가져다주며 순정은 회장님의 취향대로 크림과 설탕을 타드렸다. 블랙을 마셔야 그 맛을 제대로 느낄 수 있지만 회장님께 블랙커피를 드시라는 것은 맛을 보라는 것이 아니라 고문을 하는 것이나 다름없기 때문이었다.

훌훌 불어서 한 모금 마신 민 회장이 과장된 감탄사를 연발했다.

"역시 넌 천재여. 커피도 이렇게 잘 만드는 걸 보면 말이여. 안 그래, 임자?"

"그러게요, 정말 맛있네요. 커피집 사장이 딸이니 이제 이 맛있는 커피도 자주 마시겠어요."

혜주의 '딸'이라는 말에 일동은 잠시 그 감동으로 코끝이 찡해져 말을 잊고 앉아 있었다.

난희는 생강차의 온기가 식어가는 것을 아쉬워하며 문득 함께 몰려 앉은 세 사람을 바라보았다.

어쩌면, 저리도 행복해 보일까. 아까 회장님이라 부른 걸 보면 딸은 아닌 것 같던데, 남들이 보면 딸이라 해도 믿을 정도로 화목한 가정처럼 보인다. 저런 집에 여식이 있으면 우리 유 검사한테 딱 맞을 것이다. 집도 좀 괜찮아 보이고, 또 화목한 가정에서 자랐으니 남편을 괴롭히지 않고 잘 뒷바라지할 것이고.

공연히 또 지석이 생각하며 아쉬워 입맛만 계속 다시고 있을 때 문 열리는 소리가 들렸다.

난희가 고개를 들어보니 큰 키에 아주 헐렁해서 불량해 보이기까지 한 니트, 무릎이 찢어진 멋스러운 스키니진, 부츠를 신은 긴 다리를 자랑스레 드러낸 여자가 안으로 들어오고 있었다.

키는 물론이고 눈, 코, 입, 어디 한 군데 작은 구석이 없는 그 여자는 뭐가 그리 좋은지 쾌활하기 짝이 없지만 딱 봐도 한 성격하게 생겼다. 난희는 딱 보고 그녀가 사장이라는 것을 알았다.

"사장님, 손님 오셨어. 저기……"

직원이 손가락으로 자신을 가리키는 것을 보며 난희는 자리에서 일어섰다.

"어떻게 오셨죠?"

"하고 싶은 얘기가 있으니까 나가서 다른 데서 자리 잡고 얘기해요."

최대한 난희는 이 여자에게 교양있게 행동하고 싶었다. 직원이 보는 데서 망신을 주는 것은 자신이 생각하는 교양있는 여자가 아니다.

"여기도 자리 많잖아요. 무슨 얘기인지는 몰라도 다른 사람들 모르게 얘기할 정도로 제가 잘못한 일은 없는 거 같은데요."

난희는 뻔뻔해 보이는 이 여사장의 태도에 할 말을 잃고 잠시 그녀를 빤히 쳐다보았다.

좋아, 굳이 그렇다면 내가 신경 써줄 필요는 없지.

"그래요, 그럼 앉읍시다."

난희가 다시 자리에 앉자 최근 배가 나오기 시작한 채희는 어쩔 수 없이 맞은편 의자에 배에 부담이 안 가도록 허리를 뒤로 죽 펴 앉으며 순정을 불렀다.

"자기야, 나, 핫밀크 한 잔만 가져다줄래?"

다시 고개를 돌려 자신을 똑바로 쳐다보는 채희를 보며 난희는 이 여자가 예상했던 대로 상당히 만만치 않음을 느꼈다. 어른이 할 얘기가 있다고 왔는데 아주 제 가게라고 저 편할 대로 늘어지게 앉은 자세며, 저 시킬 거 시키는 태도며, 아주 비딱하다. 첫인상이 맞았다. 마음에 들지 않는다.

"자, 하실 얘기가 뭐죠?"

그녀의 질문에 난희는 오는 내내 연습하듯 생각했던 말을 꺼냈다. 그래도 교양있는 사람이니 저쪽에 앉아 있는 다른 사람들이 듣지 못하게 조근조근한 목소리로 말을 시작했다.

"나, 유지석 어미 되는 사람이야."

"네?"

"네가 홀린 남자, 그놈 어미 되는 사람이라고."

대체 무슨 말을 하는지 이해가 되지 않는 채희는 눈만 끔벅이며 난희가 하는 말을 듣고 있다.

"지석이가 하도 쉬쉬하고 숨기려고만 하는 거 같아서 대체 누 군가 궁금해서 와봤어. 나도 교양있는 사람이야. 그래서 웬만하면 그냥 얼굴만 보고 어떤지 보고 가려고 했는데, 지금 아가씨 옷 입 고 있는 꼴부터 앉아 있는 태도까지, 도저히 말을 안 할 수가 없게 만드네."

아니, 어른이 얘기하고 있는데 저 표정은 대체 뭐야! 어이가 없 어? 내가 더 어이없다!

"거두절미하고 얘기할게. 미안한데, 우리 아들에게서 떨어져 주면 안 되겠어? 커피숍을 하니 푼돈 줘서는 만족할 거 같지도 않 고, 우리 집이 부자가 아니니 만족할 만한 돈을 줄 형편도 아니야. 마음 같아서는 여기 물잔을 들고 얼굴에 끼얹고 행패를 부리며 망 신 주고 싶지만 보는 눈이 있으니 사장 체면을 생각해서라도 내가 참겠어."

그때까지 비딱하게 앉아 있던 채희의 눈썹이 살짝 들리며 입도 살짝 벌어졌다. 한마디로 황당하단 표정이다.

그래, 봉변당한 기분일 것이다. 시작한 지 얼마 되지도 않았는 데 설마 그 모친이 찾아와 이런 말을 할 줄은 예상도 못했을 것이 다. 난희는 내친김에 쐐기를 박았다.

"우리 아들, 부부장 검사야. 조금만 더 하면 부장 검사로 승진할 거고. 그러려면 최소한, 뒤에서 든든히 받쳐 줄 수 있는 착하고 머 리 좋은 여자가 그 곁에 있어야 하는데 내가 볼 때 아가씨는 그럴 수 있는 성격도 아닌 것 같아. 이런 생각은 안 하려고 했는데 지금 아가씨 앉아 있는 태도, 지석이 어미가 왔다는데도 앉아 있는 태도를 보면 딱히 지석이를 그만큼 존경하고 사랑하는 것 같지도 않고. 돈 때문에 그러는 거면 상대 잘못 골랐어. 안 주는 게 아니라 없어서 못 줘. 그래서 미안하지만 일단은 말로 해야겠어. 그만 우리 지석이 놓아줘.”

난희가 하는 말을 가만히 듣고 있던 채희가 마침내 뭔가 감이 잡힌 듯 피식 웃으며 입을 열었다.

“아주머니, 뭔가…….”

“아주머니라니!”

난희의 날카로운 목소리가 채희의 말을 막았다.

감히 아주머니라니, 최소한 넉살 좋게 ‘어머님’ 하고 부를 거라 예상했다. 그래서 이 여자가 ‘어머님’ 하고 부르면 ‘어머님이라니, 누가 네 어머님이야?’ 하고 늘 보는 드라마에서 하는 대사를 쳐볼 생각이었는데 느닷없이 ‘어머님’ 도 아닌 ‘아주머니’ 란다!

“이봐, 아가씨, 나, 검찰청 소속 유지석 부부장 검사 모친 되는 사람이야! 감히 아주머니라니, 사모님이라고 불러!”

날카로운 신경에 목소리까지 커졌다.

채희의 눈동자가 커지는가 싶더니 갑자기 그녀는 자신의 배를 감싸 안았다.

“아…… 배야! 우리 애기, 놀랐나 보다…….”

순간적으로 난희는 어리둥절한 얼굴로 채희를 바라보고 있었다.

애기…… 라니? 설마, 지금 쇼하는 것일 거다. 우리 지석이하고 만난 지 얼마나 됐다고 애라고 하는 거야. 아니다, 저 헐렁한 옷,

아까 시키던 그 우유. 임신했다고 속일 거였으면 처음부터 그리 얘기했겠지. 맙소사…… 이제 정말 어떡하지? 이젠 정말 빼도 박도 못하겠구나.

그러다 그녀는 정신이 바짝 들었다. 지금 무슨 생각을 하고 있는 거야? 큰일을 벌여놓고! 지금은 그런 계산을 할 때가 아닌 것이다. 이대로 잘못되면 지석이 얼굴을 어찌 본단 말인가!

"아가씨, 괘, 괜찮아?"

방금 전까지 카랑카랑한 목소리로 소리친 것은 다 잊고 난희는 얼른 일어서서 채희에게 달려가 소파에 바짝 웅크리고 있는 그녀의 어깨에 걱정스레 손을 얹었다. 이 여자, 어찌나 아픈지 어깨까지 파들파들 떨고 있다.

"아……."

아아, 정말로 내가 사고를 친 모양이다. 신음 소리를 내며 허리를 못 펴는 걸 보면. 어떡하지?

급한 마음에 119를 부르기 위해 전화기를 빼들었다.

"아…… 하하하! 아이고 배야! 아하하하! 아, 우리 애기 놀라면 안 되는데. 하하하하!"

그러나 난희의 예상과는 달리 앞에 웅크리고 있던 이 여자는 갑자기 배를 움켜쥐고 웃어대기 시작했다. 한마디로 박장대소를 하고 있다. 지금 일어나고 있는 이 황당한 상황을 이해하지 못하고 이번에는 난희가 눈만 끔벅였다.

"순정 씨! 자기한테는 정말 미안해. 그런데, 나 정말 지금 상황이 너무 웃겨! 어떡하니!"

그러면서 앞에 앉은 사장은 아까의 그 직원을 돌아보며 눈물까지 닦으며 말하는 것이었다.

순정 씨? 그게 자신이 찾아온 사장의 이름이다. 그럼 지금 내가 상대하고 있는 사장은 대체 누구란 말인가.

자연히 난희의 표정이 저쪽에 있던 직원을 향했다. 놀라서 엉거주춤 의자에서 일어서 있던 그녀가 천천히 난희를 향해 걸어오더니 조용히 허리 굽혀 인사를 했다.

"안녕하세요, 죄송한데 사모님, 저를 찾아오신 것 같네요. 제가 유지석 검사를 만나고 있는 여순정입니다."

난희는 문을 힘없이 닫으며 집으로 들어왔다.

"벌써 들어오는 거야?"

그때까지 신문을 읽고 있었던지 명수가 거실에 앉아 있다가 기운이 다 빠졌다는 듯 몸을 축 늘어뜨리고 들어오는 난희에게 한마디 했다.

핸드백을 거실에 집어 던지듯 내려놓은 난희는 아무 말 없이 방으로 들어가 자리부터 깔고 누웠다.

이제, 지석이 아는 것은 시간문제다. 지금까지, '존경합니다, 어머니' 내지는 '사랑합니다, 어머니' 하고 말해왔던 지석이 이제 '실망했습니다, 어머니' 하고 말할 것을 생각하면 정말 하늘이 무너지는 기분이다.

아, 대체 난 무슨 생각으로 그런 경솔한 행동을 했던 것일까? 최소한 사실 확인이라도 했어야 했다. 그냥 사장이라는 말만 듣고 간 탓에 그 커피숍에 사장이 둘이라는 것은 생각도 못했다.

그러게, 이상하다 했다. 그렇게 남의 집에서 일하던 여자가 느닷없이 커피숍 사장이라니 분명 이상한 짓을 해서 돈을 쉽게 모았나 보다 생각했는데 월급제 사장이었던 것이다.

그런 줄도 모르고 생판 영문도 모르는 그 여자한테 퍼부어댔으니 그 여잔 또 얼마나 황당했을까.

'아주머니라니! 나 검찰청 소속 유지석 부부장 검사 모친 되는 사람이야! 감히 아주머니라니! 사모님이라고 불러!'

오옷! 생각만 해도 얼굴이 화끈거려서 냉수라도 한 잔 마셔야 할 것 같다. 아, 대체 얼마나 사람이 우스워 보였을까. 그 아가씨, 여순정은 또 얼마나 속으로 웃었을까.

"사장이라고 들었는데……."

"사장은 맞아요. 다음 달부터 월급제 사장이 돼요."

제 잘못도 아닌데 상황이 그렇게 된 것에 대한 미안함인지 순정은 다시 정중하게 미리 말하지 못한 것을 사과했다.

문제는 그것만이 아니다. 그 여순정의 회장님 내외분이 놀러 오셔서 자신이 한 그 교양없는 행동을 다 봤을 것이 아닌가. 그게 부끄러워, 말없이, 정말 어쩔 수 없이 아무 말도 않고 나가는 것도 창피한 일인데, 그만 다리가 풀리는 바람에 가게 앞에서 풀썩 넘어지기까지 한 것이다.

날은 오지게도 추웠고 넘어져 까진 무릎은 진짜 아플 것인데 그조차도 느끼지 못할 만큼 창피스러웠다.

어찌나 불쌍해 보였는지 그 아가씨, 순정이 나와 자신을 부축해 일으켰다. 그리고는 아무 말도 않고 집까지 태워다 준 것이다.

"저, 죄송한 말씀이지만 아직은 지석 씨와 결혼 얘기까지는 나오지 않았어요. 그러니까 너무 걱정은 안 하셔도 돼요. 그런 얘기가 나왔다면 사모님께서 찾아오실 때까지 기다리지 않았을 거예요."

심지어는 그렇게 자신을 위로해 주기까지 하는 것이었다.

사모님이란다! 자신이 그 사장에게 한 말을 다 듣고 어머니도 아니고 아주머니도 아니고 사모님이란다! 이러니 안 창피하게 생겼느냔 말이다.

하지만 그 순간 창피함 속에서도 은근히 순정에게 눈길이 가는 것은 어쩔 수 없었다.

어디서 본 듯한 얼굴인 것은 여전한데, 어쩜 그렇게 곱상하고 참하면서 온유한 성격의 얼굴인 것인지. 조리있는 말과, 찬찬한 행동, 저를 공격하러 온 것을 뻔히 알고 있음에도 자신을 배려하는 그녀의 모습은 지석의 어머니라 해서 잘 보이려고 애쓰는 것처럼 보이지는 않았지만 그렇다고 해서 주눅이 든 것도 아니었다. 아주 오랫동안 알고 지내던 사람을 만난 것처럼 편안하기 짝이 없는 얼굴이었다.

"회장님…… 아까 그 내외분, 손님으로 오신 것 같던데 그렇게 두고서 나 데려다 줘도 되는 거예요?"

미안한 마음에 슬쩍 물었더니 순정은 생긋 웃으며 대답했다.

"괜찮아요, 그분들, 항상 제 일을 먼저 생각해 주시는 분들이에요. 다음에 또 놀러 오면 된다시며 다녀오라고 말씀하셨어요. 게

다가 차를 가지고 오셔서 제가 모셔다 드릴 필요도 없거든요. 사모님, 날도 추운데다 저 때문에 오셨다가 다치셨으니까 제가 모셔다 드려야죠."

대답도 시원시원하게 잘하는 모습이 공연히 마음에 들어 묻지 않아도 될 것을 물어보았다.

"우리 유 검사…… 많이 좋아하나?"

그녀의 질문에 순정의 얼굴에 작은 미소가 피어올랐다. 상상만으로도 행복해하는 얼굴이다.

"검사님…… 지석 씨, 사랑해요, 아주 많이. 하지만 전 이제 일을 시작한 상태라 당분간은 사랑만 하기도 바빠요. 그러니까, 안심하셔도 될 거예요. 아직 결혼 같은 거는 생각도 안 해봤고 지석 씨도 그런 말은 전혀 안 했으니까요."

아니, 우리 유 검사가 어때서 결혼을 생각도 안 해?

갑자기 분한 생각이 들었다. 결혼을 안 하겠다는 쪽이 지석이가 되어야지 어떻게 감히 우리 지석이와 결혼할 생각이 없다는 말을 먼저 하느냔 말이다.

"하자고 그러면, 할 거예요?"

조금은 날카로운 신경이 고스란히 담긴 그 말에 순정은 잠시 난희를 바라보았다.

"아직은 저도 결혼할 생각이 없어요, 사모님. 하지만 그럴 생각이 든다면 하겠어요. 그때 사모님이 반대하시면…… 제가 마음을 돌리면 되는 거죠. 저, 이래봬도 남의 눈치는 아주 잘 보거든요. 자신있어요, 사모님 마음에 쏙 들 자신. 그런데, 아직은 결혼에 대해 생각을 안 해봤어요. 말씀드렸다시피 지석 씨도 그런 얘기를 할 기미조차도 안 보이고. 그러니까 당분간은 그럴 일이 없지 않을까 싶네요."

오호! 아주 당돌하다. 당돌한데 이상하게도 버릇없이 들리지는 않는 것은 무슨 조화인지 모르겠다.

그러나, 만일 이 아이가 며느리가 된다면 친구 같은 관계가 되겠구나 하는 생각이 불쑥 들었었다.

친구 같은 며느리. 한번 그런 것은 생각도 안 해봤다. 가끔 며느릿감을 생각하면, 부잣집 며느리 들어오면 분가부터 시켜줘야지 하는 생각을 했고 그렇지 않은 며느리가 들어온다면 딸 같은 며느리, 모녀 같은 고부관계를 이어가야지 하는 생각은 해봤지만 친구 같은 며느리는 들어본 적도 없고 상상해 본 적도 없었다. 하지만…… 그리 나쁠 것 같지는 않다.

순정이 마침내 차를 자신의 집 앞에 대자 난희는 그제야 조금은 시어머니 같은 위상이 생긴 기분에 고고한 모습으로 차에서 내렸다. 창피스러웠던 것은 창피스러웠던 거고, 지금은 어쨌건 저 아이가 사랑하는 남자의 어머니가 아닌가. 꿀릴 것 없는 것이다.

짧게, 태워다 줘서 고맙다고 인사하고, 그렇게 집에 들어와선 그때까지 당했던 망신살만이 파노라마처럼 계속 머리에 펼쳐져 그 충격이 가실 때까지 그렇게 내내 자리를 보전하고 있었다.

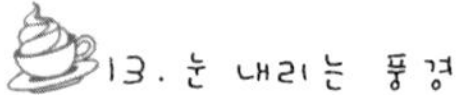

하얀 입김이 차창에 하얗게 서렸다. 아직 겨울을 벗어날 준비가 안 된 도시는 잔뜩 찌푸린 채 또다시 무언가를 뿌릴 준비를 하고 있다.

차가 신호에 걸려 일시적으로 멈추자 순정은 잠시 창밖을 내다보며 길게 한숨을 내쉬었다.

오늘 가영이 신혼여행에서 돌아와 하룻밤을 자기 위해 서초동 집으로 와 있기에 함께 저녁을 먹기 위해 가는 중이었다.

불과 한 달 새 모든 일이 너무도 빨리, 순식간에 진행되었다.

그 한 달 전, 그녀는 민 회장의 딸로 정식으로 입양이 되었다. 그리고 또 일주일 전에는 가영의 결혼식이 있었다.

그 한 달 사이 순정이 지석을 볼 수 있었던 것은 민 회장이 자신을 양녀로 입양하게 된 것을 공식적으로 축하하는 파티와, 가영의 결혼식 날 아주 잠시 짬을 내서 온 것이 전부다.

요새, 정치인 뇌물수수 비리 문제가 점점 더 커져 상당 기간 지석은 바쁘게 청사에 묶여 있었다.

그래도 지난 주말에는 만날 수 있을 줄 알았는데 청사에는 큰 사건 하나 잡히면 일요일도 없는 모양인지 그는 여전히 청사에 있었다.

"그렇게 보고 싶으면 가서 얼굴 한 번 보고, 근처 호텔 가서 도장 한 번 찍고 오던가."

이미 보름 전에 커피숍 출근을 그만두고 쉬던 채희가 오늘 순정의 부탁으로 하루 봐주기 위해 나왔다가 내내 저도 모르게 우울한 얼굴을 하고 있던 순정을 보고 입 한번 걸걸하게 조언까지 던져 줬지만 순정은 고개를 내저을 수밖에 없었다.

그렇게 잠깐 만나고 오는 것도 그나마 그의 부족한 시간을 빼앗는 것 같아 미안한 마음에 아쉬움만 더할 뿐이다. 그냥, 한가해질 때까지, 아니, 최소한 함께 할 시간은 날 때까지 기다렸다 마음 편히 만나는 것이 좋다. 그때까지는 목소리로 만족하며 살아야지.

하지만 가슴에 쌓이는 이 외로움은 대체 어찌 감당할 수 있을지 모르겠다. 가족이 생기면 외로움 따위는 다 사라질 줄 알았더니 아니었다. 사람마다 가슴에 차지하고 있는 공간이 있어서 그 부분은 그 사람을 만나야만 채워지는 모양이었다. 그래서 아무리 사랑을 많이 받고 사는 사람일지라도 상사병을 앓는 것인지도.

아니, 어쩌면 너무 복에 겨워 모든 것을 너무 빨리 잊고 있는 것은 아닌지 모르겠다.

모든 것을 다 가지고 있어, 마땅히 만족스럽고 행복해야 하건만 이렇게 가슴 한구석이 시린 채 남아 있는 것은 자신에게 아무도 없다 생각했을 때의 기억을 애써 다 잊어버리려 하기 때문일지도 모른다.

신호가 바뀌자 길게 한숨을 내쉬며 그녀는 차를 출발시켰다.

서초동 집에 도착했을 때 이젠 대놓고 자신을 반기는 회장님보다 더 반가운 얼굴로 그녀를 맞이한 것은 가영이었다. 모처럼 만에 혼자, 그러니까 순정이 없이 택규와 외국에 나갔다 온 가영이 대견한 듯 회장님 부부는 가영의 곁에 바짝 붙어 앉아 있었다.

"순정아! 나 신혼여행 갔다 왔어!"

그녀를 환하게 맞이하는 가영은 그 며칠 사이 몰디브의 해안에서 얼마나 즐거웠는지 얼굴이 다 새까맣게 탔다. 신혼여행만큼은 진짜로 즐겁게, 행복하게 놀다 와야 한다며 회장님이, 아니, 아버지가 몰디브의 리조트에 개인 가이드까지 붙여줬기 때문일 것이다.

"이거, 너 주려고 샀어."

불쑥 선물이라고 내민 것을 보니 어디서 샀는지 아주 값비싸 보이는 산호 목걸이다.

"우리 택규 오빠랑 같이 골랐어."

"고맙다, 가영아."

정신연령이 낮다 해도 이래저래 좋은 옷, 좋은 물건을 많이 보고 산 덕에 목걸이만큼은 제대로 세련된 것을 골라왔다.

순정이 그것을 목에 걸자 가영은 기쁜 듯 환하게 웃었다.

"와, 너무 이쁘다. 내가 골랐는데. 그치, 택규 오빠?"

"그래, 우리 가영이가 예쁜 것을 잘 골랐네."

목걸이가 예쁜 것인지, 미운 것인지, 젊은 스타일인지, 나이 든 스타일인지 아무것도 모르는 택규는 무턱대고 가영의 말에 맞장구를 쳐주고 있다.

"마음에 들어, 가영아. 앞으로 자주 차고 다닐게."

그런 곳에 가서도 자신을 생각해 준 가영의 마음이 고마워 순정은 가영을 꼭 끌어안았다.

"자, 순정이 아직 저녁 전이지? 밥 같이 먹으려고 기다리고 있었으니까 가서 같이 밥 먹자. 박 씨 아주머니한테 맛있는 거 해달라고 부탁했는데 뭘 했을지 모르겠구나."

혜주가 소파에서 일어서며 주방으로 향했다.

당연하다는 듯 택규가 가영의 팔을 잡아 일으켰다. 아직 배가 많이 나오지도 않은 상태인데 저리 챙기는 것을 보니 공연히 가슴이 찡할 만큼 보기가 좋다.

식탁에 앉자 순정은 박 씨를 향해 다시 한 번 감사의 인사를 했다. 날이 날이라고 식탁이 상다리가 휘어질 정도로 잔치 음식으로 가득 찼다.

"한 서방, 많이 들게나. 가영이도 가영이지만 저 아이 데리고 여행 다니느라 자네도 많이 힘들었을 게야."

혜주가 굴비를 뜯어 뼈를 고이 발라서 택규의 밥그릇 위에 올려놓자 택규는 황송해 어쩔 줄 모르겠다는 표정으로 얼른 밥을 한술 가득 떠서 입안에 넣었다.

“아주 맛있습니다, 장모님.”

“음식이야 내가 한 게 아닌데 공연히 내가 생색을 내는 기분이네. 호호호.”

순정은 밥을 먹으려다 말고 그 모습을 가만히 바라보고 있었다.

이렇게 다 같이 이 집에 앉아 함께 식사를 해본 적이 언제였던가. 그러고 보니 정말로 가영이하고 같이 쫓겨나던 그날이 마지막이었던 것 같다. 그나마 그날 음식은 정말로 간신히 한술 먹었었는데. 바로 가영이 임신한 것이 밝혀졌기 때문이었다.

그러고 나서 오늘이 처음이다. 더군다나 양어머니가 저렇게 택규를 다정하게 챙기는 모습을 보니 기분이 묘하기까지 했다. 지난 나날들, 가영과 택규로 인해 얼마나 마음을 졸이며 살았었는지. 들키는 날에는 하늘이 무너질 것만 같았고 그날로 모든 것이 끝날 것 같았는데 그런 시련들은 모두 지나가고 이젠 행복한 가족으로 돌아와 함께 앉아 음식을 먹으며 웃고 대화를 나누는 것이다.

이 자리에 지석 씨만 있었다면 더욱 좋았을 것이다. 저, 서로 함께 있는 것만으로도 천국에 있는 것 같은 표정을 짓고 있는 가영과 택규를 보니 더욱 그런 마음이 든다. 아마도 행복이 전염되어 같은 기분을 느끼고 싶은 때문일까?

“자네, 반주도 한잔혀야지. 내가 아주 좋은 술 사다 놨어. 박 씨, 아까 준 그 술 있제? 그 술 좀 이리 줘봐.”

이젠 사위라고 인심이 후해진 민 회장은 이 시간을 위해 며칠 전부터 사다 놓은 값비싼 위스키를 꺼내 반주라고 내밀었다.

혜주가 살짝 말려보지만 감격한 얼굴로 일어나 얼른 술잔을 받쳐 드는 택규를 보며 이내 입을 다물어 버린다.

연신 갈비를 뜯고 있는 가영의 앞으로 술잔이 오가고 웃음과 대화가 오갔다.

그 모습들을 지켜보던 순정은 가슴 깊이 드는 이 묘한 감정에 어쩔 줄 몰라 얼른 숟가락을 들고 음식을 먹는 척하는 수밖에 없었다.

나도 이젠 한 가족인데, 회장님, 아니, 아버지 어머니께서 언제나 반기는 한 가족이 되었는데 왜 이렇게 가슴 한구석이 여전히 시린 것일까? 왜 저런 모습을 볼 때마다 내 가슴이 저려오는 것일까?

그때 자신의 밥숟가락 위에도 살짝 뼈를 바른 굴비 한 점이 올려졌다. 고개를 들어보니 혜주가 다정한 눈으로 자신을 쳐다보고 있었다.

“너도 요새 혼자 커피숍 운영하느라 힘들지? 며칠새 살이 더 빠진 것 같다. 많이 먹어.”

또다시 눈물이 나려고 하자 순정은 애써 굴비가 오른 밥을 입안에 밀어 넣어 애써 눈물을 참았다. 행복할 때마다 눈물이 난다는 것을 그녀는 요즘에야 깨닫고 있었다.

“아앗!”

채 혜주가 순정에게서 눈을 떼기도 전, 또다시 밥상머리에서 커다란 비명 소리가 울렸다.

모두의 놀란 눈이 비명을 지른 당사자인 가영에게로 향했다.

“가영아, 왜 그래? 아픈 거니?”

안 그래도 임신까지 한 아이를 무리하게 신혼여행 보내지 말 걸 그랬다고 어젯밤 베갯머리에서 혼자 중얼거렸던 혜주는 이미 자리에서 반쯤 몸을 일으키며 불안한 얼굴을 가리지 못하고 있었다.

“아…… 아가가 움직였어. 택규 오빠, 뱃속에서 아가가 움직였어!”

놀란 목소리로 가영이 말하자 일동의 얼굴에 놀라움과 감동이 함께 서렸다.

“처음이야. 우리 아가가 움직인 거. 와, 신기해.”

모두를 놀라게 한 줄도 모르고 가영이 혼자 중얼거렸다. 그러다 이내 곁에 앉은 택규의 손을 끌어당겨 자신의 배에 올렸다.

장인, 장모의 앞이라 당황한 표정을 지었지만 택규는 그 손을 빼지 않았다. 그 대신 가만히 다른 한 팔로 가영의 어깨를 감싸 안고 아기의 태동을 느껴보려는 듯 두 눈까지 감았다.

모두들 방해가 될까 숨까지 죽여가며 두 사람을 지켜보고 있을 수밖에 없었다. 아기가 움직였단 말만 듣고도 이미 감동해 버린 듯 코끝이 시큰해져 빨갛게 된 택규의 얼굴은 참 우습기만 한데 이상하게 보는 이들의 가슴은 공연히 찡하게 느껴진다.

회장님과 혜주 또한 어느새 서로 손을 잡고 그들의 모습을 바라보고 있었다. 두 사람의 너무도 사랑스러운 모습에 마음이 뭉클한지 눈에는 눈물까지 글썽이고 있다.

그들의 얼굴을 바라보던 순정의 뺨에도 갑자기 따스한 무언가가 흘러내리기 시작했다.

슬픔의 눈물이 아니라 감동의 눈물이다. 평범하다면 아주 평범해 보이는 이 가족, 아내를 사랑하는 남편, 그런 남편을 믿고 따르는 아내, 그리고 뱃속의 아이. 아주 행복해 보이는 얼굴들.

왜 그들을 보면 이렇게 가슴이 시렸던 것인지 이젠 알 수 있을 것 같다. 그제야 그녀의 눈에 보이기 시작한 것이다.

모든 것이 제자리로 돌아갔다 해도 뭔가 하나 조각 빠진 퍼즐 같은 그림이었다. 자신이 진정 원하는 것은 이제 모두 가졌다 생각했다. 거의 이십 년 가까이 그리워했던 자신만의 가족, 지금의 아버지, 어머니, 그리고 여동생이 된 가영의 일가, 자신을 최우선으로 아껴주고 사랑해 주는 애인. 이 이상 더 필요한 것은 없다 생각했다. 그럼에도 불구하고 조금 전까지 그녀는 자신의 가슴에 뚫린 것 같은 그 구멍이 어찌 된 것인지 알 수가 없었다.

그러나 앞에 앉아 남들과 똑같이 서로를 아껴주는 것이 무엇인지 보여주고 또 진정한 행복이 무엇인지 가르쳐 주는 이 가족, 이젠 세 사람이라 말하는 가족을 보니 그게 무엇인지 확실하게 알 수 있을 것 같다.

순정은 자리에서 벌떡 일어섰다. 놀란 네 사람의 시선이 그녀에게 쏠렸지만 순정은 아랑곳하지 않았다. 오늘이 아니면 안 될 것 같았다. 특별한 날이니까. 진짜 원하는 것을 깨달은 특별한 날이니까.

"죄송해요, 어머니, 아버지. 저 지금 가봐야 해요."

"이 시간에 갑자기 밥 먹다 말고 어디 가려고 그러는 겨?"

민 회장이 의아한 눈으로 쳐다보자 얼른 혜주가 말리듯 식탁 아래로 그의 손을 잡았다.

"저, 지석 씨를 만나야겠어요. 지금."

"응? 지금 가서……."

다시 한 번 혜주가 식탁 아래로 툭 치자 민 회장은 어쩔 수 없이 말을 바꿨다.

"그, 그려, 조심해서 잘 다녀오니라."

눈에 보이는 대로 급히 코트와 백을 집어 들고 순정은 그대로 밖으로 나갔다.

한참을 멍하니 그녀가 나간 문을 바라보던 회장을 향해 혜주가 그제야 입을 열었다.

"아무래도 오늘 순정이가 돌아올 것 같지 않으니까 기다리지 말아야겠어요."

의미심장한 그 말에 민 회장의 얼굴에 최고의 환희가 스쳤다. 우리 예쁜 순정이가 이제 한발 더 다가서는 모양이다. 그가 그토록 소원했던 검사 사위를 향해.

지석은 얼른 누가 나오기 전에 엘리베이터의 닫힘 단추를 눌렀다.

저녁을 먹으러 가는데, 요새 최 검사와 박 검사가 자꾸 귀찮게 이것저것 물어보는 통에 귀찮아서 조용히 몰래 빠져나가는 중이었다.

전화벨이 울리자 지석은 귀찮은 표정으로 전화기를 꺼내 들었다. 몰래 나간 것을 알고 박 검이 애교 섞인 목소리로 어디냐고 묻기 위해 전화를 건 것이 분명했다.

하지만 전화의 주인공이 박 검이 아니라 순정인 것을 알게 되자 이내 지석의 표정에 미소가 스몄다. 아까도 통화했는데 또 그새 보고 싶은 건가?

"응. 무슨 일이야? 전화를 이리 자주 주시고."

엘리베이터 안에 함께 탄 사람들을 의식해 그는 최대한 개인적인 애정표현은 자제했다. 지금 있는 큰 사건으로 다들 한참 신경이 예민한 때다. 더군다나 안에는 부장 검사도 함께 타고 있다.

[어디예요?]

"엘리베이터 안, 지금 저녁 먹으러 가는 중이야."

[청사 앞에서 조금만 기다려 주실래요?]

"응? 왜, 만나러 오게?"

[지금 가고 있어요.]

슬그머니 지석의 입가에 미소가 번졌다. 그녀가 보고 싶었지만 워낙 바빠서 짬을 내지 못하고 있는데 이렇게 만나러 온다니 함께 저녁이라도 먹으면서 실컷 볼 수 있단 생각에 벌써부터 가슴에 행복감이 밀려왔다.

"알았어. 그럼 기다리지."

전화를 끊고 나서 엘리베이터에서 내리려는데 부장 검사의 눈에 웃음기가 들어 있다. 아무래도 다 들은 모양이다. 여자를 만날 시간도 없는 일중독자라 봤더니 이제 보니 저 할 것 다 한다, 생각하는 것이 그대로 읽힌다.

모르는 척, 살짝 눈인사를 하고 지석은 청사 앞으로 나와 섰다.

오랜만에 만나는 순정을 생각하니 벌써부터 입가에 웃음이 한 가득이었다.

청사가 코앞에 있는데 차는 더 이상 앞으로 나갈 생각도 않고 있다. 안 그래도 바쁜 그가 추운 곳에 서서 마냥 기다릴 것을 생각하니 마음이 조급해진 순정은 얼른 차를 제일 먼저 눈에 보이는 건물 주차장으로 밀어 넣고 나와 달리기 시작했다.

마침내 청사의 정문이 보이기 시작하고 그 앞에 서서 시계를 보고 있는 키 큰 남자도 눈에 들어왔다. 그도 그녀를 알아봤는지 멀리서부터 환한 미소를 지으며 시선을 떼지 않았다.

순정은 헉헉거리면서도 그의 앞으로 뛰어갔다. 그녀를 보고 그도 마주 걸어오기 시작했다.

마침내 그의 앞에 서서 숨이 턱까지 찬 순정은 허리를 굽히고 미칠 듯 뛰는 심장을 가라앉히기 위해 숨을 골랐다.

"대체 왜 달린 거야? 당신 기다릴 시간 없을까 봐?"

"잠시만요."

그가 중간에 말을 걸자 순정은 손을 들어 그를 제지하며 심장이 그녀가 말을 할 수 있을 정도로 안정될 때까지 마저 숨을 골랐다.

얼마를 기다렸을까, 그녀는 마침내 허리를 펴고 그를 쳐다보았다.

"이렇게 왔으니까 우리……."

"잠시만요."

그녀가 또다시 그의 말을 제지시켰다.

“왜…….”

“잠시만요. 여기 이렇게 잠시만 서 있어줄래요?”

지석은 의아한 표정으로 더 말도 잇지 못하고 그녀를 쳐다보았다.

그녀가 갑자기 천천히 뒷걸음질 치기 시작했다. 그는 아무 말도 않고 그런 그녀를 가만히 지켜보았다. 한 걸음, 또 한 걸음. 그렇게 점점 그에게서 멀어져 가면서도 그녀는 그에게서 반짝이는 시선을 떼지 않고 있었다.

마침내 그녀는 몇십 발짝 뒤로 물러섰다. 아직까지 그녀가 지금 하려는 것이 무엇인지 모르는 지석은 여전히 의아한 표정으로 그런 그녀를 바라보고 있었다.

그러나 그 다음 순간, 그는 그것을 보고 말았다. 그녀의 눈빛, 처음 만났던 그때, 자신을 어떻게 요리할지 궁리하고는 그 즐거움을 참지 못하는 듯 빛내던 그 눈동자. 반가운 그 빛.

무언가 지석의 가슴에서 즐거운 설렘으로 피어오르기 시작했다.

순정은 그런 지석을 보며 잠시 뜸을 들이는가 싶더니 천천히 두 손을 입가에 댔다.

그리고 큰 소리로 외치기 시작했다.

“대한민국 검찰청 소속 유지석 부부장 검사님! 저, 진지한 부탁이 있거든요! 있잖아요! 저하고 결혼해 주지 않을래요?! 저, 유지석 검사님 사랑해요! 너무 사랑해서 이대로는 못 살겠어요! 저, 검사님하고 결혼하면 정말로, 최고로 행복해질 것 같거든요! 그러니까 미안하지만 저하고 결혼해 주지 않을래요?! 사랑해요, 지석 씨!"

그녀의 대담한 고백에 지나가던 사람들의 걸음이 일제히 멈췄 다. 지나가는 차들도 멈추는 것 같았다. 청사에서 지석이 나간 것 을 눈치채고 서둘러 따라 나온 최민철 검사도, 박수경 검사도 모 두 움직임을 멈췄다.

그리고 지석도 움직이지 못하고 그대로 순정을 바라보고 서 있 었다. 그것만큼은 전혀 예상을 못한 그의 표정은 바짝 굳어 있었 다.

그제야 속이 후련한지 순정이 하, 하 거리며 지석을 바라보았 다. 지석의 표정과는 달리 반짝이는 눈처럼 반짝이는 웃음을 웃고 있다.

그 순간 지석이 웃기 시작했다.

옆에서 그의 웃음을 본 박수경 검사의 울음이 터졌지만 그는 전 혀 상관하지 않았다. 활짝 웃는 그가 손을 펴자 순정은 환하게 웃 으며 그의 품으로 달려들어 안겼다.

"바보, 당신이 준비될 때까지 기다리려고 했는데, 이젠 아주 겁 이 없어졌어, 여순정."

그의 말에 순정은 마치 한 편의 행복한 영화를 본 것처럼 즐거 운 웃음소리를 냈다.

"알고 있었거든요. 당신이 받아줄 거라는 걸. 당신은 언제나 내 편이라는 걸."

"앞으로는 곤란해, 먼저 앞서서 내 즐거움을 가로채는 거. 오늘

부로 끝인 줄 알아."

"네, 지석 씨. 이젠 마음대로 해도 돼요. 이젠 겁날 게 아무것도 없거든요."

"그래? 그럼 이건 어때?"

그녀의 생기있게 반짝이는 눈동자를 들여다보던 지석이 가만히 그녀의 입술에 자신의 입술을 맞췄다. 그녀의 뺨에, 그리고 그녀의 콧등에, 마지막으로 그녀의 이마에 사랑이 가득 담긴 입맞춤으로 자신의 사랑을 약속했다.

그녀가 대답했다.

"네, 저도 사랑하는 거 같아요."

멈췄던 시간이 다시 흘러가기 시작한 것처럼 사람들은 다시 제 갈 길을 가기 시작했다. 하지만 아름다운 두 연인들이 만든 행복감이 그들에게 전염된 듯 그들은 제 연인이나 아내에게, 혹은 딸에게 사랑의 메시지를 전하기 위해 전화기를 꺼내 들고 있었다. 눈물을 닦고 있던 박수경 검사도 모든 것을 포기한 듯 최민철 검사의 품에 안겼다.

미치 두 사람을 축복하듯 새하얀 눈이 꽃가루처럼 두 사람의 주위에 아름답게 흩날리기 시작했다. 무겁고 딱딱하게 느껴졌던 검찰청사에 오랜만에 아주 포근한 기운의 하얀 밤이 시작되고 있었다.

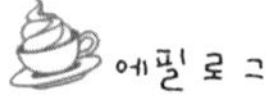

4월의 저녁은 벚꽃이 만개했음에도 불구하고 아직 쌀쌀한 기운을 머금고 있었다.

민수와 치현은 한 커피숍 앞에서 잠시 담배 한 대를 피우며 어떻게 할지 작전을 구상했다.

지금 막 이 안으로 도망치듯 들어간 그 여자.

자신들을 피해 도망치듯 들어간 것이 거의 확실하지만 그렇다고 이대로 포기하기엔 너무도 아까웠다.

"들어가?"

"그냥 가버리면 나중에 후회할 거 같지 않냐?"

"공연히 말 걸었다 치한이라고 오해받고 뺨 맞으면 어떡할래?"

　말년휴가를 나왔다 지하철 안에서 친구와 같이 한 여자에게 반해 버린 민수는 아직 회의적이었다.

　"야, 넌 군인이잖아. 군바리정신 몰라?"

　"군인은 안면에 가죽도 없는 줄 알아? 쪽팔린 건 민간인하고 똑같다구."

　"난 포기 못해. 차이더라도 한 번 들이대는 쪽을 선택하겠어."

　차일 확률이 90퍼센트는 될 것이다. 하지만 그걸 감수할 정도로 그녀는 정말로 아름다웠다. 얌전히 앉아 있을 때 보이던 그 각선미, 책을 읽고 있던 그 아름다운 자태, 눈에 띄는 외모. 아, 그런 여자는 처음 보았다. 지금까지 그가 만난 그 어떤 여자도 그처럼 강하게 치현에게 어필이 되지 못했다.

　어떻게 말을 걸어볼까 망설이던 중 그녀가 지하철에서 내려 버리는 바람에 생각도 없이 이곳까지 따라왔다.

　벚꽃 길을 만끽하듯 천천히 걷던 그녀는 두 남자가 따라오는 것을 느꼈는지 그대로 근처의 커피숍으로 도망치듯 들어갔고, 혹시 그녀가 다시 나올까 문 앞에서 기다려 보았지만 그녀는 그들이 가기 선에는 한 발짝도 안에서 나오지 않을 태세였다.

　이대로 그냥 흘려보내기엔 너무 아까운 여자다. 최소한 뭐라도 해봐야지. 그래서 치현은 아직도 망설이는 민수를 이끌고 대담하게 커피숍 안으로 들어갔다.

　그녀는 창가에 앉아 있었다.

　서로 시선을 맞춘 민수와 치현은 일단 그녀의 앞으로 가 대담하게 그 앞에 앉았다.

“저희 나쁜 사람들 아닙니다.”

대뜸 먼저 민수가 말하자 치현도 맞장구를 치듯 고개를 끄덕였다.

“저희가 따라와서 놀라셨을지 모르지만 저희는 원래 그런 놈들이 아닙니다. 다만…… 그쪽이 너무 아름답고 멋져서…….”

“예?”

‘그래서요?’ 라든가, ‘됐어요’ 라든가 아니면 아무 말도 안 하고 그들의 말을 계속 기다릴 줄 알았던 그녀가 의외라는 듯 심지어는 생글생글 웃기까지 하며 눈을 크게 뜨고 물어오자 뭐라고 대꾸할 말을 잊은 두 남자는 잠시 머릿속으로 할 말을 골랐다.

“그러니까, 그쪽이 너무 아름답고 멋지시다고요.”

“아, 예.”

그러고 그녀는 고개를 끄덕이기까지 하며 당연하다는 듯 두 남자를 그냥 쳐다만 보고 있다.

그녀가 뭐라고 달리 대꾸하길 기다렸지만 그녀는 아무 말도 하지 않았다. 오히려 더 할 말 있냐는 듯 두 남자를 빤히 쳐다만 보고 있는 것이다.

때마침 점원이 주문을 받기 위해 다가오는 덕에 두 남자는 그 상황을 자연스럽게 넘기면서 달리 할 말을 고를 수 있었다.

“저는 정민수고요, 이 친구는 이치현입니다.”

“네.”

“그러니까 그, 그쪽 성함을 물어봐도 될까요?”

“네.”

그녀의 대답에 두 남자는 서로 시선을 교환했다. 이건 마음에 안 든다는 뜻인가, 아니면 정말 말 그대로 '이름을 물어보라'고 말하는 것인가, 분명 전자 쪽이 맞긴 한 것 같은데 참 아리송한 상황이다.

어쨌거나 마음에 안 든다는 또 다른 표현이라 해도 이대로 포기할 순 없었다. 모른 척, 후자라 생각하기로 했다는 듯 먼저 치현이 물었다.

"이름이 어떻게 되시나요?"

"순정인데요."

이름을 물어봤다고 이름만 대답한다. 살짝 민수의 미간이 찡그려지려다 필사의 인내로 다시 펴졌다.

"순정 씨, 이름이 정말 예쁘시네요."

촌스럽게 느껴지는 이름이건만 치현이 애써 생각과는 다른 말을 했다.

"네."

아, 저리도 대답을 또박또박 잘하는데 왜 대화가 이렇게 이어지지 않는 것인지 의문이다.

그녀의 의중을 파악하고 서로 의견을 교환하기 위해 두 남자는 서로 계속 눈을 마주쳐 보지만 이상하게도 답이 나오지 않는다. 나오는 답이라고는 자신들이 마음에 들지 않는다는 것 같은데 이 여자, 그 와중에도 생글생글 웃기까지 하고 있으니 그것조차도 아리송하다.

"저희들에 대해 궁금하신 거 없나요?"

마침내 한참 동안 머리를 굴린 민수가 먼저 할 말을 떠올렸다.

"네."

대답은 또 잘하건만 궁금하지 않다는 말이니 또 대화가 이어지지 않는다. 차라리 당신들이 싫다, 마음에 안 드니 눈앞에서 사라져 달라 말하면 얘기해 보면 괜찮은 놈들이라는 거 알 수 있을 거다, 그런 의미에서 몇 번 데이트나 해보지 않겠냐, 이러면서 대화가 이어지게 마련이건만 이건 그것도 아니다.

"그래도 한번 들어는 주세요. 저는 답십리에서 카센터를 운영하고 있고 이 친구는 군대에서 ROTC를 나와 포천에서 중위로 근무하고 있는데 지금 휴가 중입니다."

치현이 먼저 성의껏 말을 붙여보았다. 카센터를 운영하는 것은 아니지만 최소한 일은 하고 있고, 민수도 말년휴가를 나온 병장이니 아주 뻥은 아니다. 더군다나 누구와든 관계가 깊어지지 않는 한 그걸 확인할 길은 없을 것이다. 그리고 관계가 깊어진 다음엔…… 그건 그다음 문제니까.

"아, 예."

그녀의 두 눈이 조금은 흥미를 보이는 듯 커졌지만 대답은 매한가지였다.

조금 성미가 급한 민수의 가슴이 답답해지기 시작했다. 이 여자, 머리가 많이 나쁜가? 아니면 그런 척하는 건가. 머리가 나쁜 거라면 지하철에서 책을 읽었던 것은 연출된 장면? 아니다. 옷을 입은 센스를 보면 머리가 나쁜 거 같진 않은데.

한 번도 이런 경우는 본 적이 없다. 들이댔다가 차인 적은 몇 번 있지만 이런 식으로는 아니었다.

"순정 씨는 지금 하시는 일이 뭔가요?"

눈치없이 또 치현이 질문을 이었다. 그래도 그 말에는 뭔가 생산적인 대답이 들어 있을 것 같아 민수도 말없이 그 대답을 기다렸다.

그녀가 살포시, 수줍게 웃으며 머리카락을 귀 뒤로 쓸어 넘겼다.

"남편 기다려요."

예상과는 전혀 다른 대답에 두 남자의 표정이 멍해졌다. 저것이 그 유명한 동문서답? 분명 고의적인 것이다 생각한 두 남자의 눈이 동시에 그녀의 왼손 약지로 쏠렸지만 그녀의 손에는 약지뿐이아니라 그 어디에도 반지를 찾아볼 수 없었다. 그러니까 이 여자, 지금 자신들을 떼어놓으려 용을 쓰느라 말도 안 되는 거짓말을 하고 있는 것이다.

"에이, 반지 안 끼셨잖아요."

"집에 빼놓고 왔어요."

"왜요?"

"그냥요."

"남편이 뭐하는데 여기서 기다려요?"

이번엔 조금 화가 난 민수가 단도직입적으로 물었다.

"청사에서 일해요. 부부장 검사거든요."

그녀가 창밖을 향해 찬미해 마지않는 시선을 하며 대답했다. 두 사람의 시선이 자연히 따라 창밖으로 향했다. 길 건너 저쪽, 넓은 부지를 차지한 청사가 그 위상도 당당히 서 있다.

"잠시만요. 화장실에 다녀올게요."

잠시 그녀가 자리에서 일어서 화장실 쪽으로 걸어갔다.

그사이 민수와 치현은 그때까지 느꼈던 서로의 의견을 나누기 시작했다.

먼저 성미 급한 민수가 말을 꺼냈다.

"이건 아니다. 난 싫다. 구라를 쳐도 말 되는 구라를 쳐야지. 싫으면 싫다고 말하던가. 저 여자, 정말로 바보 아냐?"

"아니야. 그래도 난 좋아. 잘하면 넘어올 거 같아."

"야, 인마, 너 바보냐? 저게 넘어올 자세냐?"

"계속 생글거리잖아."

"그게 더 화나거든."

"싫으면 포기하고 먼저 가든가."

아무 미련도 없다는 듯 치현이 자신의 자취방 열쇠를 꺼내 민수에게 넘겼다.

"알았다. 그럼 먼저 가 있을 테니까 있다가 들어올 때 소주 사오는 거 잊지나 마라."

"기다리지 말고 먼저 자라."

분연히 자리에서 일어난 민수는 미련없이 문을 열고 나가 버렸다.

화장실에서 나온 순정은 그들이 자리에 없을 거라 생각했다. 그 정도면 당연히 치를 떨고 나가든가, 화가 나서 나가든가, 답답해서 나가든가 셋 중 하나였다. 하지만 아직 맛을 덜 봤는지 두 남자 중 하나는 아직도 남아서 싱글거리고 있다. 카센터를 '운영'한다고 말한 젊은 사장이다. 행색이나 나이를 봐서는 아직 직원 정도로 보이는데 말이다.

"그 친구는 먼저 약속이 있다며 갔습니다."

자리에 얌전히 앉는 순정을 향해 혹시나 그녀가 기분 나쁘다며 자리를 뜰까 먼저 치현이 선수를 쳤다.

"아, 네."

"저는 아직 미혼입니다."

"네."

"결혼을 하셨다고요?"

믿지 않는다는 표정으로, 그러나 맞장구는 쳐주겠다는 듯 치현이 다시 물었다.

"네. 서울중앙지검 부부장 검사님하구요."

"검사님이면 바빠서 집에 들어오는 시간이 별로 없겠습니다."

그때 습관적으로, 문을 열고 들어오는 스타일 좋은 두 여자에게 시신을 잠시 두었던 치현은 이내 순정에게로 시선을 돌리며 대답을 기다렸다.

"어…… 그래도 꼬박꼬박 들어와요."

아, 역시 순 구라다. 무슨 검사가 그렇게 꼬박꼬박 들어오나? 영화에서 보면 매번 밤새고 늦고 그러는데. 스타일 자체도 결혼한 것이 믿어지지 않지만, 요샌 하도 미시족이 많아 다른 직업의 남편이라면 믿었을 것이다. 하지만 검사님 부인이 지하철을 타고 다니다니, 그것도 그냥 검사도 아니고, 뭐? 부부장 검사? 그런 거 하는 부인이라면 절대로 말도 안 된다. 그러니까 처음부터 순 구라다.

"저, 괜찮은 놈인데, 그럼 애인으로 하나 안 키워보실래요?"

"남편이 검사님인데 겁 안 나요?"

순정이 두 눈을 동그랗게 뜨고 물었다.

"요새 남편이 있어도 애인 하나쯤은 검사 사모님들 트렌드가 아닙니까? 저, 그런 거 잘할 자신 있는데."

"남편이 알면 혼나요. 우리 남편이 상당히 질투심이 강하거든요."

그녀의 말이 재미있다는 듯 치석이 웃어주었다.

"모르게 하면 되는 거지요."

저녁시간대라고 약속이 많은 것인지 또 사람이 커피숍 안으로 들어온다. 그는 잠시 두 사람을 바라보는 듯하더니 이내 옆 테이블로 가 자리를 잡고 앉았다.

커피숍 주인이 잘 아는 듯 다가와 그에게 말을 걸었다.

"검사님, 오늘은 일찍 끝나셨나 봐요. 항상 마시는 대로 에스프레소 드려요?"

검사님이 바로 옆자리에 자리를 잡았다니, 치현은 잘못한 것도 없으면서 공연히 위축이 되었다. 더군다나 인상 한번 험상궂은 것이, 잘못 걸리면 된통 당하게 생겼다.

하지만 이내 애써 그에게서 관심을 끊었다. 순정이라는 이 여자가 자신에게 상당히 관심을 보이기 시작했는데 그런 모습을 보여서 좋을 것은 없다.

"정말로 검사님 남편이 있다면…… 모르게 바람피우는 것도 스릴있지 않을까요? 저, 진짜 만나면 재밌게 해드릴 수 있는데."

공연히 옆자리에 앉은 검사님이 신경 쓰여 그는 저도 모르게 조금 낮은 어투로 말을 이었다.

"글쎄요, 내 생각엔 다 들킨 것 같아요."

순정도 그가 한 것처럼 목소리를 낮춰 속삭이듯 말했다.

"네? 어떻게요?"

"그가 다 듣고 있거든요."

이 안에 도청장치까지 되어 있단 뜻인가? 그렇다면 이 여자, 정말 뭔가 단단히 씌인 모양이다.

"내가 그쪽이라면, 도망치겠어요."

그녀가 마저 속삭였다.

"그건 이제 별로 재미없어지려고 하네요. 이젠 그만 장난치고 대답이나 해요. 나랑 데이트할래요, 아니면 계속 만날래요, 아니면 자주 만날래요?"

"장난 아니에요, 진짜로 남편이 다 듣고 있어요."

이젠 진짜 화가 나려고 한다. 치현은 성색을 했다.

"아이, 진짜, 그만하자니까요. 그럼 정말로 검사님 남편이 있다는 증거를 보이던가요."

"사진 보여줘요?"

그녀가 지갑을 꺼내더니 사진 한 장을 꺼내 보여준다. 사진을 받아들고 들여다보니 남녀 한 쌍이 서로 어깨를 끌어안고 행복하게 웃고 있다.

천천히 치현은 사진을 내려놓았다.

그리고 바짝 굳은 얼굴로 자리에서 일어났다.

사진 속의 인물, 바로 옆에 앉은 저 남자다. 더군다나 조금 전까지는 신경도 안 쓰는 것 같더니 이젠 대놓고 이쪽을 빤히 쳐다보고 있다. 그 시선, '당장 꺼지지 않으면 구속감이야' 하고 말하는 것 같은 표정에 그는 머리까지 쭈뼛 곤두서는 경험을 지금 이 순간 처음으로 했다.

"계산은 하고 가실 거죠? 제 건 따로 계산할게요."

그에게 순정이 얼른 계산서를 들이밀었다.

그는 달아나듯 계산서를 들고 서둘러 가서 계산을 마치고는 그대로 바람과 함께 사라져 버렸다.

그제야 지석이 자리에서 일어나 그녀의 앞으로 와 앉아 다정히 그녀의 손 위에 자신의 손을 얹었다.

"즐거웠어? 그런 장난치는 거, 오랜만에 보네."

그의 말에 순정은 소리 내서 웃으며 그제야 낯익은 커피숍 주인에게 손을 살짝 흔들어 보인다. 이미 아까부터 그 상황을 지켜보며 웃음이 나오는 것을 참고 있던 주인도 마주 손을 흔들어 보였다.

"그러게요. 남편이 검사님이라고 아무리 자랑을 해도 아직도 부족해 큰일이에요."

그녀의 말에 지석은 소리 내서 웃었다. 그녀의 말이 장난인 것은 알고 있지만 그녀가 자신을 자랑스러워한다는 것이 얼마나 기쁘고 힘이 되는 일인지 그녀는 모를 것이다.

"그런 옷을 입으니까 전혀 아줌마로 보이지 않아서 그래. 조만 간에 우리 아가가 '여기 저 있거든요' 하고 티를 내면 그땐 그 장난 하고 싶어도 못할 거야."

"그러게요. 아직 티가 잘 안 나나 봐요. 그래도 조금 더 있으면 배가 불러서 이젠 쫓아올 남자도 없을 텐데요."

그녀는 아직 홀쭉한 자신의 배에 손을 얹어보았다.

그의 아기. 아직 아무것도 느껴지지 않지만, 이 안에 지석 씨의 아기가 들어 있다. 결혼하고 거의 일 년이 다 되어서야 생긴 아기라 더욱 소중하게 느껴진다.

"그러게 내가 갈 때까지 기다리라니까, 왜 굳이 힘들게 여기까지 와?"

"당신 퇴근시간 조금이라도 아껴주려고 그랬지요. 내가 안 왔으면 당신 하던 일 팽개치고 왔을 거 아니에요? 우리 첫 기념일인데, 그렇게 시간을 최대한 아끼고 싶기도 하고."

순정의 말에 지석은 그녀의 머리카락을 가만히 쓰다듬었다.

청사 앞에서 그렇게 큰 소리로 청혼을 하는 바람에 그 이야기가 현장에 있던 부장님을 비롯해 많은 사람들에게 알려지면서 1년 전 오늘, 벚꽃이 한창 흐드러지게 핀 날 큰 호텔의 야외 연회장에서 치러졌던 결혼식은 하객들이 앉을 자리가 없을 정도로 많은 사람들이 왔다.

4월의 신부답게 아름다운 화관을 쓴 순정은 그 어떤 꽃보다 더 화사하고 돋보였었다. 그렇게 모든 여자가 꿈꾸는 그림처럼 아름다운 결혼식을 한 순정은 그날이 생애 최고의 행복한 날이었다. 아니, 그날뿐이 아니라 그날로부터 오늘까지 그녀는 매일매일 단 하루도 빠지지 않고 행복에 겨운 나날들을 보내고 있다.

매일 하루에 한 번씩은 꼭 전화로 안부를 물어오시는 양부모님, 그리고 가영이, 그리고 매일 커피숍으로 출근하는 자신을 위해 옷을 다려주시는 시어머니. 가끔은 자신에게 화도 내고 짜증도 내지만 시어머니는 주말에 순정이 직접 내려주는 커피를 마시는 '티타임'을 무척이나 좋아한다. 그리고 거의 무조건적으로 자신의 편을 들어주는 시아버지와 매일 아침마다 사랑한다는 고백을 해주는 남편까지. 거기다 이젠 자신의 분신이라고 할 수 있는 아기까지 생겼으니 이 이상의 행복이 세상에 존재한다고 할 수 있을까?

"그건 그렇지만, 그래도 지하철 타고 오는 것은 한 번 더 생각해봐야 했어. 저런 잡놈들이 꼬이는 걸 보면. 그리고 반지도 내일 아침에 챙겨줘. 차라리 내가 맡기는 것이 낫지, 당신이 하길 바라고 있다가는 계속 저런 놈들이 넘볼 거 아냐?"

몸이 붓는 바람에 요즘 반지가 들어가지 않아 빼놓았더니 반지를 크게 늘려서라도 끼고 다니라고 그가 조바심을 냈었다.

"알았어요. 내가 내일 꼭 맡길 테니까 걱정 말아요."

"매일 피곤하잖아. 우리 아기 뱃속에 담고 다니는 것만으로도 힘든데."

"어머니께서 매일 재우려고만 하셔서 자꾸 더 붓는 거 같아요."

그녀의 말에 지석은 살짝 미소를 지었다.

그가 생각해도 의문이었다. 처음 순정을 어머니께 인사시킬 때까지만 해도 그녀가 어머니가 예상한 며느릿감이 아니었기에 어머니가 반대하실 거라 생각해서 며칠이나 고민을 했다. 그리고 자신이 인사시키는 여자를 얼마나 사랑하는지 몇 번이나 강조를 하며 은근히 순정에게 어떤 나쁜 말도 하지 않기를 부탁하기까지 했다. 그런데 정말로 어머니는 마치 순정을 미리 만나보기라도 한 것처럼 그렇게 살갑게 대하고 다정하게 행동하시는 것이다. 그러길 바라긴 했지만 사실 의외긴 했다.

그리고 결혼하고 나서 두 사람의 뜻대로 분가시켜 준다는, 절대로 예상치 못했던 발언까지 하셨건만 순정이 끝끝내 가족은 한집에서 사는 거라고 고집을 부려 한 지붕 아래서 살고 있는 것이다.

임신까지 하니 어머니의 며느리 사랑은 더욱 커져, 이젠 아이를 낳기만 하면 다 키워줄 테니까 안심하고 계속 일을 하라고 하신다. 정작 순정은 아이를 키울 생각에 커피숍을 그만둘 것을 염두에 두고 있는데 말이다.

"지, 이제 어딜 갈까? 정해둔 곳, 있어?"

그의 말에 순정은 가방에서 무언가를 꺼냈다.

"아직은 결정 못했어요. 어머님은 내일 아침에 들어와도 괜찮다고 하시긴 하는데……."

수첩을 꺼내 드는 그녀를 본 지석이 싱긋 미소를 지었다. 그것이다. '내가 좋아하는 것' 리스트.

그녀와 결혼하고 나서 처음 그 리스트를 본 그는 웃지 않을 수 없었다. 거기에는 약 백 가지의 좋아하는 것이 적혀 있었다.

처음 그것을 펼쳤을 땐 조금 화도 났었다. 약 백 가지의 항목이 적혀 있었는데 가영이도 있고, 낙산공원도 있고 하다못해 꼼장어도 있는데 자신의 이름은 빠져 있던 것이다.

그러다 그녀의 마음이 내 마음이다. 그러니 내가 적으면 되지, 하는 편한 자기주의로 직접 제 이름을 쓰려던 지석은 한 페이지를 넘기는 순간 미소를 지었었다. 거기엔 이렇게 적혀 있었다.

[내가 세상의 모든 것을 다 좋아하게 해준 사람, 지석 씨.]

그 순간 가슴에 찼던 그 감격은 아직도 잊혀지지 않는다. 그것은 사랑한다는 고백을 들었던 것보다 더한 행복이었고, 또한 감동이었다.

그 수첩을 지금 꺼낸 것이다.

그는 가만히 순정이 하는 것을 바라보았다.

심각한 얼굴로 수첩을 들여다보며 아직도 채 정하지 못했는지 진지하게 고르고 있는 그녀가 오늘따라 더 귀엽고 사랑스럽게 느껴진다.

"결정했다. 저녁으로는 꼼장어를 먹을래요. 그다음엔…… 스케이트를 타고 싶지만 이건 아기 때문에 안 될 거 같고, 낙산공원에서 야경을 구경해요. 그리고 마지막으로……."

그녀가 문득 시선을 들다 지석과 시선이 마주쳤다. 그가 눈에 사랑을 가득 담고 그녀를 바라보고 있다.

"사랑해."

그가 말했다.

“……그리고 호텔로 갈 거예요.”

“정말로? 확실한 거야?”

그가 다시 한 번 되물었다.

아쉽다는 듯 순정은 다시 한 번 수첩을 들여다보았다.

“알았어요. 하지만 꼼장어는 포기 못해요.”

“사랑해.”

그가 다시 한 번 중얼거렸다. 그와 시선을 맞춘 순정은 수첩과 그를 번갈아 보다 마침내 모든 것을 포기한 목소리로 대답했다.

“알았어요. 그럼 호텔로 가요. 대신 룸서비스 시켜주고, 또 주말에 꼼장어 사줘야 해요.”

그제야 그가 만족한 표정을 지었다.

먼저 나서며 계산하는 지석의 옆에서 행복한 표정의 순정은 그래도 계속 말을 잇고 있었다.

“그래도 케이크는 사들고 갈 거예요. 이대로 우리 기념일을 그렇게 끝낼 순 없다고요.”

“참, 와인도 좋은 걸로 한 병 사고요. 나는 마시지 못해도 건배는 하고 싶어요. 아, 그건 룸서비스로 시킬까?”

“참, 불꽃놀이 같은 것도 하나 사들고 가요. 위험한 거 말고 손에 불꽃이 튀는 동안 계속 손에 들고 있는 거 말이에요. 그런 거 때문에 화재경보기가 울리지는 않겠지요?”

계산을 하던 지석은 자신들을 보며 흐뭇하게 웃고 있는 여주인을 보고 살짝 쑥스러운 미소를 지었다.

“수고하세요.”

"안녕히 가세요."

여주인은 그들이 문을 열고 나가는 모습을 지켜보다 잠시 문가로 다가가 멀어져 가는 그들의 뒷모습을 바라보았다.

바람이 부는지 벚꽃이 눈처럼 화사하게 흩날리고 있었다.

The End

눈처럼 포근하고 행복한 글을 쓰고 싶었습니다.

내가 좋아하는 영화 중 하나인 러브 액츄얼리의 마지막 장면처럼 서로 행복한 포옹을 하는 그런 따스한 기쁨을 써보고 싶었답니다.

어쩌면 그래서 유독 눈 오는 장면이 많이 나오는지도 모르겠어요. 눈은 겨울을 포근하게 만드는 기운을 가지고 있으니까요.

밖은 연신 한파가 불어닥치고 있지만 올겨울, 집 안에만 꼼짝 않고 앉아 있던 저는 글과 함께 오직 행복하기만 합니다. 순수한 가영이를 만들어 행복하고 자격지심 덩어리였던 순정을 마침내 강하게 만들 수 있어서 행복하고, 또한 인상파 검사님 지석에게 좋은 짝을 만들어줄 수 있어서 행복합니다.

그래서 그런가 이제 막상 이들과 작별을 하자니 조금은 서운하기도 하네요. 언제 이렇게 날 행복하게 해주는 글을 또 쓸 수 있을까 하는 마음에 아쉬운 마음이 큽니다.

매 회마다 힘차게 응원해 주셨던 독자님들의 기운에 이번 글도 즐겁게 잘 쓸 수 있었습니다. 그렇기에, 이 글을 쓰는 동안 응원해 주셨던 많은 분들께 우선 감사와 사랑을 전합니다.

또, 끝없는 사랑의 식구들, 사랑합니다.

이 글을 책으로 내주신 청어람 유경화 팀장님, 이수민님, 감사합니다.

언제나 내가 쓰는 글을 전폭적으로 지지해 주는 남편님, 그리고 사랑스러운 우리 딸, 모두 모두 사랑해요.

아, 그리고 마지막으로, 내 사랑하는 동생 숙영아, 예쁘고 사랑스러운 딸을 낳길 바라.

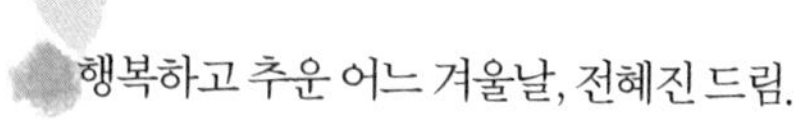
행복하고 추운 어느 겨울날, 전혜진 드림.